Enfant Terrible
宁愿天真

[法] 吕克·贝松 著

潘文柱 译

南海出版公司

新经典文化股份有限公司
www.readinglife.com
出 品

前　言

多年来，总是一些不了解我的人替我说话。我接受过上百个采访，拍了几十张照片，但在这些人的描述或镜头里，我都认不出自己。每个人都按自己的想法塑造我，借我的故事，最终讲他们自己的梦想或失败。

所有人都有创造的能力，却少有人敢运用这能力。创造，意味着展示自我，挖掘自我，暴露自我，甚至舍弃自我。这个过程很美妙，但也很恐怖，就像爱情。只有足够勇敢的人，才能称作艺术家。

我们爱艺术家，因为他的作品；我们恨艺术家，因为他的勇气。骂艺术家让人心安，当我们借着条条规规指责他的时候，其实只是在悔恨自己的怯懦。

但正是在艺术家的自我暴露中，我们认出自己，获得成长。我们在他身上看到一点自己的影子，反之亦然。既然如此，为什么要憎恨他展示的那些我们本就有的东西呢？法国队获得世界杯冠军的时候，所有法国人都是世界冠军。艺术也是如此。每个人都有可能做一会儿毕加索，一会儿库布里克，一会儿莫扎特，只要我们知道如何珍视他们的才能。

现在我给你讲一个故事，我的故事。不加粉饰，不耍滑头，不遮遮掩掩。在时间将其美化之前，用我当时稚幼的声音，孩子的思维，呈现我所经历的、原原本本的生活。

希望你喜欢这个故事。

— 1 —

1974 年 4 月 2 日

蓬皮杜[①]去世。

买了一盒柯达 Ektachrome 250 胶卷。

几年前重读到这段日记时,我先是笑了出来。

随后是寒战、惊讶,和心慌不定。

居然把法国总统的死和买一盒胶卷相提并论。这个小男孩到底在想什么?

怕是疯得厉害。

1959 年

我出生的年份。自然,我对这一年毫无记忆,趁此说说那

[①] 乔治·蓬皮杜(Georges Pompidou,1911—1974),1969—1974 年内任法国总统,辞世于任上。——如无特别说明,本书脚注均为编者注

些对此有记忆的人。

先说我的父亲克洛德。我不从他最重要的人生节点开始，而要从一个最重大的历史事件讲起。他是诺曼底人，1944年6月诺曼底登陆发生的那天，他就在海滩上。

德国人投下的炸弹烧毁了他家。

幸存者将七岁的小克洛德护在中间，一起逃命，躲避炮火。

飞机还在不停轰炸，一颗炸弹落在他们附近。所有人因此丧命，除了他。堆起来的尸首护住了小克洛德，也压得他透不过气。为了活命，他奋力推开母亲断首的躯体。从尸首堆中爬出来的瞬间，母亲的头也滚到一边去了。她叫罗丝。

现在，他的家人只剩下远在德国某处战俘营的父亲。

带着小腿中的一块弹片，我父亲克洛德在诺曼底的废墟上游荡了好几天。最终，他遇到了美军，在一顶帐篷下得到救治。他在那儿见到了自己最好的朋友，朋友的一条腿已经截肢。

接下来的事情有点复杂，因为必须找一位亲戚来收养我父亲，可是局势不明，联系也都中断了。对于那些尚在人间的亲戚，他只记得几个人名和一个叫塞勒圣德尼的村子。几个月后，负责的部门找到一位远房亲戚，小克洛德就被送去了那里。问题在于，这个村子其实住着两家亲戚，因为家庭旧怨他们已经互不来往。

一家住在村头，一家住在村尾。接收我父亲的是住在村尾的亲戚家，村头那一家就坐不住了：不是因为被剥夺了和这个孤儿温柔相处的机会，而是因为无法作为官方监护人管理他从死者那里继承的遗产。换言之，在当时，我父亲是家族财产唯一的全权继承人，其监护人有权代为管理其财产，包括几所老房子，几片牧场。

一天，村头的人拿着棒子和铁棍闯入村尾的家。我父亲躲到桌子下，观看他们打架——司空见惯的家族内斗。几个人被打断了鼻梁骨、家具被砸得粉碎后，村头来的胜利者立即将我父亲带去市政厅，让他在一些文件上签字。显然，我父亲还不懂这些文件，老老实实地照做，从此和家产永别。

随即，新监护人加紧完善对我父亲的教育，给他定下唯一一条，也是绝对要遵守的一条规矩：闭嘴。好几个月就这样过去，像一团浓雾，不见外形，不见边界，毫无生色。他不知道自己的父亲保罗还在世，只是身在牢里；也不知道父母在战前离了婚，保罗已经和另一位女士玛格丽特结婚。

20世纪30年代，保罗·贝松加入了法国军队，唯秩序和道德是从。十七岁生日的夏天，保罗和父母在诺曼底一家酒店度假。一天晚上从海滩回来时，酒店门房递给他一封写给他父母的信。少年保罗有些惊讶，因为没人知道他们在此度假。门房立即意识到自己的错误：酒店里还有另外一家姓贝松的。

保罗请门房让自己将信件送过去，说不准能巧遇远房表亲。

门房也觉得有趣，便答应了他。跑遍各个楼层后，保罗找到另一个贝松家的房间。他敲门，十六岁的罗丝开了门，美若天仙，祖父一见倾情。几年后，保罗·贝松先生娶了罗丝·贝松小姐。

说回战争。保罗在法国军队中无聊透顶：军队太松懈太懒散了。一群贪生怕死之徒。于是他转而加入在自己看来组织更严谨以及为信仰而战的德国军队。没有人比他更享受这种一板一眼的严肃生活了。然而,随着纳粹主义崛起,希特勒势不可挡,保罗大失所望。他是极端的右派,但仍然难以认同法西斯的种种行为和价值取向,便重新加入法国军队,抗击纳粹。

后来他做了军官,也做了战俘。当然,他最终凭着毅力从战俘营中逃了出来。这时,战争已经结束,数百万人死伤,满目疮痍,无数家庭破碎流离。法国解放后,新的政府成立,祖父气得发狂。

"我们打仗可不是为了给一群鼠辈夺权的!"他吼道。

保罗决定加入一个叫"蒙面人"[①]的无政府主义团体,参与策划了一系列针对这些"新政客、投机主义者"的袭击。不过,还没等放倒任何目标人物,他就被逮捕入狱,判处终身监禁。

因此,祖父给我父亲的消息都是从监狱中传出来的。通过一些至今依然不为人知的方式,保罗成功定位到他在塞勒·圣德尼村的小儿子。他派了三位才出狱的"朋友",去那里将他的后代找回来。于是,九岁的克洛德便看到三个像是从欧迪亚[②]电影中走出来的暴徒,开着一辆特意"借来"的凯迪拉克来到乡下。随后,三位才出闸的大王给"善人"亲戚提了一个建议,一个不能拒绝的建议。

小克洛德迅速打包好行李,和他的三位守护天使一起坐上车去往巴黎,被送到素未谋面的继母玛格丽特的家。虽说由父亲保罗来介绍这位新女主人更合适,不过既然保罗还在桑代监

[①] La Cagoule,法国右翼组织,1936 年创立。
[②] 雅克·欧迪亚(Jacques Audiard, 1952—   ),法国电影导演,代表作《流浪的迪潘》等,尤以犯罪电影闻名。

狱，玛格丽特便作了自我介绍。

"我是你的继母。"玛格丽特对克洛德说。

"你好，夫人。"我父亲回答道。

尴尬瞬间冰消瓦解。

玛格丽特是一个刚强的女人，也和她的丈夫一样是右派。在被迫和丈夫两地分居的生活中，她表现出极大的勇气以及极高的自尊。丈夫让她照顾他和前妻的儿子，她也毫无怨言地照做，不让小孩缺少任何东西，除了最重要的：每个孩子成长所需要的情感环境。不过当时大家都用"都是因为战争"来解释这一切，战争是所有不幸的罪魁祸首，让人重新调整所有的愿望。活着，才是最基本的，其他的都是多余的，奢侈的。我父亲将在巴黎的市中心一片爱的荒漠中度过五年。

玛格丽特对我父亲的教育非常严格，保罗更甚，要是我父亲的考试成绩不好，便拒绝见他。但每周六的探监本来也并非我父亲所喜欢的，很快他就学会借着累积差分，不断逃过此事。

他越发渴望关爱，直到十二岁时终于遇到一位救星——十三岁的雅基，一个贫穷家庭的孩子。雅基的家庭同样在战争中遭难，可是他挺了过来，而且一直在努力生活。后来雅基成了我父亲一辈子最好的朋友。也正是在他的带领下，我父亲发现了一个让人热血沸腾的新街区：圣日耳曼德佩区[①]。战争的结束让年轻人有了自由和欢庆的冲动，爵士乐成了他们体内流动的新血液。我父亲十八岁了，他尽情地享受这一切，释放出缄默已久的能量。他的头脑要炸开，他的身体也一样。

[①] 二战后初期，圣日耳曼德佩区是许多小型爵士乐俱乐部的所在地。

学业、父亲、玛格丽特，还有那些从未给过他教化作用的道德通通被抛诸脑后。他靠着比波普爵士乐和一个个不眠之夜来逃脱痛苦和孤独，全身心地投入其中，以期抓住自己对人生的掌控权，生怕被再次抛弃。与此同时，他还抓住了我母亲。多年前在塞勒·圣德尼村，他们已经见过面。那时候我母亲才七岁，在她的印象中，我父亲这个羞涩内敛的小男孩像一只胆怯的狗崽，被监护人亲戚用绳牵着。

九年后，我母亲达妮埃尔第一次感受到腹中有蝴蝶闪动[①]。母亲一家姓贝尔齐克，地地道道的布列塔尼姓氏。外祖母伊冯娜是个酒鬼，在西贡守着一家"饭馆"。外祖父莫里斯因为同时瞒着娶了好几个女人而进了牢里。母亲在布列塔尼的海岸边由她姑姑带大。贝尔齐克姑婆身高一米五，耳聋得像死井，身上总有一股热蜡油的气味，还有一颗坚硬粗壮的心，一双供使唤的手。母亲的一切都归功于她，拥有的一切都来自她的赐予。

母亲是闭着眼睛、堵着耳朵长大的，这是她找到的不会太痛苦的成长方法。可战争和家庭总是将她的生活弄成一团糟。自愿退学后，她患了脊柱侧弯，随后被送到修道院而非理疗院，在那里度过了自己的青春期，身高停在一米六。

摆脱战争、家庭和修女之后，她来到巴黎，遇到了我父亲——她的童年初恋。此时他二十岁，她十六岁。父亲已经开始健身，帅气、强壮，还会跳舞。他不再是羞涩内敛的小男孩，而是圣日耳曼的王——至少在我母亲眼中是这样。而我母亲还不知道自己是谁，她还不了解自己的头脑和身体，只了解一点自己的

---

① 原文"des papillons dans son ventre"，法语常见表达，指恋爱的感觉。

少女心。她第一次感到自己的心在剧烈地跳动。

我父亲勾引了她，像是报复自己可怜苍白的童年。我母亲甚至不记得有所拒绝，便被这个王拉入了他的国度。几个月后，她怀孕了。我父亲是爱她的，这段感情按理来说会有好结果。唯一的问题是，他每五分钟就会爱上一位。他的爱是个无底洞，所有在一旁探看的年轻女孩都会落入其中。我母亲也在恋爱中，只是太过沉浸，把我父亲美化得太过。要知道，修女们用了五年来教导她，只有对上帝的爱才是被认可的。而不到五分钟，她就将上帝换作了我父亲。

我即将降临的消息激起了不尽相同的反应。我母亲这边的事情比较简单：刚出狱的外祖父莫里斯提出立即成婚。他可是这方面的专家。外祖母伊冯娜则怎么都行，只要给她一杯红酒，她就能忘却上一秒的事情。而在我父亲这边，怀孕的消息可不怎么受欢迎。幸运的是，祖父保罗此时也出狱了，事实上他的癌症已经扩散，所以就被监狱释放了，好死远一些。保罗和玛格丽特碍于颜面，强迫我父亲立即成婚。

婚礼仓促举行，到场的只有几位圣日耳曼俱乐部的朋友。大家齐聚在纳伊市市政厅，由几位双方的家人和雅基做见证人。两人心不在焉地听完忠诚的诺言，交换戒指，亲吻对方。

这场婚礼没有给任何人留下任何回忆。不得不说的是，当天上午，父亲还逼着母亲陪他去情妇家，取回他外出夜宿的行李。而当晚，外祖父莫里斯坚持让新婚夫妇出门，隆重地将他们请去了……妓院。两个年轻人确实都爱着对方。只是，他们没有任何基础，任何参考范本，任何稳定支持。只有破布做的心，棉花糖做的脑袋。战争不单杀死了几百万人,还摧毁了所有幸存者的DNA。

这时候,我还在黑暗之中,被温热的羊水庇护着,浑然不知外面充满敌意的世界已经在诅咒我的到来。1959年3月18日,吕克·保罗·莫里斯生于纳伊。串用祖父的名字是一种起名传统,而我将丢弃这一传统。

母亲是一个人在医院分娩的。父亲当时在英国布莱克浦,他在那儿找到一份马戏团的工作,替一位伤员的职。他的工作是从高处跳到低处跳板的一端,将跳板另一端的三位波兰杂技员弹起来。这世上没有愚蠢的工作。我和母亲在医院无人问津,并且在我出生的第二天,母亲就被要求离开,因为已经有下一位预订这间病房了。

母亲敲响了祖父母保罗和玛格丽特的家门。佣人让她稍等,先生和太太正在吃早餐。她在门口坐下,将襁褓放在两腿之间哭了一会儿。时间不长,因为她已经哭不动了。我就在她的脚边睡着,不知道自己已经成了一个象征,一段彻头彻尾的失败关系的象征。每个人都有讨厌我,至少是不喜欢我的理由。不过,这才是我人生的第二天,还有改善的空间。

母亲又带我来到布莱克浦。父亲将我们安置在一家小旅馆,自己回了新情妇的家。母亲说这位情妇是给大象捡粪的,父亲则说她是一位驯兽师。很快,父亲厌倦了情妇,以及他一天送上天三回的波兰同事。只是,没人可以在一个波兰杂技团中说走就走,他们对父亲放了狠话。于是,在最后一场演出结束后,我们连夜逃离了布莱克浦。

现在的我估计有几个月大了,眼里的父母不再是模糊的一团。我终于会对他们笑了,运气好的话,他们也会对我笑一笑。

1960年

我一岁,记忆当然仍是一片空白,只有这些年间父母跟我说过的一些事情。

我们住在巴黎的塞瓦斯托波尔大街,抒情歌剧院广场的对面。母亲的状态仅仅是活着。她从十五岁起就不再读书,十六岁就怀了孕,接受的教育仅限于背诵修女们日夜唠叨的祷告,以及数清楚她的醉鬼母亲扇了她多少巴掌。这种最低限度的教育为她的人生铺好了后路,因为我父亲总是打她,而她的日子都用来祈祷这一切的终止。她不知道该如何跟我父亲对话,我父亲也永远不会有耐心听完。

年轻的克洛德成天在外跳舞、玩乐、做爱,以弥补过去被偷走的时间,把每一天都当作最后一天来过。父亲读的书不比母亲多,两人的对话总是以他砸在桌上的拳头收场。更别说他还开了一家健身房,体重接近100公斤。

在这段日子里,父亲逐渐组建起自己的团伙:爵士乐俱乐部里结交的伙伴、中央市场的朋友、运肉的工人,还有一小伙屠夫。这些人经常聚集在昂吉安街父亲的健身房中练举重。也是在此期间,杂技团的一位老相识托父亲帮忙照顾他的宠物,他要离开几个月。父亲答应了。

给一个八个月大的孩子找一只宠物做伴来缓解孤单,本是好心的举动；不过很可惜，这宠物是一头狮子，体重甚至超过了我母亲。最初，我们都住在公寓里，父亲和母亲睡在卧室，我在摇篮里，狮子在它的竹筐中。父亲每天早上6点带它下楼到广场上方便，母亲则给它买好当日份的3公斤肉。一切还算相安无事，虽然拉着一头狮子在塞瓦斯托波尔大街上穿行不是一件容易的事，即使有绳牵着。

不过有一个明显的好处是，到了公园不会有狗的打扰了，它们早就躲得远远的了。唯一有怨言的是公寓楼的门房，一位口音极重的葡萄牙女人：

"贝松先生，这楼里不让养狗。"

"这不是狗，是狮子。"父亲回答道。

这种事情放在今天，GIGN[①]早就上门，BFM频道也开始循环热播了。我们的门房只是将门锁紧，不再说话。

我还不会走路，可已经会爬了，这自然让我和狮子更加亲密。估计是被它的体温和柔软的皮毛吸引，后来我经常在它的竹筐中睡午觉。这是一头母狮子，跟所有动物一样，拥有着比人类更强烈的母性本能——最起码比我母亲要强烈。是它接纳了我。哪里有爱，人就去哪里。

我想，我对动物的喜爱就是从这里开始的，在这竹筐之中。我喜欢动物的本能，动物的简单。它们相爱、玩耍、觅食，只有在被侵犯的时候才会自卫。我始终认为，动物的爪牙远不及人类的言语和微笑危险。

这只狮子有80公斤重，每天早上下楼经过大门，都把门房

---

① 法国宪兵特勤队，任务包括反恐、人质解救、打击犯罪等。

吓得提心吊胆。是时候让狮子离开这个家了。父亲做了一个聪明的决定，将它放到健身房去。这下举杯欢庆的不只有门房，还有邮递员了。事实上，自从被狮子扑倒之后——当然狮子只是想和他玩，邮递员就再没来过。

邮递员没胆量赌命上门，警察倒是来了。幸好这位警察热情和善，也不反对养动物。但老太太们还是不敢出门遛她们的贵宾犬，理由是狮子就在这个街区附近。父亲最终下定决心跟狮子分开。他在一家杂技团给它找了一份工作，不用和空中杂技演员一起表演的那种。我再次陷入孤独，甚至没人想过用一只毛绒玩具熊来替代狮子。

1961 年

要将这一年的记忆碎片拼凑起来并不容易，更何况这些记忆都来自别人。我花了好些年从父母和他们的朋友那里收集这些碎片。我怀疑父亲的回忆都是筛选打磨过的，以便在我心中给他自己塑造更好的形象。我也不尽信母亲的版本，她只想尽可能地抹黑我父亲。

我大概用了将近四十年的光阴才看清楚背后的弯弯绕绕，有了自己的一套想法。想象出一个美好的过往并没什么用。现实一刻不停，总能让你看到生活的本来面目。但是，即便我有了自己的判断，直到今天，这张拼图还是缺东少西。

比如说，我知道父亲曾经参过军。法国深陷阿尔及利亚战争的泥潭时，他不得不离开圣日耳曼德佩区的俱乐部，前往巴布瓦德附近的军营。那是 1957 年。但我所知的也就这么多。我还知道，在第二年，他因为擅长跳舞，被招去出演马塞尔·卡尔内①的电影《不安分的年轻人们》②。巧的是，在电影拍摄期间，他认识了蕾妮·希拉，四十年后，我娶了她的女儿薇吉妮·希拉。

母亲却几乎记不起这段日子里的任何事情。每当父亲四处留情，她就和我一起住进纳伊的贝尔齐克姑婆家。而我只记得巴黎的塞瓦斯托波尔大街，准确地说，是这条街的123号。祖父母保罗和玛格丽特在二楼有一间被用作作坊和服装店的超大公寓，而我和母亲就住在六楼的佣人房。

在我的记忆中，这是一条安静的大街。车很少，可以轻松穿过马路到对面的公园去玩。清早还能看到马车拉着货物赶往铁筑中央市场的铁亭③。那是巴黎最大的市场，母亲常带我去。里面总是热闹非凡，到处都是陌生和惊奇的景象。商家会吆喝叫卖，还让试吃。

壮汉肩扛一大块肉穿梭来往，生菜和韭葱连绵成林，西红柿像草坪一样铺开，鲜花一墙一墙地展列，我总是凑上去闻得神魂颠倒。那时候我们没有电视和广播，也没钱去电影院。中央市场就是我唯一的娱乐场所，我至今都未忘记其中的美好。

市场旁还有一处景点：圣厄斯塔什教堂。这个地方也让我印象深刻，尤其是里面的香气。一入教堂，体感温度立即骤降5摄氏度。彩色玻璃窗让室内显得幽暗，并将胆敢闯入的阳光折射成七彩斑斓的光束。教堂里一片静默，只能恍惚听到中央市

---

① Marcel Carné（1906—1996），法国电影导演，代表作《雾码头》《天堂的孩子》等。
② Les Tricheurs，1958年上映，讲述巴黎迷惘的一代年轻人的叛逆生活。
③ 19世纪50年代，巴黎中央市场被改造为玻璃和铸铁结构的建筑，后于1971年被拆除。场地现为乔治·蓬皮杜国家艺术文化中心。

场的喧哗。母亲带我进去不是为了祈祷，而是为了听巴赫。那里有定期举办的免费音乐会，通常是单簧管音乐会。

乐音在教堂中有种特别的音质和回响，在四处游走、旋转，又回弹。就是在这里，我体验到了立体声。这个圣地没有给我信仰，却教化了我的耳朵，日后将大派用场。感谢上帝。

1962 年

硬挺的祖父终于被癌症终结，死在自己的床上。我对他的印象就是一个缩在大外套里在库尔布瓦附近的公园小路上艰难挪步的老头。我们之间只有一个故事，直到我二十五岁，祖母还饶有兴致地对我讲这个故事……

当时，我和祖父母在公园。我还小，遇到泥泞小路还要大人牵着手才能走。因为天冷，祖母将我包得像一颗洋葱。我看到一只黑鸟站在冬天光溜溜的树枝上，大喊：

"看！屎[①]！"

都说童言无忌，不过这一次，我只是舌头打岔了：那只是一只乌鸫。祖父并没有责备我说脏话，而是和我一起玩笑起来。

"没错，一坨挺漂亮的屎！"他回答道。

祖母立即露出不悦的神色，我却扬扬得意，以为自己的调皮获得认可，于是更加放肆：

"噢！那儿还有一坨屎！"

这是我和祖父唯一的故事，一起说"屎"的记忆。比我外

[①] 原文"merde"，本意屎粪，也是法语中常见的脏话。后文的乌鸫（merle）与其发音相近。

祖父好，外祖父只是虚有其名而已。我对他毫无记忆，也没有他的照片。我甚至不知道他长什么样，因为他从来不曾亲近过我。

父亲和祖父的关系不算融洽，彼此也不怎么熟悉，唯一勉强算作亲密的时刻，就是在桑代监狱的探望室里。

祖父死后，父亲继承了塞瓦斯托波尔大街的公寓。玛格丽特失去了丈夫，也失去了她继母的身份，就被请去别的地方哭了。她搬到拉加雷讷科隆布的一处两居室。而这边的公寓很快被父亲变卖，据母亲说，卖房的钱在一年多的花天酒地中被挥霍一空。

昂吉安街的健身房一伙越来越壮大。当中有雅基这样一生的朋友，还有贝尔奈尔兄弟、雷内、让－皮埃尔、在萨布勒多洛讷度假时结识的贝朗热和雷蒙·朗姆、建筑专业的毕业生汤姆·贝格兰……还有很多我忘了名字的家伙。这伙人就带着自己肿胀的肱二头肌，经常在健身房对面的酒吧聚会。酒吧有一个服务员叫凯凯，一米六，活力惊人，似疯似傻，笑容有种摧枯拉朽的魔力。要是将他比作某种动物，那就是长尾豹马修[①]。他看起来像是那种会被扔到窗玻璃上的橡胶人，可以不停地旋转下去。凯凯加入健身房后，很快成了这群人中间的吉祥物。

他们的童年都在战争中度过，人生的快乐时光来得太晚了些。他们每天晚上在圣日耳曼德佩区喝酒、跳舞、泡妞，白天就在健身房举重，每个人都在几个月内长了10公斤的肌肉。父亲已经不是那个只会低头听人说话的焦躁不安的少年。他体重

[①] Marsupilami，比利时漫画家安德烈·弗朗坎于1952年创作推出的漫画形象。

95公斤，胸肌像一口锅一样圆挺，手臂像蟹螯一样粗壮。在这伙人的鼓动下，他赢得了法国健美比赛的冠军，登上了一些健身和健康杂志的封面。

父亲也因此得到了参加欧洲健美锦标赛的机会。刚开始，他确实有准备，可惜那些酒吧和姑娘们并没有给他太多认真训练的时间。

与此同时，昂吉安街的健身房来了一个奥地利年轻人，也在为锦标赛做准备。这个年轻人身材壮硕，野心勃勃。他叫阿诺·施瓦辛格。这时候打针已经不是什么新鲜事。父亲通过了锦标赛的初选，但第一轮就结束了比赛。他是没什么目标的人，眼中只有玩乐，只想享受少年时代被偷走的乐趣。而阿诺·施瓦辛格将成为"环球先生"。

一天，昂吉安街的这伙人齐聚酒吧，听我父亲带来的新消息：他给大家都找了一份工作。与其说是一份工作，不如说是一次冒险、一段全新的生活。他看到一则小广告，CET[①]在克罗地亚新开了一家度假村，正在招募一些能干的人组织娱乐项目。当时，克罗地亚听起来就跟亚马孙一样遥远，大家都挤在一张地图前找这个国家在哪儿。这个度假村名叫波雷奇，在亚得里亚海边。

面试只持续了几分钟，他们都被聘为帆船或者滑水教练。不用说，他们根本没见过船，我甚至不确定他们是否见过海。但大家都开始打包，准备开车前往目的地。父亲有一辆红色敞篷凯旋TR3，这在圣日耳曼是绝佳的调情助手，不过，用来拖

---

① 地中海俱乐部的前身之一，地中海俱乐部为全球最大的旅游度假连锁集团。

家带口，再装半年的生活行李，就不太方便了。好在敞篷车上看到的风景绝美。到了那里，两件泳衣，一双人字拖，也足够对付日常了。

漫长和混乱的旅程过后，抵达的地方有了无法拒绝的魔力。无尽的海面闪耀着光芒，蟋蟀的叫声此起彼伏，浪潮轻轻拍岸，阳光热烈得让人眯起了眼。我终于有了最初的记忆，只属于自己的记忆。我四岁了。

— 2 —

1963 年

波雷奇度假村被一条马路分作两边。一边是供娱乐的海滩，另一边是居住地、接待处以及餐厅。居住地一半是钢筋水泥的房屋，一半是地势更高处的帐篷村落。餐厅外表是一个大长方体，屋顶覆盖着芦苇，四周有夹竹桃掩映。穿过马路就是海滩，父母对我唯一的安全指示就是："过马路前看好。"

事实上，这里每十分钟才有一辆汽车经过，危险并不在此，而在这之外的所有地方。可是大人们都忙于自己的新工作，无暇照看我。没关系，我已经和孤独相处太久，也知道如何在孤独中自娱自乐。我穿着泳装，光着脚，开始探索这片地方。穿过马路后，先是一片遮天蔽日的松林，松针刺脚，我的脚板很快长了厚厚的茧。再往远处走，便是"娱乐"综合体：一间酒吧，一个舞池，还有一个表演台。后台是露天的，因为这里几乎从来不下雨。再远一些，是排球场、足球场，然后是帆船小屋，贝尔奈尔两兄弟在那里艰难地挂帆。

再往前走，一条长长的木浮桥通向滑水平台，父亲就在这里当教练。母亲则是潜水教练，她在离开巴黎前学过一阵。她爱潜水，因为水下没有我父亲。很快，第一批游客到来，度假的季节开始了。度假村里没有小孩子，甚至没有克罗地亚本地人。不过无所谓，我已经认识了我最好的朋友，陪伴我终生的朋友：大海。我对它的喜爱、崇拜和依恋都发源自这个地方：一个遍布礁石的海湾，海湾里是平静迷人的深蓝海水。地中海的与众不同不仅在于它是文明的摇篮，也在于它亘古不变的魅力，从被创造之日起便是如此。

大海是一场永不停歇的表演，不论白天还是夜晚。它的面目始终在更新，所以始终不老。它的音乐总在你耳畔，让你心醉。不论盛怒还是沉睡，它都在向你诉说着什么，只要你懂得聆听，它便乐于教导、抚慰。每天我都久久地待在海边，看看海面，或者翻翻岸边的每一块石子。木浮桥和帆船小屋之间的这一百多米，我每一寸都仔细查看过。这是我的领地，有我独享的小泳池，还有数不尽的滨螺。

我从母亲那儿学到怎么用一根针撬开贝壳，但告诉我贝类要煮过后再吃的是厨师。他叫于贝尔，收留了一只叫苏格拉底的狗，是一只德国牧羊母犬和一只流浪的牧羊公犬杂交来的。因为共同的孤独，我们相遇了。我终于可以骄傲地夸耀自己拥有一位朋友。很快，我们就形影不离，一起玩，一起吃，一起睡。我只和它说话。这可不是什么文字游戏：我是真的不和任何人说话，连母亲都有些忧心了。她也是时候关注到这一点了。

一天,一位客人向我母亲抱怨:

"你儿子出口骂人,他让我滚蛋!"

"不可能,我儿子不会说话的呀。"母亲反驳道。

说起这件事她总会大笑,却从来没有意识到事情真正的严重性。一个闷声不响、只跟大海和狗说话的小孩,可不是正常小孩。但对于这些世界大战的幸存者而言,现在的一切都是正常的,生活是美好的。

在这段时间里,我学会了一些基本的技能。比如在不被钳手的情况下抓一只蟹,用两块石头搭烤肉架,以及最重要的,教苏格拉底游泳。它很快就学会了,比我游得还好。我们终于做好了一起出发去探险的准备。因为每天在这片石滩上来来回回,都有些乏闷了,我们决定造一艘船,到海上去。我把表演台的后台当作作坊,在那里打造自己的幸福。一块原本也许是演戏道具的光溜溜的门板被选为船的主体,这足以支撑起我和苏格拉底的重量。至于船桨,我在村子外的一片芦苇地上找到了足够坚硬的材料。

然后,我叫来了让-皮埃尔。他的水上运动实在太差,只能做点室内装饰的活儿。不过,他画画很棒,手也很巧。我把从装饰品垃圾堆里捡来的两块木板给了让-皮埃尔,他用竹子将它们钉死在一起。现在,我有了一支好船桨,可以启程去冒险了。我没太张扬,只等好心人帮我将船抬到水边。最终,一对情侣助我完成了最后的这段距离。

苏格拉底立即明白了我的心思。船才被放到海面,它就跳了上去,在船头安稳地坐下来,像船首像一样。我划了一下,便确定可以继续了。门板虽然被水面没过,但还是撑起了我们两个。完成所有的技术检查后,我们就决定到更远的地方去。第一个目标是离开主海滩,沿礁石前进一百米左右,到达帆船小屋处的小海滩。这一趟用了大概十五分钟,没费什么力气。很快,我们对这艘船有了信心,每天都在游泳者的喝彩鼓舞下从他们面前来回好几趟。他们喜欢看海面上来来往往的船。

不过,是时候做些正经事了:要看得更高,尤其是,更远。海湾的另一边有一片西瓜地,从地面上走近几乎不可能,周围都是岩石,太过危险,从海上渡过去反而更容易些。即便如此,还是要谨慎,因为那片地是当地农民的,他们可不会放过偷瓜的人。

据我计算,只要确保出发当天无风无浪,挑一个好瓜,加上回程,一共要三个小时。我和苏格拉底一起连续几天观察各项细节,以此精确跨海行动的时间。在多次尝试以及多次的错误行动之后,我们积累了足够的经验,直到某天早晨,一切到位。海水像一面镜子,海风不起,海浪不涌。"完美无瑕"的计划[①],就在今天。

我曾经试过在路边捡西瓜。西瓜散落在竹林间,个个浑圆青绿。我当时深信,这些西瓜就是偶然长在这里的。种瓜的农民很快让我意识到自己的错误:他用当地方言狠狠地骂我,幸好我都听不懂。

一顿丰盛的早餐过后,我们出发了。时间是早上 7 点。大海似乎有所活动,可不足为怪,太阳出来的时候,总会伴随着一阵微风。苏格拉底蹲在船头,盯着前方,避免和任何船只迎

---

① 此处使用了 2007 年的英国电影《完美无瑕》(*Flawless*)的片名。

面相撞。

渡海一程，平安无事。海上风景很美，水面上闪着金光。空气清新怡人，太阳晒在皮肤上的感觉刚刚好，苏格拉底看起来也很高兴。这是我记忆中的第一个幸福时刻，一种被自然温柔地接纳的和谐感，真正的生活就在这种简单和谐中。经历过一次，我就明白了这个道理，即便后来我也会偶尔忘却。不过，此时此刻，我看着我的狗，我的狗看着大海，一切都很美好。

海上起了微风，渡海时间比预计的长了些。苏格拉底伸长舌头，还好我带了一瓶水和几块吐司，可以让我们在偷盗之前维持体力。西瓜地的主人住在这片地的另外一边，说不定也和很多人一样不会游泳，所以我们有充裕的时间挑瓜。我当然选了最圆最大的，也就是最重的一个。苏格拉底拒绝帮忙，我只好在地里滚起了西瓜，滚到石子滩，滚到沙滩，最后滚到我们的船上。一番折腾下来，已是中午。风终于要起来了，海浪也是。

我又返回瓜田，找了一个小一点的瓜拿来吃。用石头砸开西瓜后，我就和我的同伴一起分享大块的瓜肉。苏格拉底喜欢西瓜，而我喜欢看它吐瓜子时做出的各种鬼脸。风从竹林穿过，带来优美的乐音，这忧伤的声音和海浪声交融在一起，我就在这一片柔和中打起了盹。时间不长，只是等我睁开眼，太阳已经开始下山。该回去了。海面不太平静，还是逆风而行，回程会比预计的久。

为了加快速度，我加大了划桨的力气，可是让-皮埃尔造的东西禁不住这样的折腾。也不能怪他，他没料到我会用这么一块门板出海。海面逐渐上升，水流也在逆转，我一点点地远离海岸，从这里看上去，岸上的帆船小屋只有一丁点儿大。苏格拉底和我不急不躁，在船上平静地坐着。在海上多待一会儿，就多一会儿的乐趣。事实上，船早就已经横渡海湾，而非沿着海岸线走。这时，一艘八人座的快帆船靠近过来。船上的游客对着我指指点点，像发现海难者一样。所有人都笑翻了，也许是因为苏格拉底对他们一脸冷漠的表情。唯一不笑的人是我父亲。他也在船上。父亲十分惊愕，我也是——我还以为他在教滑水。

他瞪大眼看着我，像我脸上抹了果酱似的。

"你在这大海上做什么！"他冲着我嚷，责备中带着忧虑。

"我去摘西瓜。"我用孩子气的直率回复道，像来自另一个平行世界。

游客又大笑。父亲不好放开了骂，只收了西瓜，对我喊了一句：

"快回家！"

我用了两个多小时才回到岸边，这期间，父亲的船一直在不远处，确保我始终在他的监控范围内。下午5点左右，我终于踏上陆地。礁石已经不那么烫脚，但太阳很快把我晒干了。我照父亲的吩咐，直接回家去。

我没有自己的房间，只有客厅角落的一张折叠床，和住帐篷的游客用的一样。我瘫倒在床上，苏格拉底钻进床底，我们都一秒入睡。美中不足的是，父亲没有将西瓜还给我。

我能感觉到，这次海上冒险对他有所触动。在责任感的推动下，他决定教我滑水，顺便看着我。在此之前，他都以我的腿脚太细为由拒绝我。的确，我才五岁。刚开始的几番尝试确实很灾难，我要么直接往前趴下，要么劈叉，摔得不堪入目。我的下肢力量太弱，根本无法保持两块滑水板的平行。不过，父亲喜欢挑战，我也一样。他找来两块木板，将两块滑水板固定在了一起。

有了这块父亲手工制作的滑水板，我马上就站住了，整个人无比畅快。无论是在水上走还是跑，声音都干脆清爽，像风鼓起帆一样，能感到空气拍在脸上，海水冲进眼睛里。之前划门板几个小时才能走完的海岸，现在飞速掠过，甚至来不及去看风景。我的第一圈滑水大获成功，赢得了游客们的掌声，也许是因为看到一个小孩像木塞一样在海上漂荡，让他们感到新奇。热情的欢呼让父亲有了新主意，他打算让我加入下一次的水上表演。我彻底放弃了小木船，滑水平台现在成了我的新领地。

苏格拉底找了一张长椅，趴在椅面下乘凉。这可怜的小狗在那里一待就是几个小时，看着我在水面上翻来倒去，双眼不离地守护着我，确保出现问题的第一刻下水救我。苏格拉底是我最好的朋友。两场滑水的间隙，我会过来陪它，和它说话。等它也感到厌烦的时候，我们就离开木浮桥，去别处冒险。

对于水上表演，父亲有他自己的想法。他设想自己踩着单滑水板，肩上坐着母亲，母亲肩上坐着我。杂技团的经历影响了他，他把我们当作波兰同事对待了。我对这个想法非常兴奋，母亲却不然，她担心自己的背。但她没有别的选择，决定权在我父亲那里。

训练从第二天开始。为达目的,我们试遍了所有方法。起初,父亲和母亲先一起滑,再由另一位滑水员把我带过去。但在这样的速度下,每次我都掉下水。这个方法被放弃后,父亲立即提出了一个新方法:"猴子上树"。我像一只小猴子抱着母亲的肚子,母亲先带着我一起滑,父亲跟在我们后面。离开水面的那一下是最困难的,每次我都感觉自己的头像被放进了洗衣机,可父亲不会因此放弃。永远不会。

我和母亲终于成功地离开水面,最艰难的部分完成了。等我们站稳,母亲会放走她的滑水板,转移到父亲的滑水板上。我也照做,好让母亲能爬上父亲的肩膀。等他们两人都稳定了,就轮到我向上爬,直到坐在脊柱侧弯的母亲的肩膀上。

滑水板下哗哗啦啦,风浪让我们无心享受当下。父亲坚实得像一块巨石,对我们喊着一切都好。

船调直船头,从木浮桥前驶过,上百名游客被垒成金字塔的一家人惊呆,发出雷鸣般的呼喊,连水声都盖过。这下,我出名了,每个游客都要来摸摸我的头。

这段时期,母亲过得非常隐秘。我极少见到她,几乎感觉不到她的存在。她的状态并不太好,父亲过着自己的生活,这生活中却不包括她。她的正式工作是潜水,只有十来个加起来一吨重的黄色气瓶和一些非常简陋的器材,没有浮力调整器,脚蹼也很小,面罩看起来像个带玻璃的桶。

潜水对我来说还太危险,母亲拒绝教我。我不得不再耐心等几年。

也很少有游客对这项运动感兴趣,她几乎没有多于五个学生的时候。

父亲和母亲一般一大早出去，11点左右回来。这个时间，我会尽量到木浮桥上去，以便见到母亲。她给我带回来一个珍珠母，我就立即将它洗干净，晒干，挂在我们的公寓里做装饰。有几次，母亲拿着古罗马双耳瓶回来。那时当地没什么人玩潜水，海底是一个巨大的天然博物馆。其中一些双耳瓶是完整的，大部分则只有一个瓶颈。母亲最好的收获是一只小小的香水双耳瓶，至今摆在她的客厅里。

关于这些双耳瓶，我记得一则趣事。旅游季结束，父亲决定将一些完整的双耳瓶带回法国，可这是违法的：它们属于克罗地亚。不过，父亲想了一个天衣无缝的计划。他将双耳瓶横放在后座下，盖上几条毯子，让我假装睡在上面。我们在午夜时分过海关，这样更可信。快到海关哨所前，父亲提醒我注意任务。我立即闭上眼，装作熟睡。

父亲在栏杆前停下车，海关人员要求出示证件。

"有东西要申报吗？"这或许是他今天的第一百次询问了。

父亲压低声音说话，还指了指我，解释自己的轻声细语。我只能闭着眼想象这个场景，这才是最糟糕的。周围的每一个声音，海关的每一下靠近，都让我忍不住想象他的表情。他起疑心了吗？我可不想因为自己的拙劣演技，将双亲送进大牢。我决定舒一口气，为自己的表演增添一分可信度。这招似乎奏效了，因为海关将证件还给了父亲。

汽车重新启动，我还是闭着眼，以防海关给我们下套，其实还趴在车窗外盯着我。

"可以睁开眼了！"过了一会儿，父亲对我说道。

我立即坐起来，从后窗看到海关的哨站的确越来越远，内心逐渐平静下来。我重新躺下，精疲力竭，很快睡着了。这次是真的。

母亲经常带我去城里，也就是波雷奇的港口。路上要走一个小时，沿路有竹子、夹竹桃和刺槐树。母亲会抓一片刺槐树的叶子放在舌头和上颚之间吹哨，像一只喉咙中有毛虫的夜莺。她一路走一路教我，路上的时间也就这么过去了。

老港口的路是在几个世纪前用特别大的石块铺砌成的，港口停泊着一些小渔船，海鸥比游人还多。我们总是在下午茶的时候抵达，去一家露台上有小圆桌的面包店，菜单也都一样：比鲜奶油还要浓稠的玻璃罐装酸奶，外加一块当地做法的曲奇。这种曲奇饼的外形像一个王冠，有一层杏子酱夹心，表面还撒了一层糖霜，总会粘到我的鼻尖。母亲通常会点一杯茶。我们就坐在露台上，看渔民们收拾渔网，静静地，不说一句话。我对她的不幸浑然不知，她对我的孤独亦是如此。太阳下山了，城市变得橙红发亮。是时候回家了。我迫不及待地要向苏格拉底讲述我下午的经历。

每隔两周，帆船学校的船会齐齐出海，将五十多位游客带去几英里外一个美妙的小海湾露营。

露营是收获新风景的好时机。首先是海滩。这可是货真价实的海滩，不像俱乐部那边的看起来像个巨大的混凝土池子。

沙子又细又咸，在太阳底下闪闪发亮。其次是，我终于可以在这里堆城堡了。当然是用自己的双手：我还根本不知道玩具铲和玩具耙的存在。无所谓。我的双手就是最好的工具。

母亲也一起来。她会在篝火上架起一口大锅，将处理后的蔬菜一块接一块扔进锅里。我在一旁帮忙，为自己也能使用刀具而兴奋。等蔬菜都下了锅，我们就去找香料。母亲会在采摘前先闻一闻，我也跟着照做。她会摘一些百里香、迷迭香，和其他适合配菜的香草。我跟在她后面，像和女主人一起出门散步的小狗一样高兴。回来后将香草扔进锅里，游客又给我们带来几条用鱼叉捕获的鱼。这些鱼是最新鲜不过的了，因为捕鱼的人脸上的面罩还没来得及摘下。母亲将鱼清理干净，几条红鲻鱼，一条鲷鱼，一条岩鱼，都剁成块扔进锅里。再添一点橄榄油，不到一个小时，鱼汤就好了。

游客在海滩上堆起巨型篝火，替代即将下山的太阳。

母亲用铁碗给我盛了一碗鱼汤，我就走到海滩上盘腿坐下，双手捧着还烫手的碗，看太阳从地平线上落下。直到今天，每次喝鱼汤的时候我都会想起这个画面，仿佛还能听到蟋蟀的叫声，闻到被太阳烤干的草的气息，看到自己脚上风干的一层海盐。

如今被生活追赶的我们，已经渐渐忘记生活原本的模样。海滩只是一张色彩饱和的相片，被贴上打折促销的价格。我们想象或者购买，唯独难以再感受。我们忘记了那些感觉：太阳下山后将手伸入尚有余温的沙子中的感觉，将沾在皮肤上的沙粒冲走的感觉，筑起沙墙来抵抗海浪的感觉，画一个被海水刷去痕迹的心形的感觉，或者，只是平躺着，用海滩的温度烘烤脊背，在海浪的波动声中睡觉的感觉。只有当你融入其中，而非自居为主宰，才会发现自然有多美好。

1964 年

这是我们在波雷奇的第三个也是倒数第二个旅游季。不得不承认，我对这段时间的记忆已经开始混乱了，很难将其梳理明白，就连母亲也做不到。我只有一些模糊的感觉，自然、大海、孤独，还有苏格拉底。四年里，我们一直在波雷奇和瓦卢瓦尔之间交替居住。瓦卢瓦尔是阿尔卑斯山一处迷人的滑雪胜地，CET 在城外有一家度假村，到了冬天，父亲一伙人便来这里工作。度假村位于两山之间，右边是克雷特朗多峰，左边是塞塔斯山，看上去像雪堆中的巨型木屋。这里的气候和波雷奇天差地别。

度假村的入口是一段气派的白色楼梯，直通接待处。

让-皮埃尔已经彻底放弃了运动，专攻室内设计，他用漫画将所有员工的肖像画在墙上。于贝尔被画成这个度假村的首领。父亲也在墙绘上，皮肤还是在波雷奇晒出来的古铜色。他现在是活动策划员，负责娱乐游客。

母亲不在墙绘上，她总是在后台，为父亲制作表演用的服装。她不喜欢雪，我也从未见过她穿滑雪板。我不一样，满心激动地要试一试，觉得总不会比滑水复杂多少。

既然于贝尔来了，苏格拉底也可能跟过来，我一眼就看到了我那毛色斑驳的杂种小狗在吃雪。这是一次激动人心的重逢，尽管我穿着厚厚的羽绒服，戴着只露出眼睛的羊毛帽，它还是马上就认出了我。多么幸福呀，可以和我的朋友、我的伙伴重逢。我们先是一起探索这家度假村，随后转向野外，很快就将这片地摸熟了。因为到处都是白色的，一切都被冻住了，一直到三公里以外的城区。苏格拉底和我很快明白，这里的游乐场太过狭窄，逃出这片冷杉牢狱的唯一方法就是：学会滑雪。

雪鞋是皮制的绑带靴，穿起来十分麻烦，而且不到十分钟就会湿透，整只脚就只能这么生生冻着。滑雪前还要在鞋子后面绑上一条绳子，系到滑雪板前方的夹扣中。我的手太短，够不到扣子，每天上午都要找一位好心人帮我穿上滑雪板。

度假村前方的斜坡缓缓往瓦卢瓦尔城市方向倾斜，教练选择这个地方作为初学者的雪道。天气冷得真让人受罪。我穿了三层衣服，整个人圆鼓鼓的，滑雪板感觉有一吨重。每次摔倒，雪就到处渗入衣物中。我的手套湿了，脚被冻僵了，鼻涕流到风雪帽上，寒风也吹得刺眼。每当这个时候，我就怀念起波雷奇的海滩。

滑雪的确没有滑水复杂，我很快就领悟了。只是，雪道比海水硬，每一次摔跤都比在水面上疼。希望父亲不会想在这里搭一个雪上人肉金字塔。

滑雪最畅快的时刻是脱靴子的时刻。我穿着袜子，一直走到巨大的壁炉前，双手捧着一杯浓浓的热巧克力，让火像烤一块面包那样烘烤我。

尽管寒冰刺骨，滑雪也无甚乐趣，我还是进步飞快，骄傲地获得了第一颗星星①。滑雪教练是一个胖乎乎的萨瓦人,他在我的毛衣上别上了奖章。这让我想起玛格丽特家里挂着的水彩画,那是祖父身穿军服、胸前挂满勋章的自画像。我觉得自己的奖章看起来更闪亮一些,于是得意地在度假村里绕来绕去,收集大家对我的赞扬。但一颗星星还不足以让我逃离此地,我还要继续练习。很快,我收获了第二颗星星,只是第三颗就没那么容易了。

积雪开始融化,河水流动起来,春天快到了。苏格拉底和我终于可以走远一些。我再也不用穿厚厚的防风服,一件羊毛衫足矣。我们堆的雪人在太阳下融化,脸上的表情歪歪扭扭,我喜欢看它们的脸。有时候,我们在放晴的日子沿着河流一直走到城区的入口。走过桥,有一处洞穴,里面立着一尊石膏圣母像。有人跟我说,是因为一位修女在这里见过圣母。我听不懂这个故事,因为我也看到了圣母,她就在石头底座上。

"不是这个石膏像,是真的圣母,傻瓜!"

我假装明白,虽然这件事还是让我迷惑:一位修女遇到了耶稣的母亲,于是人们就造了一座石膏像来纪念吗?我始终不明白圣母是什么,也不明白这位耶稣的母亲在瓦卢瓦尔的某个洞穴中做什么,苏格拉底也不懂。于是,我们返回度假村,等待夏天。

---

① 法国滑雪学校 Ecole du Ski Français (ESF) 在儿童高山滑雪中,将从初学者到竞技者的技术水平划分为 11 个等级,其中第一颗星星(Première étoile)代表可以在缓坡上平行转弯,在平行滑雪板上做横移。后文所说的第二颗星星(Deuxième étoile)代表可以在中等坡度上平行转弯,控制打滑等;第三颗星星(Troisième étoile)意味着掌握了高速平行转弯、甩尾和急刹等技能。

波雷奇的季节重新来临,几周之内,我脚下的茧又长起来了。苏格拉底也一起回去,我们再次重聚。不过,这一年它要学会分享了,因为我有了自己的第一个女朋友。我已经不记得她的名字,只记得她有一头金色的鬈发,一双褐色的大眼睛,裙子是蓝色的。照我父母的说法,我们两人,还有苏格拉底,是形影不离的三人组,整天在村里四处跑。

这个女孩是和她父母一起来的,几周后就会离开。分离总是痛苦的,我问父母能不能跟她一起走。父亲被逗乐了,说这是不可能的。他们也许觉得诧异,一个情感混沌未开的小男孩,竟然想和陌生人一起离家。不过不要紧,我自有办法。

"我躲进车的后备厢,等你爸爸停车加油的时候,你就给我水喝。"我给女孩出了这个主意,她答应了,对这样的秘密行动十分兴奋。

趁着她父母在告别酒会上和人握手的机会,我钻入汽车的后备厢,我的小同谋立即厢门合上。天气已经很热了,但我相信等车跑起来就会好的。她父亲开车,母亲坐在副驾驶上,女孩在后座。车子启动,越走越远。我的计划大获全胜。我成功地离开已经晒出古铜色皮肤的家人,追随命运安排给我的爱情去了。小女孩在后座上,越发担忧。她想到这一路2000公里,我这样在后备厢中待着,也许并不安全。一个小时后,她将秘密告知了她父亲,她父亲立即停车,急忙打开后备厢。一切都好,我睡着了。我将和我的女朋友并排坐在后座,开始我的回家之旅。后来我父母说起这件事时总是大笑,从来不会深入思考。

— 3 —

1965 年

我们回到瓦卢瓦尔。现在,雪鞋有了挂钩,滑雪板有了固定装置,好多了。

第三颗星星被我收入囊中,我可以放肆去玩了。

每天上午,度假村的班车将我载到塞塔斯山脚下。

山脚有两种电缆车,只能站着的和有座位的。只能站着的缆车速度慢,不过排队的人少很多。起初我常常选这种,不过因为他们拒绝让苏格拉底上车,我很受挫,该想想办法了。

可以坐的电缆车里有两个座位。为了能挤进去,我选择排在教练专属队伍里,跟在一个团体后面,因此省了十分钟。快轮到我的时候,我借口自己的鞋子没穿好,拖住后面的人,然后在最后一刻突然冲上缆车,独占整个车厢。滑雪的人都知道,缆车起初是缓缓移动的,过了第一个塔架才加速上行。苏格拉底便在第一个塔架那里,蹲坐在雪地上等我。我给它信号,让它在缆车加速前跳上来，再将防护栏放下，我们便一起出发。苏格拉底蹲在一旁看着山，像之前在船头看海一样。它的目光自信而坚定，似乎早已熟悉眼前的风景。

山峰的第一道坡面有两条吊缆和几条光照充足的自由滑道，我们将在这里度过一天。苏格拉底会在高山餐厅的露台上等我，它不喜欢吊缆。直到气温明显下降，我们才一起准备回城。雪道下面有一个小酒吧，名叫奈奈斯的家，是我们的聚集点。我经常在这里碰见晒太阳的母亲，她始终不喜欢滑雪。下午茶里，蓝莓可丽饼替代了波雷奇的杏子酱夹心曲奇。之后，我们就坐上最后一趟缆车，回到第一道坡面上。山坡的另一面有一条直通度假村入口的小道。

到了季末，我的滑雪技术越来越好，苏格拉底已经跟不上我了。塞塔斯山顶有几位滑雪者在做障碍练习，我观察了他们很长时间，理解他们的技术，然后试着自己过了几道旗门，发现这种滑法非常刺激，于是决定每天来这里训练。

第二年的冬天，我报名了回转速降赛[1]，得到一枚属于自己的小山羊徽章。作为一个季节的开端，这个成绩还不错。这一年的重大事件是，我该上学了。

一个教室中有三个年级的学生，每个年级坐一排。我在最低年级的那一排。其他人都是纯正的萨瓦人，口音浓重。我是最差的学生之一，到目前为止，我对学习都毫无兴趣。我想要

---

[1] Chamois，ESF 举办的高山滑雪计时赛，将每位滑雪参赛者所花费的时间与开赛者（专门从事回转运动的滑雪教练）的时间进行比较，依据不同的时间差划分出五个水平等级：Cabri, Bronze, Argent, Vermeil, Or。下句所说的小山羊（Cabri）为最初级别认证。

学习的是外面的生活，而不是怎么将屁股粘在椅子上。

早上，所有人都滑雪来上课，需要将雪鞋留在教室门口。我们每人有一个储物柜，里面一双棉鞋。我已经记不起这里的老师了。课间休息是滑雪比赛，假如组织得当，我们有足够的时间到塞塔斯山上滑一圈。午饭过后，我们都在折叠床上睡午觉。四点整放学，苏格拉底已经在校门口等着我。有一次，它甚至闯进教室来找我。

每天晚上，我们都一起上山，再从小路回度假村。现在我已经能够一气呵成地下山，越滑越快，越快越高兴。最后一段是长长的平地，正对终点，要想不撑着滑雪杖走过去，就得从非常高的地方出发。

在抵达终点前的一段滑坡上，我为了避开一群初学者，整个人侧翻倒下，扭伤了脚踝。幸好有雅基在。他是这伙人中最正常的，虽然也和大家一样工作，却从未中断过理疗方面的学习。雅基把我带到奈奈斯的家，给我治疗脚踝。他有一双会魔法的手，直到今天我都这么觉得。手掌很大，每只手看起来像有六个指头。雅基十六岁时跟一位医师学了这个技术，他是个天才，只要将手放在你的背上，几乎能说出你昨天晚上吃了什么。过去的半个世纪里，雅基一直试图重建家庭。这时候，他和纳尼结婚了。纳尼一头金发，经常在我母亲旁边晒太阳。我还记得她孩子气的笑容。

不到一周，我的脚踝就好了，于是重拾训练。我遇到了一群狂热的滑雪爱好者。他们都二十岁左右，来自尚贝里一家名为特卡姆的滑雪俱乐部。我也不清楚我们是怎么遇见的，只记得我一天到晚跟在他们后面。他们滑雪速度极快，哪里都去，毫无章法。树林里，细雪上，石头上。我跟在他们后面，跳过石栏、树干，还有河流，到了晚上，双腿酸软，满身瘀伤，可还是坚持了下来。他们看到我每天早上必定出现，也备感惊讶：我早该躺到医院去了。很快，我成了这群人的吉祥物，甚至得到了一件俱乐部的T恤。

其中有两个人对我特别好：乔塞特和让－莱昂。我还记得他们的笑容与和善的目光。乔塞特问了我许多问题，让我更加打开自己。有人关爱的确是一件很愉悦的事。他们还邀请我们去参加他们在艾克斯莱班举办的婚礼。这些人比父亲那伙人还疯狂，整场婚礼惊喜连连。有一点我可以肯定，萨瓦人很会炒气氛，而且他们做什么都极快，无论是滑雪，还是喝酒。这场婚礼持续了二十四小时，昼夜不停，歌舞不断。

第二天，让－来昂和乔塞特出发去威尼斯度蜜月，出于某些原因，我也成了他们随身携带的"行李"之一。他们当然是喜欢我的，不过现在想起来，肯定还有别的理由。父亲和母亲的争吵越来越多，越来越激烈，他们不想被我旁观。所以，我和可以当我父母的两位新人去威尼斯待了三天，在广场上给落在肩膀上的鸽子喂食。后来，乔塞特有了三个小孩，我们失去了联系。我为自己曾是他们的"半路"小孩而感动,在他们那儿，我体会到了真正的家庭幸福。他们也让我明白，孤独和缺爱不是命中注定的，只是一个艰难的时段，一阵必须耐心等待其终结的狂风骤雨。感谢他们。

这段日子之后的事情有些模糊不清。当一个小孩的内心无法平静，他的记忆力就会下降，只生活在当下，忘记过往，也不憧憬未来。他害怕暴风雨，于是将百叶窗关上。

这一年，父亲在瓦卢瓦尔遇到了凯茜，一个蓝眼睛的金发美女，刚满十八岁，来自纳伊一个完美的富人家庭。他们来瓦卢瓦尔度假，凯茜被父亲身上那种波雷奇坏小子的气质迷倒了。这段露水姻缘看似十分认真，可到了旅游季末，出乎所有人的意料，父亲、母亲和我三人出发去了希腊。我再也没有回到波雷奇。

这一次我们开的不是敞篷凯旋，而是四驱车，车里一下宽敞许多，车速也慢了许多。我们用了五天时间才抵达雅典。可惜，没有公路直通我们要去的小岛，车必须停在城里。父亲将车停在一栋楼前，询问门房能否在这里停半年。父亲不会一个希腊词，可是他连说带比画，最终将意思表达明白。门房答应了，于是我们背上行李，出发去搭渡轮。这一年，CET被地中海俱乐部收购，父亲也被解雇。他被迫四处求职，最终在伊奥斯岛南部的一个小度假村找到了潜水教练的工作。他没有教练证，不过在当时，你说有就是有了。

度假村叫曼加纳里，据说是一位德国巨富给自己一个人建造的。

海湾后沿着一片银白色礁石有两排平房，前面一排面朝大海的是作为接待处和餐厅的主建筑以及露天舞池。到处都是白色的，简洁而又赏心悦目，蓝色的百叶窗是新漆的。海水则是绿松石色，水中的鱼清晰可见。海湾尽头有一个大概三平方米的潜水舱。那里有四个黄色气瓶，零个顾客。

我们在 5 月初抵达，我即将度过童年最美好的一段时光。父亲母亲无事可做，我独自占有他们，而且是同时占有，从早到晚都能见到他们。简直不敢相信。太阳一出，我们就乘船去潜水。我待在船上，观察海面上的气泡。父亲会从海底带上来巨型石斑鱼，几十公斤重的大家伙，我们通常会拿到伊奥斯的港口卖。下午天气太热，午睡成了常态。等阳光减弱，我就到港口去，让母亲教我潜水。但我还太弱小，根本背不动气瓶，只能紧紧贴在她身边，靠她的调节器来呼吸。

等脚底的厚茧长出，我又开始四处探索。我们在岛的另一端，离城区有几公里远，没有路通到这儿。天气晴朗的时候，可以看到右边的圣托里尼岛，以及左边的阿莫尔戈斯岛。要到曼加纳里海滩，必须通过一片礁石，走半小时才能到。海滩延绵宽阔，荒无人烟，只有一栋渔民的木屋。沙子很细，里面有礁石的碎片在阳光下闪烁发亮。

通常，我会走到海滩，然后从海里游回来。天快黑的时候，光照变弱，此时贴着水底游过，可以看到靠近沙子的地方有鳗鱼的眼睛在发亮。这是找到它们的唯一方法，白天它们都隐藏在白沙中。

父亲给我买了一个三叉鱼叉。我拉动上面的拉杆时有些困难，总是把自己的肚子弄得红肿一片。过了些日子，我上手了，肚子上也有了一点肌肉，可以直奔厨房，骄傲地展示自己叉到的鳗鱼了。厨师帮我处理好鱼身，我就将它们拿去火上烤。

厨师的猎鱼方式跟我不太一样。他每周去一次港口，往水里扔下一根雷管，然后就可以用抄网将浮到水面的鱼打捞走了。

我一听到爆炸声就立即冲出门，戴上面罩跳进水中。因为被震昏的鱼三分之一都留在了水底，大部分几分钟之内就会恢复意识，所以动作要快。

第一批客人马上要来了，父亲开始要求厨师到远一些的地方捕鱼。

所有工作人员都振奋起来，他们已经无所事事两个月了。那天上午，一艘大概四十米长的漂亮游艇来到海湾前。游艇太大，进不了这个小港口，游客在船板上对我们做了一个跳水的示意后就游了过来，看得出他们都很专业。来的是一群非常俊俏的德国人，蓝眼金发，身材挺拔，都不到三十岁。从我一米三的身高看去，他们就像一支帅气的水球队。

度假村里，德语满天飞，这群人总是醉着，也似乎从来不睡，在这里待了两周就离开了。他们是这个季度的全部顾客。我希望这家度假村的老板真是亿万富翁，不然一年之内这里就要倒闭了。母亲给他们上了几节潜水课，还好没人出事。我们很快恢复原来的生活节奏。父亲又去捕石斑鱼，我则从鳎鱼转向红鲻鱼，为的是换换口味。

日子一天天过去，慢慢地，我已经可以潜到水下 10 米的深度。一天，我在一道狭缝中发现一条石斑鱼，看起来差不多有 10 公斤。我深吸一口气，抓着鱼叉缓缓潜入狭缝中，举起武器。石斑鱼看着我。我突然犹豫了。

它的眼睛里有一种太过人性的东西。不过，我已经开始缺氧了，只好射出鱼叉。叉子却出乎意料地从它身上弹开了！这家伙太硬实,我的儿童鱼叉就是个笑话。石斑鱼的目光慑住了我。

它不懂什么是侵略，也不懂我为什么要夺取它的生命。我觉得自己十分可笑，竟然要杀害一个和我一样孤独的生灵。这一天，我决定再也不杀生了。

当地渔民经常撒下横跨海湾的渔网，然后从海湾的两边逐渐向一边的沙滩上收拢。附近所有的家庭都会参与其中，我也经常来帮忙。等待的第一个小时是痛苦的，因为什么动静也不见，但到太阳下山的时候，满满一网兜上蹿下跳的鱼就出现了，声音震耳欲聋，让人非常不舒服，甚至心烦意乱。这些痛苦的鱼群每一次都会让我非常不适。

等网拉到沙滩上，大人们开始挑选、分配，小孩子就跑到更远的地方玩。这是我和同龄人一起玩耍的唯一机会。游戏非常简单，永远只有一个：足球。四块石头放在沙滩上充当球门，一个旧皮球就开始在光脚丫的戏耍下滚动。我不太擅长踢球，可谁都不在意。我喜欢和这些用希腊语互骂的小孩子一起玩乐。离开的时候，渔民会给我两条肥美的鲻鱼，作为帮忙的酬谢。

也是在这座岛上，我终于看到了母亲幸福的模样。父亲相当安分，因为诱惑几乎为零。我甚至看到他们并排躺在一张大毛巾上晒太阳。这是我见过的他们唯一的亲密画面。我从未见过他们牵手、拥抱或亲吻，甚至互相微笑，只不过是肩并肩躺在一起，被太阳晒得昏昏欲睡。我牢记着这个画面，它像某种幸福的可能性，或者，至少是幸福的迹象。母亲像享受突如其来的艳阳天一样享受着她的幸福。而父亲，他已经享受惯了。

这段日子，母亲只有一个真正的麻烦：逮住我，给我上课。

离开巴黎前,她买了一些函授课本,立誓要把我教会。的确是时候了,我八岁了,还大字不识几个。而要上课,就要先将我控制住,因为有时候我会连续消失好几天。

通常,我会拿上一个小背包,往里面塞上脚蹼、面罩,还有呼吸管,出发去那个名为"三教堂"的海湾。三座白色的教堂分立在三座山丘的顶峰,俯瞰这个美丽的海湾。海湾尽头有两片沙滩,左边的小沙滩风平浪静,另一处更大,常有山羊来休息。这些动物在岛上发挥着很关键的作用,它们是专业的"除草机"。要想清理一片野地,只需租一群山羊。几周之后,保证干干净净,坏草好草统统除光。价钱按星期计算,外加出租期间山羊产出的奶酪价值的一半。

我一般会在有山羊的这片海滩睡觉。山羊们选择这个地方,肯定有它们的道理。总之,要相信动物的直觉。

它们也接受了我的存在,给我让出一小片地方。我就这么躺在沙子上,星空下,盖着母亲手织的毛衣睡觉。有时候,我接连几天都不说话。只听着风声,还有山羊的铃铛响。

有几次,母亲成功将我抓获,给我上课。不过在我的无能和坚决的抵抗下,她很快也放弃了。我的学业将是一场灾难。但我感觉自己每天都在学习:捕鱼、剖鱼、生火、预估潮汐、修补渔网,还有许多有滋有味的事情。我甚至学会了和一只章鱼交朋友。它躲在港湾入口处自己的洞穴中,我每天晚上定时来看它。起初我只是远远地观察,它见到我就换上一种颜色,好让我知道它的厉害。但我不为所动,待在那儿久久地盯着它。

每一天,我都向前靠近几厘米,章鱼渐渐习惯了我的存在。

终于有一天，我决定缓缓伸出手。章鱼将两只触手搭到我的手臂上，身体连番转换颜色，最终，它还是允许了我将手指放在它的两只眼睛中间。我找到了神奇的破局点。它僵住不动，睁大眼睛盯着我。随着我轻柔的抚摸，它看起来乐在其中。要是它会出声，也许早就打起呼噜了。很快，它的吸盘放松下来，触手也开始欢迎我。

几天后，每次章鱼看到我，都会立即从洞中出来。它将一只触手搭在我的面罩上，用其他触手包裹我的脸。拥抱可真不错，尤其是当对方有八只手的时候。它喜欢被人揉搓，像一块柔软的橡皮泥，任由我摆弄。章鱼的皮肤只有离开水才会特别黏稠，在天然栖息地的庇护中，它的触感就像细腻的丝绸，比婴儿的皮肤还要柔软。

苏格拉底不在的时候，这只章鱼成了我最好的朋友。

后来，在去看章鱼的路上，我遇见了一条海鳝。它也藏在一个洞穴中，全身深棕色，几近灰色。我只看到了它的头，所以还不知道它有多大。它的眼睛是蓝色的，还总是向我展示它的牙齿。一阵观察后，我很快明白，这并非攻击的信号，只不过是在透气。一条迷你蓝色小鱼正为它清洁鱼鳃和牙齿。它可真幸福，有帮工替它做这种苦差事。

为了接近这条海鳝，我用了和对付章鱼一样的方法，每天靠近几厘米。我把手指放在它眼前晃动，发现它视力不太好。不过，它对水流异常敏感。过了一会儿，我将手掌放在它的下颌，它依旧没有退缩。我开始轻柔地抚摸它，它的皮肤也很柔软。渐渐地，它从洞穴中探出来，我可以用两只手来抚摸它了。

有一天，我将它完整地从洞穴中抽了出来，它至少有一米八——我当时的身高还不到一米五！为了不让它们互相嫉妒，我决定上午看海鳝，下午看章鱼。

父亲的两位朋友雅基和富克——唯二敢于骑摩托车过来的人——即将到来，父亲和我去伊奥斯岛的港口迎接他们。每周有两趟从雅典来的渡轮，我们的两位摩托手就和摩托车一起从渡轮的船舱里出来。不过，他们的摩托车漫游到此就算结束了，因为岛上根本没有公路。两辆摩托车很快就在仅有的那一片柏油地上转了一圈，好像两只笼子中的老鼠。父亲大笑不已，两人只好将摩托车留在港口酒吧后门半个月。

岛上只有一条小路，通往科拉村——从那里可以俯瞰整个码头。路是在干涸的河床基础上简单铺砌而成的，只要给几德拉克马[1]，便可以坐上骡子进村。我去过那里几次，每一次都算得上"盛大出游"。我们一般去城里，母亲只逛不买，我则在货架底部疯狂寻找心仪的玩具，哪怕只一件，一件就能让我满足。

回到曼加纳里度假村，我就用石子和木料给自己建一个想象中的世界。我印象最深的是一块被大海磨得光滑的卵石，一面是平的，一面是圆的。石头很大，里面掺杂了一点银色的小碎屑，整体形状足够简易，我可以将其想象成各种东西。我可以让它在无边的空间中飞翔，再让它顺着细小的缝隙游走，模仿坦克的声响。下一刻，它又可以变成海滩上的飞车，能在转

---

[1] Drachma，希腊货币单位，2002年被欧元取代。

瞬之间冲进沙地,像一艘潜艇一样消失无踪。我的想象无处不至。

我不认为自己有什么特殊天赋,只有在孤独和贫穷下不断强壮的肌肉。对一个孩子来说,孤独是可怕的,像一座危险的监狱。假如他感到自己在这个世界上不被接纳,就会自己创造出另一个世界,冒着再也回不到现实的危险,走入其中。

我的世界是由一条海鳝、一只章鱼和一块卵石组成的。这个世界保护我,让我感受到自己存在的意义。海鳝让我抚摸,章鱼会拥抱我,卵石则化作世上所有的玩具。我是活着的。我的内心世界不和大人们的世界对立,只是与之平行,每当我胸口感到莫名痛楚时,就躲进去。

孩子或许不理解何为孤独,何为缺爱,可他能感受到。我在自己的世界中永远不是孤独一人,我被爱着。直到今天我还能回想起章鱼温柔地缠在脖子上的触手,对父亲的拥抱却毫无记忆。

还有一个世界我尤其钟爱:梦的世界。对我来说,上床睡觉就好比去机场。选择目的地,挑选同行的朋友,随即开启冒险。陪伴我的往往是动物,这很正常,因为在那段时间,我只和动物来往。在我的梦中,它们都会说话。有时,在出发冒险之前,我甚至在每只动物身上都尝试设定不一样的嗓音,然后甄选最佳配音。

不知不觉中,我已经在拍电影了。

返回巴黎的决定突如其来。回到塞瓦斯托波尔大街,我被安排到杜塞布斯街的公立学校，在圣丹尼斯街的后面。学校的院子铺的是混凝土，四个墙角处各有一棵树。多年来，树干被游戏的孩子摧残得千疮百孔，幸好树根被栅栏围了起来。

"为什么这些树都被关监狱了？"从学校回来的第一天，我问母亲。

院子的尽头有一方小便池，说是小便池，实际上不过是一块生了锈的铁板，上面有一道细水槽，水从那里流出去。我习惯了面朝大海尿尿，现在面对的却是一堵墙。

这所学校最让人震惊的是噪音。两百个学生在封闭的院子喧闹，声音堪比一架波音747起飞。我适应不了，到了晚上，两耳旁就嗡嗡响，像刚听完一场音乐会。

还有一件我不能适应的东西是鞋子。过去的半年里，我都是赤脚，已经忍受不了穿鞋子了。

"贝松，把鞋子穿好！"

这是本该教我生活的老师扔给我的第一句话。一个强烈的开场。

其他学生也不适应我。我的皮肤被太阳晒得像炭那么黑，头发因为海盐而发白，还每时每刻都想脱鞋子。我不属于这里。他们看陌生人一般的目光给我带来了致命的伤害，只有经历过的人才能明白。与众不同和由此产生的新奇感并没有让我受到欢迎，反而让我像一个无家可归的人一样被拒绝。

自我会驱动我们喜欢和自己相像的人。但对所有人来说，差异都是一种财富。当然，我对巴黎的最新时尚一无所知，可我能告诉他们怎么抓鳗鱼和红鲷鱼，怎么清洗珍珠母。但他们不在乎，他们不知道什么是珍珠母，也不想知道。他们已经在自己的小生活中定型了。我不会读书和写字，可我的生活经历比他们丰富。

上课的第一天，老师问我从哪里来。我像回答自己的出生地一样骄傲：

"伊奥斯岛！"

哄堂大笑。他们以为我在搞笑，世上怎么会有这么荒谬的地名。

"在地图上给我们指一下。"老师说，他当时认为"伯罗奔尼撒"是个形容词。

但黑板上方的地图只有法国。于是，老师将布满灰尘的欧洲地图拿出来，挂到墙上。我无法从这片广阔的土地上找到自己的位置。

"我们现在在哪里？"我天真地问道。

老师叹气，用粗胖的指头点了一下巴黎。我盯着首都，在头脑中重现我们一家人开车走过的路。先是南下到马赛，穿过意大利，途经威尼斯，绕过阿尔巴尼亚的禁区，横穿通往雅典的干旱地区，最后乘渡轮上岛。经过四座岛后，来到壮观的纳克索斯岛，伊奥斯岛就藏在它的后面。我将小小的手指放在地图上，激动于再次见到这片岛屿，哪怕是在一张地图上。在我身后，整个班级哑口无言。估计哪怕我指在月亮上，他们也会是这种反应。那一天，我明白自己深陷泥潭，难以脱身了。

每天上午，我从塞瓦斯托波尔大街123号出发，走过普拉多街，来到圣丹尼斯街，一路上会和在街上等我的同学碰面。

47

从八点开始，街上就站满了等在门前拉客的女人。她们五颜六色的丝质衣服、浓艳的妆容和发亮的红唇，让我想到了杂技团。她们是在街上表演的小丑吗？我想不明白，现在表演也太早了。路上遇到的同学很快为我解答了心中的疑惑。他们自然懂，因为其中就有他们的母亲。在我生活的街区，也只有在这个街区，"婊子养的"不是骂人的话，只是一句事实陈述。奇怪的是，剩下的一半孩子是"条子养的"。两拨人整天对骂。街上的女人都喜欢我，可能因为我的与众不同。每天早上，她们都用手摸摸我的金发，说道："你好可爱呀！"

我承认，自己对这些好话并不是无动于衷。每当遇见这些衣着夸张、搭配充满想象力的女人，我心里都会涌起一阵小小的喜悦。她们会大声说话，有时候还会唱歌，用滑稽的舞姿挑逗客人。

这和今天完全不同：无良的皮条客只会毫无顾忌地将贫苦的人赶到街上去。

在学校的院子里，我们玩的主要是"壁虱"。我一直不明白这个名字的来源，只知道游戏规则是朝墙扔一枚硬币，硬币不能碰到墙，谁扔的硬币离墙最近，谁就将所有硬币收入囊中。我所有的零花钱都来自下楼扔垃圾母亲给的奖励——每次20生丁，所以没钱加入这种游戏，只能在一旁看。

更远处，有几位坐在地上掷距骨①——好吧，你得先有这玩意儿才行。不过，每个人都有几颗弹珠，大家在衣服的掩盖下

---

① Osselets，一种抛掷游戏，最初使用羊的后胫距骨作玩具，现多为金属或塑料复制品。又名抓羊拐、嘎啦哈。

互相交换，像分享宝藏一样。

最受欢迎的游戏是"宾虚"。同名电影[①]在几年前上映，大受欢迎。游戏规则是三人一队，组成一辆"马车"，绕着院子里的四棵树跑，最快跑完的一队获胜。两个强壮的男孩要找第三人来当驭手，我小心翼翼地举起手，试跑之后加入了他们。两人搭手在前，我紧紧抓住他们的腰带在后。

三支队伍一轮，赢的一队进入下一场。我们很快来到决赛，对决强手中的强手。他们的队伍十分惊人，充当"马"的一个是贝平——一个暴躁的黑人小孩，已经留级两次了，比大家高出三个头，每天至少打一次架；另一个是皮埃罗——一个店铺里的惯偷，在学校也经常手脚不干净。至于驭手本·赛义德，他让别人就叫他"宾虚"。他家在阿布吉尔街有一家服装店。对比起来，我的两匹马虽然在行动上过于谨慎，但他们都是运动的强手。

所有人都贴墙，等着看决赛。就连几位监管老师也饶有兴致地旁观。五圈，最快跑完的人就赢！"宾虚"带头，贝平则不停地叫嚷，扰乱我们的内心。

不过，"宾虚"起跑太快，最后一圈，我冲到内侧，最终在雷鸣般的叫喊声中第一个抵达终点。所有人都高兴得发狂，因为我们打败了贝平这个一年到头欺负大家的大块头。"宾虚"站在角落，为自己变回了本·赛义德而号啕大哭。

我带着一个漂亮的瘀肿眼眶回了家，这是贝平坚持给我的

[①] 指1959年上映的美国电影《宾虚》，讲述犹太人宾虚的复仇故事，片中有马车大战情节。

奖赏。母亲检查了一下，教导我说：

"下次有人要打你，你要先出手，有多大劲打多大劲！"

很久之后我才明白，她所说的，正是她不敢对我父亲做的。他太强壮了，她只学会了承受，无法抵抗。

当时，我对她给出的建议十分意外；不过，母亲的话始终要听。第二天，在学校的院子里，我径直朝贝平走去，不由分说，用尽全身力气朝他脸上捶了一拳。

晚上，我跑着回家，迫不及待地给母亲讲今天的事情。

"妈妈，我照你说的做了。"我骄傲地说道。

母亲轻轻托着我的下巴，将我的脸转过去，仔细看我另一只眼睛上的伤。

"好样的，儿子。"她温柔地笑道。

学校的食堂也让我惊愕不已，我对自己吃的是什么东西一无所知。一切都被切成碎，剁成泥，或者煮成糊。鱼肉是方块的，裹了一层东西之后煎炸的。肉是肉糜，像苏格拉底吐出来的东西。第一天，每一样食物我都拿了一点放进书包，带回家去让母亲辨认。食堂做的所有东西都很难吃，连面包也难吃。水也难喝，他们在里面加了一种叫作安泰特①的产品，据说这样可以让水有甘草的味道，但实际上喝起来像是消毒水。或许这正是目的所在，因为城市用水散发着腐烂的气味。要想找到正常的水，估计得到小便池那边的细水槽了，只有那里的水是新鲜澄净的。

这个学年的中间，生活又有了急变。外祖母伊冯娜重新出现，同时出现的还有她的第二个女儿穆里埃尔，只比我大了一点。

---

① Antésite，一种基于甘草提取的浓缩液，可滴入水中，作为解渴饮料。

母亲消失了，我跟两个不认识的女人一起住在阿涅尔。

她们住在顶层七楼，没有电梯。房间在走廊左边的尽头，客厅、厨房、卫生间在走廊的另一头。我不明白为什么要来这里，也不知道母亲去哪儿了，父亲就更不用说了。一如既往，没人给我任何解释。

我转学到阿涅尔的公立学校。这里的院子更大，所有建筑都是平房，更有外省气氛。附近一带没有"婊子养的"，只有工人或者公务员家庭的小孩。班主任问我父母是做什么的，我答不上来。潜水员？海盗？杂技演员？

"他们在邮政局上班。"为了省事，我这么回答。

我还记得老师听完答复后满意安心的笑容。

不管如何，新的生活有新的节奏。我下午4点放学，在住处附近的杂货店拿上6升普雷枫丹酒带回给外祖母，这是她每晚灌给自己的量。穆里埃尔负责做饭，她的母亲则像瞎子一样在房间游荡和发酒疯。早上，外祖母通常躺在客厅的地板上，睡在自己的呕吐物中。我悄无声息地给自己准备热巧克力，然后逃去学校。

班上有一位漂亮女孩，她的笑容和眼睛让我目眩神迷。但她总是跟自己的小伙伴在一起，我根本不可能靠近。再说了，我太害羞，什么也不敢尝试。好朋友给我出主意，让我写信，由他转交。我答应了，从作业本上撕下一张纸，写下大大的"我爱你"。课间休息时，朋友将我的爱意转达到女孩手上。

朋友在远处用手指指向我，我感到自己脸颊臊红。他回来了，我们一起观察两位读信的女孩，心跳如雷。她们先是微笑，然后咯咯笑出声来，是女孩才会有的那种笑。然后，我心仪的人拿出一支钢笔，在纸上写下答复。我心花怒放，已经把她的回复当成一个胜利的信号。她的女伴将纸传回来，我颤抖着展开：上面没有回答。她只是改正了我的一个拼写错误。朋友拍拍我的肩膀走开了，他可不想分享我的羞耻。

这一天，我明白了女人比章鱼更难靠近。

春天来了，我们住处后面巷子中的紫藤花也开了。穆里埃尔对我很好，她教我骑自行车。那车不是她的，而是门房的儿子的，他总是将车借给穆里埃尔，换一个吻。

一天，穆里埃尔将我带到走廊尽头的佣人房里。房间里放着一张小床，墙上贴着浪漫的海报，是《我们的故事》[①]这类杂志会登载的类型。

"这是你妈妈的房间。"穆里埃尔一脸怀念地告诉我。

母亲在那里住了几个月，然后远走高飞了。穆里埃尔为失去姐姐而伤心，又为见到自己的小外甥而高兴，我的出现让她感到安慰。

我们偶尔会遇见同住一层的邻居。她看起来有七十岁了，总是穿着丝绸睡袍和巴布什拖鞋，以此回忆她在西贡的工作生活。她嘴里叼着长长的香烟，头上经常戴着卷发器。她的职业一点也不难猜，而在阿涅尔的这栋楼里，她的职业生涯早已结束。一道珠帘掩着她的客厅入口处，里面永远散发出一股香味。她有一台电视，每个星期四都让我和穆里埃尔去看儿童节目。

每当外祖母喝得醉醺醺、在走廊中骂骂咧咧的时候，我们

[①] *Nous deux*，法国杂志，1947 年开始发行，主要面向女性群体，多刊载感性故事。

就过来敲她的门。她总是冷静地拿出一种非常烈的果酒——估计是从西贡带回来的,斟上一杯递给外祖母。效果立竿见影,伊冯娜倒下后要好几个小时才醒来。

一天夜里,她跑来叫醒我们,将我们请去她的客厅。电视上,一个男人正要在月球上行走,而月亮正在我们窗前的夜空中发亮。醉醺醺的外祖母早就做梦去了火星。那个时刻是激动人心的,但并没有让我觉得多么惊奇。在我的世界中,我已经探索过宇宙了,他们居然才到月球。

母亲在某一天突然回来,正如她的消失一样神秘莫测。接下来我们回到巴黎。

— 4 —

我在阿涅尔只待了几个月。后来才知道，母亲当时怀孕了。父亲希望留下小孩，母亲想要拿掉。管教一个小孩已经很吃力，她绝对不能再多承受一个。他们的谈话一如既往地以拳头结束，母亲进了医院，肋骨断裂、面部损毁、腹部肿胀。孩子的去留不再成为问题。

阿涅尔的生活过后，我对自己承诺了两件事：永远不对女人动手，以及永远不沾一滴酒。现在我六十岁了，我守住了诺言。

我们回到塞瓦斯托波尔大街的 8 平米公寓，这跟祖父母家二楼宽敞的大平层天差地别。我们住的是顶层六楼的佣人房，房间有两扇窗户，高度只到我的腰部。窗户朝北，长年没有光照的迷你阳台就是我们的冰箱。远处，在两栋楼房之间，可以看到埃菲尔铁塔的塔尖。

进门的右手边有一个石膏壁炉，壁炉上方是漂亮的橡木横梁，刻着深深的纹路。在我的奇思妙想中，这东西是用来藏匿印第安人的。

左手边，一道屏风将厨房隔开。说是厨房，无非就是在一块木板上放一个电炉。上方建了一个小阁楼，像给厨房戴了一顶帽子。我的床就在那里，可以从一条木梯爬上去。母亲给我装了一道小帘子，好挡住光。

房间里没有浴室，水在楼道里，长长的走廊尽头有蹲式厕所。去上厕所时我总是很紧张，走廊晦暗幽深，邻居我也一个都不认识，楼道里总有奇怪的声音，会让我想到老鼠或者狼……而且这层楼只有冷水，要想洗澡，得自己烧一锅热水。

现在我有两只毛绒玩具熊，一大一小。大的叫巴迪翁，背上有一块木板，我一般将第二天要穿的衣服挂在上面。这是祖母玛格丽特送我的圣诞节礼物。小的一只叫小棉花。

我不知道父亲此时在哪里。晚上，我必须换上睡衣去吃饭。一块汉堡排，配荷包蛋，加上一点土豆泥，这是两天一次的菜单。晚饭过后，我就打开从跳蚤市场买回来的小小的黑白电视，看《晚安小朋友们》[①]。主角尼古拉和班卜奈尔很幸运，他们可以相互做伴。电视的声音糟糕透顶，我却始终忘不了主题曲，还有睡魔每天晚上在我头顶撒下的金色沙子。

我们近乎赤贫，可我觉得这没什么大不了。我所拥有的少之又少，可至少还有对我而言最重要的母亲。这段日子，是我

---

① *Bonne nuit les petits*，法国动画，1962 年开始播出。讲述一只泰迪熊和睡魔在云端旅行，每晚拜访主角尼古拉和班卜奈尔的故事。结束时，睡魔会将金色的沙子撒在熟睡的孩子身上。

和她在一起的最初的记忆,我能感受到她每日的存在。吃早餐时她在,吃晚餐她也在。对我来说,这是新的生活,是回归正常的开始。而父亲是我连做梦都不会梦到的奢侈品。

母亲并非特别热情或体贴的人,但她一直在。她的存在让我的生活更加甜蜜。她会打一些零工,比如给圣丹尼斯街的批发商画些衣服,偶尔去皮革或房车展销会当模特或者接待员。有时候,她还能找到在法兰克福或者慕尼黑的展会的工作,一走就是五天。我也因此学会了煮鸡蛋。

在学校,我的朋友寥寥无几,清一色"婊子养的"。他们一心想着闹腾,到后院抽烟,到工地偷东西,打架斗殴,似乎注定走上犯罪的道路。我们经常谈论"开罗帮",这个帮派跟埃及无关,只是一个活跃在巴黎开罗街的暴力团伙。所有小孩都在讨论他们的"壮举",梦想能像他们一样。我家对面的抒情歌剧院广场上,年轻人开始用弹簧刀划手臂。马拉巴尔[①]文身渐渐被真正的战斗口号替代,至于这些口号的意思,多数人都是不明不白。胆小的会用强力胶水将皮肤上的两块肉粘起来,然后在上面画钉子,造出假的疤痕。

黑白色情照已经在书包中流转,偷来的钱被用来买烟酒和糖果。有些孩子为了一点小钱就让老男人摸来摸去,甚至就在他们母亲招嫖的地方。我对这一切都提不起兴致。我渴望破解自己的孤独,却无法融入群体。我想念自己被海水泡过的咸咸的皮肤,脚下的茧,以及我的章鱼——它的存在,它的感情,它的友谊。我在人群中不自在,生活让我成了一个独来独往的人。

[①] Malabar,法国泡泡糖品牌,1958 年创立,包装内附赠文身贴纸。

那时候，我只是在依靠本能生存，而生存和生活是相反的。我依然抱有期望，对明天，对更好的日子，期待一个信号，一束火花。有一天，这终于发生了。

我们家有一台旧的电唱机和三张唱片，分别是雷·查尔斯[①]、佩屈拉·克拉克[②]和萨瓦多·阿达莫[③]的。我喜欢播放这些唱片，不只为了听音乐，也为了体验那种将蓝宝石针杆小心翼翼地放到碟盘上的操作乐趣，这给我一种责任感。

一天，母亲带回一张全新的33转唱片，是年轻的墨西哥吉他手卡洛斯·桑塔纳[④]的第一张专辑[⑤]。唱片纸套上是一张黑白素描，画着一只狮子头。但是再凑近仔细看，会发现这狮子头其实是由一些年轻的黑人女性组成的。画里有画，眼见未必为实。一种解读可以遮盖另一种解读，宇宙在须臾之间一分为二：看到狮子的、看到女人的。更甚的是，有一些自己便能看出女人的，还有一些要别人指点才能看出女人的。

似乎在一瞬间，我头脑中未知部分的路被打通了。那是我从未使用，至少未有意识使用过的一部分。

我播放这张唱片。起初是丛林和动物的声音，渐渐转化为一种节奏，然后变成音乐。吉他像一头野兽冲入丛林，尽情彰显。短短几分钟，我获得了一种新的语言，将字母化作言辞，

---

① Ray Charles（1930—2004），美国音乐家，灵魂音乐流派的开创者。
② Petula Clark（1932— ），英国音乐家、演员，20世纪50年代开始用法语演唱。
③ Salvatore Adamo（1943— ），比利时音乐家，多演唱抒情歌曲。
④ Carlos Santana（1947— ），墨西哥裔美国音乐家，开创了摇滚和拉丁美洲音乐的融合。
⑤ 指1969年发行的 *Santana*。联系下页标题"1968年"，此处时间或为作者记忆有误。

声音化作音乐,将数学化作形式,形式化作情感。一个新的世界,平行、无限。这是创造的世界。我很快就要学会这门语言。

1968 年

回到瓦卢瓦尔。父亲在那里开了一家夜总会,将玩乐和工作结合到一起,省下通勤的麻烦。

母亲在塞塔斯山下找到一个小小铺面,开了一家可丽饼店。她是从贝尔齐克姑婆那儿学会做可丽饼的,而贝尔齐克姑婆是从她母亲那儿学来的,她母亲又是从她母亲那儿学的。布列塔尼人的传统就是如此。

我重返瓦卢瓦尔的学校。老师换了,我却还是那么差劲。那时候,我问自己,为什么这地方的小孩整天滑雪,读书还这么好?现在想来,他们都有一个完整有爱、有人监管也有人照顾的家庭。

只有我不一样。我去上学的时候,父亲才从夜总会回来,等我从学校回来,母亲就要去店里。我总是一个人,把时间都花在滑雪上,进展迅速。很快,我的毛衣上就别上了青铜麂皮徽章[①]。

我们住在一间夹层公寓里,窗外就是河。从窗户望出去,见不到河面,只有厚厚的积雪,但能听到水流的声音,就像心脏在胸腔中跳动。每天晚上,都是这低沉的声音送我进入梦乡。

这一年,城区的积雪厚度超过一米,铲雪车将雪推到街道两侧,垒起高高的雪墙。我和几个伙伴一起,踩着这些雪堆,

---

① Chamois de Bronze,滑雪水平等级之一,比小山羊(Cabri)高一个级别。

一路收获屋顶和阳台上悬着的冰锥。有些冰锥很重,要所有人一起才拿得动。

沿着街道往前走,有一家拉宾书店,兼卖香烟和纪念品。我每天至少从那儿经过两次,那里是唯一有戏看的地方。老板的女儿叫玛蒂娜,十五岁,有一双漂亮的蓝眼睛,就跟她的头发一样蓝。父亲和她相熟,因为她每晚都从家里的厕所窗户偷爬出来,到他的夜总会去。她是这个地方的朋克青年。我经常在街上看到她顶着一头蓝发走过,可从来不敢和她搭话。

凯茜和她的家人又来瓦卢瓦尔度假,父亲越来越频繁地和她约见。有几次我看见她坐在一家酒吧里,她很年轻,很优雅,也很复杂。她有着动人的笑容,身体非常瘦弱。我不理解父亲的恋情。对我来说,她只是经常和父亲混在一起的那帮人中的一员。但即便不知道如何描述,我也能感觉到父亲和母亲的感情正在烟消云散。

这帮人的其中一个朋友雷内·贝纳尔也开了一家夜总会,名叫"冰屋",和我父亲的"田园诗"竞争。很快,第三家夜总会"四百击"也开张了,就在城区的入口。四百击有三位老板,其中一位老板弗朗索瓦就住在我们家楼上。他年轻帅气,肤色黝黑,有一种"肮脏的哈里"[①]式的魅力。父亲则大不相同,更像"野蛮人柯南"[②]。母亲并非感知不到弗朗索瓦的魅力,只是,一个夜总会老板就够受的了,她不想再要第二个。不过,她经常会在

---

① L'inspecteur Harry,1971 年上映的美国电影《肮脏的哈里》中的主角警探哈里,由克林特·伊斯特伍德饰演。
② Conan le barbare,1982 年上映的美国电影《野蛮人柯南》中的主角柯南,由阿诺·施瓦辛格饰演。

楼里撞见他，两人终究说起了话。

弗朗索瓦只是随朋友入股了这家夜总会。这不是他的志向，他是赛车手，和凯茜一样来自富裕家庭。

我的双亲疲于生活，也许都在向往更美好、更平静的家庭生活，一种不包括我在内的新生活。

父亲和凯茜在酒吧流连，弗朗索瓦到母亲的店里吃饼，我在学校无所事事。紧张的气氛日渐升起。

每天晚上，三家夜总会派出去的宣传人员不停地将自家的活动海报贴在别家的海报上。冰屋大秀自己的"摔跤之夜"，田园诗热推"卡巴莱歌舞"，四百击主打"泡沫"主题。夜总会的战争开始了，欢迎来到真正的西部对决，"好人、坏人和小人"，或者是"父亲、情人和朋友"[1]。也许就是从这个时期开始，我不喜欢夜总会，也不喜欢西部片。

一天晚上，父亲打算办一场"海盗"主题晚会，为此还乔装打扮了一番。他穿一件褶边衬衫，戴上头巾和黑色单边眼罩，腰上系着一条红绸带，配上一把塑料长刀。活脱脱一个施瓦辛格版本的杰克船长[2]。

没有任何事情可以阻拦父亲拿下这一轮，冰屋那晚没有活动，四百击也只有简单的可丽饼晚会。

晚会如火如荼，酒香四溢，田园诗大获全胜。一位客人甚

---

[1] "好人、坏人和小人"即1966年上映的意大利西部片《黄金三镖客》，法语名 *Le Bon, la Brute et le Truand*，后文的"父亲、情人和朋友"（Le Père, l'Amant et le Cousin）应是作者为了对称参照仿写的。
[2] Jack Sparrow，美国电影《加勒比海盗》系列中的主角杰克·斯帕罗，由约翰尼·德普饰演。

至特意向父亲道喜。

"嘿！你的海盗晚会很成功啊！"在音乐的覆盖下，客人大喊道。

"谢谢。"父亲回答说。

这人本该到此为止，但人的本性让他忍不住多嘴了一句：

"不过，你老婆怎么跑去四百击做可丽饼了呀？"

父亲是那种容易瞬间血气沸腾的人。祖传的。

他走出夜总会，一身海盗装束，沿着积雪的街道径直来到四百击门前，一拳放倒门卫，然后走进去，找到那三位合伙人。他先是用瓶子砸了第一个人的头，又给了第二个人的下颌一记直拳。母亲在大厅深处，一只手一个平底锅，目瞪口呆地看着一步步逼近的海啸。

弗朗索瓦看着两位朋友倒地，听从了自己的勇气，从后门逃走了。父亲来到自助取餐的地方，将所有可丽饼扫落在地，踩成一个大馅饼送给了我母亲。

可丽饼晚会就这么完了。音乐停止，客人都跑了。母亲反抗、咒骂，拒绝跟父亲回去，可父亲毫不理会。他抓着她的头发，在雪地中将她拖回了田园诗。

他们是时候分开了。

不过，恶化的不止他们的夫妻关系。

整个国家都在紧绷的状态。现在是 1968 年。春天一到，巴黎燃烧起来。[①] 母亲带我去乡下的朋友家躲避骚乱。我对此并无

---
① 指法国在 1968 年爆发的大规模抗议活动，史称"五月风暴"。

记忆，无论是住的地方，还是那些朋友，只记得学校开学是在9月初。

我升到初一，进入图尔比戈街的图尔格中学学习。

开学第一天，我从塞瓦斯托波尔大街步行到图尔比戈街。每个街角都有一辆CRS[①]的警车。没人愿意费劲解释，为什么学校门口的CRS比老师还多。我只是随着其他学生一起，举起拳头高喊："言论自由！"

我承认，那个时候的我太幼稚，根本不懂这意味着什么。他们喊得这么响亮，这么无所顾忌地表达自己，但谁也不明白问题究竟在哪里。

这学年一开始就风波不断。学生们拒绝上学，将大街堵住。CRS过来驱散学生，学生就跑回学校，等CRS一走，又再出来。这样反复两个月，上课几乎不可能。好几次，高年级的学生闯进教室，把我们的课桌和椅子扔到楼下那些可怜的CRS队员头上。在食堂吃饭的时候，经常在主菜和甜点之间看到一块石头打破窗户。

开学后的第二个月，新的口号出现了："打倒特权阶级！"这让我更加摸不着头脑。我在一个不怎么穿鞋的穷地方长大，最近的学校要坐船两小时才能到，渔民们凌晨3点起来工作，有的牧羊人和山羊同住一室，连公路都修不到那里。这些穿着灯芯绒喇叭裤和莫卡辛软皮鞋的巴黎人，在我看来就是特权阶级。但我又不可能跟他们讲理。一天，他们将教师专用电梯的缆绳剪断了。我到现在还记得电梯从几层楼的高度下坠时震耳

[①] 法国国家安全卫队。

欲聋的声音。冲击到地面的气流如此巨大，以至于一楼的门都被吹走，电梯也落到院子里去了。

通常，下课的信号不是铃声，而是催泪弹的爆响声。只要有一颗催泪弹滚进院子里，我们就知道该回家了。

不幸的是，小孩子什么都能习惯。

CRS 成了日常风景，暴力变得见怪不怪，老师们一个接一个地辞职，除了我的法语老师。她在运动中异常活跃，还要求我回家读司汤达的《红与黑》，或者左拉的《小酒馆》——后者光听书名就够无聊的了。我的成绩单上不见分数。"人人平等！"学生们在院中高喊，直到老师们收起给分数的红笔。我的教育暂告停止。

我不知道父亲在哪里。我只知道，他开始了和凯茜的恋爱。

我和母亲重新回到塞瓦斯托波尔大街的 8 平米小屋。沿林荫道往上走，转角处有一家单价超市①。超市前后贯通，穿过去便是另一条街道。旁边是有名的吉伯特青年书店，我们都叫它"吉尔伯特青年书店"②，这已经非常能说明我们的阅读水平了。同样，用美国总统名字命名的地铁站富兰克林·D. 罗斯福，也被我们叫作"富兰克林·多斯福"③。

我走入吉伯特青年书店，寻找司汤达的书。可惜，我忘了

---

① Prisumic，法国最早的廉价商店和便利店之一，2003 年停止营运。
② 书店原名为 Gibert Jeune，作者误称为 Gilbert Jeune。吉伯特青年书店创建于 1886 年，为巴黎连锁书店品牌。
③ 地铁站原名为 Franklin D. Roosevelt，即美国总统 Franklin Delano Roosevelt，作者称为 Franklin Droosevelt。

书封的颜色，只能在书架之间晃悠。有几个孩子正坐在地上，读一些样式古怪的书。我还不知道自己来到的是漫画区，而我的生活即将就此翻转。那是由阿斯特克斯[1]、丁丁[2]、斯皮鲁和方大炯[3]、巴克·达尼[4]、米歇尔·瓦扬[5]、乔和赛特[6]、唐吉和拉维杜尔[7]、孤独的牛仔[8]，还有印第安人欧帕帕[9]组成的宇宙。

我感觉像是家里突然有了一台彩色电视机，可以收看两百

---

[1] Astérix，由法国漫画编剧勒内·戈西尼和漫画家阿尔伯特·乌德佐创作、1959年开始连载的系列漫画《高卢英雄环游世界》的主角。漫画讲述公元前50年，高卢地区全境被罗马人占领的背景下，唯一一个没被占领的村庄里的高卢人的幽默故事。

[2] Tintin，由比利时漫画家埃尔热创作、1929年开始连载的系列漫画《丁丁历险记》的主角。漫画讲述记者丁丁和小白狗米卢在世界各国冒险的经历。

[3] Spirou, Fantasio，法国—比利时系列漫画《斯皮鲁和方大炯历险记》的两位主角。斯皮鲁这一形象于1938年率先诞生，方大炯则在1942年推出。漫画由多名创作者接力完成，讲述两名记者斯皮鲁和方大炯在朋友的陪伴下经历的奇遇。

[4] Buck Danny，由比利时漫画家让·米歇尔·夏里叶、维克多·胡比农创作，1947年开始连载的系列漫画《巴克·达尼历险记》的主角。漫画讲述美国军事飞行员巴克·达尼的冒险故事。

[5] Michel Vaillant，由法国漫画家让·格拉顿创作、1957年开始连载的系列漫画《车神》的主角。漫画以赛车手米歇尔·瓦扬为中心，讲述赛车场上的竞争故事。2003年，吕克·贝松以编剧和制片人身份参与制作的漫画《车神》改编的同名电影上映。

[6] Joe, Zette，由比利时漫画家埃尔热创作、1936年开始连载的系列漫画《乔、赛特和游果历险记》的两位主角。漫画讲述乔和赛特这对兄妹以及黑猩猩游果的历险故事。

[7] Tanguy, Laverdure，由比利时漫画家让·米歇尔·夏里叶和法国漫画家阿尔伯特·乌德佐创作、1959年开始连载的系列漫画《唐吉和拉维杜尔》的两位主角。漫画讲述两位飞行员唐吉和拉维杜尔在法国空军中的冒险经历。

[8] Lucky Luke，由比利时漫画家莫里斯·德·贝维尔创作、1946年开始连载的系列漫画《幸运的卢克》的主角。漫画讲述美国旧西部的牛仔卢克和他的小马与恶势力对抗的故事。

[9] Oumpah-Pah，由法国漫画编剧勒内·戈西尼和漫画家阿尔伯特·乌德佐创作、1958年开始连载的系列漫画《欧帕帕》的主角。漫画讲述18世纪美国殖民时期的印第安年轻人欧帕帕的冒险故事。

个免费频道。有多少书架,便有多少通往另一个世界的门。我终于可以离开这个处处让我疑惑的世界了。在漫画里,快枪手出枪比自己的影子还快,[①]喝下神奇药水就能抵抗侵略者。[②]一个人可以和一只小白狗、一个脾气暴躁的船长一起上路冒险,[③]也可以从一个恶毒的杂技团团长的魔爪下解救一只长尾豹。[④]这些漫画家都是天才,他们的想象世界拯救了我。这表明了,"言论自由"不是一件只能喊口号的事情,而是每个人天生即有的权利,你可以自由表达内心所想。这一天,我知道我也许要很久以后才会读《红与黑》和《小酒馆》了。

母亲经常带我去蒂尔西特街的游泳馆,这里的管理员是我家的一个朋友,他是我父亲那伙人中当建筑师的汤姆的父亲。

泳池在一个地下室,贴满了马赛克瓷砖,泳道有25米长。每次去游泳馆前我都特别兴奋,因为终于可以寻回水下的感觉,可每次到了那里又开始失望。那里有一股消毒剂的味道,水像被困住了。虽然马赛克瓷砖摸上去很舒服,我却体验不到在波雷奇和伊奥斯游泳的感觉。泳池之于大海,就像鱼肉块之于活鱼。但我没有生闷气,而是像逆流而上的鲑鱼一样在水里发泄情绪。

一位教练发现了我,坚持让母亲将我送入他的俱乐部。我不太明白这个安排,不过听说那里的泳池比这里大两倍不止,就答应了。

接下来的一个周日,我代替一位病员参加了一场比赛。有

---

① 指牛仔卢克。
② 漫画《高卢英雄环游世界》中的情节。
③ 漫画《丁丁历险记》中的情节,脾气暴躁的船长指阿道克船长。
④ 漫画《斯皮鲁和方大炯历险记》中的情节。

人给我解释了比赛规则,还吩咐我不要离开自己的 50 米自由泳泳道。他们不知道我已经在鱼群中度过了八年。结果自然是我一战成名,教练也惊愕不已。

再下个周日,他为我报名了所有比赛的所有项目。我将奖牌一扫而光,也开始感觉到其他孩子充满怨念的目光。

母亲鼓励我在蒂尔西特街的游泳馆加强锻炼。也许,她在我身上看到了未来的冠军,一条摆脱悲惨人生的路。只是,我的兴致并不在此。出去走了一圈之后,我就意识到,泳池里已经没有更新鲜的东西等待我去发现了。比起在泳池里扑腾,我还是更想看漫画。为此,母亲想出了一个天才的解决方案:

"打破一次个人纪录,我就给你买一本漫画。"

我便是这样凑齐了整套《阿斯泰利克斯历险记》《丁丁历险记》《幸运的卢克》,还有"斯皮鲁"系列。我当然可以一口气将个人纪录推至极点,但还是精心计算好时间,每次只比上次好一点点,尽可能地将破纪录的次数最大化。

不到一年,我就拥有了所有喜欢的漫画的全集。是时候停止比赛了,这一时刻在教练将浮标绑在我的双脚上并让我在泳池中游一千米的那天到来。没有章鱼,没有海鳝,毫无乐趣可言。

我家楼下有一家香水店。老板经常将样品瓶子扔在我们院子里的垃圾桶旁边。每个瓶子上都贴着"赝品"的标签,我还以为这就是香水的品牌名。这些瓶子有很多创意,我开始收集它们。既然去不了博物馆,就自己在家建一个。

123 号门前就有个报刊亭,每周四我都等着买《斯皮鲁》杂志[1]。那是我最爱的杂志,我的电视。

一天,我翻阅了另一本漫画杂志《领航员》[2]。不算新杂志,只是我以前从未注意到。它的语气、故事和绘画风格都更成人化,可我被吸引了,尤其是那一期里的两位主角:星际特工韦勒瑞恩和洛瑞琳[3]。光是漫画名字就已经像一场远游的邀请了,离开这颗地球,去搜索遥远而美妙的星球,打开日常之外的世界……我8平米的房间变得无边无际。洛瑞琳是我爱上的第一个女人。她原本是11世纪的农民,被派到28世纪,她聪明、敏捷、大胆,有朴素的自然美,是带领者。韦勒瑞恩尾随其后,常常比他的伙伴慢半拍。我喜欢这个女人,每周四都翘首以盼。《领航员》一到手,我就全速冲上六楼,回到自己的佣人房。

我把杂志放在一旁,先将所有作业做完,然后才找一个舒服的角落,品尝这大作。为了延长这份快乐,我连翻页都更细致、缓慢。在记忆中,这是我一周的巅峰享受,我的出逃时刻。在宇宙中翱翔的几个小时,足以支撑我在地球上的一个星期。《领航员》中不只有韦勒瑞恩,还有戈特利布[4]和他尖锐的幽默。我

---

[1] *Journal de Spirou*,比利时知名漫画周刊,1938年创刊,曾刊载《幸运的卢克》《巴克·达尼历险记》《蓝精灵》等漫画,以幽默、冒险为基调,旨在为儿童开拓视野。
[2] *Pilote*,法国知名漫画周刊,1959年创刊,1989年停刊,曾刊载《阿斯泰利克斯历险记》《星际特工》《唐吉和拉维杜尔》等漫画,主要面向青少年群体。
[3] Valérian,Laureline,由法国漫画编剧皮埃尔·克里斯汀和漫画家让·克洛德·梅齐埃创作、1967年开始连载的系列漫画《星际特工》的两位主角,漫画讲述他们穿越时空,保卫地球的冒险经历。2017年,吕克·贝松根据该漫画改编的电影《星际特工:千星之城》上映。
[4] 马塞尔·戈特利布(Marcel Gottlieb,1934—2016),法国漫画家,擅长讽刺和黑色幽默类型漫画。

最初的狂笑就该归功于他。还有费乐蒙①的奇想世界,他迷失在"大西洋"的"A"字岛上。还有阿斯泰利克斯和奥贝利克斯②的冒险,每次我都不会落下。但我的想象无法停止,我的主角们的冒险旅程常常溢出他们的对话框。

母亲终于决定带我去电影院。我们去了附近的一家影院,看了一个叫华特·迪士尼的人的电影《森林王子》③。这是我第一次感受到电影的冲击。色彩、音乐、节奏、幽默感、创意,一切都震撼着我。更特别的是它讲了一个九岁男孩的故事:被父母抛弃,被动物拯救。毫无疑问,这部电影是华特为我创作的。

走出影院,我失语了,回家就躺倒在床上哭了起来。整整一个星期。我躺在地上,幻想自己被一只豹子和一只熊抚养。那个美丽的印第安小女孩的双眸特写,也让我忘不了。只是一个眨眼,她就让我发现了长期忽略的女性之美。

回归正常生活的过程是漫长而痛苦的。

巴黎渐渐平静,这个学年便这样稀里糊涂地结束了。夏天,我们没有去波雷奇,也没有去希腊。我父母彻底分开。事实上,他们已经离婚很久了,只是懒得跟我说而已。

母亲的情人弗朗索瓦还没有进入我们的日常,凯茜却已经

---

① Philémon,由法国漫画家弗雷德创作、1965年开始连载的系列漫画《费乐蒙》的主人公,漫画讲述法国乡村少年费乐蒙掉入一口井并进入一个平行世界,在字母形状的奇幻岛屿间穿行的故事,这些岛屿共同构成 OCÉAN ATLANTIQUE(大西洋)一词。
② Obélix,漫画《阿斯泰利克斯历险记》中的形象,阿斯泰利克斯的朋友。
③ Le Livre de la jungle,1967年上映的迪士尼动画长片,讲述小男孩毛克利从小在森林中被动物养大,和动物朋友在森林中冒险的故事。

成为父亲生活中的一分子。放假的时候,父亲带我去圣特罗佩待了几周。

他总是和他那帮人一起,凯茜总是和她的姐妹们一起,所以我很难理解眼前的局面,不知道凯茜是父亲的朋友还是其他什么。父亲顾左右而言他,凯茜则尽量避开我,她还很年轻,不知道如何跟我相处,只在我身上看到了我母亲的影子。

我不明白这样的假日。圣特罗佩是一个有海滩的大城市,而对我来说这两者不兼容。

这伙人经常外出,到中午才起床,而那时我已经开始烧烤上午收获的鱼了。雅基和纳尼都在这里,纳尼是母亲最好的朋友,不过,一个夏天过去,她就成了凯茜最好的朋友。这给我母亲留下了终生的伤痛。

我的无聊肯定都写在脸上了,因为父亲突然带我去骑马。俱乐部位于公路旁的一片草地上,面对一家购物中心,总而言之,就是个旅游陷阱。

给我的马像一匹被流浪艺人遗弃的骡子。我刚把脚放进马镫里,未系紧的马鞍就在马身上转动了起来,我摔下去,手臂撞到一块石头,疼得尖叫。马受了惊,又往我这只手臂上踢了一脚。这下手肘直接折向了相反的角度,手臂没法向前伸了。雅基赶来,干脆的一下子,将我的手肘复位。

和父亲在一起的第二个假期就这样在医院中度过了。我的手臂断作三截,从肩膀到手腕都包上了石膏。

我彻底告别了骑马。

— 5 —

1969 年

图尔格中学上一学年的成绩被取消,所有学生都要重修初一。母亲有了另一个想法。我们搬到圣莫尔德福塞,在一所私人寄宿学校给我找了一个初二班。

她住进了一间两室一厅的小小公寓,离车站很近,更重要的是离弗朗索瓦近,他家的大房子就在马恩河畔。从家到学校只需要步行二十分钟,我却住在学校。我不理解。

新学校比图尔格中学简陋许多,只有一个小院子,四面都是平房。我的学业还是一如既往地差劲,不过,差得不如之前那么突出,因为整个大巴黎地区的差生都花钱来这里上学了。老师们沉闷至极,除了法语老师——一个性感的棕发美女,三十来岁,身材丰腴,常穿短裙和丝袜。她让学生专心听课的技巧是坐在讲台上,双脚放在椅子上,让学生们隐约窥见她的内衣。学校的一些"大男孩"吹嘘自己已经"上过了"。

电影院上映了《发条橙》①，每次对话都提到性。我在院子里四处探听，试图弄明白，而法语老师踩着高跟鞋摇曳走过。4月一到，她就穿起低胸衣服，隐约露出内衣的蕾丝花边。这是我对性感的第一次直接记忆。我已经在波雷奇的海滩见过许多泳装少女，可从不曾发觉，更不用说体验到什么性冲动了。这位优雅而媚人的老师唤醒了我身上的某些东西。我根本不知道它是怎么回事，但开始明白，有一个陌生的世界等着我去发现。

学校一共有三十多个寄宿学生，三人一间房。许多是外国人，外交官的儿子，在这里滞留一两年。他们中一些人明显来自富裕家庭，从他们的莫卡辛软皮鞋就能看出来。

宿舍的地下室有一台黑白电视。投币一法郎，可以看五分钟。我记得有一场足球赛，是圣艾蒂安对拜仁慕尼黑。为了不错过任何画面，我们每个人轮流站在椅子上，准备好每五分钟投币一次。当然，在关键时刻，电视画面消失了，所有人都大吼起来，准备投币的人吓得把硬币掉在地上。四处立刻一团漆黑，随之是一阵惊人的骚乱。电视再次亮起来时，画面上德国人趁机进了一球。一如既往。

星期三无事可做，我到学校对面的阿道夫-谢龙体育场闲逛。一个年轻人在练跳高，方式极其古怪，像在倒立。

"这叫背越式，"年轻人说，他正在为法国锦标赛做准备，"你想试试吗？"

---

① *Orange mécanique*，1971年上映的斯坦利·库布里克执导的犯罪片，因含有大量性和暴力相关画面，上映时被分为X级。联系标题"1969年"，此处讲述或为作者记忆有误。

他非常热情，传授技巧就是他的乐趣所在。学校的老师们都该学一学。后来，每个周三我都来这里练习跳高，没有俱乐部，没有裁判，只有我们两人。伐木工一样的身材没有给我带来任何优势，但在难得的轻松时光里和新朋友的热情鼓励下，我一路练习，跳到了一米六五，比我当时的身高还高。

周末，我通常去祖母玛格丽特家。她现在在布尔多奈街的一家服装店当销售主管，我要先到这家店铺来。老板是一个年老的富太太，全身挂满各式各样的珠宝。她不相信银行，宁愿将所有值钱的东西都戴在身上。她脸上扑满了粉，看起来很光滑，然而老树皮一样的手出卖了她的真实年龄，感觉像是嫁接了别人的手，和脸的冲突实在强烈。

玛格丽特对我说，她的老板是位贵族，我不能随随便便和她握手。于是她教了我吻手礼，还有餐桌礼仪，比如选择正确的餐具，说话前擦嘴。多年来，她一直努力教我一切必备的社交礼仪，以及其他我父亲当年拒绝学习的东西。换作任何男孩，可能都会抗拒这些属于另一个时代的姿态，我却不。我的情感缺口如此之大，无论多么零星的善意都愿意容纳。

如果说日后我能在正式晚宴上假装得有模有样，那都该归功于玛格丽特。

唯一的问题是，每周五我都要对老太太行吻手礼，这让我有些反感。她的手仿佛只包裹了一层血管，上面焊死了一些戒指，指尖还有一些福尔马林的气味。于是我就坐在商店前等着，只要见到祖母往店铺后面走，我就冲去，迅速跟老太太握完手，就像握鸡爪一样。直到有一天，我发觉了这个女人目光中的一丝悲愁，才意识到，一个金发小男孩的吻手礼，也许是她每周五最钟爱和期待的温柔时刻。她的目光中有一种和我相近的孤独。这一天，我决定认真执行，每个周五给她一次最美妙的吻手礼。作为回报，她对我展露了最温柔的笑容，像个孩子一样。

商店关门后，我们乘公交回拉加雷讷科隆布。坐公交车是一种难得的享受，座椅舒适，还可以透过大窗户看尽各式生活景象。匆忙的行人，沸腾的商业街，大绿球一样的树到了冬天就变得干枯。圣诞节的巴黎装点一新，宛如主题公园。每到这个时节，祖母都会带我去春天百货和老佛爷百货欣赏橱窗。每个橱窗都是一场奇观，我可以看上好几个小时，印象尤其深刻的是其中一个像月亮的橱窗，致敬了刚上映的电影《2001太空漫游》。看到之后我就缠着母亲，直到她带我去看这部电影。

"你这个年纪看不懂的！"她对我说。

我不在乎。我不是为了看懂才去看的，是为了感受。

我们选了瓦格兰大街的帝国电影院，现在已经不存在了。走进两千个座位的大厅，里面已是人潮汹涌。我们坐在中间，正面巨大的银幕。这部电影彻底震撼了我，直到今天我都没能完全回过神来。

"怎么样，你看明白什么了吗？"走出影院时母亲问我。

"全部。"我大胆回答。

我明白的最重要的一点是，生命本身远比我被给予的更广阔。我还不知道什么是艺术作品，但感觉自己像一棵遇到甘露的植物，被一种力量驱动着成长。

玛格丽特的住处很小，推门进去，浴室在中间，卧室在右边，客厅在左边，连着一个小厨房。从客厅这边可以看到外面的街道，卧室则可以看到一个花园，一到春天我就可以在那儿玩。玛格丽特在家里给我准备了一整个抽屉的玩具，多数是铅造小兵，还有塑料骑士。铅造小兵都有些斑驳了，想必是我父亲玩过的。其他的玩具则是捡来的，没几样是全新的。我还继承了一盒祖父的勋章，经常拿来当作装饰或者要寻找的宝藏。通常，玛格丽特会在周日的集市上用低价给我买一个领航员[①]赛车模型。客厅波斯地毯上的线条是最好的寻宝线路，我可以趴在地上这样玩好几个小时，直到被厨房做饭的声音和香味吸引。

玛格丽特厨艺了得，教了我好些菜式。最有特色的是烧牛肉配双份炸薯条，再配上褐虾当前菜。

晚上，她用三个沙发垫给我铺床，我就看着满墙祖父的画作入睡。一共有十来幅，有油画，有水彩，灌木丛老房子，大概是他家的房子。人物画像则有一个共性：孤独的目光。里面甚至有一幅我的画像，也不例外。

在玛格丽特家的周末就像在高山上透一次气。她只关心我一人，天哪，那感觉太好了。

周日傍晚，母亲来接我。我们三人一起在楼上喝茶，直到弗朗索瓦按响喇叭，提醒我和母亲下楼。他的海军蓝雷诺16声音古怪得很，好像车烧的不是汽油，而是硫酸。他开车像个飞行员一样，速度极快，动作极少，潇洒流畅，总是画出不可思议的曲线。他无视地上的标识，只关注路况，像所有好飞行员

[①] Majorette，法国玩具品牌，1961年创立。

一样保持沉默。来时,我们坐公交车欣赏路上的风景,回程的路上,只看得到倏忽而过的色块,有如坐在一列高速火车上。几分钟后,我们就从拉加雷讷科隆布到了圣莫尔德福塞。雷诺16在宿舍门前停下,我和母亲吻别后就回到宿舍,找我的外交官二代同学。他们的周末都守在电视机前了,父母住得太远,也没有和玛格丽特一起过周末的福气。

这段时间,父亲再婚了。我不在婚礼宾客的名单上,可并没有感到失望,因为我根本不知情,是在几个月后翻到他的新家庭相册才知道的。此外,他在巴黎开了一家夜总会,叫"奇迹"。也许,他怀念当海盗的时光。

1972 年

弗朗索瓦不再当司机,而是和母亲住在了一起。他的工程师兄弟跑到南非造卫星,房子给我们借住三年。这是一所森林边的小房子,属于塞纳-马恩省一个仍在房地产项目规划报告中的小镇莱西尼的郊区。房子是一分为二的联排楼,邻居布朗歇尔夫妇两人都在法国航空公司工作。

我有一个专属于自己的房间,窗户对着森林。再也没有寄宿学校,母亲在当地给我找了一所中学,位于一片奶牛牧场中央,像用一堆预制件搭建起来的。

我升上初三,可是水平太差,第一周就被宣布要降级。这刺激到了我,哪怕我确实没有一门成绩是好的。

"我从没见过你这样的学生,一个句子中拼写错误比单词还多!"我的法语老师破口大骂,他认为让大家哄堂大笑是新学生融入的最好方式。

数学不在我的能力范围内，历史最为无聊，德国的地理关我何事。不过，我和体育老师十分合拍。无论他教什么，我都是第一个举手。他只需要教我如何控制力量，因为我太容易把同学的手脚撞伤，次数多不胜数。

我的手球玩得不错，进步飞速。不幸的是，在一场老师和学生之间的"友谊"赛中，我把一位数学老师的肩膀弄脱臼了，被禁入场一年。体育老师将我转去打排球，这是唯一一项不会和对手接触的团体运动。直到今天，排球都是我最喜欢的团体运动。

班上有一个女孩我很喜欢。她比我高，有一双鲶鱼眼，海豚一样的笑容，样貌不是特别出众，但有其他人没有的魅力。她叫娜塔莉。

在学校，我的表现就像一头被塞进一辆丽人行[①]的河马，总将娜塔莉逗笑。事实上，我是故意逗她，也被她注视的目光触动。她住在离我两个街区的地方。起初，我们每周三见面，很快就每天都见面。她家里总是吵吵闹闹，却很亲密。一天到晚，笑喊不停。我不敢相信一个家庭还可以这样，热闹沸腾，来来往往，生气勃勃。

但在我家，弗朗索瓦基本上总是在生闷气，他也从来都没什么好说的。从来没有。他热衷赛车，除此之外，一切都无关紧要。

他看我的眼神像看一只古怪的动物，如同一条狗看着水里的鱼。

---

① Twingo，法国汽车品牌雷诺 1992 年开始生产的微型车。

早上，他不会亲吻我，只是用指尖糊弄地握握手。他也从来没有任何亲昵的动作，甚至对我母亲也一样。不过，只要他不对她动手，于她也就无所谓了。

几年前，弗朗索瓦是当时有名的GRAC赛车队的车手，他速度很快，也许是同辈中最优秀的车手之一。有一年，有人邀请他加入一家更大的赛车俱乐部，出于对GRAC的忠诚，他拒绝了邀请。不幸的是新车进展不顺，他在观众席上拖延了整个赛季。于是，弗朗索瓦渐渐放弃赛车，创立了一家生产头盔的小公司。

这家公司叫GPA。公司运营不错，很快，他在莱西尼郊外开了一家工厂。这下子，他像一条狗一样埋头工作，我们再也见不到他。也许就是因为这样，母亲才决定养一条真正的狗。它叫杰瑞，是一只巴吉度猎犬，身长一米，身高十厘米，真正的"一级方程式赛车"[①]。杰瑞和冒险家苏格拉底相去甚远，只喜欢地毯。我们相处得非常融洽，我把它当作自己的毛绒玩具一样照顾。

学校的前两个学期，我几乎见不到父亲。这倒不奇怪，夜总会经理的作息和学校的作息毕竟不太兼容。不过，一如既往，变化说来就来。父亲关了奇迹夜总会，回到地中海俱乐部。他被派往摩洛哥阿加迪尔，做运动部的主管。对父亲而言，这种转变意味着收起野性，回归正常生活。他有了一份真正的工作，有工资，和其他的一切。哪怕这份工作只是穿着泳裤和拖鞋陪人玩乐，他也感觉自己走上了正常的轨道。这个转变的原因再简单不过：凯茜怀孕了。第一个家庭被他搞得支离破碎，这是生活给他的第二次机会。

[①] 一级方程式赛车的车体结构较矮，故此处和巴吉度猎犬作比。

每个人都试图按自己的方式向我解释什么是"继妹",但我才不管,不加"继"字很重要,她是我妹妹,就这样。

我第一次看到朱莉是在纳伊,凯茜父母的大公寓中。和所有婴儿一样,她长得很丑。这是我见到朱莉的第一句话。整个家庭都感觉受到了冒犯,都劝凯茜提防我。

"别让他太靠近婴儿,前妻的小孩会嫉妒的,说不定还会很粗暴。"我在走廊上听到有人这么说。

但我已经喜欢上这位小妹妹了。我向她发誓,从出生的第一天起,她永远不会体验到我所经历过的孤独煎熬。

现在,我正式有了一个妹妹,可还不懂该如何理解这个好消息。在这个重组家庭中,我是什么?

晚饭时,我跟母亲、弗朗索瓦讲述了和妹妹的第一次见面。不难看出,在我过度的兴奋之下,还有一点慌张无措,可是,我得不到任何回应和帮助。

你十二岁了,自己的事自己解决。

夏天很快到来,暑假又开始了,我去阿加迪尔找父亲。这里的度假村很不错,泳池很大,海更大。海滩绵延数里,有一道岩石筑成的堤坝挡住海浪,保护下海游泳的人。这是我第一次见到大西洋,和地中海大相径庭。海浪的冲击更大,声音也更大,节奏更加缓慢。地中海像是一个调皮的年轻女子,变幻多端,性感迷人。海水清澈见底,坦荡露出自己的本色。大西洋更像一个老妇人,专断有力,让人时常害怕被她破口大骂。海水如此深厚,放进去就看不到自己的手。我将在泳池旁度过这个夏天。

见到我，凯茜依然不自在。朱莉已经会对我笑了，父亲忙于工作，我偶尔才能在度假村里遇见他。他会给我一个微笑，或者轻轻地拍一下我的肩膀，可能这就是他表示亲昵的方式。而我则视他为神。他高大、帅气、强壮，漂亮的笑容和蓝色的眼睛可以感染每个人，包括我。他很受欢迎，整个度假村都在他的魅力笼罩之下。我只希望他是我爸爸，可我也该接受，神是属于所有人的。

整个夏天我都在运动，玩得忘乎所以。不幸的是，在一场水球赛中，我撞伤了一位旁观的游客的肩膀，因而被禁止加入任何竞赛，哪怕是滚球①。于是我转向了冲浪。冲浪的感觉不错，可惜水太浑，败坏了不少兴致。我喜欢深邃而透明的蓝色海水，波雷奇或是伊奥斯岛的那种。

日子一天天溜走，不容置疑，毫不留情，对我向自己提出的所有疑问，也都没有留下答案。夏天结束了，我回到莱西尼，按部就班地重读初三。

留级的好处是，我的成绩变好了，但只是前几周，其他小孩很快赶上了我。

娜塔莉在高一，我清楚，她比我超前许多。我几乎羞于和她一起出现，怕她心生芥蒂。不过，她压根不在乎，我们继续见面，甚至调情。除此之外无事发生，我在等待。我感觉自己身上有许多东西在萌动，可既说不出来，也理解不来。对于这种被强加的生活，我并不自在，这简直像脸上的鼻子一样明显，

---

① Pétanque，法国盛行的球类游戏，规则简单，运动量小。

可是身边的大人似乎毫无察觉，更别说为此思虑了。我就在心底装着这份沉重，希望它可以像感冒一样随着时间消失。

冬天，父亲和他的小家庭转移到位于瑞士中部的家庭滑雪胜地莱森。一片森林里，许多古旧的木屋围绕着洛可可风格的度假村。大雪纷飞，将那些被冻得发黑的木屋压得变形。冰柱像流苏一样，齐刷刷挂在屋檐下。

寒假，我去了父亲那儿。圣诞节是他们最忙的时候，我几乎见不到他，元旦也一样。父亲吻了四百个人后才轮到我，每个冬天都是这样。

因为滑雪场地离度假村比较远，俱乐部在雪道上方建了一家高海拔餐厅。我每天中午在餐厅稍作停留，随便吃点东西，然后就赶去滑雪。木屋的负责人有一个女儿，也是在假期才来见父亲，金色直短发，水彩一样的蓝色双眸，杂志上才有的身材。她叫薇妮，十六岁——只比我大了两岁，可对我来说就像是两个世纪。我还只是孩子，她已经是一个年轻女人了。我陡然坠入爱河，却不知如何吐露，只能尽力掩盖，笨拙得像头躲在柱子后的大象。薇妮很聪明，我拙劣的演技逗乐了她。她和我一样，父母也离婚了，长期缺乏关爱。为了相互取暖，她让我进入她的世界，看她化妆，给她穿衣的意见。我们一起去城里，她会吸又长又细的褐色香烟。薇妮说话很快，话题随时转变，大笑突如其来。一个真正的巴黎女人。有时候，她会挽起我的胳膊，不过不会太久。她不会跟未成年人调情，猎物都是年龄比她大的。实际上，她有一个男朋友，是来这里不久认识的，二十一岁，有一辆车，褐色长发披在一条宽大的红色围巾上，简直就是年轻的贝尔纳-亨利·莱维①。我嫉妒到发狂。

这天，薇妮决定和他一起滑雪。那家伙滑起来像一堆牛粪，他们滑一个下坡的时间，我已经来回了三次。每次经过他们，我就一个骤停，铲飞漂亮的雪花，洒到他身上。

晚上，薇妮在酒吧叫住了我。她温柔地笑着对我解释说，嫉妒不是一个好方法，她非常喜欢我，可我太小了。她辛辣地描述了一番她那个蠢货男友，并向我保证会永远喜欢我。我不停点头，就像汽车后座的一只塑料狗一样听话。薇妮显然已经是个成熟的女人。我也许失去了一个未婚妻，却收获了一个朋友。

回到莱西尼的学校，日子依旧很煎熬。这里的雪又脏又薄，只剩下寒冷。那时候没有手机，没有互联网，每次我拿起电话，弗朗索瓦都会因为电话费破口大骂。于是，我改为写信。信要两周后才能送达，关于薇妮的记忆一点点淡去……

第三个学期②，我和娜塔莉走得越来越近。她还不是女人，我们像两兄弟一样玩耍。我叫她波林娜，她叫我波林。我们形影不离，当然有调情并学习接吻。她还没打算来真的，我也一样。但我们互相承诺，如果那一天来临，要一起实践。

这一学年就这么模模糊糊地结束了。所有学生都赶上了我，我甚至连班级的平均水平都未达到。不过无所谓，反正没人要看我的成绩单。

夏天，父亲被调到保加利亚的鲁萨尔卡，我照例去他那儿度假。

---

① Bernard-Henri Lévy（1948— ），法国当代作家、记者、电影制片人，著有《带着人脸的野蛮》《美国的迷惘》等。
② 法国学制，一学年分为三学期。暑假后开学到圣诞节前为第一学期，圣诞节后到复活节前为第二学期，复活节后到暑假为第三学期。

度假村在黑海边上，有些像波雷奇。只是，少了苏格拉底便少了兴致，我无所事事地过了一个夏天。事实上，我非常想念娜塔莉，急迫地想回去见她。

回到莱西尼后，我冲去她家。波林娜整个人晒成了古铜色，比我印象中更漂亮了。只是，有什么东西改变了。她的目光中有了一种成熟感。本来爱大笑的她现在只是微笑，本来话很多的她现在乖乖地听人说。我担心最糟糕的事情已经发生，她终于承认，自己和一个在松林遇见的帅气金发小子睡了。我心中的一切瞬间坍塌，只是嘴上没有表达出来。我又一次从情人变成朋友。新的学年，开局不顺。

我不想留在地球上了，决定要当宇航员。邻居让-克洛德·布朗歇尔是法国航空的乘务长，经常带给我只有纽约才有的小型火药引擎。在去卡纳维拉尔角①之前，我决定自己造火箭。我将收集的擦手纸纸筒当作火箭主体，巴沙轻木②做火箭翼。降落伞从垃圾袋上剪出，然后手缝。童年玩具的匮乏让我有了随处取材的能力。每个周末，我都坐在一片甜菜地中，不顾严寒，试着发射我的火箭。

消息传到学校，这番奇怪的飞行景象开始吸引人们，连母亲都来看。火箭愈发完善，现在已经有两个引擎，能飞到1000米的高度——这是大型客机不愿看到的场景。警察们也跑到我的甜菜地来，鲁瓦西控制塔展开一番调查，希望我别再瞎胡闹。真真假假，我也分不清了。无论如何，我被禁止尝试进入太空，判留

---

① Cap Canaveral，美国的航空海岸，附近有肯尼迪航天中心和空军基地。
② Balsa，产自中美洲的轻木，适用于制作模型。

在地上。无所谓，反正我还是要逃走的，我要去澳大利亚，那是离莱西尼和甜菜地最远的地方。顺便，我还可以复习一下地理知识。

我将这个国家从头到脚研究一番，规划了一个最佳路线。班上的一个同学也加入进来，我们每天中午都在食堂讨论，挺像两个社会混混准备进行一场抢劫。我打算用我唯一的交通工具——一辆轻便摩托车来环游澳大利亚，并开始学习数学，以便计算出旅程消耗的燃料和其他日常开销。根据我的计算，这次旅行可以安排在有七十天假期的暑假，我甚至还打听了两辆轻便摩托车的运输成本。每到周日，我都去给人剪草坪，赚点零花钱，一次20法郎。

我至少要剪一千个草坪才能攒到足够的预算。看来真的要靠偷抢了，或者找一个赞助人。既然弗朗索瓦想让我远走高飞，或许GPA头盔会愿意赞助？我敢肯定，假如答应他永远不回来，我还能拿到更多。但是突然之间，就在食堂，我的同伴抛弃了我。

"你不是认真的吧？你真觉得我们那两辆小摩托可以环游澳大利亚？"他一阵大笑。

我甚至不明白他为什么这么问，因为我每天都在日历上打钩，计算距离出发的日子。我的同伴耸耸肩，没吃饭后甜点就抛下了我。

"你还真是蠢得厉害呀！"话说完，他就凑到聊足球的学生堆里了。

我的澳大利亚之梦在食堂终结了。

于是，这年夏天，我和往年一样去了父亲工作的俱乐部。

父亲升职为度假村经理，我们去了摩洛哥的胡塞马庆祝。

我回到地中海，可这里的风光却不尽相同。海滩绵延无尽，也没有礁石，只有村庄对面有一块礁岛，上面坐落着西班牙要塞。那是还在运作的军事要塞，禁止靠近。度假村位于一大片松林中，由许多小木屋组成，非常漂亮，甚至算得上豪华。父亲对这次的新职位十分上心，像一头穿着泳裤的驴子一样转个不停，我比以往更难见到他。凯茜在商店工作，朱莉腰间环着一个玫瑰泳圈开始在泳池里扑腾。这个夏天看似将一成不变地过去，却有两件改变我生命的事情发生了。

第一件事归功于建筑师汤姆。我一直很喜欢汤姆，他是唯一把我当作大人看待的人。

他在这里负责装饰设计，总是独来独往，和父亲身边的那些人都不一样。

我在度假村四处晃荡，最终来到他的木屋前。他正在画画。木屋像一座小小的博物馆，一切井井有条。这家伙细致到近乎怪癖，却允许我翻阅他的摄影书。这些书的作者有拉蒂格[①]、卡蒂埃–布列松[②]、杜瓦诺[③]，还有赫尔穆特·纽顿[④]、伯丁[⑤]、汉密尔

[①] 雅克·亨利·拉蒂格（Jacques Henri Lartigue，1894—1986），法国摄影师。作品主要记录个人生活及法国近一个世纪的社会风貌。
[②] Cartier-Bresson（1908—2004），法国摄影师，偏爱黑白摄影，玛格南图片社创始人，"现代新闻摄影之父"。
[③] 罗伯特·杜瓦诺（Robert Doisneau，1912—1994），法国摄影师，作品多抓取巴黎日常生活中幽默风趣的瞬间，有"平民摄影家"之称。
[④] Helmut Newton（1920—2004），德国时尚摄影师，以时装、人体和名人摄影而著称，作品多为黑白。
[⑤] 盖·伯丁（Guy Bourdin，1928—1991），法国时尚摄影师，以其彩色作品闻名。

顿[①]。各种线条、光影,还有女性的裸体,每一页都让我看得脸红,可汤姆什么也没说,只是坐在旁边给我讲解。

我只能看到裸体,而他引领我看到曲线、反差、互相呼应的轴线和交叠的几何形状。很快,裸体就让位于建筑、数学和诗歌。一张摄影不再是简单的平面图像,而是一个主观构建的世界,等待被发现。我着迷了,像刚刚学会认字。从这天起,我看世界的方式不一样了。

我每天都去他那里打扰,他似乎也乐在其中。后来,我知道他一直迷恋我母亲,哪怕他从来没有承认过,可能是因为我父亲的肱二头肌。那么,他对我的照顾,也许是为了我母亲。

汤姆的住所还有一台电唱机和一批 33 转的唱片。唱片封面张张都是艺术品。看到迈尔斯·戴维斯[②]的《婊子酿造》(*Bitches Brew*)的封面时,我停驻了眼神。当音乐在木屋中响起,我的脑子立即沸腾起来。我什么都不明白,却感受到了当中的力量。于是,汤姆开始教我如何听贝斯和鼓的回应,小号怎样承接键盘,以及这些互相交杂的声音,如何在复杂的结构之中传递出一种情感。这也是我在摄影中发现的结构。事实上,无论何种创造,都有结构在引领。汤姆不知道,他将我的生命翻转了。我学到了一门新的语言,并决定将其视为我的官方语言,乃至母语。

[①] 大卫·汉密尔顿(David Hamilton, 1933—2016),英国摄影师,以一系列关于年轻女孩的摄影作品著称,多使用柔焦镜头,充满朦胧感。
[②] Miles Davis(1926—1991),美国爵士乐演奏家、小号手、作曲家,创造了冷爵士、硬波普、融合爵士等多种音乐风格。

— 6 —

新学期依旧很煎熬。我初四①了，对任何事任何人都提不起兴趣。学校的课程和去年一样无聊，于是我决定给自己额外开设一门课程——每周买一本《照片》②杂志，从头到尾仔细读完。每周三，我都要跑一趟巴黎的丽都音乐，一家很大的进口唱片专营店。

我在汤姆那儿剥开《婊子酿造》唱片封面的背面，找到一些和迈尔斯·戴维斯一起演奏的音乐家的名字，很快发现这些音乐家都是互相关联的，好像一棵巨大的系谱树。斯坦利·克拉克③让我知道了奇克·科瑞亚④，后者又将我引向了凯

---

① 法国初中四年制。
② *Photo*，法国杂志，1967 年开始发行，主要面向男性群体，关注摄影和情色艺术。
③ Stanley Clarke（1951—　），美国贝斯手、作曲家，与奇克·科瑞亚同属融合爵士乐队 Return to Forever 创始成员。
④ Chick Corea（1941—2021），美国爵士音乐家，20 世纪 60 年代末迈尔斯·戴维斯乐队成员之一。

斯·贾瑞特[1]，然后是赫比·汉考克[2]。那时候有三张特别震撼我的唱片：斯坦利·克拉克的首张专辑[3]、比利·科巴姆[4]的《光谱》(*Spectrum*)，以及最重要的气象报告乐团[5]的首张乐队同名专辑。

我站在唱片店里，戴着耳机，花上几个小时选择这周的目标。每个周三，我都从丽都买一张唱片回家；每个周日，我剪三块草坪，赚够下一张的钱。

唯一的问题是，我们家没有立体声组合音响。弗朗索瓦不喜欢音乐，他只喜欢引擎声。所以，每天晚上，我把作业做完就跑去邻居家。让－克洛德在他家的楼梯下藏了一套音响，答应让我使用，条件是我要维护好器材。他细致成癖，防静电的布要叠好，宝石唱针的塑料保护壳要取下来，更重要的是，得让唱臂自动工作。我刚买的是摩诃毗湿奴管弦乐团[6]的首张唱片，吉他手是约翰·麦克劳夫林[7]，小提琴手是让－吕克·彭蒂[8]。声音

---

[1] Keith Jarrett（1945—　），美国爵士乐和古典音乐钢琴家、作曲家，爵士与古典融合派的代表。
[2] Herbie Hancock（1940—　），美国爵士乐钢琴家、键盘手，迈尔斯·戴维斯的乐队成员之一。
[3] 指1973年发行的《永远的孩子》(*Children of Forever*)。
[4] Billy Cobham（1944—　），美国爵士鼓手，20世纪60年代末开始与迈尔斯·戴维斯合作。《光谱》是他首张个人专辑。
[5] Weather Report，1970年创立、1986年解散的美国融合爵士乐队，首张同名专辑于1971年发行。
[6] Mahavishnu Orchestra，1971年创立的美国融合爵士乐队，首张唱片《内心燃烧的火焰》(*The Inner Mounting Flame*)于1971年发行。
[7] John McLaughlin（1942—　），英国吉他手、作曲家，摩诃毗湿奴管弦乐团的组建者。
[8] Jean-Luc Ponty（1942—　），法国爵士乐小提琴家、作曲家，1974年摩诃毗湿奴管弦乐团解散重组后加入。《内心燃烧的火焰》的小提琴手为杰里·古德曼，此处或为作者记忆有误。

瞬间侵袭整个空间。但不到半分钟,让-克洛德就将这音乐暂停,从原包装中拿出一个半专业耳机连到音响上。他是很慷慨,但不想与我共享这种非洲祖鲁人的音乐。我戴上耳机,再次被音乐充盈,就像沉浸在爱中。

每天晚上,我都来这里汲取我的养料。比起大声喊出自己的绝望,我还是宁愿选择用其他人的声音来轰炸耳朵。

只有一个小小的技术问题:耳机线太短了。我不得不将线穿过楼梯扶手,头贴着扶手坐在台阶上。这个姿势不太舒服,但我不在乎。必要的话,让我单脚站立也行。

虽然莱西尼离巴黎有些远,但我还是经常去看祖母玛格丽特。她工作的商店经营状况不太好。这是意料之中的事,橱窗里展示的都是上个世纪的风格。老太太被迫卖掉一大部分店面,只剩下寥寥数人留守。现在,她蜷缩在小店深处,像在等待死亡。每一次,我都认真地对她行吻手礼,让她高兴。

地下室被改为工作室,祖母就在里面工作。整个店铺只剩三个雇员,原来属于店铺的部分现在是一家银行。这条街再往前走,有一家我之前从未留意过的商店,专卖爵士乐唱片和唱盘。我就像一只蜜蜂偶然发现了一大罐蜂蜜——我所有的英雄都在这里了。要想继续听下去的话,周六也要去剪草坪了。店主给了我一张小卡片,每买一张唱片,他就在上面打一个孔,就像坐地铁一样。累积十个孔,便可以免费得一张唱片。结果就是,我记得自己那一学期都在除草,甚至圣诞节从祖父母那儿收到的零花钱也用来充实我的收藏了。我已经有了二十多张唱片,可始终缺一台唱片机。母亲终于注意到这件事。

"你买这么多碟，拿什么来听呢？"她诧异地问道。

我想对她喊，对她吼，一个小孩将所有钱都花在买碟上，却连个唱机都没有，肯定是因为他有一种创造性的冲动，为人父母应该明白和鼓励这种冲动。但这些话都堵在喉咙里，我只是嘟囔道：

"嗯……我在让-克洛德家听的。"

母亲看我的眼神，就像一只鸡看一把梳子，仿佛我刚才告诉她 1+1 等于 3 一样。她耸耸肩，回到厨房，而我只能失落地拿上碟继续去往让-克洛德家。

两年后，在我的收藏达到八十张的时候，他们才真的明白我想要什么。足足两年的时间。我的圣诞节礼物非常明确了，只有一样东西：一台音响。

音响终于到了。简单，普通，低端。我不在乎，我只想每晚在自己家里轰炸耳朵。不过，他们要求我要戴上耳机才能在客厅里听，好像听凯斯·贾瑞特是一种不入流的事。

凯茜的肚子又圆了，我是在寒假时发现的。父亲来到了意大利的科尔蒂纳丹佩佐。这里的雪地非常广袤，还是世界高山滑雪锦标赛的场地。瓦卢瓦尔根本不能跟这个高手云集的场地相提并论。我在这里不断进步，在回转训练中离领队的人不过两秒的距离。

父亲偶尔带上我一起滑雪，我们总是脱离雪道。他喜欢冒险，喜欢冷杉、树林和齐腰的积雪。他滑得很好，所有地形都不在话下。每个周日我们都在回转比赛上一较高下，我总是输给他。要等 2 月的假期再试试了。

这天，教练们开辟了一条特殊的回转赛道，我们俩都报了名。父亲紧随领队的人，表现不俗。可我心里憋着一股劲，想要打败他。这也许是向他证明我存在的唯一方法，我要让他看到我。出发后，我像个叼着匕首的海盗一样全程咬紧牙关，最终比他快了半秒。我高兴地冲向他，想要捕捉他眼中应有的骄傲，我迫切期待的骄傲、接纳、爱，用秒表成绩换来的爱。但父亲看也不看我，他生气了。他怪雪，怪天气，怪松动的旗门杆，要求立即返回再试一轮。结果开局不利，成绩依旧。第三次，他拼尽全力，到第十个旗门的时候，像一只水獭一样翻滚在雪地里。他怒气冲冲地滑下来，在终点和我会合，不停地臭骂自己今天发挥得差到极点。总之：我没赢，是他输了。

我们滑回了度假村。下山途中，他一句话都没有说，我则憋了一肚子气，不明白父亲为什么这样。晚上，我在俱乐部和七个来度假的陌生人同桌吃饭。我非常苦恼，不知道怎么做才能让他爱我一点。晚饭后，我撞见了他。他的脸色已经松弛了下来。

"你今天滑得很好，还打败了我，很好。"他对我说。

他拍了一下我的肩，随即消失。

这番话给了我一些安慰，但伤害已经造成，痛苦始终存在。这段时间，凯茜的肚子越来越圆。朱莉会很高兴的，她要有一个小妹妹了，名叫佩吉。

我越来越沉迷于摄影，将其视为音乐和建筑这两种艺术的补充。在没有意识到的情况下，我正在定义我的电影 DNA，浑然不觉地朝着这个方向狂奔。但是，我没有相机，起码要剪一百万个草坪才能买得起一台，只能再一次求助邻居让-克洛德。他同意将自己的佳能相机借给我，但是，规矩比使用组合音响的那一套还要严苛。我必须像实验室的研究员对待病毒一样慎重使用这台相机，就差戴上医用手套了。让-克洛德对所有器材都爱惜到疯魔，以至于相机居然还裹在原包装内。

两个小时的使用讲解后，他终于让我走了。我感觉到他心中的不安，为了让他放心，我像捧着炸药一样捧着相机离开。

很快，我找到第一个模特：小狗杰瑞。但这条巴吉度猎犬太难拍了，动个不停，我得不断地调焦。多亏它，我学会了基础操作，锻炼了反应能力。

《照片》杂志最新一期的封面上，是汉密尔顿镜头下像花朵一样盛开的少女。照片有的像浸过油，有的则带着薄薄的雾气，用的都是我买不起的滤镜，但镜头上弄一点水汽或许也可行。现在就差一位模特了，一位真正的模特。

吉赛尔是迄今为止学校里最活跃大胆的女孩，已经留级两次，身上自然散发的荷尔蒙也是所有人的两倍。她的衬衫纽扣总是漫不经心地解开，胸口隐约可见。她自己深知这一点，男孩们也知道其中的吸引力。客气点说，她不是害羞的人。但学校里的男孩们毕竟还太年轻，她沸腾的荷尔蒙让大家都有所顾忌。可怜的吉赛尔，在自己的欲望中日渐受挫和被孤立。

有事做对她肯定没坏处。我给她看了一些知名摄影师的照片，提出拍她的想法。她立即答应，双眼闪闪发光。从她的笑容中，我看到了放胆去拍的希望。

周三，她来到我家。我已经将母亲的房间布置好，用作摄影棚。我认真地给她解释了第一个姿势、光线和表情，吉赛尔不等我说完就边点头边将衣服脱光了。她的欲望显而易见，但更复杂，因为我太年轻了，根本不知道该怎么办。我只想通过摄影证明自己的身份，自己的存在，向父母证明我是有价值的，这样他们才会看我一眼。其余的，我都不感兴趣。吉赛尔有点失望，但她最终明白我是认真的，于是听了我的指示，一点点地，让自己听从镜头的引领。我尽力展示一个本真的她，一个迷惘、敏感、被缺席的父母忽视的年轻女孩。渐渐地，她明白了自己不需要扮演某个角色，只需做自己，真正的、不用顾忌别人评判的自己。她终于可以表达自己，有人在一旁见证。吉赛尔变得柔软、大方，漂亮的粉红脸颊上流下了泪水。

第二天，在学校里，她衬衫上的所有纽扣都扣紧了，直到领口。

这个学年就这么潦草收场，正如其开场。不过，我还是艰难地升了级。明年，我就是高中生了，但娜塔莉要转到巴黎的一所高中去了。6月，暑假才开始，我就已经预判明年会是惨淡的一年，这感觉真不好受。

父亲在经营困难出了名的胡塞马度假村交出了一个季度的漂亮成绩。为表奖励，管理层让他在这里多待了一个季度。我对这个度假村已经了如指掌，不需要再四处探索。

朱莉开始游泳，佩吉开始走路，她们是度假村的两个小明星。我跟着她们，观察她们。她们还小，加上我们一整年都没怎么见面，我不知道如何用自己大哥哥的身份和她们相处。我希望有人给我建议，可父亲太忙，凯茜又不想。我只好就这样看着她们吃饭、傻笑、跑闹，一点点长大。唯一一个我可以和她们一起玩耍的地方，就是泳池。我整日泡在泳池中，妹妹们马上感知到，水是我的家，我的在场让她们放心。我嬉笑搞怪，扮海豚、演小丑，用尽一切方式逗她们笑。在水里，我终于可以抱起她们，把我说不出口的爱传递出去。

剩下的时间里，我内心的厌倦和孤独依旧在一点点积攒。脑子里有太多东西翻飞碰撞，却找不到一个人分享。我身处一众穿着泳装嬉笑嚷叫、跳舞玩乐的游客之间，却不是这份热闹中的一分子，感觉自己像夜总会前台鱼箱中的一条金鱼，周围声音朦胧，画面模糊，只能辨认出一些尖叫和手势。

这里的度假村价格便宜，游客多数是年轻人，桑格利亚酒供不应求，热闹永不停歇。每天晚上，我都听着女人的呻吟入睡，但很快就适应了，就像对海浪声一样。

我想找个朋友，无所谓男女，只是找个人说说话。哪怕哑巴都行，有个人就行。

这天是出发露营的日子。远离此地两天，远离热闹和喧嚣，我登上了木帆船。船虽大，走得却比浪还要慢。船长是个不入流的水手，以为有了胡须和帽子就会让自己看起来更加老练，可直到去年他还只是事务处的一名员工。船离开了港口，三十多个游客都兴奋不已，好像要去横渡大西洋一样。事实上，我们的目的地就在几公里外，两个小时就到。我站在船头，听水流冲刷船身的声音。海面像缓缓起伏的丝绸，深邃莫测的蓝色不停翻涌。突然，一个身影出现，接着又是一个。原来是几只海豚在船头附近玩耍，看样子它们很喜欢船身激起的浪花，还跟着跳起了舞。其中一只海豚游到船侧，抬头看我。它随着波浪上上下下，嘴角带笑，像在发出邀请。我跑到船尾去通知船长。

"有海豚！我们走慢一点，原地打转，海豚就会停下来跟我们玩了！"我兴奋地喊道。

可是，大胡子才不在意海里的东西，他有严格的时间表要遵守。

我的怒火一下子蹿了起来。终于有一次，有一双眼睛看到我，有一张脸对我笑，有一个邀请的信号传递给我。我不会让这个船长拦下来的，于是三下五除二将脚蹼和面罩穿戴好，毫不犹豫地跳入水中。

我一头扎进海里。无边无际的蓝，水深估计有几百米。海豚的鸣叫和啪嗒的拍水声在四面回响。我还看不到它们，但它们似乎早就发现了我。

突然，它们出现了。灵敏而迅速，流畅而优雅，像夏日风中的燕子一样自如。我一动不动，像浮在空中，被它们划出的曲线弄得眼花缭乱。很快，其中一只海豚靠近我，绕着我转，满眼笑意。不知道接下来的这个想法是不是它传递的，但我有种强烈的冲动要潜下去。我深吸一口气，准备沉入深蓝中。瞬间，三只海豚和我一起，垂直倒立，像是为我打气。在这种鼓舞下，我越潜越深，无所畏惧。

这时候，那艘像洗衣机一样笨拙的船掉转船身，回来找我。我在水下听到引擎声不断靠近，但还是选择继续和新朋友玩耍。

海豚们模仿我的每一个动作。它们会放慢速度，像是为了不让我尴尬而来适应我的节奏，可惜我已经缺氧，开始感到疲惫。水面上方有了船体的阴影，我的头顶上出现递下来的软梯。船长在上面怒吼，骂得快要连气都喘不过来。我别无选择，只好上船去。游客们都笑翻了，纷纷过来拍我的肩膀。但我不需要他们的注视了，我找到了真正的朋友。

露营比预定时间稍晚了些。海滩不算太大，处在一个风平浪静的海湾处。大人们拾柴起火，因为太阳很快就要落下。我在海湾里扑腾，眯眼观察海上，期待再次见到海豚。这将是一个奇迹……而尽管千难万难，奇迹仍然发生了。我看到一个海豚尾巴一闪而过。为了确定那不是鲨鱼，我等了一会儿，几秒钟后，听到一声轻快而有力的鸣叫。我立即认出那就是海豚，于是潜入水中，逐渐远离海岸，透过面罩在蓝色海水中四处搜寻。气息越来越近，似乎只有它自己。为了不吓到它，我把动作放得更加轻柔。我还看不到它，但是它的叫声越来越近，显然在绕着我打转。我停了下来。没有必要再追，只要它想，它会过来的。

几分钟后，它的轮廓出现在蔚蓝的海面上——一只硕大的灰色海豚。它平静地绕着我转圈，不断发出咔嗒咔嗒的叫声。为了观察它的动作，我也跟着转身。它做出几个大胆的动作，也许是示好的表现，我笨拙地模仿。海豚停下来看着我，不知道是为我的笨拙困扰，还是被我的勇于尝试吸引。不管怎样，它靠得更近了。在半小时的犹豫过后，我伸出手去触碰它。它的皮肤像丝绸一样柔软，又像木头一样坚硬，像两百公斤的肌肉裹在真空包装中。我的抚摸似乎让它很愉悦，一遍又一遍地靠过来，还翻过身来让我揉肚子。很快，它将鳍放在我的手中，示意我抓紧。

我刚一抓住，它就立即加速，拖着我玩。第一次，由于水压太大，我的手很快脱开了，可它又折返回来，我只好用两只手牢牢抓住它的鳍。它的力气太大了，我就像一个被细线拴着的软木塞。一旦我被海水呛到，它就高兴得笑出声。

我决定继续往深蓝中下潜，越深越好。但海豚很快将鳍放到我的手上，将我带回海面。它比我更快意识到我的疲惫。我在水面上休息时，它靠近过来。我终于将它抱在怀中，浑身颤抖，泪如雨下。我们相识不过片刻，它离我的生活也如此遥远，为什么只有它给了我安慰？它感受到了吗？它也像我一样孤独吗？我的泪水是幸福的，因为我找到了一点爱；我的泪水也是愤怒的，因为我的家庭和所有人类。

海豚还在绕着我转悠，可我渐渐看不清它的动作了。这时候，我才意识到自己已经远离海岸，夜晚已经来临。我不知道自己在水中待了多久，但开始恐慌起来，因为我已经没力气了，不知道还能不能游回岸边。我慢慢地往沙滩游去，以此节省体力。海豚陪着我，它肯定感觉到了我的恐惧，于是再一次将鳍放在我的手中，将我拖往海滩。

它只划了几下，我就看到了海岸。海豚来了一个漂亮的跳跃，像是告别，随后就消失在夜里。我筋疲力尽地上了岸，立即来到篝火旁取暖。大人们都在，醉醺醺地唱着一些露骨小调。没有人注意到我的消失，船长也一样，他忙着把自己的冒险故事吹得天花乱坠。我突然心生恐惧，害怕自己哪天也成了一个大人。

看着海上渐渐黑下来，我做了两个重大决定：成为一个海豚学家，以及永远不要成为一个大人。

我回到奶牛场中央的莱西尼中学。

家中有我想念已久的音乐和小狗。我向母亲分享我的假期，她心不在焉地听着。不过，总比弗朗索瓦好，他会在我第一句话未完之前就离开。无所谓，我习惯了。我还讲了那场足以温暖我一整年的相遇。为了铭记这段回忆，我决定学习所有与海洋相关的知识。母亲答应给我买《库斯托的海洋世界》[①]，每个月我会收到一本，一到手就一口气读完。母亲欣慰不已，我终于开始读书了。"红与黑"这两种颜色不适合我，我只需要一点蓝色。

我从一则广告得知，巴黎驯化公园新开放的水族馆中有三只海豚。周三一大早，我就直奔巴黎。

水族馆位于一片塑料包膜下。池水是浅蓝色的，看起来一点也不像大海，三只宽吻海豚就在其中——两只母的，一只年轻的公的。听到它们的轻声鸣叫，我的身体一阵颤抖。再看到它们同样优雅的身姿，无畏的胆量，满面的微笑，我觉得自己仿佛置身天堂。每个小时都有一场海豚表演，我就赖着不走，和训练员熟络了起来。他不喜欢我在水池边走来走去，可是抵不住我每周三都来的坚持，终于接受了我在旁边。现在，我可以将手放到水中抚摸海豚了。

在两场表演中间，我朝海豚扔去一个气球，海豚立即用吻

[①] *Encyclopédie Cousteau*，1973年出版的20卷海洋百科全书。Cousteau 即雅克-伊夫·库斯托（Jacques-Yves Cousteau，1910—1997），法国海洋学家、探险家。

突（也就是我们常说的鼻子）顶了回来。我只有一个想法：下水和它们一起戏耍。可是训练员放了狠话：

"我警告你，要是你不小心掉到水里，这一年就别再来了。"

我把这个威胁当真了，但每周三依然坚持里面穿一条泳裤、外面套一条牛仔裤来看海豚。万一呢？

每周的其余时间里，我都在练习摄影。吉赛尔不在学校了，我也懒得再去说服别人来当模特，转拍森林、树木、湖泊，还有四季变化的太阳。周三，我就将镜头对准位于王妃门地铁站附近的水族馆中的海豚们。母亲还为我提供了一位新模特，我可以从任何角度拍摄。目前他只有两个月大，还在母亲温暖的腹中。

母亲怀孕了，像是回应父亲组建新家庭的幸福。不过，她的怀孕过程比凯茜艰难得多。分娩前五个月，她一天二十四小时都要躺在床上——这是父亲多年虐待留下的恶果。幸好，玛格丽特教过我如何做菜，不然弗朗索瓦就要饿足五个月了。他闭着眼都能组装起一个发动机，睁大双眼却连一个鸡蛋都不会煮。

在母亲准备躺着过冬之前，弗朗索瓦终于决定娶她。

婚礼定在一个周六，在莱西尼市政厅举行，整个过程索然无味。来宾有我们的邻居布朗歇尔夫妇、弗朗索瓦的父母，还有两三位我不认识的朋友。终于有一次，我被邀请担任摄影师了。我劝服弗朗索瓦省下找专业摄影师的费用，给自己换来了十多卷胶卷。

这场婚礼就像一出拙劣的街头表演，每个人都在生硬地微笑。我可怜的母亲，进入了她第二次失败的婚姻。

接下来的庆祝我毫无记忆。周一上午，我回到学校。

"你周末都做什么了？"班上一个好友问我。

"没什么……噢，对了，我妈结婚了。"我毫无热情地回答。

班上来了一位新生，名叫艾琳，有一头金色鬈发和一双漂亮的浅色眼睛。她来自东欧，蹩脚的法语立即招来了所有学生的嘲笑。不过，让她成为众矢之的的远不止这些。她脸上有痤疮，打扮得像个稻草人：浅蓝色的迷你裙，羊毛提花的上衣，画着荧光绿的眼影。最糟糕的是，她已经留级两次了，于是被安排坐在我旁边——差生扎堆的区域。她很快就成了班上的讨厌鬼，课间走出教室，男生们会开她玩笑，撞她或者扯她的裙子。但艾琳有一个绝对优势：一米八的身高，次中量级拳击手的臂展。这位乌克兰女生的出拳有种军事化的快狠准。她将几个男生送进医护室之后，骚扰便停止了。

我们很少说话，可我尊重她。她的孤独和我的不一样，我也能理解她。地理课上，她给我讲她的家乡乌克兰；绘画课上，我告诉她我对摄影的热爱。虽然我们在学校外不见面，但依然用一种隐秘的团结鼓励着对方在仇恨的环境中生存下去。艾琳十六岁，身体和同龄人比起来分外高大，眼睛亮得像一面镜子，皮肤很白，脸颊总是红扑扑的。即使她用厚厚的粉来遮痤疮，还是可以看到好看的五官轮廓。我想给她拍照，就是不敢提。我可不想挨拳头。

课间休息时，我们经常一起坐在院子的角落。女生都嫌弃她，因为她的身材和嘉年华式的装扮。而我既不想踢足球也不想聊足球。我们并无多少话题,有时只是沉默。毕竟,除了海豚,我要说的话也不多。

一天,在院子的角落,她告诉我:

"对了,既然你懂摄影,正好我有件事要问你。上周六,我跟我妈在巴黎。有一个摄影师过来,说要给我拍照。"

她将摄影师的名片递给我。

"你知道他吗?"

厚实的名片上写的是:

赫尔穆特·纽顿
摄影师

奇怪的是,我不怎么惊讶,只淡定地回答说:

"对,我知道。这个摄影师很好,你可以去。"

接下来的周末,她去见了赫尔穆特。周一上午,我急忙问道:

"怎么样?拍摄顺利吗?"

"不错,我赚了200法郎。"她告诉我。

我提了一些技术问题,急切地想知道大师是怎么工作的。可惜她不记得多少事情了。也许是因为对她来说,摄影还太新鲜。

几周后,还是在院子的角落,同一张长椅上,艾琳坐在我旁边,腿上放着一本相册。

"赫尔穆特给了我几张照片,我想知道你的看法。"她简单说完后,拿出了用光面纸冲洗的黑白照片。

我一张一张地看了很久。大师的风格,一眼就能认出来:

极致的优雅，光影的转变，几何与线条，反差与对比，还有不露痕迹的现代感。我试着破译这些照片，艾琳像听一道数学题一样听我的讲解。有几张照片上，她是裸着的；但艾琳就这样让我观看她最纯粹的状态，我们都没觉得有什么可震惊的。

身体也是一种素材，也可以被加工，就像木头、灯光，或者音乐。这一天，我感觉浑身清明。我明白了赫尔穆特掌握的语言。

院子的对面，是忧心忡忡地看着我们的三位老师：这两个差生又在想什么坏点子？我从他们的目光中读到了对我们的透顶绝望。我们在社会中感到迷惘，而他们只对我们感到无奈。我不想费心思去解释，或许他们也不知道谁是赫尔穆特·纽顿。

无论我多么努力地剪草坪，都攒不够买相机的钱。幸好，到圣诞节时，我已经买得起一个放大机和一些配套零件了。

我买了一个系列中最便宜的，不过对新手学习而言堪称完美了。这机器只能制作黑白照片，可也帮我节省了冲印的钱。

每周日上午，我都会征用母亲的浴室，将自己关在里面好几个小时，冲印之前拍摄的胶卷。我给朋友们拍肖像照，再将相片卖给他们的父母，收回一点成本。弗朗索瓦的生意似乎挺顺利，新买了一辆漂亮的奔驰，母亲的厨房中也应有尽有。相反，我没享受到他的成功果实，依然保留着自己的穷人习惯，从各种零零碎碎的地方抠省。但不管多努力，我还是买不起一台相机，哪怕是在我的生日3月18日之后。

学校里，选专业意向的时候到了。上周，我们做了一些机械测验，通过转动齿轮，排列出几何形状。我的表现不错，毕竟整个童年都在用双手创造东西。辅导员很高兴地告诉我，她要给我推荐一个非常理想的职业：机械师。我对此一无所知。我跟她说了十多分钟的光线、音乐、海豚，她却和我谈汽车修理。弗朗索瓦肯定会高兴，我们终于要有共同话题了。不过，这是不可能的。我想要的是脚上的海盐，而不是手上的机油。

辅导员花了半个小时来说服我。无果。

疲惫至极之时，她终于抛出了最初就该问的问题：

"你这辈子到底想做什么呢？"

她说出这句话的方式，已经在禁止我想象一个有别于她所提供的想法的未来了。这个女人不是来帮我的，她只是有一个机械师的份额要完成，这是她唯一的任务。

"我想当海豚学家。"我一字一顿，明确表示自己的决心。

她一脸颓丧地看着我，就像在看一台节目结束后满屏"雪花"的电视。

"海豚什么？"此时她的神色已经是厌恶了。

"海豚学家，研究和照顾海豚的人。"

她长长地"啊"了一声表示明白，随即告诉我，这份职业不在目录上，我应该理智一些。

为了让我满意，她随即推荐了更具特色的选项：钻石加工、鲑鱼养殖、玻璃吹制、瓷器绘画。我都一口回绝。辅导员耸耸肩，在我的档案上标记了一个问号，说下个月再解决。

我决定自己研究。

我趁周三去巴黎海洋研究所收集了一大堆资料，兴致盎然地阅读起来。不过，里面的确不见有我梦想的职业。只有三个去处有可能让我和海豚朝夕相处：军队，科研所，游乐园。

这三者我都不喜欢。

渐渐地，我意识到自己不是真的想要研究海豚。我想要当一只海豚。当然，这个梦想永远不可能实现。

我爱海豚胜过整个世界，但也明白，爱它们的最好方式，就是让它们回到天然的环境中自由自在，我可以不时去探望。我向自己保证，永远不忘了它们，要经常去看它们。

夏天到了，这次父亲被派去科西嘉岛的圣朱利亚。

为了欢迎他的到来，三个戴头套的男子在第一周抢劫了收银台。比起上个季度炸接待处的人，这已经友好了许多。不过，父亲是和他健身房的一伙朋友一起来的，他不打算放任不管。

这个夏天不会平静了。

我很高兴再次见到父亲。他带我参观了他和凯茜一家人的大房子，而我不住在这里。他以让我独立的名义在度假村的另一边为我预留了一个小房间，哪怕我从未有过这样的要求。

既然这是他的主意，我还是假装很开心。他将我的行李箱放在床上，离开之前，还不忘用一句话友善地将我的暑假摧毁：

"你已经长大了，以后我们就不用亲吻礼了，像大人一样握手就行。"他脸上挂着假笑。

我努力不让自己倒下，虽然心中的一切都在崩塌。凯茜向他索求爱的证明，他就给了她一个漂亮的回应，而从现在开始，我要学会满足于一次握手了。

第二年夏天,父亲接手了圣斯特凡诺度假村,位于撒丁岛附近的一个小岛上。岛上几处平房零散地隐藏在礁石中。

度假村不大,最多八百人。父亲很高兴,觉得这是他的好运气,此前他担心自己要接手临近的卡普雷拉岛,以及岛上的一千六百名会员。我也高兴,因为这里有潜水俱乐部。领队的叫"香蕉",手下有二十多位潜水教练。我的夏天将在潜水船上度过。

每天下午5点,父亲和我见面——不是为了跟我谈天说地也不是为了对我表示关心,而是为了打排球,这也是他骂足我一个小时的机会。

父亲是一个差劲的球手,或者说,一个输不起的好手。和他打球,我只能听到斥责。按他的说法,我应该一个人去玩比尔博凯特①。但过去一整年,我都在学校的排球俱乐部。所有人都赞赏我游刃有余的姿态,除了他。只有在赢球的时候我才能得到夸奖。我们三人一组,第三人通常是雅基。他和父亲都很健壮,更注重技巧和球的落点,是可怕的老狐狸。他们让我来打进攻,所以我整场比赛都在空中跳来跳去的。

一次,我实在被骂烦了,离开了他的组,转到对手一边。父亲对这一举动十分意外,我能感到他很不安。他和儿子之间唯一的亲密时刻被剥夺了。算他倒霉。我将怒气释放在每一个传给我的球上,把他们攻击得毫无还手之力。父亲遭受了这辈子少有的失败,我欣喜地看着替换我的人被痛骂一整场。

这场比赛后,出乎一切意料,父亲称赞了我许久。居然要

---

① Bilboquet,起源于法国的一种杯球游戏,传入日本改良后称为"剑玉"。

转到敌对的一方,才能让他看到我的优点。随后,他耐心地解释了自己情感系统的运作方式。骂我是因为他希望我得到最好的,因为这对他来说很重要,因为他关心我,因为我是他的儿子。他还不至于说他爱我,可至少已经在朝这个方向走了。

这一天,我开始明白自己要学习读懂他言辞背后的意思。至于继父,他说话总有我母亲充当翻译。当他第二天才对我前一天提出的问题做出部分解答时,母亲会补充道:

"他是个大老粗,就像一只熊,但心里是很爱你的。"

我只能相信母亲。因为弗朗索瓦从不表现一丝热情,从不流露任何情感的痕迹。他的心是冰冷的,和所有赛车手一样缓慢地跳动着。

父亲不然。我能感受到他将自己封闭在了过去,在他的愧疚中。可是,他的心的确是肉长的。

在圣斯特凡诺,我第一次体验到真正的蓝色大海。重点已经不是海了,一些人喜欢用"大""蓝"来形容它,但这里只有蓝,浸入其中、不见尽头的蓝。

太阳的光线在其中迷失,浮游生物的动静更强烈。人漂在水上,随着海浪摇摆,看着这片巨大的深蓝,它在召唤你,就像一阵眩晕,一种放弃的感觉。一旦你潜入其中,陆地的声音就消失了。没有风,没有船,没有喋喋不休的人,只有被放大的气泡声向上升起。人则不断下降。是滑落不是跌落,重力消失了,像一片叶子那样轻盈。水压持续上升,光线也逐渐变弱。

水下15米,可以隐约看到前方一道冷流在等待着你。置身其中,你将感觉到另一个更危险、更原始的世界,不允许出现任何细小的差错。水下30米，依然看不见底，水面只是一场回忆。蓝色入侵了一切，直至你的灵魂。心跳变慢，每一次呼吸，都能强烈感受到几公升的空气涌入肺中。

水下40米，教练打开脚蹼，给潜水马甲充气，好停止下潜。其他人照做之后，聚集到教练身旁。四周空无一物，依旧只有无边无际的蓝色。我们像来到大教堂的朝圣者，内心充满了恬静的快乐。

我们在那里逗留了几分钟，集中精神，感受自己的渺小，随后就是时候上去了。温度逐渐升高，我们开始有些意识模糊。来到减压舱后，大家都像是醉醺醺的。有时候，我们要在这地方停留半个多小时，才能升上水面。

回到船上，所有人都不怎么说话。这种经历太过震撼，太过神奇，很难和不曾经历过的人分享。

我希望有一天，有人能拍一部关于蓝色大海的电影。

— 7 —

1975 年

虽然潜水让人精神充实,但我青春的荷尔蒙开始渴望其他养分。毕竟,我十六岁了。

度假村有许多年轻美丽的女孩,她们都有着古铜色的肌肤,整天穿着比基尼嬉笑玩耍,我脸上的燥热不再只是因为夏天的热浪。不幸的是,我根本不知道如何接近一个女孩,尤其是自己心有爱慕的时候。我观察那些潜水教练的做法,他们每一次搭讪都好像轻而易举,我却怎么都模仿不来。

我希望自己有一两个同龄的伙伴,可以分享他们的经历和建议。但来这里的多数是成年人,几乎不见青少年。我和父亲也不亲近,他每天早上继续坚持和我握手。我决定无所事事,等待一位公主来拯救我。

有个金发女孩在度假村的商店工作。她是英国人,名叫洛娜,二十一岁,经常对我笑,把手放在我的胳膊上。不过,我读不懂她的信号。她似乎挺喜欢我,可我还觉察不到这当中的用意。这天吃午餐时,她坐到我旁边。她喜欢听我讲一大早去潜水的事儿。走出餐厅,她温柔地挽起我的胳膊,问我接下来打算做什么。

"我要去睡午觉。"我说道。

然后,在一种突如其来的疯狂冲动下,我加了一句:

"你想一起吗?"

话一出口,我就后悔了。太混蛋了!太自命不凡了!

我的脸臊红得像一口烧热的锅。洛娜有些意外,可很快,她的眼睛闪出光芒,脸上露出漂亮的笑容。

"好啊。"她一脸狡黠地说道。

她抓起我的手臂,往房间走去。恐慌像海啸一样袭来。我邀请一个女孩去兜风,可我不单没有驾照,连车都没有。

来到房间,我们开始接吻。到这一步还可以,我和娜塔莉练习过很多次。不过很快,这个金发美女就松开了比基尼的系带,赤身裸体在我面前。我立刻被震惊到,努力地吸气冷静,试图让自己看起来很酷,可眼睛已经不受大脑控制。我不知道该如何继续,于是就让洛娜来主导。问题是,这个英国姑娘将我的笨拙当作一种体贴,无知当作一种情趣,于是开始沸腾了。她的呼吸越来越短促,逐渐掌控起节奏。从这里开始,进度加速,我根本跟不上她。

我被她压在身下,不知道为什么也不知道怎么做。很快,我的呼吸停止了。我看到一道巨大的白光,好像有人拿着闪光灯逼到眼前,也像手指伸进了插座一样。几秒钟后,我的身体软塌下来,像一个脱线的木偶。

洛娜有些担心，以为我身体不舒服。我结结巴巴地说了几句话，想让她放心，她的脸却突然煞白。

"你从来……从来没有？"她没把话问完，像是非常害怕我的回答。

"应该是没有过。"我坦白道。

还有比这更愚蠢的答案吗？我可能永远都找不到了。

英国姑娘立即慌张起来，这才想起我只有十六岁。她吓坏了，两下就把衣服穿上，匆忙消失。我留在原地，被千百个疑问淹没。不过，至少现在我知道这事怎么进行了。

也是这一天，像是生活开的玩笑，我收到母亲的一封电报：布鲁斯·盖尔-贝尔特洛出生了，3.6公斤，健康平安。我有一个小弟弟了。我将这个消息告诉父亲，他勉强挤出一个微笑。凯茜似乎比他更高兴，原因可能有两个。第一，她喜欢小孩；第二，母亲那边的家庭真正形成，自己的家庭从此不会再有威胁了。

凯茜深信父亲还爱着母亲，母亲也一样眷恋着父亲。她最大的恐惧就是看到他们重归于好，还认为我是来鼓动他们复合的卧底。首先，我从没考虑过这件事情。其次，母亲对父亲深恶痛绝，再见他的可能性几乎为零，除非是在法庭或者拳击场上。凯茜只是年轻，没有安全感，但她其实没有什么可担心的，我才是那个应该担心的人——眼睁睁看着两个新家庭组建起来，而我却不属于其中任何一个。

等我第一次见到我的弟弟，他已经三周大了。他的头发很浓密，还会对我笑。我感觉到我们会相处得很好，我愿意将所有的乐高玩具都给他。

弗朗索瓦性情大变,这只熊已经变作小羔羊,一天到晚守在他儿子的摇篮旁咿咿呀呀的。他每晚要起来十次,确保小孩安然无恙,对我少有的关注如今也全都没收,给了家中唯一的小王子。祖父母、亲戚、邻居们都宠爱弟弟,但我一点也不嫉妒他。相反,我替他感到幸福,因为我太清楚没有爱的生活会有多么可怕。我只是更加为自己难过,仿佛我的情感荒漠里最后一点野草也被人割去了。

母亲没有察觉到我的痛苦。不过她的确很忙,要照顾小孩,要应对弗朗索瓦和他的焦虑,还有不断提建议的公婆。她经常辩解说自己已经养育过一个小孩了,但这个说法没有说服任何人,因为她的第一个儿子和圣莫尔德福塞的家庭格格不入。

这个家庭从没接纳过我,只是在容忍我,像是容忍一个终于拿到居留证明的外国人。

甚至,弗朗索瓦和母亲外出参加晚宴时会犹豫该不该让我照管弟弟。他们怕我撒气报复。最可怕的地方就在于,他们给我安上坏心思的时候,明明白白地看到了我的痛苦,我的不安,以及——最重要的——他们的失责。"我们没有给他任何东西,而我们知道这一点,甚至觉得他会抱怨和泄愤。"光是想到这里就让我恶心了。他们丝毫看不到我对弟弟的爱,看不到他会抓住我的手指,每次见到我总是很高兴的样子。

有一次,母亲发难了,弗朗索瓦只好答应让我照看弟弟,但仍然教导了足足一小时后才出门。我对此既兴奋,又恐慌。假如真有意外,我便是罪魁祸首,百口莫辩。于是,我把椅子搬到他的摇篮旁，好几个小时都坐在那里盯着他，一动不动，确定他的每一次呼吸都是正常的。

弗朗索瓦从没离开过他儿子太长时间，想到他儿子和我单独在一起更是备感压力，以至于编了借口提早离席。回来的那一刻，感觉他终于解放了，我也一样。

"怎么样？"他问我。

"挺好的。"说完我便回房睡觉了，一晚的照看让我身心俱疲。

弟弟出生后，弗朗索瓦突然觉得房子太小。事业上的成功让他在离库洛米耶12公里的地方买下了一座大房子，母亲挺高兴，终于可以摆脱一分为二的联排房子了。新房面积很大，旁边就是森林，花园大到可以建一个泳池。所在的村子叫圣奥古斯丁，一共有五家人，在横穿森林数公里的小路旁一字排开。

于是我的新中学便换到了库洛米耶。但上学路上既没有火车，也没有公交，甚至都没有国道通往学校。假如世界有尽头，我一定离它不远了。

新房子还在装修，所以母亲想了个绝妙的主意：

"你第一个学期可以在库洛米耶住校。这样我们圣诞节的时候搬过去，你就不用再换学校了。"

这个想法可以理解，从技术上看也可行，但母亲没有意识到她在我头上投了一颗炸弹。父亲再婚了，有了两个小孩，住在国外。母亲再婚了，有了一个小孩，即将生活在离我12公里远的地方。如今，两个新家庭都开始了他们的美满生活，一点也不想见到我这么个无赖，时刻提醒他们年轻时犯下的错误。我是那段糟糕日子的唯一回忆，他们失败过去的唯一见证。

我是错误的象征，我的存在就像油画上的一处污渍。既然不能将我抹除，那就让我离远一些，眼不见，心不烦。我将这放逐视作一种再次遗弃，是母亲对我的背叛。让我住进寄宿学校，就像将一只海豚放入水箱。这是犯罪。

于勒费里中学规模很大，和莱西尼的中学完全不同。这里有六百多个学生，平均每班三十人。宿舍在学校的尽头，先是男生宿舍，再往后走是女生宿舍。寄宿生大约六十人，五人一间房，没有房门，房间里有一扇不透明的玻璃窗户，走廊尽头是公共浴室。我被告知，早上尽量赶在第一批人中洗澡，因为热水不够用。

大部分寄宿生都是因为住得太远，晚上回不去的农家小孩。还有一个突尼斯人，他是外交官的小孩，只是碰巧沦落此地。以及两个摩洛哥小孩，他们的父母懒得在法国定居。我的房间一共四个人。他们都比我大，而且都已经互相认识，会互相分享自己的暑假生活。我是新来的，没人真的对我的暑假感兴趣。这次融入会很艰难。只有隔壁房间的大块头注意到了我。他自居寄宿生的头儿，因为高三留了一年。他满脸的痘痘和萝卜一样的傻笑并不能激发我对他的信心。

这个大块头走过来，以傻瓜独有的自信对我说：

"你！我要把你剃干净！"

他的宣言马上得到身边一帮人的集体呼应。我直觉此事不妙，但不太明白这句话的意思：剃干净我的什么呢？

一个小孩解答了我的疑问。原来这个学校有一项传统，新来的寄宿生会被抓起来绑住，然后剃掉私处的毛。我感觉自己进了野蛮的灵长类动物窝，立即放弃了任何融入的想法。能给我剃毛的人还未出生呢。就这么简单。这个大傻瓜宣布了他的计划，却没有透露行动日期。从那天起，我每晚都不睡觉，开学的头几个星期就像生活在地狱里。

这一年一共有三个新寄宿生。第一个在第一周的周五就被收拾了。领头的人半夜突击闯进他房间，那可怜的家伙叫得像杀猪一样，但下面还是被剃光了。整个过程也是马虎了事，因为手电筒的光只能照清楚其中一边，他们叫他不要动，可他就像鱼钩上的饵一样挣扎个不停。这番羞辱的结局是留下了十来处割伤，而他显然不敢让护士处理。我在房间里听完了全程，试着在一片噪音中分析出对自己有用的防卫信息。

大块头决定将我留到最后，不知是出于恶意还是害怕，因为我已经传递出不会配合的信息了。毕竟，我是"海盗"的儿子。

第二周，轮到第二个新生了。这人早早接受了游戏规则，多少是任由宰割了。大块头信心满满，不等晚上就动了手。被害者脸上挂着紧张的笑容，由着他们处置。放学回来，我看到隔壁房间的场面吃了一惊，宿管就在自己的房间看书，对不到 20 米之外正在发生的事情不闻不问。

这个社会烂成什么样了？难道孤身一人远离父母这样的惩罚还不够吗？为什么还要被羞辱一番才能被接纳？我见过数百种海底生物，它们不认识我，却从不抗拒我。章鱼的拥抱已经很遥远了，像是另一个星球上的回忆。

大块头等了三周才对付我。通宵达旦的戒备让我身心俱疲，我只想立即了结。

这群人等到夜里 3 点才动手。其中一个白痴甚至定了闹钟，以免睡过头。很好，我也从瞌睡中清醒过来了。走廊上传来轻轻的脚步声。大块头在低声说话，发出指令。他对待这件事情还真挺严肃，说服了十几个男孩来陪他犯傻。我看到他们走进来的身影，感觉自己的每一块肌肉都在肾上腺素的作用下膨胀了起来。等他们走到差不多的距离，我从床上跳下来，抓起准备好的铁椅子，用尽全身力气往人群中砸去，像恶魔一样吼叫起来。只要还会动的，我都不分青红皂白、毫无节制地猛砸，像一颗横冲直撞的保龄球。

袭击没有持续多长时间。蠢的都倒地了，胆小的都走了。宿管被我的叫喊惊醒，立即打开宿舍的灯冲了过来。场面很糟糕。血溅得到处都是，地上躺着两个家伙。我手里还拿着椅子，喘得像头牛。宿管甚至不敢靠近。

"把椅子放下，孩子，我在这儿。"他轻声说道，就好像我拿的是一把枪。

我终于冷静下来，在床边坐下，等救护车来。地上的家伙还在流血，我砸中了他们的头。宿管顺着血迹，很快找到了其他伤者。两个鼻子断了，一个颧骨受伤，三个肩伤，两个手伤。

因为我的自卫行为，我被学校停课一周。但此后的三年间，不会再有任何人被剃毛，我可以安然入睡了。

这件事后续影响很大。在学校，没人敢跟我说话，我也交不到任何朋友。连之前被害的人都生我的气，也许是因为他们在我身上看到自己过去的屈从。唯一欣赏这个故事还愿意和我说话的是女孩子们。她们乐于看到这群满脸痘痘的自大狂被教训，甚至聪明地用我的名字来壮声势。

"别来烦我们，不然我们就告诉吕克。"她们会对没完没了的男生这样说道。

我不喜欢这种突如其来的名声，这一年剩下的时间里都在尽力让自己被淡忘。

家中的反应也各不相同。母亲意识不到我行为的暴力性，认为对付这些欠揍的小孩就该这样。然而，这突如其来的愤怒解释了我沮丧而孤独的状态，而她仍然什么也没有看到，或许也不想看。弗朗索瓦则用古怪的目光打量着我。他肯定还记得我那个闯进他的夜总会大闹一场的海盗父亲，担心有一天我会走上同样的道路。更何况，我正处于青春期，身体越来越壮了。但将我和父亲相比实在毫无道理，我的暴力不过是极端情境下的被迫反应。对我来说，这是一种正义，一种自卫，不是比谁拳头大小的问题。

那也是我一生中唯一一次身体对抗。

第一个学期结束了，我们终于搬进了新房子。我的房间很宽敞，可以俯瞰花园。杰瑞很高兴，母亲也是。弗朗索瓦对房子做了一次彻底检查，清除所有对他儿子来说存在的安全隐患，甚至在井口安装了一道铁网。这也太早了，布鲁斯几乎还不会爬。

我不再住校，每天晚上都回家。这对母亲来说是一件难事，因为她每天要来回 24 公里接送。最理想的解决办法是给我买一辆轻便摩托车，但我只能通过礼物的方式获得一件东西。于是，我将它写到了圣诞愿望清单上。一辆蓝色标致 103ST，和在莱西尼被偷的那辆一样。

圣诞节那天，我在圣诞树下收到了一个信封，弗朗索瓦写的："买摩托OK。"他没空处理事情时就会这么干。看到"OK"，母亲显然有些过于高兴了，就像摩托车已经放在客厅了一样。我咬着牙感谢了弗朗索瓦。我的自由行动还要等上一段日子，现在只能靠一个"OK"去上学。

当然，我少之又少的朋友不会在周三[①]跨过千山万水来找我。我重新回到孤独的生活，把时间分给陪伴弟弟和杰瑞。我青少年的荷尔蒙已经开始沸腾，家里的紧张情绪可想而知。最终我对母亲说道，远离城市对学习有害无益，我既不能和同学一起做作业，也不能让老师及时指导，第二个学期的成绩岌岌可危。最好的解决方法是我重新回到寄宿学校。弗朗索瓦立即答应了，母亲也没察觉到这个要求有何不妥。我不想回宿舍，可我更讨厌待在这个家。在这里，我觉得自己是个多余的配件，缺了也未尝不可。

我去巴黎驯化公园看海豚的次数越来越少。一旦与它们相见的自私乐趣消失，我便只能体会到它们的悲伤。池水一股消毒水味，水深不过3米，更何况这可笑的池子是在一个巨型的充气包膜下，不见天日。这样的地方应该被禁止存在。我感觉海豚被禁锢的程度远甚于我，它们的孤独让我难过。我多希望看到它们在一片无边无际的海洋中自由徜徉。

我永远当不了海豚学家，可仍然决定向它们致敬，写一本关于海豚的书。对于海豚，我无所不知，可到了下笔时，却发现自己只是在复述一些从专业书上看到的东西。我的书应该更

[①] 1972年起，法国中小学周三休息。

有诗意，每个人都可以来读。写到最后，这本书根本没人会读，哪怕我母亲。至于"奶酪之乡"库洛米耶的伙伴们，他们始终认为海豚是一种鱼。这本三百页的书将永远藏在抽屉中，不见天日。唯一的好处是：我养成了写作的习惯。

我就这样坚持了好些年，在日记本中记录一切乏善可陈的东西。我把自己限制在当天发生的事情和行为上，可能是因为害怕被读到，被发现，被讥笑，于是用聊天的口气给自己一种被聆听的感觉，就像有一个乖巧而沉默的朋友。

我不相信任何人，更不相信自己。一切都被留在内心最深处，被关起来、锁起来。然而我的内心却在沸腾，放射出千种光芒，散发出自由的气息，我的梦想机器正在奋力飞驰。生活就像一块深藏在海底的巨大珊瑚礁，冒着表面上看不到的生命气泡，如同一道被困在雪花玻璃球中的彩虹。每一天，我都比前一天更强烈地意识到，不能再这样下去了。必须将玻璃打破，冲出包裹。我必须表达，必须告诉世界我是谁，哪怕我并没什么了不起。

一天，法语老师讲到了伏尔泰的《老实人》。老实人的天真立刻打动了我，他简直就是我的兄弟。犬儒主义入脑的同班同学都在嘲笑老实人，对他不以为意，老师却讲得很好。这一次，我认真听完了一堂课。

小说中尤其吸引我的，是表面上在描述一件事，实际却在讨论另一件事的手法，意象中的意象，就像音乐和摄影。我第一次见识到了语言的架构，和音符、线条、色彩、声音一样。

在这里，字母组成单词，单词无限连接，情感由此创造出来。这是至高无上的艺术,所有艺术的起源,最原始,最有创造性,也是最纯粹的艺术。现在,伏尔泰将这座殿堂的入门钥匙交到我的手上。但我还不敢去四处周游,一个小厅堂就让我满足了。

我要像这位大师那样,通过别人讲述自我。第二天,我决定写一个故事。先来把现实中的一切扫空,因为我再也受不了窗前低头吃草的奶牛了。我超越时空,来到 2350 年。地球不再是蓝色而是灰色的,被混凝土护盾包围的大西洋成了垃圾场。我的主角是一个愚蠢的胖子,在一家工厂干机器人都拒绝的脏活。有一天,他买彩票中了一次美妙的旅行,来到距地球数光年之外的一个只有亿万富翁的度假村。换了环境后,主角变得聪明起来。他原始、简单、几乎过时的基本生活技能,开始在过于复杂、失去价值导向的世界中大派用场。一个宇宙中的老实人——我希望伏尔泰会喜欢这个故事。我给主角起名扎特曼·布莱罗斯,他成了我最好的朋友,听我倾诉,替我说话。

夏天,我第一次去了一个没有父亲在的度假村。我想拿到潜水证书,在放假期间当上教练——既是为了享受潜水的乐趣,也是为了赚一点零花钱。

我来到撒丁岛的圣斯特凡诺,遇到了潜水教练香蕉,他接收了我。度假村的经理是让·本赛德,他不喜欢自己的姓,让别人叫他本萨德。改一个字母[①]就能获得快乐,他还真挺好满足的。哪怕我的姓名被彻底更换,我的处境也不会有任何改善。

---

① Bensaïd(本赛德)改一个字母变成 Bensard(本萨德)。

我每天潜两次水,全力备考。理论课非常难,我现在才明白自己的学力有多大缺陷。香蕉的两位助手佩特和马库斯督促我练习。他们火力全开,终于让我在三周内通过了所有考核。至于理论科目,我的平均成绩不高,但还可以接受。国家认证的教员文凭到手,我终于可以正式从事第一份工作了。

教练们每天上午在深水区教潜水,下午则留给初学者上课。大家都不喜欢给初学者上课,他们通常焦躁不安,像跳舞的特蕾莎·梅①一样尴尬。而我因为热情、耐心(尤其因为我是新人),便接手了所有的入门课:各种难以沟通的、歇斯底里的、容易受惊的、幽闭恐惧的,还有来自山区的旱鸭子。

我深知,和水下世界的第一次接触至关重要。要么讨厌,永不再来;要么钟爱,从此迷恋。没有中间状态。要么爱,要么不爱。我把让每个人都能有最完美的初次体验当作一种荣誉,脱下手套,一个一个地牵住他们的手,带着无限惊奇给他们讲解眼前闪现的每一条小鱼。全程如此。通常,九成的新手都会被折服,初次接触之后每天都来上课,从一级学到六级。

接着,他们在水深至少 15 米的地方进行一两次适应性潜水后,就可以投入蓝色海水中了。

上午的深潜课开始之前,我组里的许多客人会要求换组,借口是要和自己的朋友一起。事实是因为十七岁的我看上去只有十二岁,没人愿意将自己的性命交到一个孩子手上。马库斯知道我是个潜水好手,他决断地将我的组填满人数。所以,大部分时间我都带领着一个八人队伍。

---

① Theresa May,英国第 54 任首相,2018 年出访南非时曾因僵硬舞姿引起热议。

我对大海已经了如指掌，带客潜水的过程则不断证明了这一点。我能轻松定位到龙虾在哪儿，会和洞中的海鳝玩耍，还可以轻而易举地接近一只章鱼……客人很快被征服，我的口碑开始飙升。几周后，马库斯收到许多潜水客人点名要来我的组的要求。要知道大部分教练已经做了好些季度，他们带队潜水就像开公交车一样轻车熟路。

到了晚上，我已经筋疲力尽，工作却还没结束。我还要参加表演。

这些年，我看过无数次父亲在度假村表演的短剧，对所有细节谙熟于心。现在，我几乎每晚都在台上，面对台下七百多位观众。这是我和观众的第一次接触。他们每晚都会前来，只为寻求惊叹。

而且这个表演不收门票，观众要是不喜欢，随时可以离场。

在过去的假期中，我看过几十个人反复表演同一出短剧。水平不同，表演方式不同，观众的反应也不同。某场表演中观众笑出眼泪，第二年换了一种稍有差异的表演，就只得到了微笑。当然，每个地方的观众也有所不同。圣朱利亚的观众喜欢流行的、简单的表达，圣斯特凡诺的观众更喜欢中产阶级的趣味。他们对同一出剧的反应也大相径庭。不知不觉，在这十年间，我一直在学习下一份工作的基础知识。

我开始意识到父亲和他的团队表演水准之高。马库斯和佩特是潜水好手，但是糟糕的喜剧演员。这一年，我们的整体表演不堪入目。

不过，目前来说，潜水仍然是我的主要爱好。假期结束之时，我已经下水两百次了。

回到库洛米耶,生活重新变得艰难。

我升到高二,水平明显跟不上。学校让我升级,只是为了尽早摆脱我。我还在住校,我的家人已经完全适应了新生活,除了我。

第一个学期,我全身心地投入海底房屋的设计中。白天的课上画图,晚上的自修上计算海底压力。我还对材料的阻力、水的推力和水深的关系感兴趣。我需要根据人数来计算氧气的消耗,预测和管理氧气供应,尤其是考虑如何以最合乎生态的方式进行整合。可以说,我是在学习物理、数学和生物,只不过是在课外。

圣诞节,父亲去了瓦尔克拉雷特的蒂涅滑雪场。这里被认为是顶尖的滑雪胜地,所以对他来说,这是一次很好的晋升。滑雪场的挑战性超乎想象,每晚我都四肢酸痛地回来。有时候我和父亲一起滑雪,不过他已经不愿意和我比回转了。他是对的,因为我已经超过一位领滑员,拿到了一枚镀金麂皮徽章[1]。其余的时间里,我都待在表演的后台。我在这里找到了建造海底房屋模型的所有工具。假期过完,模型也建好了,我拿给父亲看,他只是微微一笑。我更希望看到他为我骄傲。

这个假期,父亲邀请了若利韦兄弟[2]这两位喜剧演员来度假

---

[1] Chamois de Vermeil,滑雪水平等级之一。
[2] Frères Jolivet,即皮埃尔·若利韦(Pierre Jolivet)和马克·若利韦(Marc Jolivet)。1973年二人组成立。后文提到的"雷丘和弗里戈"是两人1977年在电视节目《圣诞访客》中扮演的小丑形象。

村表演他们还未上映的节目。作为交换，父亲为他们免去度假村的开销。兄弟俩是有名的电视明星，在一档儿童电视节目中扮演小丑雷丘和弗里戈。不过，他们在度假村的表演大不相同，更加成人化。客人们每天晚上都笑得很欢，我也终于欣赏到真正的专业现场节目。看过他们的表演，夜总会的卡巴莱歌舞就显得非常寡淡了。

圣诞假期结束，我拿着海底房屋模型坐上回巴黎的火车，迫不及待地想看到母亲的反应。她的反馈相当不错，我甚至能感到她有些骄傲。

"要是你的成绩单好看一点，我会更骄傲。"她说道。

这件事情我倒是忘干净了。成绩单是圣诞节期间到的，可实在不适合放到圣诞树下当作一份礼物，因为我每一门的成绩都在平均分之下。这也不是什么新鲜事了，只是母亲第一次意识到这一点。看来我们的关系有所进步。弗朗索瓦看到我的模型默不作声，最后说了一句话作为赞赏：

"你的房间还不够乱吗！"

我已经等不及要去寄宿学校了。

宿舍生活比过去好了许多，我去年经受的挫折成了传奇的一部分。除此之外，去年6月，学校组织了一场学年晚会，我表演了一两出在俱乐部学到的短剧。其他人的水平好比科雷兹省的赞助表演，我的表演自然成了当晚的欧洲电视网歌唱决赛。

我搞笑的名声也在那晚传开了。

这一年，在新校监的推动下，校长决定在每个学期结束时都举办一场晚会。作为官方认证的小丑，我自然收到了邀约。

我很想答应，但这次不想再挤眉弄眼地讲一串老掉牙的笑话，而是提出准备一个真正的节目："电视"之夜。我打算模仿自己在俱乐部看过上百次的一场秀，将电视节目轮番戏仿，从《20点新闻》[①]到《约会游戏》[②]。我们用木头搭建出两个巨型电视屏幕，然后从学生中招募参演人员。这不是什么世纪巨作，但不妨碍一些学生积极参与。排练进行得很顺利。演出当晚，大厅座无虚席，反响热烈。校长笑出了眼泪，立即要求我为学年晚会再准备一个新节目。

4月，弗朗索瓦终于决定兑现去年的圣诞礼物。没关系，现在是开春，骑摩托也不那么冷了。唯一的问题是，这不是我要的型号。我收到的不是标致103，而是一辆浅蓝色的低档比亚乔——差不多就是一辆给女生用的车。事实是，他认识这个品牌的代理商，后者将这台在橱窗展示了很久的样品给了他。更糟糕的是，我还必须向他道谢。而我真正想做的是臭骂他一顿。我知道，不是所有小孩都能有一辆摩托车，我该庆幸自己是个幸运儿。但让我难过的是，他们毫不在意这辆车会让我在同龄人中更加格格不入。

这辆摩托车必定会让我成为学校里的笑话。于是，我将泥扔到车上，再用石头刮掉，然后在排气管里放入一把螺丝刀，好让摩托的噪音比电动脱毛器大一点。我已经到了需要努力证明自己男子气概的年纪，担心身上任何一点女性化的气息都会

[①] *Journal de 20 heures*，法国电视二台1975年开始每晚8点播出的电视新闻节目。
[②] *Tournez manège*，此处应指美国广播公司制作的1965年首播的约会恋爱节目 *The Dating Game*，法国电视一台受此启发制作的同类节目 *Tournez manège* 于1985年首播。

被人指着鼻子嘲笑。最后一招是到校前将车停得远远的，不让人看到。

第三个学期比之前更艰难。我起初还不相信，但随后老师们都证实了这一点：我所有的分数都只有个位数，无人能敌。班委会还开会研究了一下我的问题。

"他满脑子只有他的节目。"法语老师说。

"把节目取消就行了。"数学老师说。

"他也只在自己的节目布景上花心思。"美术老师补充说。

"而且，他对其他人影响不好，利用了很多学生来演他的节目。"英语老师抱怨道。

我听着他们的讨论惊呆了。全程只字不提"艺术"，连一点好奇都没有。

在20世纪70年代的塞纳-马恩省，创造好比长疥疮。差异不被当作一种财富，而是一种残疾。

会议结束前，他们问我的意见。我的眼泪在眼眶里打转，不知道如何辩驳。我想对他们解释我是谁，我从哪里来，告诉他们海豚、章鱼、苏格拉底的事情，将我遗弃在2001年的太空的两个家庭，还有减缓我痛苦的唯一解药——艺术。我想告诉他们这一切，但最终这些话还是被堵在心里，没有找到出口。

我能对他们说的，只有一句话：

"假如你们取消我的节目，我就全部考零分。"

第一次有学生这样对他们说话。所有人都一脸惊愕，除了在一旁偷笑的体育老师。他了解我，知道我做得出来。既然已经成功引起了他们的注意，我顺势提出一项交易：

"但假如你们让我做这场演出，我向你们保证，每一科都争取及格。"

校长第一个答应了。他想要一个漂亮的总结，不希望学年晚会取消。这下，之前无所不言的老师们也顺着校长的意思表达了看法。其实他们别无选择，我已经唤醒了他们对问题学生的恐惧。这种学生只会让他们的工作数据很难看。

但我的心思并没有那么复杂。时不时看看我做的东西，听我说说话，这样就够了。孩子走路脚疼，你的做法不是让他换一双脚，而是换一双鞋。但当时法国教育系统的问题是，鞋子有且只有一款，而我已经光脚走路十五年了。

这一次，我终于决定要买一台相机。我已经厌倦了四处哀求，于是将所有相机类型都研究了一番，选定一台美能达SRT101，配50mm镜头。从夏天起我就开始存钱，可始终攒不到足够的资金。不幸的是，方圆10公里之内都不见有任何需要修整的花园草坪、任何需要照看的儿童。更别说在布里这个高地地区开展潜水课了。我还缺500法郎，就去找了母亲，并向她解释说这是为一项事业做准备。她的答案总是那一个：

"去问弗朗索瓦。"

我可怜的母亲完全依赖于他。她觉得自己很幸福，住着漂亮的大房子，有一个接纳她和她儿子的丈夫。所以她甘愿磨掉棱角，绕过戏剧性的问题，避免任何摩擦产生。事实上，她只想要一点安宁。我不能怨她，她应该拥有这些。

于是，我去问弗朗索瓦。他以一贯的方式答道：

"又赶什么新时髦？你玩三天就会放起来吸灰的。"

"不是的，混蛋，我能用上四十年，这东西还能让我赚到钱给母亲买一套房子，让她不用依靠你生活！"我想这样回答他。可我更不想让母亲难堪，就低下头不再说话。第二天，弗朗索瓦买了一辆全新的奔驰。是时候和他谈谈家庭财富的分配了。

我终于在学校为我的比亚乔找到一个买家。浅蓝色很适合她。周一，我就开始了行动。下午4点摩托车卖出，4点30分我来到摄影店，然后买了我三年来朝思暮想的相机，接着搭顺风车回家。

到家后，我骄傲地向母亲展示新相机，她也为我感到高兴。等她知道我卖了摩托车，才知道事情不妙。

"你疯了吗！你上学怎么办？"

像是灵光乍现一般，我有了答案。

"嗯……开奔驰。"

嘭！这句话掷地有声，效果显著。母亲怔了一下，露出微笑。她的眼神里甚至有一点骄傲，这当中小小的反叛也让她欢喜。

当晚，弗朗索瓦回到家，知道我将摩托车卖了，立即大喊大叫。他说我不负责任，不学无术，缺乏教养，把他当生钱的工具，然后吼着问我打算怎么去上学。

"开奔驰去。"母亲回答道。

我在一旁偷偷憋笑，为母亲的行动感到骄傲。弗朗索瓦感觉到了这股叛逆的风，也意识到一个母亲对自己儿子的偏宠。更重要的是，他开始明白自己过去太疏远家庭了。从他的眼神中我看到，他正计算我在这所房子剩下的日子。我知道他在想这个问题，他也知道我知道。我回了他一个眼神，让他放心。

再过几个月我就离开了,我保证。这样的时限对他来说尚可接受。于是在我母亲眼下进行的这场她毫无察觉的谈判,到此为止。暴风雨前的雷鸣已经响起。虽然还什么都没看到,但风已经吹起来了,空气中也有电流在传导。即将来临的不是一场暴风雨,而是一场飓风;这之后的夏天,将天翻地覆。

不过几周,我就对手上的相机了如指掌,像个战地记者一样整天跟拍杰瑞和布鲁斯。

在学校,我和一个女孩走得越来越近。她叫可可,和我一样是寄宿生。母亲是越南人,父亲是法国人。她的皮肤是焦糖色的,双眼是宝石绿,黑色的长发微微卷曲,笑容甜美而真诚。她有一个男朋友,一米八的金发足球运动员,性格却像拉布拉多犬一样温柔。虽然如此,她大部分时间还是和我一起。我的海豚故事让她着迷,而我在这片地区少见的幽默感也让她发笑。

有时,我们甚至像兄妹一样躺在一张床上。年初,我们共处时还很羞涩。随着日子积累,我们的感情逐渐变得稳固。可可成了我真正的朋友。

一个周末,我提出给她拍照。她答应了。第一张是在花园里拍的。花间少女,自然风景,太阳光,镜头上的雾气——完全模仿汉密尔顿的风格。

最后一张是在浴室里拍的。我转过身去,好让她赤裸进入浴缸,并在水面上铺满玫瑰花瓣。我不断转换拍摄角度,可可也非常投入。和她一起工作是一种幸福。拍摄结束后,我们还用了下午茶。

这一次,我做了幻灯片。成片效果很不错,我打算在家里组织一场小型放映。正好，弗朗索瓦的父母从圣莫尔德福塞来做客。这下有更多观众了。我安置好投影仪，挑了赫比·汉考克的《男人孩子》作为背景音乐。

晚餐时，母亲在大盘子上放起小盘子，做足中产阶级的趣味来取悦客人。饭后，我提出一起看我准备的幻灯片，所有人欣然答应。这是我第一次当众展示自己的作品，所以相当激动。但展示结束后，他们的反应却让我无比失望，甚至觉得无礼，就好像我刚刚在他们面前背诵了乘法表似的。

没有艺术观点，没有中肯的评论，只有卡壳的微笑。由于大家都缺乏词汇量，母亲只好将我打发去睡觉。

第二天早餐时，我和母亲谈起自己昨晚的挫败。结果她反而告诉我，她的公婆是如何一整晚地纠缠不休，问她怎么能让我做出这样的事情。裸女照片？而且是浴缸中的裸女？她的儿子有问题，必须接受治疗，他们可以提供解决这种问题的专家的地址。

我惊讶得快要从椅子上掉下去。我模仿的那些大师的作品在任何摄影杂志上都能看到，那些艺术家们让形体和光影共舞，让生活增色。但在这些人看来，我对艺术的偏爱居然是不健康的，他们甚至建议母亲将我的兴趣引向足球。这些天主教徒把目光停留在裸体层面，只看到了罪过，更何况我还将这份折磨加在一个可怜的殖民地土著女孩身上。当最后的审判来临的时候，她会为自己曾经的屈辱后悔莫及的。在他们的世界里，艺术二字根本不存在。或者说，艺术不过是传统的一点延伸：生活的艺术，摆盘的艺术，装修的艺术。

他们尤其抵抗那些让人坐立不安的艺术，让人思考、成长、睁眼看到多样性和多种族的世界的艺术。

这就是弗朗索瓦的父母：白人、信奉天主教、有钱、有种族歧视、令人生厌。

母亲没有屈服，她赞扬了我，认为我的摄影很棒，没有任何反常的东西。她甚至感到安慰，虽然我的学习一塌糊涂，头脑却渐渐开阔。生活教会我的东西，比学校多多了。

之后，我将冲印的照片送给可可，她十分喜欢；第二周，她母亲也称赞了我的才华，甚至感谢我把她拍得这么美。

暑假的前几天，我们表演了之前排练好的最新节目，是讽刺加搞笑类型的寓言故事《人猿泰山》。

可可帮我在舞台背景上完成了一幅巨型丛林墙绘。

礼堂塞满了人，连地上都坐不下了。极佳的配乐贯穿整个节目，戏服至少换了五次，临时演员有二十五位。结束的时候，我们个个筋疲力尽。不过演出很成功，观众的掌声长达五分钟。连弗朗索瓦都在台下被带动着站起来，鼓起了掌。母亲不停地抹泪，虽然整场她都笑个不停。欢呼声一浪接着一浪朝我呼啸而来，我沉浸在美妙的幸福之中。这种能量，这种热情，这种赞许，多么让人舒适。老师们也来恭喜我，虽然他们知道我还是考不到及格的分数，但其中一位偷偷告诉我，这个节目为我换来了毕业班的一席之地。

— 8 —

1976 年

假期一到,我就将潜水面罩和脚蹼扔进行李包,赶往意大利南部的帕利努罗,开启我的潜水季。这里的度假村十分气派,有一千六百名会员,是地中海俱乐部最大的潜水俱乐部,一共有二十个潜水教练。我找到已经到岗一个月的马库斯,他立即将我派去干活。

船上坐满了人。马库斯带我快速地游了一遍蓝洞①,就让我到水面上去领十二人的队伍了。我带着队伍,重新往洞窟下潜,但已经有十几人刚从那里经过,水有些混浊。我什么也看不清,只能和十二位队员在洞窟的通道里四处打转。但不要惊慌,这是潜水的第一要义。在大大小小的通道和气室中来回游了半个小时后,我终于找到一个出口。客人们都很高兴,他们从未有过这样的潜水经历。我也一样。

---

① Grotte d'Azur,意大利卡普里岛的一个海洞,以其洞内的蓝色反光闻名。

帕利努罗到处是潜水的好地方，洞穴，气室，悬崖，都是只有在地中海才能看到的真正的蓝色。不过，这里的工作节奏有些疯狂，上午客人很多，最多能有二十个队伍。教练们忙得连轴转，前脚刚和十二位客人完成一次潜水，回到水面透一口气后，立即和另一组的十二位客人下潜。回到水面之前，教练们不得不在水下疯狂休息，有时候甚至要在水下三米左右的地方停一个多小时。通常我会随身带一些吃的东西，比如迷你管的乐芝牛炼乳，还有酸奶，只需在包装上钻一个小洞，贴近去吸即可。

下午也不轻松，除了上课，还要带新手。有些日子，一个下午就有三十多人初次下水。我的手在海水的作用下处处发皱，简直像老太婆的手。晚上，我已经疲惫不堪，却还要一如既往地上台表演。每一天都是从上午6点开始，足足带够二百个客人，到晚上11点的表演结束，一天才真正结束。到那时，我才能像石头一样睡去。

感情方面，我看上了一个在帆船出租点工作的漂亮的黑发意大利姑娘。她二十三岁，绿色的眼眸自带魅惑感，经常在早上对我打招呼，吻我的嘴。一开始，我还以为她只是无意划过，但在接连几次的验证之后，我确定她是故意的。我不敢立即认定她对我有意思。也许，这就是意大利人的个性，而且我对女人的了解也不够多。我决定继续用午睡去试探，毕竟，这也是我知道的唯一的方式。

午餐过后，我向她提出了邀约，她微笑着答应了。我已经有了一点经验，不会再糊里糊涂的了。这个意大利姑娘相当自由奔放，很享受午睡。我心醉神迷，不带抵抗地坠入了爱河。之后，她冲我笑了笑，穿上泳衣，回去工作，好像刚刚只是在织毛衣。我躺在床上，被爱冲昏了头脑，睡着错过了下午所有的课。

晚上，我四处寻她，餐厅、酒吧、演出现场，可怎么也不见这个美丽的意大利姑娘。

第二天一早，我在帆船小屋那儿见到了她，她忙得不可开交，可我还是在登船潜水之前得到了一个吻。她有些心不在焉，我以为是工作的缘故。

船离开港口，四十分钟后才能到达潜水区，教练们都齐聚在船舱里。通常，这是大家分享前一天恋爱经历的放松时刻。在这么一个临时营房似的度假村，猎艳依旧是最受欢迎的活动，而潜水教练则被认为是这方面的高手。

我不可能告诉任何人午睡的事儿。这太羞耻了，而且这种事情对我来说也就那么一次，不值得炫耀。我安静地听着弗兰克讲述他昨晚直到清晨5点的战绩。弗兰克是一个常年浸泡在盐水里的潜水老手，也是一个讲故事的高手。有细节，有角度，有主次，让人如临其境。听到最后，我都感觉疲累了。

"她是你的客人吗？"马库斯看起来很有兴趣。

"不是，是帆船屋的那个意大利小姑娘。"弗兰克懒洋洋地说道，似乎还在昨晚的疲惫当中。

我感觉体内有一颗炸弹瞬间爆炸，像是地下一千米在进行核试验，地表上却无风无浪。她怎么可以和我午睡之后，再跟别人共度一夜呢？我可以回味五个月的甜蜜，她五个小时后就忘干净了。原来，我只是别人的一次热身。我的心，连同我的自尊受到了重创。成熟女人比金字塔还捉摸不透，在明白这其中的奥秘之前，我决定以后还是和年纪相近的女孩交往好了。

几周后，我真的遇到了这么一个女孩。和意大利美女的情缘如此短暂，我还来不及真正受伤。女孩叫斯蒂芬妮，十九岁，有榛子色的瞳孔。我总是最先看到别人的眼睛，或许只是因为期待着别人也来看着我吧。她父亲也在俱乐部工作，她来这里度假。听起来就是离异家庭的感觉。这次我可以按自己的节奏去认识了解一个女孩了。我们经常见面，去海滩上散步，或者去跳舞。终于，我们牵了手，但还没有接吻。一天晚上，我用自己挣的钱请她去城里吃饭，还穿上了一件漂亮的衬衣，也是我唯一的一件衬衣。斯蒂芬妮笑我在装大人。她比我成熟得多，可还是非常包容地接受了我的调情。

直到一天上午，一切都倾覆了。

几天前，我在潜水时发现了一个古罗马双耳瓶的瓶颈，当时没有声张给游客看，而是将位置记在了心里。这种宝藏我是不会分享出去的。到了休息日，我准备了一个"吸嘴"，将一条软胶管（类似空调管）连接到氧气瓶上，通过释放氧气瓶中的空气制造气压，将沙子吹走。这是在不损毁双耳瓶的前提下清洁双耳瓶周边必不可少的工具。

我带上全套装备，叫上一位年轻教练跟随，坐着小船来到记忆中的位置。尽管当时我正犯鼻窦炎，但还是带上器材下了水。这一天，我破了三条基本的潜水原则：不要在疲劳的时候潜水，不要在海况不佳的时候潜水，以及不要单独潜水。为了躲开强烈涌动的海浪,我一口气下潜了30米。随身携带的装备太多,下潜过程中我已经感到疲惫。来到目的地后,我安顿下来,开始用吸嘴将双耳瓶周围的沙子吹走。

海水不断涌动,工作进展困难。半小时后,我只清理出几个瓶颈,这些根本不值得大费周章。但鼻窦炎的痛苦让我决定到此为止,开始往上升。我必须在四分钟之内到达距离海面3米的位置。鼻窦嘶嘶作响,我疼得要命。距离水面15米的时候,我失去了视觉。奇怪的是,我没有慌张,而是立即下降几米。这个反应是对的,因为我的视觉恢复了。也许是鼻窦炎造成的视觉神经压迫。我摘下面罩,狠狠地擤了一下鼻子,然后继续向上。再次来到水下15米的地方,鼻子还在响,我再次失去了视觉。这时我才开始恐慌,好像我的手在不可挽回地伸向一个电源插座。这恐慌从胃部开始,我必须调整,不能让它进入我的大脑,于是立即重复了十次这句可以拯救我的话:"恐惧是你唯一的敌人。"

我再次摘下面罩,擤鼻子,按摩鼻腔和脖子,开始第三次尝试。一样的结果。时钟滴答作响,我停留得越来越久,急需回到3米的安全点,不然后果惨重。我重新摘下面罩,用力扇自己的脸,直到鼻子出血,然后进行第六次也是最后一次尝试。因为我的停留时间不断延长,氧气在不断减少。鼻子还在响,眼睛也看不见,但我继续往上升。整个人疼到极点,鼻窦发出的声音让我想到老式冲水马桶。突然,我感觉自己的脑子一下绽开,就像一道木门被撞开了一样。我的视力恢复了点,这才看到自己的面罩里全是血。耳朵也开始失衡,我不知道水平面在哪里,也不知道地平面在哪里,更不知道哪边是上、哪边是下。我开始呕吐,并将深度计举到眼前几厘米处,好确定自己稳定在距离海面3米的深度。

海水涨得更高了,在这么浅的地方,海浪的影响十分强烈。我很难待在原地,水流渐渐将我冲离海岸,带回无边无际的蓝色中。但我需要在这里坚持九分钟。地狱般的九分钟。九分钟里,我想到了母亲,父亲,还有他们给我带来的狗屎般的生活。九分钟里,我不断寻找着水面上可能等待着我的积极因素。我能想到的,只有斯蒂芬妮的笑容。我试着将注意力集中在她榛子色的眼眸、柔软的手,和优雅的身形上。我想象着我们的未来,在巴黎的重逢。我们会一起去埃菲尔铁塔,然后沿着塞纳河一直走到圣母院。我会在圣母院点一根蜡烛,纪念这次噩梦般的潜水。做梦的能力拯救了我,九分钟终于过去。

在水面上,在浪涌中,我痛苦地喊叫出来。我再次呕吐,但现在已经安全,哪怕海水将我冲离了海岸,也冲离了充气艇,船上还有监测我安全的同事。翻滚的海浪阻挡了他的视线,他已经在船上焦灼了半小时。我拿起潜水浮标上的救生哨子,可连吹响的力气都没有了。无所谓了,我现在感觉很好,任凭海浪怎么摇晃,我只平展身体,透过布满血迹的面罩,看着天空。

同事终于发现了我,冲我大喊。我的听力损伤严重,他的声音现在就跟摩尔多瓦[①]机场的广播一样模糊。他将我拉上充气艇,就像拉起一团在水里泡了很久的衣服。不知道为什么,我

---

① 东欧国家,人均GDP居欧洲最末。

笑了起来。也许只是因为很高兴自己还活着。

同事通知了岸上的人，我一到村子就被送进医护室。但这里的医生无力处理除了晒伤和酒精中毒以外的问题。他立即呼叫了优普援助[①]。几个小时后，一辆救护车来将我拉走。

消息传遍了整个度假村，斯蒂芬妮终于来到医护室。我告诉她自己是怎么靠她活下来的，她深情地吻了我。

"快点回来。"她摸着我的脸说道。

我先被救护车送到机场，再由一架小型私人飞机带到马赛，在那里待了三个星期。

与此同时，母亲和弗朗索瓦、弟弟在科西嘉岛的一艘船上度假。父亲则在马尔代夫，管理公司委托的自然俱乐部。

我再次独自一人，躺在一个3平米的白色小屋中。大把的空余时间让我意识到，医院令人丧气的原因不在于到处都是白色，而在于映射在这白色之上冰冷腐朽的霓虹灯。清晨5点，太阳升起来的时候，会透过百叶窗在墙上映出橙色的条纹，与白色很好地融为一体。另一方面，消毒水的味道却让人难以忍受。

我有大把的时间欣赏我的病房，因为正值盛夏时节，医院人满为患，我每天只有五分钟能见到护士。下午，医院会安排很多事情让我忙起来：CT扫描，X光诊断，验血，还有许多其他不在社会保障范围内的检查项目。

我不知道父母是否知道我在这里。我的视力正在改善，我看到自己的孤独近在眼前。

十天后，一位光头的"四眼"医生来看我。他是这一科的

---

① 国际援助集团，总部位于法国巴黎。

负责人。我看到他就莫名地不喜欢,觉得他像那种会把自家的狗遗弃在高速公路上的人。他用一些我听不懂的专业术语,说了很多我已经知道的事实。我知道不应该在犯鼻窦炎的时候潜水,但这已经是过去的事了,我不感兴趣。我希望他告诉我未来。海是我的命,我只想知道自己还有没有这条命。他发出一声短促的冷笑,就是那种当你想让对方不要白日做梦时会发出的笑。

"潜水?别想了!连在浴缸里都不行!"

这个混蛋毁了我的生活,居然还能笑得出来。他走后,我在床上生无可恋地躺了好些天。

我的生命失去了意义。生活支离破碎,后果是灾难性的。父亲有新的家庭,在马尔代夫过着他们的好日子。母亲跟了一个数着日子盼我离开的男人。我的学习一塌糊涂,我也没有交到朋友,大家都觉得我太古怪了。我还喜欢大家讨厌的音乐,只有在大海中我才自在,但这个乐趣却被一位粗鲁的医生下了禁令。我感觉,上帝刚才拉下了冲水马桶的绳,将海里的水都抽干了。我不知道该做什么,也不知道目的何在。我和洗澡水一起被冲掉了,没有信息,没有公告,没有指令,也没有任何可以追随的榜样。一个真正的黑洞,一片宇宙真空,一次彻底停摆。

就像我搞坏了硬盘,还不知道如何初始化。更糟的是,超负荷运转的医院请我到别处去恢复。没有帮助,没有后续治疗,没有可以倾诉的心理医生,甚至没有人告诉我出了医院大门该去哪里。我没法去找父母,父亲离我太远了,母亲在海上。我也不能回家,弗朗索瓦从来不放心我拿着家里的钥匙。也不能回宿舍，于勒费里中学已经关门，9月才开学。

我唯一的选择是重回帕利努罗，去见斯蒂芬妮和她美丽的榛子色双眸。不得不说，这十五天是她帮我撑过来的。她还没把心交给我，但她爱的承诺对我来说已经足够了。希望让人生存，这不是什么陈词滥调。

我没有钱买火车票。幸好，马克斯是马赛人。他曾经是个赛车手，是弗朗索瓦在 GRAC 车队时期的队友，后来转行到搬家行业。他来医院探望我，并在离开去度假前给我留了一点钱。

从马赛出发，要换乘两次才能到达帕利努罗，全程一共十五个小时。大部分时间，火车都沿着海岸走。大海看着我，像是在嘲弄我。

一到度假村，我就到处找斯蒂芬妮。我的心怦怦直跳。她的吻是唯一能缓解我痛苦的良药。听说她在音响师的小屋，我开始期待一场伴随着小提琴声的罗密欧和朱丽叶的重逢。

"啊？你回来啦？"她尴尬地说道。

没有拥抱，没有亲吻，更别说音乐了。音响师二十七岁，一脸胡茬，头发蓬乱，自诩巴黎人。他的脑子不怎么顶用，整天吞云吐雾，不过倒是本能地知道如何标识自己的领地，就像臭鼬一样。他站起来，在斯蒂芬妮的屁股上粗俗地拍了一下，然后来了一个湿吻。看到这里，我快要因为恶心而心脏骤停了。那家伙一嘴黄牙，一身烟臭。对着这样一个垃圾桶，她怎么下得了嘴？我已经不想知道答案了。我感觉自己莫名地一下子衰老了。

"你倒是一点时间都没浪费。"我最后说道，言语中的距离足够让她不自在了。

她结结巴巴地用了一些女人惯用的说辞,提醒我说,我们之间什么都没有,她也没有做过承诺,甚至不确定我能不能回来。事实就是这么简单,她只是和我逢场作戏。但爱不是用来玩玩的,它对我来说是重要的生命元素,不可或缺,就像空气和水,是让我活命的东西。

瞬间长大是有代价的。我不再用过去的眼光去看斯蒂芬妮。我知道她的脑子有一半是空的,就像所有最终成为手链推销员的轻佻城市少女。我看俱乐部的方式也不一样了。教练们都是些狡猾的耳廓狐,一心只想灌醉前来度假的女秘书。客人们则是水獭,整天泡在桑格利亚酒中。暗黑的思绪不断上涌,我开始摧毁身边接触的一切。新学年很重要,我担心自己会做出像"OK镇大决斗"[①]那样失控的事,但我还要在这里坚持三个星期,才能回到库洛米耶。

第二天,我来到潜水船上。因为我不能下水,马库斯安排我到管理处。工作内容是念出每一组下水客人的名字,确保所有人的顺序正确无误,跟好自己的教练。我很高兴能重新回到伙伴们身边,再次体验潜水的气氛和被大海包围的感觉。但当我看到第一个人跳进水里,一切就瞬间崩坏。落水的声音,呼吸调节器的声音,还有水面上爆开的水泡,如同一阵阵痛楚侵袭着我。我像个超市门口饥肠辘辘的乞丐,不光是头脑和精神的痛苦,而是真的胃部痉挛,就和毒瘾发作一样。大海是我一

---

① règlements de comptes à OK Corral,1881年10月26日发生在美国亚利桑那州墓碑镇的一场枪战,后被多次改编为电影。

半的生命，却被剥夺了，如今，它就在我面前。我觉得自己像个孤儿，一天天地用微笑掩藏自己的痛苦，因为没人想听我的抱怨。更何况，人们永远也不会相信一个穿着泳衣的人。

几天后，维克多·德·桑克迪斯[①]受邀来到俱乐部。他是一位导演，拍过很多水下的纪录片。他已经七十岁了，一头白发，笑起来像意大利的冰淇淋一样爽朗。

晚上，他给我们放映他的新作《海豚人：雅克·马约尔[②]》。我不知道这号人物，不过，海豚的朋友就是我的朋友。

舞台上拉起一块白布，架上一台16mm放映机，露天大厅坐满人后，电影就开始了。雅克·马约尔在做瑜伽，他留着克拉克·盖博的同款胡子，看上去有点孤僻，走起路来像是才学会迈步一样，根本不懂什么人行道或者红绿灯，对自己身处的环境一无所知。他谈到大海、豆腐、厄尔巴岛，还有海豚。除此之外，别无其他。而突然，他跳入水中，一切都颠倒了。这个男人在陆地上无可作为，地球引力拖拽他，头顶的建筑压迫他。他只有在无限的蓝色中才自由自在。

雅克坐在水面的一处平台上，脚蹼浅浅地漂在水中。周围的人都在和他说话，可他没有听，心思都到别处去了。完成呼吸热身后，他走近一台橙色的古怪机器，机器只在水面上露出一点点。他双眼紧闭，只戴了一个巨大的鼻夹子，没有面罩。然后，他像之前一样深吸一口气，轻轻地点了一下头，幅度小到几乎

[①] Victor De Sanctis（1909—1996），意大利摄影师、发明家、电影和水下纪录片制作人。
[②] Jacques Mayol（1927—2001），法国自由潜水员，长期保持多项世界纪录，1976年成为世界首位屏气潜入水底一百米以下的人。

无法察觉。一位技术员启动了机器。在30公斤重的铁块的拖拽下，雅克立即消失在水中，开始他不带任何呼吸器的自由潜水之旅。

最初的下潜画面非常美妙。雅克优雅地向下滑行了一段，潜向越来越暗的蓝色中。

画面一侧是不断跳数的秒表。一分钟过去，雅克已经扎进黑暗中。我屏住呼吸，张着嘴，一动也不敢动。我意识到自己跟着他忘记了呼吸，开始感觉有些缺氧。但雅克还在往下，滑进彻底的黑暗中。他来到水下80米的地方，经过最后一位潜水安全员。从现在开始，他将独自一人。这画面非常震撼。在漆黑之中，在无边宽广的空间之中，只有一根绳索系着他，很难不联想到羊水中的胎儿，以及《2001太空漫游》的最后一个画面。大海、音乐、图像——一个给我的生命带来震动的宇宙正在形成就位，好似排列起来的行星。

来到101米的深度，铁块的作用已经达到峰值。这里水温10摄氏度，压强是水面的十倍，而雅克已经屏息两分钟了。换作任何人，都会露出痛苦或挣扎的表情，雅克的脸再次进入画面的时候，应该也会像个新生儿一样皱巴巴的吧。但是等他转过来面对镜头，他一脸的平静。没有痛感，也没有劳累感。他轻快地活动着，像海豚一样微笑。这个画面让我不知所措。这不可能。唯一的解释是，这个人看到了我们看不到的东西，他能进入另一个维度。

在近似永恒的几秒钟过后，观众开始喊着让他上去，因为气氛太让人窒息了。随后的画面上，雅克释放出一颗充气气球，让它将自己带离海底，缓缓上升。越往上，压力越小，气球越膨胀，光线也一点点地回来了。首先是蓝色，接着是其他颜色。雅克上升得越来越快，水温也不断升高。很快，船的轮廓在一片朦胧中出现。

雅克放开气球，开始摆动脚蹼，让身体像海豚一样跃动起伏。冲出水面的瞬间，他大喊一声，似乎回到空气中的此刻才是痛苦的。然后，雅克瘫倒下来，像在太空中待了太久的宇航员。他的神色变得疲惫，几乎是绝望的，脸上也不再有笑容。他不喜欢回到地面，就像新生儿怀念保护着他无忧无虑的羊水一样。所有人都看得目不转睛，我却被彻底击垮了。我只希望有一天，有人能拍一部关于雅克·马约尔的伟大电影。

接下来的日子是痛苦的。我无法忍受自己待在船上看着潜水的人跳进蓝色的海洋中。我留在岸上，一边给氧气瓶充气，准备器材，一边在脑海中回味那部关于雅克的纪录片，一遍又一遍。我渴望看到水底只有他才看过的东西，也开始回想马赛的医生说过的话，希望从他的诊断中发现一丝漏洞。我像一个试图摆脱合同限制的律师一样寻找某处谬误。最后，我终于找到。光头医生的原话是："永远别想水肺潜水了。"他没有提到自由潜水。只要没有气体交换，危险应该就不存在。我没有去向俱乐部的医生求证这个设想，而是立即租了一艘汽艇出发去验证。

我抓住一个10公斤的重物，跳入水中。几秒钟后，绳子到头，我来到水深10米的地方。我喜欢这种下滑的感觉，和坠落完全不同。每一天，我都再往下降一点。

下午，我会在泳池里训练，改善呼吸，两周已经可以在水下憋气四分十秒，准备突破50米的水深。为安全起见，我带上了一位同事。橡皮艇上盘着50米长的绳索,我在上面绑了20公斤的重物,这样下降速度会更快,我在水底待的时间也更长。

完成水面上的呼吸热身后,我将重物放入水中,让自己被带着下降。我能感觉到拖拽的重量在慢慢变化,海水在耳边飞速擦过,头发在拍打额头,整个人就像置身于风中。

五十秒后,我来到50米深处。水面成了遥远的记忆,水底又深不可见,我被包裹在彻底的蓝色之中。我感觉很好,并逐渐平静下来,享受这种和自然融合为一、忘却自我的状态……我放开绳子,让自己更加自由。几秒之后,我陷入极致的愉悦,乃至肉身快要消失。我已经不在这里了。我就是蓝色的一部分,幻化成千万颗粒子,藏身在水中。我终于找到了适合自己的永恒的位置。在意识完全清醒的情况下,我决定留在海底。

水压和缺氧只是在捉弄我。我的思想这样逃避着,身体却做出正确的反应,在求生本能的驱动下,开始用手去找绳索的末端——没有找到。绳索消失了。这迫使我冷静下来思考。绳索的末端并非消失了,而是在我头顶上方10米的地方。我竟然在不知不觉中往下滑了这么多。恐惧唤醒了我。我艰难地回到绳索的高度,然后拽着它往上走,挣脱水深的压力。来到20米的深处,我暂时停了下来,不然氧气恐怕不够回到水面上。我尝试尽可能地放松,让技巧将自己缓缓带向水面。突然,我遇到了同事。原来我已经在水下待了三分钟,这家伙都快要疯了。他抓住我的肩膀将我往上拉。冲破水面的那一刻,我快要窒息过去。我爬上橡皮艇,有种海龟上岸的轻快感。同事还在对着我大嚷大叫来唤醒我的意识。新鲜的空气进入肺部,干燥而芬芳,柔软得有如爱抚。地面上的生活也没有那么糟糕。

太阳下山,我来到泳池边,看着大海,整个人像一片叶子一样颤抖起来。这是身体在告诉我,我差点死在水里。它用一阵后怕提醒我,永远不要再这么做。但是,从马背上掉下来,就该立刻回到马鞍上。第二天,我又开始了训练,只是这次乖乖地停留在 50 米的深度以内。

几天后,假期结束。我离开意大利南部回到法国。记忆在我脑中不断盘旋,我知道这个夏天已经永远改变了我的生命。

— 9 —

我回到于勒费里中学,进入 D 类[①]的生物方向毕业班。我本该到 A 类的文学方向的,可拼写错误太多,不被认可;也可以到 C 类的数学方向的,只不过这就要作弊才能有像样的成绩了。

但这没什么大不了的。我又不喜欢这里的老师和学生,也不喜欢这所学校。进一步说,我不喜欢任何学校。这一年可能会很难熬。

家里的情况也越来越差。母亲却完全否认这一点,整天说自己过上了梦寐以求的生活。一切都是美妙的,越来越大,越来越漂亮。她向朋友们添油加醋地讲述自己的假期,不断地夸大一切,邮轮、暴风雨、自助餐、海滩,乃至她的幸福度。

这是她保护自己的方式。她不想直面现实,只想忘记童年

---

① 法国高中毕业会考在 1969—1995 年间设为五类:A 类面向文学、语言和哲学研究,包括艺术选项;B 类面向历史地理、政治学、经济学和社会科学,必要时包括应用数学和纯数学;C 类面向数学、物理、化学、几何和代数;D 类面向物理、化学、生物学和地质学;E 类,科学教育与工业技术教育相结合。

的酸楚和青春期的莽撞,也不想接受自己的丈夫就是个自大狂,更不想看到自己的儿子过得很糟糕。

我的古铜肤色日渐消退,几周之内,我就变得黯淡、苍白、冰冷,质疑所有人。首先是母亲。我不断纠正她,把她夸大的事情都减半,总是故意当着她朋友的面拆穿她,把她气疯。每次的家庭聚餐都在一句"回你房间"的吼叫中结束。当然,所有人都把这归咎于青春期的荷尔蒙。没有人意识到背后更严重的问题。

弗朗索瓦也没躲过。我不再闭嘴,他说话有多难听,我的回复就有多难听。我快长到 90 公斤了,他不敢凑太近。在学校,我质疑老师教的所有东西,时刻把"为什么"挂在嘴边。我想要知道,想要理解,我关心的才不是什么滑铁卢战役发生的时间,而是想弄清生活如何运转,生命如何找到意义,未来又该如何规划。可我从老师那儿得到的唯一回答就是:"学习去!"

学生们都不敢靠近我,他们本能地远离我,避免吃拳头。

但情况不能一直这样下去。我在原地打转,始终没有找到出口。我也无法想象未来,哪怕只是一个模糊的轮廓。

我感觉生活被一道不断召唤着我的深渊围困了,我无法向任何人求救,更何况,也没有人教过我如何求救。

直到有一天,我彻底受够了,决定将这个悲惨处境做个了断。我拿出一张纸,在中间画下一条竖线,左边写上我喜欢的东西,右边写上我讨厌的东西。也许,这个更实用主义的方法能帮我找到答案。右边栏很快被填满,左边的稍慢一些。我禁止自己填写任何与海洋有关的东西,哪怕我深知这有违自己的性情。

写完后,我把纸拿远一些端详,就好像在看一张晚餐的购物清单。有一点非常明显:我喜欢的,都是创造性的。这是我第一次具体地意识到是什么在吸引我。更让我惊讶的是,所有艺术门类都在这张纸上。

这是一个重要的启示,堪比达斯·维达说给卢克·天行者的那句话:"我是你爸爸。"《星球大战》电影才上映我就看了,视觉效果十分出众,但背后的神话故事更让我震撼。也许是因为主角名字的发音和我一样。[①] 艺术可能是我的父亲吗?假如哲学老师没有将我踢出课堂的话,或许我可以去问问他。

所有写到纸上的艺术门类我都爱,但最好有一样也爱我。

我尝试过钢琴和吉他,可手指就跟摔跤手的一样。我跳舞像根棍子,唱歌像个烧水壶。这就去掉两个了。我喜欢写作,可法语老师把我吓怕了,因为怕被指出拼写错误,我只好偷偷地写。建筑是我的热爱,可是建筑专业过长的学习期早就让我打消了念头。我喜欢素描和绘画,可惜没有继承祖父的天分。这下排除五个了。我也喜欢雕塑,但我不觉得自己能专注只做这一件事。我还喜欢上台表演,就是戏剧太装腔作势,我觉得无聊。更何况,演员只不过是表演者,我需要表达自己,而不是背诵他人的宣言。

显然我也很喜欢摄影,而且已经有了一点经验,知道怎么取景了。可是这种艺术太过安静,我总觉得缺了点什么。那就只剩下电影,第七艺术。我回看清单才发现,电影跟所有艺术都沾了点边,好比十项全能的运动员。它要求你样样都知道一

[①]《星球大战》主角叫卢克(Luke),作者叫 Luc,发音相同。

点儿,却无须是个专家。我写了很多东西,明白怎么搭建框架和结构,也喜欢音乐,喜欢动作和节奏,建筑、布景和服装,还从俱乐部那里知道了表演和舞台是什么感觉。通过简单的数学方法,我居然找到了适合自己的工作,就像一个失业者刚刚在应聘的要求栏上勾选所有方框。唯一的问题是,我对拍电影一无所知,甚至对电影文化也所知甚少。我的继父刚给家里买了一台电视机,也许要再等十年,他才会愿意再添一台录像机。

这段时间,我极少去电影院。库洛米耶只有一家电影院,放的电影不是德·菲奈斯[①]的就是贝尔蒙多[②]的。要想看《星球大战》,我必须去巴黎的大雷克斯电影院[③]。但看电影是一回事,拍电影是另一回事。我从没去过片场,也没看过任何电影制作过程,对电影是如何生产的一无所知,更不知道自己会不会喜欢它。

所以,在投入新旅程之前,我首先要做的,就是去看一次电影拍摄。

我记得弗朗索瓦有一个叫帕德里克·格兰佩雷的朋友就在电影业工作,做的是助理导演。弗朗索瓦答应请他到家中来吃晚餐。母亲不喜欢我的一时兴起,即使我向她解释这是经过数学方法验证的结果。她对电影一无所知,为自己帮不上忙感到无奈。除此之外,她还有些担心,因为她听过太多电影行业的荒诞故事。

[①] 路易·德·菲奈斯(Louis de Funès, 1914—1983),法国电影演员、导演,代表作《虎口脱险》等,20世纪下半叶法国知名喜剧电影人。
[②] 让-保罗·贝尔蒙多 (Jean-Paul Belmondo, 1933—2021),法国电影演员,代表作《精疲力尽》等,20世纪60至70年代法国最受欢迎的演员之一。
[③] Grand Rex,巴黎最大的电影院,1932年建成,以其独特的建筑和装饰风格著称。

但我只想告诉她,假如再不给自己找一个支点,我就会掉入虚无之中。她的孩子如此脆弱,如何抵抗这一切?我不敢告诉她,光是活到今天,对我来说就已经很困难了。

帕德里克·格兰佩雷的任务很简单:用一整晚的时间,说服我放弃一份我一无所知的职业。他开着摩托到场,穿着牛仔裤、T恤衫和运动鞋,休闲自在,眼睛里闪烁着光芒。我本能地感觉到,那是用疯狂和激情包裹的火花。同样的火花,我在身处水下100米的马约尔的目光中也见过。帕德里克是有能量的人,这让他看上去很有魅力。

刚开始用餐的时候,他按照弗朗索瓦的游戏规则来,用凝重的语气描述自己的工作。但我能感觉到,这些话他自己都不信。不幸的是,我问了一些好问题,他很快就明白我和我的父母不一样。

到了上甜点的时候,帕德里克再也忍不住,越说越激动,热情四溢,刚才还像个吹芦笛的,现在简直就是瓦格纳。弗朗索瓦已经按不住他了,母亲也一脸不悦,我却兴奋不已。

离开的时候,帕德里克问我:

"下个周末我们要拍个短的,你可以来看一眼,我们也需要人手。"

"短的什么?"我天真地问道。

"短片,就是不超过十分钟的电影。我们都是无偿在做。"他回答道。

这是我的第一堂电影课。

随后的日子里,我的兴奋感逐渐减退,因为母亲无休无止地唠叨着向我列举上学的好处,弗朗索瓦则不断诋毁帕德里克。

"帕德里克是我的朋友,但也是个吸毒的疯子,他做电影的唯一原因是他爸超级有钱。"

我无法想象,假如帕德里克是他的敌人,他又会说出怎样恶毒的话。至于母亲,假如学校有这么多好处,为什么她十五岁就不去上学了?他们的话都站不住脚,或者说,根本无法让我忘记帕德里克眼里的火花。

我决定去片场,自己做判断。"愿原力与你同在。"欧比旺·克诺比[①]在我耳边低声说道。

周六上午,我7点起床,打算赶8点半的火车去巴黎。外面大雨如注,这下要费点劲才能找到一个人将我带去车站了。我犹犹豫豫,在床上赖了一阵后,去母亲的房间做了第一次尝试。弗朗索瓦像是冬眠中被打扰的熊一样咆哮起来。忘了8点半的火车吧。我的动力已经减弱了一半。可是,一想到雨天待在这个牢房,和半亲不熟的家人过一个周末,我就心情灰暗。于是,我给从前在莱西尼的旧邻居妮可·布朗歇尔打了电话。我们搬走之后,她和丈夫也搬到了离我们两公里的地方。刚好妮可上午也要进城,她答应捎我一段。我成功赶上了10点的火车,到了巴黎立即跳进地铁,最后在蒙帕纳斯-比安弗尼出站。天色依然凝重,11月的空气已经很冷了。我把拍摄的地址写在一张纸条上,按照上面的指示来到指定的街道和门牌号前,却只看到

[①] Obi-Wan Kenobi,《星球大战》系列电影中的角色,达斯·维达堕入原力黑暗面之前的老师兼好友,卢克·天行者的导师。

两辆一前一后停着的白色货车。货车车身上写着"Transpalux"[①]。

其中一辆货车的车厢门开着，里面有一台巨大的电影放映机。货车旁有两位电工在抽烟聊天，我走过去礼貌问道：

"打扰了，请问拍电影的在哪里？"

电工看着我，就像看一只刚出生的小羊羔一样。再怎么瞎的新手都能找到拍摄场地，可我连个新手都不算，只是个游客。

"跟着电缆走！"他向我甩出浓重的巴黎口音。

我道谢后，才发现的确有电缆从货车的发电机上伸出来，一直延伸到一栋楼的过道里。

沿着过道走，越往里，越觉得明亮、燥热和嘈杂。

一条狭窄的过道，一根引线，尽头的一束光——我正走向自己的诞生。

终于来到亮度爆炸的天井。四台10公斤重的聚光灯照在一个中世纪风格的工作坊的玻璃天窗上，一位制琴师穿着有点年代感的木鞋，正在里面工作。

二十多位技术人员像蚂蚁一样安静地忙活着。天井酷热难耐，感觉像在盛夏。

我贴墙站着，免得成为妨碍。帕德里克·格兰佩雷远远地向我打了个招呼，然后继续在摄影机背后，和戴着牛仔帽的导演热烈地讨论。与此同时，摄影指导在场中四处转悠寻找角度，一位电工用夹子将胶片固定在放映机上，一个机械师在给轨道上滑石粉。

我正将这些前所未见的画面统统记在脑中，突然之间，第

[①] Transpalux，一家为影视、广告行业提供电气设备租赁服务的公司。

一助理发出指令，所有人各就各位。

"准备。"助理喊道。

"摄影就位。"帕德里克在摄影机后说道。

"声音就位。"录音师说道。

一位机械师站到老演员前，读出场记板上用粉笔写的数字。

"十四场二镜五次。"

机械师打板后离开，现场瞬间一片安静，时间停止，演员闭上眼睛，连苍蝇都不见一只。导演坐在监视器前，轻声说出"开始"。老演员立刻发出沉沉的呻吟，伸出颤抖的双手，问天问地，脸上淌满泪水，写满绝望的神情。

我目瞪口呆地贴在墙上，心里只有一个冲动：救救这个可怜的人。但现场除了推着板车的机械师，尾随其后的吊杆操作员，没有一个人在动。

不知不觉中，我也被带动着落了泪。现场冲击太强烈了。

"停！"导演喊道。

老演员累得顺势倒下，技术员又开始动起来。导演对演员做了个鬼脸，示意他还能做得更好。演员也摇了摇头，似乎表示同意。这一刻，我明白自己来到了另一个星球，一个平行世界。演员毫无保留地落泪，技术员免费干活，每个人互帮互助，互相微笑。一切都为了一个目的：一部即将呈现给所有人的、贡献愉悦的电影。

我被这种慷慨的原则迷住了。创造、给予、不计成本——这几乎就是爱的定义了。

一位年轻的女技术员走过来，露出热情的微笑。

"你叫什么？"她轻声说道。

"吕克。"我回答。

有那么几秒，我害怕她会问我技术问题。

"你是为这部电影来的吗？"

"是的。"

"太好了。你能搭把手吗？我们要将所有摄影器材搬到天井另一边，下一场戏要用。"她温柔地说道。

除了"搭把手"，其他的我都听不懂。

她立即示意哪些是要搬的箱子。这个是，那个不是。我在技术员之间左闪右避，所有人都在忙活各自的事。

一群真正的工蚁。几分钟后，反打镜头就位，拍摄再次开启。我依旧贴在墙角处，愉快地看着这一切。没有人问我从哪里来，做过什么，也没有人关心我的年龄、信仰、国籍，只会问我是不是为了电影而来。其他都不重要，只有这一份值得捍卫的事业。电影即上帝，所有人都在此服务于他，直到死亡。

我感觉自己找到了信仰，第一次坠入爱恋中。

镜头一个接一个，时间渐渐流逝。每三秒我就学到一些新东西，然后刻录进我的大脑硬盘里。

助理宣布今天的工作结束。灯光师将聚光灯熄灭，天井瞬间进入黑夜。已经晚上9点了。帕德里克终于来找我了。

"怎么样？"他嘴角含笑地问我。

我的神情肯定像个置身糖果池的四岁小孩。

"太棒了。"我找不到其他的词语来表达。

帕德里克双眼放光，笑得更加热烈。他知道我已经陷进来了。

"我跟你说过,这是世界上最美妙的职业。"他自信地说道。

明天还有拍摄,所有器材都存放在玻璃天窗下,但场务忘了找一个夜间保安。

我立即举手,主动请缨。

"我本来就不知道今晚去哪里睡呢。"我毫不犹豫地说道。

管理人看了看帕德里克,后者点头答应,并说会告知我母亲。

工作人员接连离开了拍摄场地,留下我和三十多箱器材。我一个接一个地将箱子打开,拿出里面的设备,研究摄影机的机身、镜头、暗盒、配件,还有明胶管,大小各异的聚光灯。每一件物品我都细心打量。等关上最后一个箱子,天也亮了,场务助理已经带着热腾腾的可颂来到了现场。

一夜没睡,可我并不觉得累。唯一的问题是,我没料到自己会在巴黎过夜,所以没带换洗衣物,现在一身臭汗,活像一匹斑马。

拍摄重新开始。这一天不轻松,因为导演要拍十八个镜头。大家连停下来吃午餐的时间也没有,我被安排去做三明治,随时提供服务。技术员则一边吃一边干活。机器不能停。帕德里克手里攥着黄油火腿三明治的时候,眼睛还盯着摄影机。

吊杆操作员嘴里不声不响地细细嚼着肉泥小黄瓜三明治时,机械总监的奶酪香肠还在口袋里。

一天眨眼就过去了,哪怕大家齐心协力,到下午6点时,拍摄依然未结束。

而我为了赶最后一班回库洛米耶的火车,不得不离开了。

我满怀遗憾地离开了片场。每一位技术员都来和我告别,像是我们早已相识多年,像是我们很快就会再见。

在火车上,我看着窗外的景色飞驰而过。现在已经入夜,不会有灯光师照亮外面的生命了。一切都显得寡淡、虚弱和无用,就像平静无奇的日常。

弗朗索瓦来车站接我,当然不是因为善心大发,他只是更希望母亲留在家中照看他的儿子。

"怎么样?"他出于好奇问道。

我很想跟他好好讲讲,但我知道,不到半分钟他就会厌烦,于是简单回了一句:

"嗯,特别好。"

这种答案才适合应付他。剩下的路上,我们也一直没再说话。

母亲也问了同样的问题,更热情,但也带着担忧,她对这种职业有偏见。她听过太多这个行业的光怪陆离了……我知道那些都是假的,可我太累了,无法将震撼心灵的疯狂周末一一细说,于是直接抛出结论:

"我知道我想做什么了。我想拍电影。"

我如此确定,如此坚决,以至于让她有些颤抖。我不问她的意见,也不问其他人的意见,只是告诉了她,在接下来的四十年里,我身上将要发生的事情。

母亲脸色变得苍白,她不知道怎么应对这种事,不知道如何摧毁我在过去的四十八小时里建起的屏障。

"明天你先去上学,之后我们再看。"她试图重新掌控局面。

她根本不知道自己面对的是什么样的孩子。

"不,我明天不去学校了,我要去巴黎,去拍电影。"

这是她第一次听到我作为一个成年人发出的声音。面对我的重大决定,她无言以对。

"行了,快点先去睡觉吧,我们明天再说。"她甩出这么一句话,中断了讨论。

我回到房间,将所有衣物脱下扔到脏衣篓,倒在床上。我的身体像一块石头,脑子彻底放空。过去两天我已经做了太多的梦,现在不需要了。

第二天上午,弗朗索瓦早早出门,弟弟还在睡觉,母亲一个人在厨房。我下楼到厨房吃早餐的时候,将行李箱放在门边。

"你拿行李箱做什么?"她已经有些害怕我的回答了。

"跟你说过,我要去巴黎拍电影。"

母亲坐了下来,她根本站不住了。

她尝试了一切方式。诱惑,威胁,恐吓,羞辱,通通不起效果。我已经铁了心,她再也没法动摇了。惊慌失措下,母亲打出内疚牌,问我怎么能这样对她,她为我牺牲了这么多。一步臭棋。我积攒了十七年想要指责她的话,十七年的生活的痛苦,就快要喷薄而出,在她面前爆发了。但出于爱,我最终什么都没说。

她的最后一张牌,是给我一个巴掌。因为我的不敬,因为我的不从。我的目光阴沉下来,母亲害怕了,可能是想起了父亲。但我不会像他那样暴力,我比他词汇量丰富多了。

"希望这样你会好受一些,因为这是你最后一次扇我巴掌了。"我平静地说道。

母亲惊慌失措,像一匹尾巴着了火的马,开始语速加快,大喊大叫,让人根本不知道她在说什么。她输了。

我问她是否愿意陪我去车站,她怒火中烧,回道:

"你自己去不就行了,你已经这么厉害了!"

我不作声,拎起自己的小包,头也不回地离开了这所房子。走了5公里后,一辆过路的车捎上了我。

来到库洛米耶,我先去了学校。

这时是11点左右。

迟到三个小时后,我走进正在上课的教室,学生们立即呼叫起来,拿我取笑。法语老师无可奈何地让我坐下。可惜,我不是来听课,而是来道别的。

"我要去巴黎拍电影了。"

话音刚落,全班哄堂大笑,讥讽四起。没有一个鼓励的声音。

离开学校后,我的双手都在颤抖。我开始犹豫,并渐渐意识到拦在面前的高山,而我只能光脚爬上去,别无选择。我在不自觉间将所有后路都斩断了。耻辱感太强,一个梦破碎,其他的梦也会随之终结的。

要么恐惧,要么受辱。最终,我选择了恐惧,并决定不让它冒出头来。

我在库洛米耶车站等待去往巴黎的火车。在报刊亭,我看到了一本这个月最新的《首映》[①]杂志。一本几乎和我同时开启职业生涯的电影杂志?我认为这是一种征兆。不幸的是,我手里的钱没法把车票和杂志都买下来,必须在两者中选择。我选了杂志。

一路上,我不断换座位躲避检票员,最后直接躲进厕所去

---

① *Première*,法国电影杂志,1976年开始发行。

看杂志。

来到巴黎,我径直前往父亲在纳伊的家。今年冬季,他没有出门去哪个度假村。他要升职了,以后要管理一个国家的俱乐部,而不只是一个地方的俱乐部了。

终于有一次,他有了一点儿闲暇,可以和我交流了。

他支持我的行动,但也不可避免地给我说了许多他自己从不遵守的老掉牙的道理,然后又是借着让我有独立空间的说辞,把我安排到六楼的佣人房里。当然,这一次,我确实需要独立。只有在他们的冰箱需要减负的时候,我才会来到他们的房子里。

现在,我已经到了高山的山脚下,却不知道怎么去靠近它,也不知道从哪里开始。我试过联系格兰佩雷,可他消失了。更惨的是,我也忘了要那个短片摄制组的工作人员的电话号码。

我只知道在贝里街有一家电影主题的书店,是电影爱好者的殿堂。后来,阿诺[①]和贝奈克斯[②]都告诉我,他们去过那里。

父亲给了我 200 法郎,现在的问题就是怎么好好利用。我在书店流连了三个小时,寻找最佳选择。犹豫再三之后,我选择了六百页的《电影年鉴》。这东西不怎么有意思,但上面有我需要的所有地址,以及一份市场现存的绝大部分从业演员的名单——他们要花钱才能出现在这上面的,还有一份经纪人、供应商,以及所有制片人的名单。

我到柜台结账,老板找了我 5 法郎。这本书很好,可我不

[①] 让-雅克·阿诺(Jean-Jacques Annaud, 1943—),法国电影导演,代表作《火之战》《情人》《熊的故事》等。
[②] 让-雅克·贝奈克斯(Jean-Jacques Beineix, 1946—2022),法国电影导演,代表作《歌剧红伶》等。

甘心只买这一本。

"您这里有5法郎的东西吗？"我问道。

老板一点也不惊讶，我应该不是第一个这样问的穷酸客人了。

他指向书店尽头的一个大柳条筐，上面的小挂牌清晰地写着："5法郎任选"。

我又花了一小时来挑选第二本书，最终看上了一本薄薄的小红书，书名叫《场面调度专论》。里面用一些简单的素描解释了取景框的差异，轴线的规则，还有一些其他重要的参数。书已经有点旧了，还好没有缺页。

回到纳伊，我对着年鉴找自己需要的地址；然后，作为消遣，我读起了小红书。

这本书语言很简洁，意思却很难明白。我还要多读一些东西，才能透彻理解并吸收场面调度的基础知识。书是一个叫爱森斯坦①的苏联人写的，我之前从未听说过这个名字。谢谢他。他教会了我这个行业的基础。

我在年鉴中找到了一些有意思的地址。比如阿乐佳·塞缪尔森（Alga Samuelson），摄影机租借商；Transpalux，电气设备租借商。一个在文森，一个在热讷维耶。

我去附近转悠了几天，除了搬箱装车，没接触到其他工作。我还试着进入塞纳河岸边的比扬古制片厂，第一次糊弄了一下保安进去了，但几天后他就意识到我的小聪明，将我拦了下来。

---

① 谢尔盖·爱森斯坦（Sergei M. Eisenstein，1898—1948），苏联电影导演、电影理论家，代表电影作品《战舰波将金号》，代表理论著作《蒙太奇》。

可惜的是，里面有好几部电影正在制作中，我也已经和一些人建立了联系。这太糟糕了。既然正门不许进，只能另想办法。我守在制片厂的围墙边，一旦电视台的卡车停过来，我就顺着卡车后面的梯子一路爬到车顶，再翻上围墙，从3米高的地方纵身跳下。

翻过围墙，我看到等在摄影棚前的临时演员队伍，就偷溜进去，竖起耳朵打听消息。队伍不断往前，很快，我来到场务面前。他说临时演员名单上没有我的名字，我立即演起了苦肉戏：

"这我就不明白了！是那个助理，那个大胡子，他叫我来的！就是挺壮的那个。"

我假装记不起他的名字。

"弗兰克？"场务问我。

"对，就是他！弗兰克叫我来的，我大老远从库洛米耶来的呀！"

我撒了谎，但一般在摄制组中，你总能见到一位留着大胡子、有点壮的技术员四处晃悠。

场务长叹一声，对组织的混乱表示无奈，然后将我加入名单。

我被带到化妆间，套上一件外套、一顶帽子。一小时后来到拍摄现场，布景是一处餐厅。导演我不认识，名叫伊夫·罗贝尔[①]。我远远看到他在搓自己的小胡子。

这里的拍摄规格比格兰佩雷的豪华许多。到处都是器材，一直堆到摄影棚外。好几位服装师、化妆师、助手忙得不可开交。我不知道这个电影是讲什么的，只知道和大象不忠什么的

---

① Yves Robert（1920—2002），法国电影导演、演员，代表作《母亲的城堡》等。

有关[1]。主演们似乎互相都很熟悉了，但我一个都不认识。

我在这一天学到了许多，拍电影这件事比我之前想象的复杂多了。

它和我在短片拍摄时看到的快乐又混乱的场面完全不一样。这里的人是专业的，第一梯队的。

现场工作节奏很快，似乎只有导演掌控着整个局面，就像一个乐团的指挥。他总是比大家快一步，提前计划后面的工作。

一天结束，我离开现场，脑子还在星空之上。经过保安身边时，我看到他狐疑的眼神。可他不敢说什么，因为我和一群下班的技术员混在一起。

我给了他一个热情的微笑，并挥了挥手。

"明天见。"

保安没有应答。他咬紧牙关，气得眼睛都要裂开了。

我再也进不了比扬古制片厂，保安将我彻底踢了出去。斗牛犬都不如他凶狠。不过不要紧，我还会回来的。

我就这样一天天地到处找摄制组。因为我知道，只有在现场才能最快学习。但当时没有互联网，没有手机，而我又是初来乍到，只能在供应商附近打探消息。我感觉自己就像在垂钓，只能寄希望于有鱼上钩。

周末，我回到母亲家。我撒了个小谎，告诉她我的拍摄工作接连不断，通讯本都快记不下了。她表面上相信了，可眼神又是忧虑重重。

"你知道吗？昨天有人在莫佩尔蒂拍电影。"她漫不经心地

---
[1] 指1976年上映的电影《大象骗人》。

说出这句话。

我在巴黎艰难地忙活了一周,而离家五分钟车程外就有一个摄制组?简直不敢相信。我骑上母亲的自行车,疯狂往莫佩尔蒂赶,结果摄制组转场到车站去了。我找到了他们留下的痕迹:地上的轨道压痕和滑石粉、一些黑色的胶片袋、用来指示演员站位的标记。可是,摄制组已经走了。也许他们还会回来?我又去附近的咖啡店打听。

摄制组不回来了。他们拍的电影是《茱莉亚》[1],导演是弗雷德·金尼曼[2],演员有简·方达[3]、瓦妮莎·雷德格瑞夫[4]。我快气疯了。为什么老天不帮我一把?为什么一切都要这么艰难?整个周末我都对着自己空空的通讯录发呆。我的钱包也空了。我要赚些钱才能在巴黎生存下去。

圣诞节快到了,父亲在俱乐部给我找了个工作:在瑞士齐纳尔做两周滑雪教练。这很简单。我已经摸清那个度假村了。

我没有证书,所以被安排去教新手上路,教授入门级别的五六节课。不过,一切进展顺利,我带着他们在细雪中、树林里,还有丘陵上滑行。

更多时候,他们就只是在雪地里打滚,但大家都玩得很高兴。周末的小费一般也很慷慨。

---

[1] 1977 年上映,后获奥斯卡金像奖 11 项提名。
[2] Fred Zinnemann (1907—1997),美国电影导演,代表作《正午》等,两次获得奥斯卡奖最佳导演奖。
[3] Jane Fonda (1937—),美国电影演员,代表作《金色池塘》等,两次获得奥斯卡奖最佳女演员奖。
[4] Vanessa Redgrave (1937—),英国电影演员,代表作《放大》等,两次获得戛纳电影节最佳女演员奖。

我回到巴黎，这两周赚到的钱足以支撑这个冬天。

周末，我照旧回到母亲家，洗衣服、清空冰箱，也看看布鲁斯。他一天天地长高，总是嚷着要见我。小孩子的笑容多么甜美，能让大人心满意足，虽然我还不算大人。我们整个周末都在玩乐高，我还给他讲故事。他是我的第一位观众。

母亲的一位好朋友经常来家里喝茶，我通常会凑过去，不是为了听她们聊天，而是为了刚出炉的磅蛋糕。这位朋友问到我的愿望和将来的打算，真诚和善，让我很感动。她很想帮我，可她只是护士，唯一遇到电影人的时候，也只是为了治疗他们的脾脏。

不过，她有一位好朋友在电影行业，五十多岁，是一位"道具师"。我不知道这是什么职务，可她依然给了我这位吉列特先生的电话号码。几天后，我来到吉列特先生马恩河畔尚皮尼郊区的住所，第一眼就远远看到他在花园中狠狠教训自己十四岁的儿子，因为一辆他儿子偷来或者说"长期借用"的摩托车。等他终于看到我，立刻热情地微笑着将我迎入家中，给了我一瓶法奇那汽水。

他的工作属于布景，负责制造场景中所有的石膏物品：线脚，突饰，雕像，还有拍摄中会被多次破坏的物品。比如说，他正在为一部大型动作片制作楼梯扶手，因为电影的主角会朝楼梯开枪，所以他要准备五个这样相同的道具，方便每一次拍摄后替换。

我问他电影的名字。

"《太空城》，詹姆斯·邦德系列的新片。"他随口说道。

我的心脏都要骤停了。这个郊区的老头居然在今年最热门的电影的摄制组工作。太不可思议了。没有墨镜,没有加长轿车,没有好莱坞。只是一个来自尚皮尼的工人,深陷在自己的小工作坊里。但他是一位有才华的工人,而才华不是肉眼可见的。我会记住这个教训。

我立即为之折服,请求他带我进摄制组。吉列特先生人很友善,约我下周一在布洛涅制片厂见。

这里的摄影棚更气派,早上 6 点就已经人来人往了。一个真正的蜂巢。二十多个道具师在忙活。我将眼前所有的信息都一股脑吞下。现在看来,布景就像拼图,每个人负责自己的部分,协调合作是最关键的。没有激昂的情绪,没有慷慨的陈词,只有用热爱促成的细致功夫。

10 点左右,布景工人休息,摄制组的技术员陆续抵达。

他们微笑着示意,彼此独立而又互相尊重。技术员到摄影大厅时,工人们就趁机吃饭,一部电影的成功不可能缺少这两组人的完美协作。这种潜在的氛围很重要,所有人都明白这个道理。大家都在朝着同一个方向,为同一个上帝工作。

每一秒我都在学习,即使拍摄还未开始。

罗杰·摩尔接替肖恩·康纳利出演詹姆斯·邦德已经好几年了[①]。他非常优雅,总是面带微笑,很典型的英国绅士的做派。我成功地潜入摄影棚,和一位摄影助理熟络起来。

一位道具师正用手持花洒将演员浇湿。现在,詹姆斯·邦德从头到脚都是湿漉漉的了。不过,这位特工已经完全掌控了局面,

[①] 1973 年,罗杰·摩尔接替肖恩·康纳利出演他的第一部 007 影片《生死关头》。

在放倒几位软绵绵的看守后,我们的男主角抓住一位美艳的年轻女子,然后在她的裸体上晾晒自己湿漉漉的衣服。

这就是詹姆斯·邦德,你懂的。

我想知道为什么演员要湿身出场。当然,我不可能看到剧本,场记向我透露了秘密。这场戏之前讲的是詹姆斯·邦德在巴西掉进一个池塘,和一条巨蟒缠斗了一番。池塘的戏两周前已经在英国的松林制片厂拍完,剩下的镜头在法国完成。

这已经不是法式短片的生意了,这是好莱坞的巨型机器,简直让人大开眼界。每一天,我都感觉自己学习了一个月的知识量。

在这之前,我太隔绝了,长期处在信息、知识的贫乏状态中。现在学到的东西让我头脑发涨,累到瘫倒。

第二天,我热诚地向吉列特先生道谢,想办法赖在了片场。也是这天,詹姆斯·邦德系列的制片人、电影界的传奇人物阿尔伯特·布洛克里来看望我们。他看起来就像一位教父。站他旁边的是他的女儿芭芭拉,十五岁,非常可爱。她在片场就像我在波雷奇的礁石上那么自在。我在想她是否知道自己有多幸运,可以生在一个电影世家。我不嫉妒她,只是替她感到高兴,至少还有这么幸运的小孩存在着。

芭芭拉看到了我,对我微笑,甚至还有些脸红。我不知道为什么,也许因为我是现场和她年龄最接近的人。这一瞬间,我看到了她生活的另一面。这里是属于成年人的、职业的世界,除了"詹姆斯",没人会真的和她一起玩。

拍摄现场灯火通明,上百个工作人员大汗淋漓地四处忙活。

墙面炸开，子弹呼啸。这是这一年最疯狂的摄影棚了。然而，芭芭拉始终坐在一个角落，看也不看一眼。她对此已经司空见惯。于是，她将自己孤立起来，在一个詹姆斯·邦德永远不会踏足的世界，和自己的小玩偶一起待着。这种孤独让我心痛。因为我知道那是什么滋味。几年后，芭芭拉长大成人，接替了她父亲的位置。如今，她成了一位优秀的制片人，但每一次遇见她，我都忍不住想到片场的那个小女孩。

在詹姆斯·邦德的拍摄期间，一个工作人员给了我一个小建议。那时候，高蒙电影公司会在影院播放长片之前展示自己制作的节目，一般都是以特定主题的短片形式。我拿到负责人的名字——伊迪丝·科勒奈尔之后，立即冲去高蒙电影在纳伊的办公楼。

我逗笑了伊迪丝的秘书，获得一个见面机会。

伊迪丝·科勒奈尔是一个蓄满电力、精神十足的小老太太，整个人停不下来，而且从不露笑。她解释了短片的需求：一个主题，不超过六分钟。一周后，我拿着三个剧本来见她。她的反馈也很直接：

"你是怎么做到在这么短的篇幅内犯这么多拼写错误的？"

第二周，我拿着五个拼写无误的剧本回来——一位好心的女同学帮我改正了拼写错误。伊迪丝将这五个剧本提交给了上级，一位我只能远远观望的老伯爵夫人。结果是，五个剧本都被否了。

接下来的一周，我带着十个新剧本又来了。伊迪丝·科勒奈尔开始喜欢我了，可老夫人还是将十个剧本全部否定。

下一周，我带来了十五个剧本。老夫人又拒绝了，连见一面都不行。

再下一周，我拿着二十个剧本来了。伊迪丝已经被彻底打动，其中一个剧本她尤其喜欢。我母亲家不远处有一个名叫"天堂"的小村庄，我的想法是去这个村子采访上年纪的村民，问他们"生活在天堂是什么感觉"。伊迪丝尝试推动这个想法的执行，但老夫人强硬得很，再次否决。至此，我总共提交了五十多个剧本，全都被否了。让她下地狱吧。

否定的原因很简单。我没有名气，没有背景。

我跑遍全城都无济于事，找不到任何工作，哪怕是无偿的。

于是，我开始每日写作，当作是提前为日后做准备。因为等到真的拍摄的时候，我应该也没时间创作了。

就是在这段时间里，我写了人生中第一个剧本《句号》。

故事讲的是一个感觉生命无望、憎恨父母的年轻人，留下一条可怕的孤独感想后自杀了。这时候，我还未将个人经历和这个故事联系在一起。主人公是个消沉的侠客，跟我一点关系也没有。母亲读了剧本。我现在想起她当时的表情，都还会笑起来。可怜的母亲。

故事的结尾，主人公杀了所有人，主要目标是他的继父。由于实在缺乏想象力，我直接给这位继父起名"弗朗索瓦"。

母亲被吓坏了，认真担心起我的精神状态。可惜太晚了。十五年前她就该意识到的。

弗朗索瓦也读了剧本，或许没读完。他没有任何评论，不过我能感觉到，他很高兴我只在周末出现。

我的剧本不怎么样，太灰暗了。我更不可能讲自己的真实故事，宁愿用电影来做梦。

我知道自己毫无写作技巧，因为我从未读过剧本。于是，我跑到国家电影中心，从一个部门到另一个部门，徘徊了几个小时之后，停在一个对电影充满热情的年轻人的办公处。

我给他简述了自己不足一个月的电影生涯。听完后，他耐心解释了电影中心的扶持和资助计划，可我还不满足所有的条件。我现在需要的是一些剧本，看看它到底是如何完成的。最后他给了我一个最好的建议：

"到后院去吧，那里的垃圾桶装满了剧本。申请人必须提交一份个人资料和一式十五份的剧本。假如申请不通过，中心会留一份存档，其余的都扔去垃圾桶。"

我立即冲去后院，这下真是捡到宝了。

堆成山的剧本，闻起来根本没有垃圾的味道。

我从中挑了大概二十个，外加一些介绍文件，感觉自己有东西过冬了。

我狼吞虎咽地将它们一份份读完。大部分想法都很差劲，但看得出是有技巧的。幕，镜头，省略，闪回。我终于找到了模仿的范式，于是决定将以前写的扎特曼·布莱罗斯的故事改成剧本。

与此同时，拍短片的念头在我的头脑中越扎越深。我已经有了一些想法，但是身边没有任何支持。我越发感觉自己需要一家制片公司，哪怕只是为了报销某些费用，拿到一些税补。

我只认识一个在银行工作的人，就是时不时地来找继父商量事情的那位。他们关起门来一谈就是好几个小时，像在备战一样。

一天，他们的聊天结束，我抓住机会问了那人一些建议。他让我去找他的律师朋友，后者给我解释了如何注册公司，并给我一张需要填写的文件清单。为表支持，他提出可以帮忙，只需小小的一笔服务费：3000法郎（500欧元）。这份人情着实不便宜。于是，我去了一家专业书店，收集齐所有材料，自己填好，提交了上去。

因为漏填或错填，我跑了十几次商事法庭才将所有文件补齐。现在只需提交注册资金就行了，这笔钱将被冻结在公司的临时账户上三个月。公司名叫"野狼电影制作"，我太怕栽跟头了，没敢起名"海豚电影制作"。

弗朗索瓦那位库洛米耶的银行家朋友不懂电影行业，让我去找玛德莲巴黎联合银行中一位专门负责影像行业业务的同事。

我必须存入1000法郎——这是短片制作公司的最低注册资金。

我找了所有人要钱，包括祖母，甚至抵押了自己明年的圣诞节礼物来筹钱。

周一，我骄傲地将支票放在这位银行家面前。这个人看上去像他的领带一样，笑起来像一块石头。但我相信我们以后会相处好的。

几周后，我的第一家制作公司成立了。虽然不是什么大不了的事情，但我还是迫不及待地给自己印了名片。

一天，我的银行家给家里的座机留了一段语音，说他想见我。

我穿上一件漂亮的衬衫，赶往巴黎。

银行家的办公室很闷，只能透过窗户听到一些城市中的噪音。他无聊地将铅笔从一只手转到另一只手，显然，我不是他今天最期待的客户。

"现在，您的账户已经开了，有什么计划吗？"他毫无热情地问道。

我有些猝不及防，对此毫无准备。虽然有了一些想法和长期计划，可我不太明白他想听什么。我害怕目标定得太大或者太小，于是跟他说，我有几个短片的构想，接下来可能会在一个摄制组中当第一助理，还有一部正在写的长片。我越说越心虚，直到大汗淋漓。我不懂推销自己，再怎么努力也无济于事，银行家慢慢闭上了眼睛。

最后，我挤出一个热情的微笑，说道：

"总之，我有信心！"

我的话平平无奇，简直像一坨牛粪。银行家礼貌地笑了笑，拉开抽屉，取出那张 1000 法郎的支票放在我面前。我不懂，说我不打算换银行。

"不是。我将钱还给您，是因为我们的小额账户太多了，管理起来得不偿失。"他冷淡地说道。

我不敢理解他的话。

"可是……您不相信我吗？"我故作轻松地微笑道。

银行家注视了我一会儿。他在衡量我，评判我。

"不，一点儿也不。"他终于开口道，露出羞辱的微笑。

我的心碎了。这些年一点一滴收集起来的力量、信心，构建起来的小小的自我，瞬间灰飞烟灭。

原来我不过是一坨狗屎，一个白日做梦的小混混。在他的眼中，我没有看到一丝同情、恻隐，或者遗憾。什么都没有。他看着我的崩溃，好像看着一只濒死的苍蝇。我有种想给他一拳的冲动，可我知道这不是办法，落泪也只会让他更得意。于是，我站起来，死死地盯着他，告诉他：

"只希望您能记住一件事，我的名字叫吕克·贝松。"

我一字一顿地说完。银行家依旧居高临下地微笑着。

"我会记得的。"

我感觉自己就像只给猫撂狠话的耗子。

我离开办公室，砰地关上大门，像在表演林荫道戏剧①一样。来到街上，我终于哭倒在一张长椅上。我不知道自己还能做什么，也不知道该往何处去，甚至不知道从这张长椅上起身的理由。

长椅的右边是圣奥古斯丁教堂。我已经失去了信仰，那边不会有人帮我。

左边远处是玛德莲教堂。建筑很美，可我连它是做什么用的都不知道。这边也没有人帮我，我只能继续哭泣。

这就是无家可归吗？一个人坐在一张长椅上，再也找不到起身离开的理由？我开始想象自己在这张长椅上的生活。错误的轨道。

我还是更喜欢海滩。

几个小时后，我的眼泪哭干了，悲伤也走远了。生存的本

---

① théâtre de boulevard，法国19世纪后期出现的通俗喜剧，因上演这些戏剧的商业剧院主要建在巴黎歌剧院周围的林荫大道上得名。

能归位，驱动起身体，将我带回了家。我不知道这种银行家害死过多少人，但我躲过了他为我安排的死亡。

后来，我终于导演了一些电影，每一场首映前，我都给这位银行家寄一份邀请。《最后决战》《地下铁》《碧海蓝天》《尼基塔》，还有《这个杀手不太冷》。

我只想确保他记得我的名字。反正，我已经记不起他的了。

— 10 —

父亲为我找到一个几个月的住处。一些度假村经理在巴黎有自己的落脚点,淡季的时候才会回来住一下。这个住所的主人此时在墨西哥,我便有幸借住了他在甘必大街的15平米小窝。一个房间,一个浴室,一个小厨房,还有一个小客厅。对我来说,这简直就是凡尔赛宫。

为了防止乱打转或者发疯,我给自己强加了一个军队的作息表。中午过后,我就在城里四处奔波,找一份零工。晚上7点在麦当劳吃东西,然后赶8点的电影场次,看完电影后,在11点前回到甘必大街。回家先泡一杯茶,在桌上准备十张白纸。十页纸写满之前不许睡觉。清晨6点,可颂的香气从庭院中升起——面包店开门了。我下楼买一根烫手的法棍,然后上楼将法棍一分为二,抹上一层布列塔尼盐渍黄油加一层草莓酱,一分钟之内吞进肚子。

7点,开始睡觉。闹钟设在上午11点。起床后,重读夜里写的十页纸。它们通常都很糟糕，我只保留下两三段对白和几个场景，其余的全都扔进垃圾桶。它们连被扔进国家电影中心垃圾桶的资格都没有。

我写了两百页关于扎特曼·布莱罗斯的故事，但完全不着边际，就像一个小孩在讲述自己假期的流水账。我将这两百页都扔进垃圾桶，重写了两百页。好一点了，现在是一个少年在讲述自己的梦想。但这两百页也照样被扔进垃圾桶。

公寓有一个座机，房东不让用，除非是报火警。不过，别人可以给我打电话，而只有母亲有这里的号码。

"怎么样？你找到工作了吗？"她一大早问我。

我告诉她，我写了很多东西，感觉越来越踏实了。她回答道："不，我说的是真正的工作。"

我的心像被一柄匕首刺穿了。我才十八岁，每晚把时间都花在写作上，就为了一条出路。

我不知道该怎么回答。她挂了电话，我哭了起来。通常，人在这种情况下会有一位朋友替你擦眼泪。我只有自己。我要等眼泪哭干，然后自行停止。

眼泪干了，我发现自己处在熟悉的境地：要么往前，要么死。似乎我每周都有三次要面对这样的抉择。

我决定往前。我重新投入写作，像报仇一样写了四百页。这还远远称不上完美，可总算有模有样了。日后，它成了一个好素材。顺便说一下，我把题目改了，叫作《第五元素》[①]。

帕德里克·格兰佩雷终于出现了。我时刻跟着他。现在他是

[①] *Le Cinquième Élément*，1997 年上映的科幻动作片，后获三项恺撒奖。

让-路易·特兰蒂尼昂①的助理，后者正在准备一部电影，并在其中扮演一个庄园主。不过，帕德里克同时也在为另外两三个项目奔走，包括一部他自己执导的电影。不知道他到底是吃什么东西长大的，我发现自己很难跟上他的节奏。

我们来到法国南部他朋友的一处别墅中。这个朋友高大壮硕，一头金发，看起来像个加利福尼亚人。他叫皮埃尔·威廉·格兰，是一位摄影指导。这两人从早到晚讨论电影，我在一旁大饱耳福。可惜我的电影知识还太浅薄，再怎么努力也跟不上他们的对话。

电话响起，皮埃尔·威廉让我去接。

一道悦耳轻快的声音客气地表示她要和主人说话。她的美国口音十分好听，礼貌的语气更是我鲜少听闻的。皮埃尔·威廉静悄悄地对我做出鬼脸：

"谁？"

"米娅·法罗②。"电话那头迷人的声音回答道。

我似乎听过这个名字。皮埃尔·威廉立即跑过来，从我手中拿过话筒。

"嗨，米娅，最近怎么样？"③皮埃尔·威廉一屁股坐在他路易十五时代的扶手椅上。

毫无疑问，我来到了专业电影人的世界。

---

① Jean-Louis Trintignant(1930—2022)，法国电影演员、制片人，代表作《焦点新闻Z》等，戛纳电影节最佳男演员奖获得者。下句提到的电影指1979年上映的由他本人执导的《游泳大师》。
② Mia Farrow（1945— ），美国电影演员，代表作《罗斯玛丽的婴儿》等。
③ 原文为英文。

我们见到了让－路易·特兰蒂尼昂。他表情专注,沉默寡言,连动作都很节省,以至于看起来像在生闷气,可一旦笑起来又像个孩子。

我在剧组里近乎隐形,但还是被接纳了,就像水牛背上的一只麻雀。

拍摄日子越来越近,我预感自己很快要迎来一些重要的事情。正是在这个时刻,命运决定再一次毁掉我的生活:我被征召入伍,役期十二个月,归属阿尔卑斯山地部队。我的生命中止了。

我在文森的军营里度过了兵役的前三天。军官们会依此做出评价,为服役挑选方向。

我请求加入军队的电影部门,听说很多大导演都曾在那里待过。但在加入这支精英队伍之前,我必须经过两个月的训练。因为我蠢到极致,告诉他们自己会滑雪,所以被送去了阿尔卑斯山的尚贝里。

好吧,至少我能再见到乔塞特和让－来昂。

出了车站再走上半小时,才能抵达营地。营地在铁路旁,被一道高高的石墙围起。我忐忑不安地跨过大门,接下来要在这个地堡中坚持三百六十五天……谁知一到就被抓了起来:迟到五天,我被认定是逃兵。这就是规矩。我冷静地解释,自己周一收到通知,但不能立即出发。我有工作,不能因为要来雪山当小丑就让老板遭殃。更何况,征召的通知是4月1日到的,我还以为这是一个愚人节玩笑。

上尉瞪着我，就像我是个外星人。

"你是个逃兵！"他在我耳边喊道。

"首先，我们都冷静一下。其次，我才刚到，怎么知道你们的规矩呢？既然迟到了五天，那我就晚五天离开。别小题大做了。"我平静地答道。

上尉简直不敢相信自己的耳朵，他从未见过这么狂妄的新兵。我要么是疯子，要么是弱智。

事实上，我对军队一无所知，甚至从未注意到车站有那么多的军人。对我来说，这样的画面属于历史，如今是太平年代，这种把戏是没用的。上尉打算关我一个月，这时，一位少校走进了办公室。

他是为我来的，但我不知道他想干什么。少校用一种古怪的眼神看着我，就好像看一只异域的鸟。而上尉只想用迫击炮轰了这只鸟。

"我看过你的档案。你做过助理导演？"他的语气就好像我导演了《宾虚》一样。

我明白了，这家伙是个影迷，于是点了点头。

少校转向上尉，脸上带着笑意：

"这家伙是个艺术家！"

上尉翻了个白眼，离开房间。我感觉自己像是一罐蜂蜜，被放到了一头熊面前。

"你认识阿兰·德龙吗？"他高兴得舔了舔嘴唇。

我叹了口气，仿佛我只认识他一样。

"阿兰？当然！阿兰、特兰蒂尼昂、罗杰·摩尔、米娅·法罗……"

我摆了摆手,表示这名单还很长。

少校坐进扶手椅,准备看我的表演。

他一直期待遇到一个电影行业的人。电影是他热衷的事业,可是,生在一个军人世家,他不得不放弃幻想。

从进军校的年纪开始,他就在梦想着做电影。

看到我的档案时,他心中的那团小火苗重新燃起,好似一缕希望。当然,他无法改变自己的生活,但渴望听听别样的生活,他本可以拥有的生活。正好,我喜欢给人讲故事。我给他讲了德龙、贝尔蒙多、迦本[①],看到他的眼睛在发光。我还给他讲了我经历的所有趣事,当然,不全是我的,也有一些是我在摄影棚里遇见的技术员的故事。他们总在镜头旁边,占据了收集故事的最佳位置。听完后,少校很是高兴,还亲自带我去了宿舍。我就这样加入了山地部队十三营的士兵储备团。

军营都是平房,四四方方的,用当地的石头建造,一共有二十多处,分布在集训操场四周。操场中央是飘着法国国旗的巨型旗杆。每天上午6点,我们在此集合,合唱《马赛曲》。装备还没领到,我就被送去理发,剪了一个中世纪的发型。

走廊上,新兵们正在学习走正步。军靴有节奏地响着,没有一个人的脑袋伸出线外。我感觉自己来到艾伦·帕克[②]的《迷墙》中。这一切让我害怕,我不想加入队列。在变得和其他人

---

① 让·迦本(Jean Gabin,1904—1976),法国电影演员,代表作《雾码头》等。
② Alan Parker(1944—2020),英国导演、制片人。1982年上映的《迷墙》是其代表作,片中有人群排队的场景。

一样之前，我只想知道自己是谁。

我加入自己的队伍，总是扮演诸事不懂的角色，怎么也没办法和其他人一起齐步走。

"士兵贝松，你是故意的，还是把我当傻子？"中士冲我吼道。

"长官，我已经这样走了十八年了，您怎么能指望我在几个小时内就改过来呢？"我以常识对答。

中士很恼火，将我一个人拉出来单独走了好几个小时的正步。但只要一加入队列，我就无法和其他人协调一致，搅乱整个方阵。上尉从旁走过，在中士的耳边说：

"这是个艺术家。"

于是，我被免除了走正步，7月14日国庆日那天，还在电视上看完了阅兵。

中士突然闯进宿舍。

"谁喜欢电影？"他大叫一声。

只有我一个人举手，像个傻子一样。

"士兵贝松，去削土豆。"

我跟食堂相克。营地的食堂比我小学的食堂还要糟糕。因为总是吃没削干净的土豆（谁干的呢？），我长了不少肉。

到了食堂，一名士兵在我旁边坐下。他原本是个锅炉工，此刻看起来神采奕奕，因为他找到了一份新工作，加入了军队，三天后就要出发去也门，每个月有1800法郎——将近300欧元。我看到军队的招募人员在食堂里来回走，像一只乌鸦挑选容易捕捉的猎物。

每一天，都有一位士兵被引诱着离开，总是那些性格软弱或者心思简单的人。招募人员最后坐到我旁边来,露出了福音传教士的笑容。

他探测到了我的脆弱,这让我恐惧。他讲述了在美丽的异国他乡,为国效力的子民的光荣生活。幸亏我已经在外飘荡多时,于是礼貌地回绝了去也门壮烈牺牲的邀请。

某天,凌晨4点,军营灯火通明。中士爆破似的闯进宿舍。

"全部起床!"他大喊。

这对所有人来说都是一种暴行。

"发生什么事了?"我的脑子一团糨糊。

"要打仗了!"他对我吼道,血管都要爆裂了。

我的心一下子悬了起来。为什么我服役就这么倒霉?我是做了什么坏事吗,老天要这么亏待我?还有,跟谁打仗?就个人而言,我没有敌人,也不想有敌人。我想到招募人员列举过的所有国家:也门、乍得、利比里亚、索马里。看来我要去探索非洲了。

我们来到集结的广场,已经有三千名士兵整装待发。十三营全营,暗夜出发。这次是真的了。一辆吉普车开过来,停在旗杆附近。一位四星上将下车,朝小高台走去。这次是真的了,我的身体开始颤抖。将军对着麦克风喊话,声音响彻整片营地。

"士兵们!今晚,我们被红方攻击了!"

"别想非洲了,我们要去苏联了。"一个同伴低声说道。

4月份去苏联?我已经想到了自己在乌拉尔的茫茫雪原上被零下30摄氏度的寒风吹拂的场景。不用说,这种地方就是山地部队去的。我在心里不停咒骂父亲和在瓦卢瓦尔的日子。不过,为什么是苏联人?虽然我对世界格局知之甚少,可我记得法国和苏联并无多大的过节。美国和苏联倒是在打仗,可他们打的也是"冷战",为什么法国要给它"加热"呢?

"我们蓝方,决定对红方开战!"将军高呼。

蓝方?他说的是新兵吗?所以只有我们这些人,也包括我,要去西伯利亚当炮灰了?

那个已经在军队待了十一个月的锅炉工战友用手肘顶了我一下。

"不是,傻瓜!这是军事演习。蓝方对红方,每三个月一场。"

我的身体瞬间放松,忍不住大笑起来,因为一切都在顷刻间变得滑稽。

麦克风嗡嗡作响,将军使劲拍了拍它将怪声截断。突然被吵醒的附近居民在阳台上嘘我们,叫我们到别处去玩。一辆火车极速驶过,声音覆盖了将军的讲话。而旗子也因为固定不牢,掉了下来砸到将军脸上,引得大家一阵哄笑。

三天后,蓝方得分超过红方,获得胜利。

5月的戛纳电影节越来越近。我去找少校,扮演卡利麦罗[①]。我解释说,如果在这个行业中消失一整年,回去之后就找不到工作了,所有人都会忘了我。但是如果能去戛纳一趟,最起码可以说我去外国拍戏了,所以一整年不见人。一旁的上尉看得咬牙切齿。而少校还在犹豫。我必须找到一个铁一样的理由。

"请不要断送我的电影生涯,不要让我重蹈您的覆辙。"我

---

① Calimero,是同名动画片中的主角,形象是一只头顶蛋壳的黑色小鸡。此处形容用卡利麦罗标志性的无辜、真诚的眼神打动对方。

边说边露出暇步士品牌商标上那只可怜小狗的神情,这是我从我的好朋友杰瑞——一只巴吉度猎犬那儿学来的。

少校拍案而起,像是要报复自己的命运一样。

"电影节持续多久?"他问我。

"半个月,给我一周就行了。"我回答说。

几天后,我穿着军服在戛纳下了车,在车站对面的咖啡店换上自己的衣服,将军装放到寄存处。虽然穿的是便服,可我的头发只有一英寸长。无所谓了。我就当自己是丹麦的电影人吧。

1978年5月20日,我第一次参加戛纳电影节。

很显然,我不认识任何人,也不知道从何下手。在履历上撒谎也无济于事,我缺少一张职业名片,得不到认可。

我只好排队买票。但即使这样,也是困难重重。队伍很长,票却寥寥无几。第二天,我早上6点就起床去排队,可也已经有五个人在前面了。等到上午10点,售票窗口才开,卖出四张可怜的高价票就关了。我一无所获。第三天,我早上5点到达,排到了第一位,买到一张影节宫[1]的票——下午场。

"对了,下午的电影叫什么?"

"《静静地开始一天》,导演是莫利奈·森。"[2] 售票的女子露出大大的微笑,好像她说的是《星球大战》的续集。

我第一次走进影节宫。旧的那个。里面富丽堂皇,有上百

---

[1] 戛纳电影节的主会场所在地,1979年进行了重建。
[2] 此处或为作者记忆有误。《静静地开始一天》(*Ek Din Pratidin*)于1980年进入戛纳主竞赛单元,莫利奈·森的另一作品《局外人》(*Oka Oori Katha*)于1978年进入戛纳导演双周单元。两部电影现通行版本时长均不到两小时,后文作者所说的"剪成两小时也不成问题"或为观看的不同版本。

个座位。我想到那些不走运的朋友们，堵在延绵无尽的队伍中就为了一张该死的票。真是浪费。不出所料，我的座位很烂：最右边靠后的位置。音响效果估计也很差。

我坐在一对老夫妇旁边。他们在戛纳有一家面包店，票是从竞选连任的市长那儿得到的。太太穿得华丽隆重，像要出席一场晚会，尽管现在还不到下午茶时间。她时刻警觉着，寻找明星。可是，明星们都在等晚上的闪光灯和摄影师。太太渐渐失望，而先生已经睡着了。也不奇怪，开面包店的人起床是早。

这时候，我对电影文化一无所知。脑子里什么也没有，什么也不懂，什么也不知道。只勉强听说过一些演员，更别说导演了。

我很高兴能从一部印度电影开启学习。电影开始了，字幕是英法双语。对我来说，这就已经是一场考验了。

故事说的是一个女孩没有回家，她的家人在她不见的三小时十分钟之内焦急如焚。最后揭开结局，其实女孩在一个朋友家中。全剧终。原来在德·菲奈斯和库布里克之间，还有许多其他的位置。

我身旁的那位太太抱怨起市长，吵醒了她的丈夫。第一排的评论家走出大厅。有人赞扬这是一部杰作，必定会拿金棕榈奖，导演酷似讲述穷人故事的萨蒂亚吉特·雷伊[①]，也有人说这部电影是狗屎一坨。当然，大家都在低声议论。我认为这电影挺有意思，与众不同，不过剪成两小时也不成问题。

看一部电影就让我的预算见底了。我还要留一点饭钱。

[①] Satyajit Ray（1921—1992），印度电影导演，代表作《大树之歌》等。

美国人每天都在卡尔顿洲际酒店做宣传，而宣传就意味着会有"免费自助餐"。

我把几份宣传小册子夹在腋下，一脸漠然，装作一位真正的电影节常客去蹭饭。虽然不是每次都走运，但好在结交了一位在福克斯电影公司当保安的朋友。

"你是哪个部队的？"他问道。

我的锅盖头出卖了我。

"第十三营，尚贝里。"以这种方式被戳穿，我觉得有些羞耻。

"第十一营，巴塞洛内特，三个月前结束。"他露出友善的笑容。

出于军人间互帮互助的责任心，他给了我一些建议，还将他在华纳和环球工作的同事名字告诉了我。

多亏了他，我一整个星期都不愁吃。

住宿问题就要复杂一些了。

第一个晚上，我睡在车站的长椅上。随后的两个晚上，我睡在海滩上。我还是更习惯这里。只不过戛纳的海滩上没有山羊，只有捕猎鹧鸪的狐狸，直到天亮，我能睡觉的时间很短。

白天，我沿着昂蒂布街走。就是在这里，我发现了"电影市场"，外国人在电影院的私人放映期间售卖他们的电影。他们的入场检查通常不怎么严格，只要说自己不熟悉情况，丢失了电影票即可。

影厅中不停有人来来回回。多的是看了十分钟就出去，一小时后再回来的人。日本人连坐都懒得坐，站在过道上看十五分钟就走。我挑了第七排的中央宝座，踏踏实实坐着看。

我就这样看到了丹麦、捷克、荷兰、黎巴嫩还有土耳其的电影。真是太幸福了。这些电影不全是佳作,可是多样的文化让我大开眼界。电影是无边际的,你可以用任何语言表达任何事情。它好笑,观众就笑;它感人,观众就落泪。不分国度。假如哪天我能拍电影了,我就要拍给所有人看的电影。艺术应该是大众的。让那些拒绝我进入殿堂的精英滚蛋吧。

其余的时间里,我都待在蓝色酒吧。这是个新潮的地方,整个电影圈的人都在这里侃侃而谈,似乎正在筹备拿下明年的金棕榈奖的电影。我对这些装腔作势大为震撼,感觉自己怎么都做不出来。

我虽然腼腆,还是成功混入了人群,结识了一批朋友。他们都是一些年轻的演员、技术员和电影迷。

到了晚上,我就和他们分别,因为我既没有通行的证件,也没钱在餐厅吃饭。

"你在哪里过夜?"一位技术员问我。

"嗯,在海滩上。"我坦言道。

大家都很惊讶。我感觉自己要被嫌弃了,但一位年轻女演员立即伸出了援手。

"如果你愿意,可以在我家睡。我有一间大公寓,沙发还是挺舒服的。"

我不敢相信,可这位慷慨大度的少女不像在开玩笑。她已经出演过好些电影,可我都未看过。她有漂亮的金色鬈发,迷人的蓝色双眸,超高音域,独特的发音方式也让她散发出中产阶级的气息。

她没有骗我，公寓真的很奢华。很快，她换上一件性感的丝绸睡衣。有那么一会儿，我猜测她是否另有所图，但接着她拿出一床被单，帮我整理好了床铺。虚惊一场。她只是一个好人。

早上，她给我准备了一顿丰盛的早餐，我感觉自己成了国王。她连续两晚收留了我，总是怀抱着同样的善意。

可惜，我弄丢了她的联系方式，也忘记了她的姓名。直到几年后，我在《沙滩上的宝莲》①的海报上看到了她。她叫阿丽尔·朵巴丝勒，已经成名了。

在影节宫前转悠的时候，我遇见了一个老相识：玛蒂娜·拉班，瓦卢瓦尔的蓝发女孩。她今年二十四岁，光彩四射。玛蒂娜现在是服装设计师，在摄制组工作。她告诉了我一些瓦卢瓦尔的消息，我给她说了我的弟弟和妹妹。我很高兴能遇见她，借此，我又找到了和自己的家庭微弱的联系。

她有两张影节宫的晚场电影票，于是邀请我当男伴。为了符合着装要求，我冲去寄存处拿回了自己的蓝色军装外套。玛蒂娜穿了一条牛仔裤和一件银色的马海毛宽松毛衣，被保安拦在门口。

"不能穿牛仔裤进去！"一个马赛口音的穿着礼服的家伙说道。

我以为今晚要泡汤了，可玛蒂娜毫不担心。

"等我一下。"她说。

玛蒂娜跑去卫生间，脱下牛仔裤，只穿毛衣，并用一条围

---

① *Pauline à la plage*，1983 年上映的由法国电影导演埃里克·侯麦执导的剧情片。阿丽尔·朵巴丝勒（Arielle Dombasle, 1958— ），歌手、电影演员。

巾当作腰带。毛衣下面是一件带肩带的黑色小上衣。然后她从包里拿出一盒闪粉,抹遍全身。这变装让人叫绝,她现在比面包房的老太太还要隆重。

负责入场的家伙让我们过了,连眼睛都不眨一下。

这一次,我们的位置很好,就在影评人的后面。电影是《死神的呼喊》[1],导演杰兹·斯科利莫夫斯基,主演是英国演员阿兰·贝茨。好电影,就是有些古怪。散场的时候,影评人又交头接耳了。"这部会拿金棕榈奖。""这就是烂片。""这是一部杰作。""这是在学塔可夫斯基。"

玛蒂娜邀我去她家过夜。她家不如阿丽尔家舒服,我睡在靠窗的垫子上,早餐也由我来做。玛蒂娜是个热情洋溢的大姐姐,总是那么开朗,以至于大家都觉得她是个疯子。她只是有太多的生命力,太多的才华,和太多的爱。

一周结束了。我取走寄存处的衣服,坐上火车,回到尚贝里的军营。

一到军营,我就被少校叫去。看到他板着一张军人的严肃脸,我立即明白,他感觉自己被耍了。这么说也没错,我向他承认了自己的过错,接着给他细致讲述了戛纳的日子,将我经历的所有喜悦一一分享。这一次,我真的遇到了明星,可以仔细描述这些经历了。

少校终于笑起来,我们共同度过了一段美好的时刻,我所经历的,如今是我们共有的了。

两个月的初训结束,可我申请去部队电影部门的档案却不

---

[1] *Le Cri du sorcier*,1978年5月22日在戛纳上映,获戛纳电影节评审团大奖。

见了，所以得在尚贝里再待两个月。不过我被免除了走正步，因为手脚不协调；又被免除了射击，因为我太危险。我连军服都穿不好，长官也不知道将我分配到哪里。我最终被派到泳池，暂替救生员一职，原来的救生员去参加法国军事锦标赛了。每天我就在泳池边，盯着三十人一组的士兵下水。大部分人都是当地的，生在滑雪板上，或是伐木工，或是锅炉工。

这些人在雪地上如鱼得水，下了泳池就大不同了，但他们哪怕呛水，也会哈哈大笑。整个春天，我都穿着泳裤待在消毒的水池旁，看着下一个可能溺水的人。一有机会，就去写东西：一些想法、场景、概念，其中一个叫《神风》[①]的剧本渐渐成形。我还写了一个自己想拍的短片剧本，但实在等不了六个月了。

我们有十五天的假，可以分开申请。我上交了自己的休假日期，8月底开始，连续十五天。我决定拍摄一个美人鱼的故事：一个姑娘在夜总会诱惑了一个男子，将他带往海滩后露出人鱼真面目，随后两人一起进入海中。有一个年轻男子目睹了整个场面，可当美人鱼来找他的时候，他任由自己被美人鱼摆布，因为他爱上了她。《碧海蓝天》已经不远了。

我打算去帕利努罗的度假村取景。我熟悉那里，度假村的经理也表示欢迎。更何况，我的朋友可可正在那里当接待员，她将出演美人鱼。

我将故事兜售给帕德里克·格兰佩雷，他答应帮我组建技术团队，提供水下拍摄设备。不过，没有工资，两天拍摄换五天的度假村住宿。成交。

[①] 1986年，吕克·贝松以编剧身份参与的科幻电影《神风》上映。

我从尚贝里出发,坐火车前往帕利努罗,先找好拍摄地点,构思好分镜头,陪可可练台词。我还尝试从度假村的男员工中挑选一位出演被害男子,可他们一个比一个糟糕。我只能自己上了。帕德里克和团队终于抵达,现在我们一共有六人。帕德里克掌镜,他的妻子多米尼克负责剧本细化、服装和化妆,还有一个口吃的摄影助手,一个大嗓门的机械师,一个搞爆破的电工,以及一个新手导演。梦幻团队。

帕德里克还带来了两个坏消息。第一,他没有找到收音摄影机,只有一台动静跟洗衣机一样大的带反射视图的摄影机。我们要通过后期处理声音。但这并不是什么大事儿,反正他也没带音响师来。第二,他被他的朋友坑了,所以我们没有水下摄影机。这就困难了,因为有一半的情节都在水下。帕德里克提议放弃拍摄,享受剩下的七天假。我没法答应。

我连夜修改剧本,说服自己新剧本比原来的更好。拍摄最终启动。黑白镜头,画幅比 1.66∶1。

我想看取景器,摄影助手却在出发前忘了更换摄影机的目镜。我既要当导演、演员,还要负责拿器材,因为机械师背疼,什么也拿不起来,除了晚上 7 点后的茴香酒。

帕德里克进入了状态,认真地拍摄,指导我的表演。他还成功说服了团队减少一天假期,多拍一天。

我们三天拍了五十多个镜头,我骄傲得快要像云雀一样飞起来了。帕德里克带着毛片回巴黎,先让冲洗室冲洗出来。

我也在回到那群伐木工人中间之前,享受了一下大海。

第二周的一个晚上，我冲去尚贝里的车站，这里是唯一能找到投币电话亭的地方。我打电话给帕德里克，问毛片冲洗的消息。他回答一切都好，画面漂亮清晰。我终于松了口气。

在不懈的坚持下，我找到一位剪辑师答应免费帮忙。但她只有周末有空，其余时间要为一个长片工作。每个周末，只要不用值班，我就直奔她巴黎的家。剪辑的工作台在她家的客厅。我很喜欢这个过程，就像写作一样，只不过剪辑是将字词换成画面。

声音和混音的问题要复杂一些，我只有到兵役将近结束的时候才能投入其中。救生员从锦标赛上灰溜溜地回到了自己的岗位，于是少校给我找了一个量身定制的岗位：放映员。

我接替的是一位服役满一年的人。

"你知道怎么用炭精棒放映机吗？"

我耸耸肩，好像我这辈子一直在做这件事。

"很好！"他给我留下三页的使用手册，就返回了自己家乡的山林。

我像个傻子一样，开始找装木炭的袋子，还有手套，免得弄脏了手。但其实小小的两根炭精棒就固定在放映机两头，电流通过时会发出一道强烈的刺眼弧光。炭精棒有消耗时就要转动轮子，将两根炭精棒的距离缩短，不然屏幕上的光就会减弱。再戴上一顶帽子，我就跟《天堂电影院》[①]里的努瓦雷一样了。大部分时间，我都给新兵们播放军事题材的电影。我最喜欢的

[①] *Cinema Paradiso*，1988年上映的由意大利电影导演朱塞佩·托纳多雷执导的剧情片。法国演员菲利普·努瓦雷在片中饰演小镇的电影放映师。

是那部关于原子弹的，里面说到，战争中遇到这种情况，最好的自保方式就是脸朝下趴在地上。我不傻，但一直想不明白这有什么必要。

我倒是想呐喊一声，最安全的方式，是别按下投放原子弹的按钮。

每周五，我去格勒诺布尔的军队电影院给那些没有休假的人挑选周末放映的电影。

这里可选的电影很少，拷贝的状态很糟糕，也找不到任何戛纳电影节的作品。好一点的是热拉尔·乌里①的电影，差一点的就是菲利普·克莱尔②的。

一个周五，电影院因为盘库暂时关闭，他们让我去找一家私人租借商。这家的目录明显丰富许多。

回到军营，一位下士长官叫住了我。他家远在安的列斯群岛上的皮特尔角城，所以每周都在。

"你有照我的吩咐，带一部西部片回来吗？"他的岛民口音十分浓厚。

"当然！最好的西部片，名字是《Z》③。"我回答道。

"Z 是指佐罗④吗？"他有些狐疑地问我。

"对，跟佐罗一样。"我确定地说道。

---

① Gérard Oury（1919—2006），法国电影演员、导演，代表作《虎口脱险》等。
② Philippe Clair（1930—2020），法国电影演员、导演，代表作《比我还帅？去死！》等，法国评论界评论其作品"极其愚蠢和粗俗"。
③《焦点新闻 Z》，1969 年上映的由法国电影导演科斯塔·加夫拉斯执导的政治题材电影。
④ Zorro，1975 年上映的法国、意大利合拍片《佐罗》中的剑士角色，由阿兰·德龙饰演。

周末的放映不太成功。不得不说，这不是科斯塔·加夫拉斯最好的西部片。

下士狠狠训斥了我的欺骗行为，我从放映员变成了烧锅炉的。

新工作是更换每栋楼后面的两个巨型气罐，以保持室内的温度，同时负责烧热更换下来的气罐。

不幸的是，某个周五，我因为要去巴黎剪辑电影太过兴奋，走之前忘了换气罐。两百个士兵在零下10摄氏度的宿舍中过了两天，与此相比，周末执勤都不算什么惩罚了。我再次被调岗，从烧锅炉的变成"穿制服的闲散人员"。

我在军队中一无是处，他们终于答应了让我做我唯一感兴趣的事情：写作。

— 11 —

很快就是3月18日,我二十岁的生日。我有一个周末可以外出,决定去看看母亲和她的家人。他们还在塞纳-马恩省,但搬到了更远的地方,住进一所更豪华的大房子。那地方叫"小巴黎"。弗朗索瓦的生意还是很好。

和往常一样,列车晚点到达里昂车站,我因此错过了巴黎东站到库洛米耶的中转火车,只好坐晚上11点到格雷茨的火车。现在,我离家只有二十多公里了。在路边等顺风车的时候,指针跨过午夜,我正式步入二十岁,虽然还在乡间小路旁竖着大拇指,脸上却挂着大大的笑容。

一位好心的货车司机停了下来。他需要有个人聊聊天,防止自己瞌睡。我给他讲我在军队的事,他给我讲他在阿尔及利亚的经历。深夜2点,离家还有4公里的时候,我在国道旁下了车,站在一片冻结成冰的甜菜地中央。我知道这个时候不会有车从这里经过。但我不在乎,我二十岁了。月光明晃晃的,空气也很清新,田野里白茫茫一片。生活是美好的。

到家时已经是凌晨4点,杰瑞第一个给了我欢迎和祝福。我冲了杯茶,看着天一点点发亮,直到疲倦袭来,才决定去睡一会儿。两个小时后,我听见庭院中的车声,迅速穿衣下楼。厨房里没有人,母亲突然从屋外回来,像是落下了什么东西。

"啊!你在这儿呀?我们不想吵醒你。我们要去南部签一份新屋的合同,周日晚上回来。是不是很棒?生日快乐!"她一边找钥匙,一边说完这番话。

周日晚上,我就在火车上了。我还没来得及告诉她,弗朗索瓦已经在按喇叭催促。母亲尴尬地笑笑,出门去了。我听到大门吱嘎关上,汽车像往常一样全速驶出家门。桌子上有一张生日祝福的字条,旁边是最糟糕的生日礼物:一张支票。我宁可要一束花,一个苹果,一幅画,什么都比一张支票好。我抓起支票,看都没看就将它撕了个粉碎。胃又开始不适,眼泪也不争气地流了下来。

我二十岁了,仍被困在这座陌生的房子里,离最近的城市15公里。但即使在城市里,我也一个朋友都没有。我母亲在南部,父亲在西部。只有杰瑞为我叹气,替我伤心。

我在厨房坐了整整一个小时,边哭边看着粉碎的支票。遇到这种情况,你只能耐心地等待暴风雨过去,系统慢慢恢复。通常是饥饿最先让我动起来。已经是中午了,冰箱中只有剩饭剩菜,可我不打算继续将就了。今天是我二十岁的生日,我要一顿配得上这个日子的饭。

我走进地窖,打开冰柜,拿出一只弗朗索瓦为圣诞节准备的2公斤大龙虾,还有一大盒覆盆子。

用盐渍黄油煨龙虾的时候，我给自己做了一个漂亮的覆盆子派和一碟奶油意大利面。我布置好餐桌，然后将龙虾摆上去，在覆盆子派上插上二十根蜡烛。我看了一会儿这些为我跳动的小火苗，甚至听到了蜡烛燃烧的噼啪响声。好沉重的宁静。

"生日快乐。"我有些难过地对自己说。

覆盆子派特别好吃，连杰瑞也这么认为。我自己那块哽在喉咙中，配着一勺香草冰淇淋球也咽不下去。剩下三块，我留在显眼的地方，旁边放着支票的碎片和一张字条："感谢一切。"

然后，我往包里扔了几件干净的 T 恤，提早一天回到尚贝里。

4 月 6 日，在同期伙伴离开后的第五天，我也结束了兵役。我将军囊归还，穿着自己的衣服，最后一次穿过操场。我的腿颤抖得厉害，生怕别人不让我离开。离军营大门只有几米远的时候，一个声音叫住了我，我的心跳都快停了。少校静静地走过来。我怕得要死。

"士兵贝松，加油，给我们拍些好电影。"

我的胳膊立刻放松下来。这是第一次有人给我打气，我的眼泪立刻充塞了眼眶。

"谢谢，长官。"

跨过军营的大门，我立即加快脚步，越来越快，最后像一匹脱缰的马一样狂奔起来。我不想转身，不想回头，不想被叫回去，我只想逃跑，忘记。

来到车站，我跳上第一班火车。往巴黎的火车在两小时后，可我不想等了，太怕被人找到。事实是，在我离开军营前，中士长官还不忘吓唬我一下。

"你已经完成了兵役,不过不要忘记,在接下来的六个月内,你都是预备役军人。"他带着一种虐待狂的笑说道。

"什么意思?"我天真地问道。

"意思就是说,你已经经过十二个月的训练了,假如打仗,你会是第一批出发的。"

我解释说,我就是一个放映员,一个烧锅炉的,不管是哪里发生战争,我都百无一用。但说了也是白说,中士坚称我为预备役士兵。

第一班火车带我去了里昂,我还要等两个小时才能转上去巴黎的火车。无所谓,在里昂等着就已经是很奢侈的放松了。

一到巴黎,我就加紧给之前拍的短片收尾。多亏几位技术员在工作日的晚上无偿帮忙,我终于成功完成混音。帕德里克·格兰佩雷认识奥迪尔影院的放映员,替我安排了一场放映。听到这个消息的时候,我兴奋地像只虱子一样乱蹦。帕德里克和多米尼克一起来的,多米尼克已经是剪辑指导了。帕德里克此前刚刚结束另一部电影的工作会议,所以邀请了一些会议上的朋友来观影,他们都是专业人士。这是我人生中第一部短片的第一次正式放映。电影开始了。黑白画面、声音、音乐,一切就位。我现在是个导演了,我做到了。我的眼中满含泪水,脸上是满足的傻笑。我成功了。一切都很完美,可能就是男主演有些不尽如人意。他的头发太短了,没人知道拍摄的前一天他还在服兵役。

十二分钟后,电影结束,影厅重新亮灯,我脸上还挂着傻笑。

"怎么样?"我问帕德里克,准备接收他的赞誉。

帕德里克阴沉着脸。多米尼克在包里找东西,他们的朋友已经走了。

"走,我们去喝一杯。"他温柔地回答。

我们在一家咖啡馆坐下来,点了饮料。我们什么都聊,就是不谈刚才的电影。我渐渐心虚起来。好心的帕德里克,他在延缓我的死亡。

"吕克,假如你想继续在这个行业发展,有一些重要的东西应该知道。"

我已经全身心待命,期待着任何建议和指引。

"如果你没有想表达的,完全可以不创作。"他简单明了地说道。

这句话像断头铡一样落下来,我甚至没有听到具体的不足。跳过审判,就地正法。帕德里克喝完咖啡,拍拍我的肩膀,走了。

去火车站的路上,我在巴黎四处游荡,将整个事件在头脑中重新过了一遍。我得想明白自己的过失,自己是什么时候犯下这些过错的。最后一刻更改剧本,错误一。想拍电影多于讲故事,错误二。我只是想证明自己能拍电影,这实在是大错特错。没人在乎的,观众只想要一个站得住脚的故事,而我的故事却掺了水。演员也烂到极点,尤其是我自己,甚至不是演员,错误三。分镜头也缺乏条理,不是串起漂亮的词语就能造出漂亮的句子,错误四。一点点地,我开窍了……

假如我扛过了这次考验,下一部电影一定会更好。午夜时分,我到达格雷茨车站,等到一位善良的司机载我。回到家中,已经是凌晨3点,我毫无睡意。我的头脑在沸腾,我的骨头在生长。凌晨5点,我做出了决定。我拿上壁炉旁的酒瓶,将电影胶片放在花园中间，浇上酒精，点了火。不会再有人看到这部电影了。本来它也无足轻重，我并没有表达什么特别重要的东西。

几天后，我再次遇到帕德里克，感谢他给我的那个巴掌。这本可以摧毁我，可我决定继续下去，在这个行业中虚心学习。帕德里克笑了，搂住我的肩膀。我做出了他期望见到的决定，他答应下次拍电影找我当助手。

与此同时，他手上有一部短片，怎么也卖不出去。电影很成功，可惜两个演员都不知名：弗朗索瓦·克鲁塞[1]和克里斯托弗·马拉沃伊[2]。我很喜欢这部电影，主动提出南下戛纳去兜售。我的大胆逗笑了他，他交给我一份拷贝。

母亲有一位在戛纳的朋友。我不认识她，但她热心提供了我在电影节期间的住宿。她自己倒是对电影节唯恐避之不及。

于是，我坐火车南下，来到指定的地方。太阳已经下山，戛纳山丘上的房屋都只剩一个昏暗的方正外形。我站在母亲朋友的房子外面，以为自己搞错了，因为这看起来简直就是《了不起的盖茨比》中的房子。一位戴着白手套的管家礼貌地接待了我。里面宽阔气派，可以俯瞰夜色中闪闪发亮的戛纳海湾。我的房间奢华至极，墙上甚至有一些名画。

到了早上，我才看出这房子究竟有多大。阳光从巨大的窗户照进来，一直延伸到高高的天花板上，简直就是电影中的场景。

管家给我准备了国王规格的早餐。我一个人独自坐在一张大桌的尽头。所有椅子都带着椅套，只有我坐的这个被暂时拆

---

[1] François Cluzet（1955— ），法国电影演员，代表作《触不可及》等。
[2] Christophe Malavoy（1952— ），法国电影演员，代表作《包法利夫人》等。

下来。地方很漂亮，可我还是有种在墓地用餐的感觉。

我谢过管家，随后跟他解释自己并不适应这样的奢华，如果不介意的话，午饭时我更愿意跟他们一起在厨房吃。管家笑了，之后的一个星期，他都没戴手套。

今年，我懒得为一张可怜兮兮的票再排好几小时的队，于是找到了一个捷径。

法国电视三台的控制车通常会停在影节宫的后墙边，这让我想起在比扬古制片厂的时候。我沿着控制车后面的小梯子往上爬，然后从车顶跳进后院，这里正好通往大厅出口。只要计算好散场的时间，混在出来的人群中，就可以进去了。凭借这个方法，我每天都能看到新电影。米洛施·福尔曼[1]的《越战毛发》，施隆多夫[2]的《铁皮鼓》，马丁·里特[3]的《诺玛·蕾》，泰希内[4]的《勃朗特姐妹》，泰伦斯·马力克[5]的《天堂之日》，迪诺·里西[6]的《亲爱的爸爸》，以及我印象最深的，科波拉[7]的

---

[1] Miloš Forman（1932—2018），捷克电影导演，代表作《飞越疯人院》等。《越战毛发》，1979年上映的剧情片。
[2] 沃尔克·施隆多夫（Volker Schlöndorff, 1939— ），德国电影导演，代表作《去年在马里昂巴德》等。《铁皮鼓》，1979年上映的政治题材电影。
[3] Martin Ritt（1914—1990），美国电影导演，代表作《柏林谍影》等。《诺玛·蕾》，1979年上映，讲述女性工会组织者的故事。
[4] 安德烈·泰希内（André Téchiné, 1943— ），法国电影导演，代表作《法兰西回忆》等。《勃朗特姐妹》，1979年上映的传记电影。
[5] Terrence Malick（1943— ），美国电影导演，代表作《细细的红线》等。《天堂之日》，1978年上映，讲述美国乡村的爱情故事，后获奥斯卡奖最佳摄影奖。
[6] Dino Risi（1916—2008），意大利电影导演，代表作《战争傻子》等。《亲爱的爸爸》，1979年上映，讲述意大利家庭故事。
[7] 弗朗西斯·福特·科波拉（Francis Ford Coppola, 1939— ），代表作《教父》等。《现代启示录》，1979年上映的战争题材电影。

《现代启示录》。今年的戛纳阵容豪华,我被彻底震撼了。看的好电影越多,我就越疑惑自己怎么敢拍短片的。光有勇气是不够的,还要有知识,尤其是要学习使用这个巨型工具箱中的每一样东西。只有钉子和榔头造不起房屋,首先要研究地形、风向、土壤,然后是材料、阻力、通风情况,最后根据需求、光照、实用性来构想方案。电影也是一种建筑。这是我在看这些杰作时领悟到的。我还需要学习,等足够成熟了,我会造自己的房子,拍自己的电影。但在此之前,我还有一部短片要卖。

我跑遍了所有制片公司,不分大小,被一致地拒之门外。只有一个例外:泽维尔埃·热朗,也是电影明星丹尼尔[1]的儿子。年轻的泽维尔埃是行业新人,还未学会世故和粗鲁。我们聊了十分钟,他答应会在巴黎看这部电影。至于其他人,他们都没有时间看。我还以为大家是为了看电影才来电影节的。真是每天都能长见识。

总结下来就是,在巴黎,大家约着戛纳见,可是戛纳太闹腾了,大家又说不如在巴黎安安静静地见。

电影节就像一块磅蛋糕,每个人带着不同的目的前来享用:四分之一的人为了晒太阳,四分之一的人为了人前亮相,四分之一的人来聚会,剩下的四分之一来看电影。

十字大道上到处都是未成名的女演员在游荡。法国人在吹风,美国人在工作,亚洲人在买东西。电影节期间最高兴的是墨镜销售员,最悲惨的是咖啡露台的服务员——三天之后他们

---

[1] 丹尼尔·盖林(Daniel Gélin,1921—2002),法国演员,代表作《擒凶记》等,20世纪50年代法国电影界的领军人物。

就受不了巴黎人了。

我在海滩的酒吧间穿梭流连,寻找某位可能漏网的买家。很偶然的情况下,我遇到在度假村见过的皮埃尔和马克·若利韦兄弟。父亲给他们提供过非常好的照顾,现在正是回馈的时候了。皮埃尔很热情地向我介绍了他的小团伙:迪亚娜·库里[①],不久前凭着《薄荷苏打水》大获成功;他的同伴亚历山大·阿卡迪[②],刚刚执导完成《西洛克的打击》;他的弟弟,美术指导;让-克洛德·弗勒里,性情开朗的制片人;还有莫里斯·伊鲁兹,和我父亲共事过的度假村节目主持人,现在转行做电影了。

还有一位过去在度假村当运动部经理的老同事:艾利·舒哈基。他和刚刚凑到这桌的理查德·贝里不久前导演完成了自己的第一部电影。我第一次感觉自己坐上了电影人的大桌子,在这桌上,只有电影、项目和演员。我试着跟上对话,可什么也说不出来。大家对我说的更多的是我父亲,以及他有多厉害。

我不停地用点头表示回应,然后提到自己正在宣传的短片,尤其是我十分看好的弗朗索瓦·克鲁塞。迪亚娜·库里似乎挺有兴趣(她的下一部电影准备和弗朗索瓦合作)。短短几小时内,我看到整个法国电影界从我身边经过。所有人都互相拥抱,互相道贺。男演员大秀光芒,制片人谈论着数字,女演员不断补妆,记者四处打探消息,投机者试着渗透其中。我在一旁将这些画面刻录进脑海,同时试着为自己找一个助手的职位。可是,职

[①] Diane Kurys(1948—),法国电影导演。1977年上映的首作《薄荷苏打水》获恺撒奖提名。
[②] Alexandre Arcady(1947—),法国电影导演、制片人。《西洛克的打击》于1979年上映。

位珍贵,这样是进不了圈子的。皮埃尔留下了联系方式,说好在巴黎再见。他是唯一真正关照我的人,这让我感觉很好。

最后一天,金棕榈奖花落两家,《现代启示录》和《铁皮鼓》共同获奖。两部电影我都喜欢,有冲击力,震动人心,呈现了战争的两副面孔,都对战争做出了极好的总结。

我和莫里斯·伊鲁兹在露台上喝东西。他给我介绍了自己的第一助理雷吉斯·瓦格涅。当第一助理遇到第二助理,就有点像泰格·伍兹[①]给自己找球童。戴着墨镜的雷吉斯有些不可一世。莫里斯让我多说一些,可我不懂怎么推销自己。随后,雷吉斯说起一部他很想看的电影。巧的是,两周前,我在一位朋友的帮助下看了一场媒体点映。

"啊?我知道你的意思。"雷吉斯有些嘲讽地说道。

"什么意思?"我问道。

雷吉斯开始袒露对我近乎侮辱的嘲笑。

"那种'我早就看过了''私人放映的'之类的话。"

他用一种自命不凡的中产阶级口吻模仿我。这太不尊重人了,我的火气立即冲上来。

"你想我怎么说?说我没看过这部电影?给你拍马屁?"我反呛他一句。

我们的语气越来越激动,气氛也变得紧张起来。短短两分钟内,我们从两个电影爱好者成了农场里的两只公鸡。我连30公斤重的石斑鱼都能搞定,这么一只只会在戛纳学舌的鹦鹉根本吓不住我。

---

① Tiger Woods(1975—),美国高尔夫球手,四届美国名人赛冠军。

莫里斯试着平息对话，可是局面已经控制不住了。我和雷吉斯互换了一堆脏话，而不是电话号码，然后起身走了。

戛纳电影节十分美妙，不过，摩擦也始终不停，我们都从混乱渐渐走向焦躁。一切都被夸大到极端的地步。镜头要么对准你，要么直接忽略你。这里也是丛林，只是更残酷罢了。幸好，电影节终会结束，所有人都会摘下墨镜，直到明年重新登场。

回到巴黎，帕德里克给我提供了一份工作：在法国南部的一家广告公司当实习生，唯一的条件是必须得有驾照和车。但我现在两者皆无。

"没问题！"我回答道，并约好下周一见。

我有五天时间考驾照。我已经通过了交规考试，但考砸了两次路面驾驶。教我的人是弗朗索瓦，所以我总是将公路和赛车道搞混。我直接跑去找考官，使出大招，坦言我的未来和人生全靠他了，我必须要在周五拿到驾照。考官嘲笑了我的大胆，然后在两场考试间给我临时安插了一次考试，在两天之内将驾照给了我。剩下的就是说服母亲将她的大众高尔夫借给我了。她比我的驾校考官更难说服，末了还说出那句我一直担忧的话：

"去问弗朗索瓦。"

不论我如何向她解释这是我一生中仅有一次的机会，如果错过我会生不如死，是时候支持我一把了，都无济于事。母亲就是不点头，我只好来到弗朗索瓦面前。他告诉我，车子的保险上不是我的名字，所以这事儿就到此为止。我感觉自己就像在面对一个修理工，他跟我说，要换火花塞，先把发动机换了。

我试着给他说一些不那么荒唐的道理，告诉他有两则广告由两位电影界的大咖执导：让－克洛德·布里亚利[1]和罗宾·达维[2]，如果我工作表现好，就能稳稳地拿到一张拍电影长片的门票，好比直接进入法国足球甲级联赛。但弗朗索瓦毫不在乎，他从未听说过这些人。他只知道，没有保险就不能借车子。母亲也附和他的决定。没有车子，就没有什么拍摄的事儿了。一团怒火在我心里压抑着燃烧。我不相信自己的职业生涯会因为一份汽车保险断送。为什么这个混蛋不愿意给我租一辆廉价的车？他完全有能力，他才在蓝色海岸[3]买了一间度假屋，每年只去那里住几个月。母亲又换了漂亮的衣服出现在客厅。我知道他们要出门去和弗朗索瓦的家人一起用午餐了。

弗朗索瓦提出载我去车站。这不是出于好意，只是因为他不喜欢我独自待在他的房子里。他想得没错：他的奔驰刚刚消失在街尾转弯处，我就拿上了那辆大众高尔夫的钥匙，驶向南方。

行驶900公里后，我来到尼斯的内城。装器械的货车停在高大的梧桐树下，蟋蟀的叫声充盈两耳，阳光从头顶上倾泻下来。

帕德里克来迎接我。他正在制片处，给我介绍了第一助理——不是别人，正是雷吉斯·瓦格涅。生活有时候真残酷。我已经失去了900公里外的家人，也即将失去眼前这份还没开始的工作。

---

[1] Jean-Claude Brialy（1933—2007），法国电影演员，代表作《自由的幻影》等，20世纪50年代后期法国新浪潮电影中最多产的演员之一。
[2] Robin Davis（1943— ），法国电影导演，代表作《亲爱的维克多》，1975年入围第28届戛纳电影节主竞赛单元。
[3] Côte d'Azur，法国东南角的地中海海岸线，因气候宜人成为最早的现代度假区之一。

雷吉斯脸上挂着坏笑欢迎了我，像黄鼠狼向鸡问好。他不会给我留面子的，我也不习惯别人刻意给我留面子，所以一切暂时还好。现在是时候向他证明我值得这个职位了。幸好，让－克洛德·布里亚利给我安排了一个不错的位置。我感觉他挺想留住我，可我不会只是一个球童的。我只想好好利用时间，仅此而已。每天，我从凌晨5点奔波忙碌到午夜，对所有的要求都说"好的"，然后在比预期更短的时间之内完成。我总是微笑，从不在工作时吃东西。除了死，我都可以实现。雷吉斯憋着乐子给我派一些艰难任务，我都一一完成。

布里亚利看到一个古老的普罗旺斯村庄中央的一口喷泉。

"哦！这喷泉要是还能喷出水来，效果会很好。"

我们在拍一个奶酪的广告，喷泉甚至不在故事脚本里。

"没问题。"我对布里亚利说道。他对我的回答报以慈爱的微笑。

"给你二十分钟。"雷吉斯补充道，他知道这个任务不可能完成，因为喷泉已经干枯了一个世纪。

我不知道该往哪儿去，也不知道为什么，就跑起来了。

我测量了喷泉和最近的水源——一家面包店门口的水龙头——之间的距离，40米，两根20米水管的长度。我跑遍附近所有的花园借到两根水管，又从摄影助理那儿偷了一卷胶带，将两根水管接起来。

布里亚利定好了镜头的位置。我悄悄过去看了一下取景，然后将水管从喷泉后面绕过去，确保水管不出现在镜头中，最后连接起面包房的水龙头，水喷涌而出。至少从摄影机中看到的效果不错。我总共用了十二分钟，布里亚利高兴坏了。

"你呀，会有出息的。"他既严肃又温柔地对我说。

他将大拇指举过头顶，看起来就像是塞萨尔的那座雕塑①。

雷吉斯什么也没说，默默记下了。

两天后，换了一种奶酪，也换了一位导演。罗宾·达维是个真正的高手，他懂音乐，和所有人愉快相处，诉求清晰准确，指导起演员一丝不苟。让－克洛德更轻盈，更女性化一些。罗宾则更男性化一些，带着整个摄影团队像瑞士钟表一样运转。他了解自己的职业，毫无畏惧，除了坐飞机。他从巴黎坐火车南下，也将坐火车返回巴黎。

最后一天，拍摄有些拖延。罗宾不想随便放过任何东西，他希望每个镜头都是完美的。场务多米尼克让我准备好我的大众高尔夫，导演的火车下午5点05分从阿维尼翁出发，不能错过。

我立即上路，加满油，预先走了一遍到车站的路，23公里。回到拍摄地，我将罗宾的行李放进后备厢，然后将车停在离拍摄地最近的地方。可导演还在拍。他不满意演员的表现，一次次重来。已经4点半了，罗宾还是没放弃，他决定最后来一次。

场务已经冒汗了。4点40分，车子的引擎已经开启。罗宾有些生气了，最终，演员给出了到位的表现。拍摄结束。

导演匆忙和众人道别，跳进我的车。4点45分。

我把油门踩到底，地上的石子往后飞起。虽然我刚拿驾照一周，但已经在一位赛车手身边待了十年，多少有些潜移默化

---

① 法国艺术家塞萨尔·巴尔达奇尼以自己的拇指为基础设计的雕塑。

的影响。

罗宾在车里，抓住一切能抓紧的东西。

高尔夫开始在差不多领带那么宽的省道上全速奔驰。罗宾开始冒汗。

"来不及了，太晚了。这不是你的错，你可以松松油门，我坐下一班火车。"他胆战心惊地说道。

但这是我的任务，不让我完成，还不如让我去死。

"你会赶上火车的。"我简单答道，像一个宇航员那么专注。

接下来是一连串弯道，幸好提前走过。我全速过弯，一切都在掌控之中。罗宾一边喊妈妈，一边用脚找刹车，不过刹车在我这边，我也不打算用。他又开始像个小孩一样皱起脸。

"停车！求你了！我不想死！"他在一旁冲我喊。

我没听他的。我们已经进城了，现在需要集中精力。我承认闯了所有的红灯，但我从不冒险。车站就在眼前。我将车停在人行道上，抓起罗宾的行李，朝站台跑去。火车发车的广播已经在大厅响起。我将行李扔上火车，将罗宾推进车里。

他还没来得及说再见，车门就关上，火车晃动着前行了。

我透过窗户看到他一脸狼狈地向我竖起仍在发抖的大拇指，露出茫然的笑容。

回程就平静多了。我花了四十分钟，正常的时长。技术员们还在收拾拍摄场地，装车。多米尼克看到我，露出微笑。

"怎么样？"

"他上车了。"我得意地说道。

我们在露台上坐下，他给我倒了一杯茶。雷吉斯·瓦格涅也走了过来,准备放松一下。

"我承认最初对你的印象不太好,可是你办事的确让人放心。这是我的联系方式。"他友好地说道。

我很感动。八天的拼命努力,夜不能寐,就是为了能听到这样的话。

我也趁机为自己在戛纳的过激反应道歉,他听完只是笑笑。气氛松弛下来。梧桐树后,太阳正在下落。

这是我第一次对电影大家庭生起一种归属感。这就是我的家人。一群为了一块奶酪折磨自己,只为情感而活的疯子。我们捕捉那些情感,并把它们留在胶片上,成为永恒。

回家必是一场恶战,但这次好运在我这边了,我选择了母亲节当天带着一大束花回去。母亲不敢笑。她还在被责备的状态当中,可是花太漂亮了,儿子也安然无恙。她抱着我,亲吻我。我感到了些许的骄傲。泡上一壶茶,我开始滔滔不绝。现在,我终于有东西可说了。母亲提了许多问题。弗朗索瓦只问了一句:

"你没有把车撞坏吧?"

"没有,我还把车从上到下洗了一遍。"我和气地回答。

这种回答没让他满意。他跑去庭院,没有检查车子内部,而是打开了引擎盖,随即大喊大叫地跑回来,嚷嚷说发动机里到处是沙子和海盐,这车直接扔进垃圾桶算了。真是堪比猎犬,阀门界的福尔摩斯。三天前,我的确在海滩上开过车,还被海浪冲了一下。哪怕车又跑了1000公里,再来了一场彻底的清洗,他还是能找到蛛丝马迹。

从这一天起,他开始将车钥匙随身携带。

迪亚娜·库里在准备和弗朗索瓦·克鲁塞合作的新电影。为了混入摄制组，我使尽了办法，都以失败告终。她的团队已经满员，在我的名字前面，还有两百个实习生在排队。帕德里克·格兰佩雷在给莫里斯·皮亚拉[①]当第一助理。不幸的是，他那里也没有位置了，但他让我随时准备。众所周知，莫里斯每半个月就换一次团队，也许很快就会有机会。后来果然中奖了。我加入莫里斯·皮亚拉的摄制组，当一个不带薪、没有合同的实习生。合同不重要，反正电影拍完时，你就要滚蛋了。

电影叫《情人奴奴》，热拉尔·德帕迪约[②]和伊莎贝尔·于佩尔[③]主演。

上午8点，所有人在郊区的一栋房子里等莫里斯。中午，他来看了看场地，没看到眼前一亮的地方，露出似乎消沉了一整年的神情。

"这地方太垃圾了。"他对帕德里克说道，帕德里克点了点头。

只有小花园里两株长着花骨朵的樱桃树让他有些兴致。莫里斯让灯光指导打开大灯，用热量催开樱桃花。于是工人们架起两个15千瓦的巨型聚光灯，把光聚焦到可怜的樱桃树上。在此期间，莫里斯到对面的咖啡店吃午饭。整顿饭他都在向帕德里克抱怨，而帕德里克始终耐心地听着。两小时后，莫里斯回来检查樱桃树，花苞的确绽开了，可也被烘得半死不活。这一

[①] Maurice Pialat（1925—2003），法国电影导演，代表作《在撒旦的阳光下》，获第40届戛纳电影节金棕榈奖。
[②] Gérard Depardieu（1948— ），法国电影演员，代表作《最后一班地铁》等。
[③] Isabelle Huppert（1953— ），法国电影演员，代表作《钢琴教师》等。

天就收工了。莫里斯哼了一声就消失了，大家纷纷收起器材。摄影机甚至都没拿出来过。

场务泪流满面，他得再找一栋小楼。莫里斯不喜欢这一栋，也不喜欢场务每天早上用宝丽来拍给他的二十五栋中的任何一栋。莫里斯将房子的照片一张一张地扔到地上，一边骂这些房子，一边骂场务屎一样的品味。帕德里克负责为这场危机收尾，我负责给伤心欲绝的场务递纸巾。

帕德里克让场务从照片中选一所设计简约、价格不贵的房子给他。第二天早上，在续咖啡的间隙，帕德里克将照片递给莫里斯。

"今天早上我路过这栋房子，不怎么样，不过还是拍了张宝丽来。"帕德里克用不露丝毫破绽的演技说道。

莫里斯立即上钩，大获全胜一样转向场务。

"看到了吧？你倒是动动手指做做事啊！哪怕你有一点本事也好！帕德里克五分钟就解决的事，你花了几周还这么让人失望。"

场务顺着剧情演，低着头承认自己的失职。

我不明白这种方法，也不明白为什么莫里斯的态度这么消极。你在拍电影啊！你已经是这世上最幸福的人了呀！

"他在害怕。"帕德里克温柔地说道。

那一瞬间我才明白，创作是很痛苦的。你创作出自己觉得独一无二的东西，每个人都可以来评判。莫里斯只沉醉于创作这一件事，他也只怕这一件事。自我的目光与他人的目光交锋——这便是两难之地。想明白后，我觉得他的暴躁看起来也没那么野蛮了。

一天,我们在地铁里拍摄。同一场戏,德帕迪约和于佩尔已经演了十五次。莫里斯每次停机都大骂于佩尔,因为他不敢骂德帕迪约。

"太差劲了!我怎么选了你来演这个角色?反正你每个角色都很差劲!这是我最后一次跟业余演员合作了!"

莫里斯用尽方法破坏她和德帕迪约的稳定,但佩尔太熟悉莫里斯了,她眉头都不皱一下,用雕塑一样的冷静回答他。

"是,莫里斯。当然,莫里斯。明白了,莫里斯。你想再来一遍吗,莫里斯?"

于佩尔简直就像是铁做的一样,她赢了每一局,莫里斯快疯了。

摄影助理该更换胶片了,我们有了五分钟的休息时间。灯光师也调暗了灯。这期间,于佩尔和德帕迪约坐在长椅上,谈起了天气。我远远看着这对漂亮的演员。他们之间有种真正的默契,莫里斯也发现了。他想要捕捉这个时刻,没有特别的含义但真实的时刻。

莫里斯拽住扛着相机的人,在他耳旁细声说:

"去!拍!"

问题是,录音的不在,打灯的也不在,摄影指导去喝咖啡了,此时拿着摄影机的是一位机械师。摄影助理听到动静后过去接手。机械师将摄影机转到摄影助理的肩上,助理调了一下光圈,对好焦。吊杆操作员也意识到了行动,通知录音师做好收音准备。莫里斯的脸上放出光彩,像是一个在圣诞节清晨醒来的孩子。

他推着摄影师轻轻接近两位还不知情的演员，此外，没有人知道这是在拍摄，包括和莫里斯捕捉到同样情景的片场摄影师——他也悄悄走近两位演员，站在他们面前，也站在了莫里斯指导的画面的正中央。

"停！"莫里斯大喊一声，大家才明白过来导演刚才在拍摄。

帕德里克跑着过来。可怜的家伙，他去上厕所了。

"不想让我拍了是吧？"莫里斯冲摄影师吼道。

可是，那家伙也是老牛皮了，毫不畏惧。

"行了，莫里斯。没有灯光，摄影指导在酒吧。你不干活的时候我就干我的活，仅此而已。"他也开火了。

莫里斯怒火冲天，一边骂一边走。

"既然你们都不想我拍电影，我回去画画好了！"他丢下这句话，走上楼梯。帕德里克跟在他后面。

不出意外，整个团队当晚就被辞退。这已经是第三次了。莫里斯一周后才出现。我没有被他注意到，所以还是新团队的一员。帕德里克每周只雇我拍两次大场景和夜戏，比如地铁高架桥下的这场戏。

一条小街上，莫里斯指出演员们走进画面的方向，然后就到酒吧去了。因为摄影指导需要两小时的准备时间，将整条街照亮。这对莫里斯来说不成问题，他正需要这点时间来做做德帕迪约的工作。莫里斯把他拉进酒吧，倒了整整两个小时的苦水。他抱怨一切，除了德帕迪约这位真正的、唯一的朋友。他使出一切手段迷惑、软化德帕迪约，好像一个屠夫不停地拍打一块肉，让肉更松软。可是，无济于事。德帕迪约从拍摄开始就不喝酒了。

他知道莫里斯的性格，不想醉醺醺地结束拍摄。莫里斯冒烟了，他不喜欢被拒绝。

两小时后，摄影指导叫莫里斯来看灯光。莫里斯看了一眼这条像香榭丽舍大街一样明亮的小街，又转身看着像炉子一样漆黑的另一边，简单地说了一句：

"其实演员要从那边过来！"

摄影指导只能承受他的反复无常，将所有灯光转换方向，而莫里斯再度转身走入酒吧。他又有两个小时来对付德帕迪约了。莫里斯不断把一点小酒推到德帕迪约鼻子下面，直至他终于接过一杯。问题在于，对德帕迪约来说1=100。爱情、友谊、美食、酒精、电影……对一切事物，在任何地点，任何时刻，他都是如此。几杯酒下肚，德帕迪约就收不住了，莫里斯终于可以开拍了。

这个摄制组顶了一周后被辞退了。莫里斯没有察觉到的是，帕德里克召回了大部分技术员。在这条街上拍摄时，我见到了第一个摄制组中过半的人。德帕迪约和于佩尔要朝着摄影机走，摄影师肩上扛着摄影机拍。莫里斯似乎怎么都不满意。他要点别的东西。真实、朴素，简单的戏剧性的东西。

"开始。"

演员们重新表演。这一次，莫里斯没有停机，而是让他们继续往前走，并让摄影师跟在后面，直至拍到他们远去的背影。唯一的问题是，镜头后面还有整个摄制组。

不过我们已经掌握了诀窍。帕德里克给我们一个信号，眨眼的工夫，所有助理就拿走器材，把技术员拉出镜头，甚至强迫其他人原地趴下。这一切都悄无声息地完成,只在几秒钟之间,而摄影机还在转动。等到德帕迪约和于佩尔走入镜头,画面已经干净了。不幸的是,莫里斯的太太正背对镜头站在街道中央和服装师交谈。服装师看懂了我们的信号,像个懦夫一样立刻跑开,剩下可怜的太太留在镜头中央。她正好奇发生了什么事,转身发现整个摄制组都在忙活拍摄。她看了看镜头,再看了看莫里斯,又看了下镜头,意识到自己大祸临头了。莫里斯气炸了,在街上追着她吼。可怜的女人最后把半个身子藏进车底来躲避他的怒火。

"你要拦着我拍电影,是吗?"

帕德里克抱住他,尝试安抚他,但无济于事。莫里斯再次离开片场,三天后才回来。倒霉的是,这次他留意到我,把我踢出了摄制组。

尽管他有这些过激行为,折磨所有人,包括他自己,我还是忍不住对他抱有好感。他只是在追逐自己的梦,希望每一天都可以有些不一样。他想不停地创作,永远不重复自己。对他来说,真相并不是美好,而是痛苦的,它来自混沌。其余的都是伪造的。

这次拍摄还让我看到了真正的演员。德帕迪约和于佩尔都是怪人:一颗陶瓷心安放在钢铁般的躯体中。他们不像我们一样活在人世间,他们是外星人,和另一个充满梦想和可能性的世界连接在一起。他们没有限制,哪怕死亡也不会让他们害怕,因为死亡很容易演。

—12—

父亲升职成为地区主管，调任到罗马，管理地中海俱乐部在意大利的所有度假村。

自从做了电影工作后，我和凯茜的关系大为改善，她是这个家里唯一真正喜欢第七艺术的，或者说是唯一爱用问题轰炸我的。她想了解关于演员和片场的一切。她有城市少女无知的一面，并且坦然接受这一点，这让她十分招人喜欢。凯茜人很温柔，是个好妈妈。这就足以让我喜欢上她，忘记过去的很多不快。父亲看起来也很幸福，生活更稳定了。我们依旧找不到任何共同话题，关系仅限于说些不痛不痒的话，尴尬地笑一笑。但不管怎么说，这个家庭是平和的。风平浪静的时候，就不要抱怨了。

好景总是不长久。凯茜得了一种奇怪的病，由黄疸转为肝炎。她本来就很瘦，现在还掉了不少体重。我那时候不知道肝脏是解毒的器官。肝脏不行，脑袋也遭殃。凯茜患上了失智症，在精神病医院度过了一段日子。

至于母亲这边，他们一年中有半年在南部，除了杰瑞，它已经去了天堂。那之后，母亲又养了一只更年轻的巴吉度猎犬。新房十分漂亮，坐落在连绵起伏的葡萄园中，距离拉加尔德弗雷内几公里远。瓦尔河，橄榄树，薰衣草和蝉……这里是帕尼奥尔[1]住过的地方。

布鲁斯长大了，整天在泳池里扑腾嬉戏，不过他很快就要上小学了。

弗朗索瓦接管了他几年前效力过的一家二级方程式赛车车房，名字叫 AGS。工厂在贡法隆镇的入口，而贡法隆镇的标志是一头长着翅膀的浅紫色驴子，特产是糖栗子。没人知道为什么驴是浅紫色的，还会飞，我猜这里面的故事可能和当地茴香酒的历史有关。[2]

玛格丽特离开了拉加雷讷科隆布的公寓，搬到塞纳-马恩省的一家养老院里。

外祖母伊冯娜和姨妈穆里埃尔回到家乡布列塔尼去了，没有留下地址。我在巴黎没有家人了。

我深知什么是孤独，整个童年就是这样过来的，可是青春期的孤独不一样。小孩可以无视将自己拒于门外的世界，但少年就开始明白了。

小孩子没有车，于是就步行，这再正常不过。少年有车了，

---

[1] 马塞尔·帕尼奥尔（Marcel Pagnol, 1895—1974），法国剧作家、小说家、电影导演。
[2] 贡法隆镇的飞驴传说有多种解释，此处作者可能认为与当地盛产的致幻并令人上瘾的苦艾酒有关，茴香酒正是在苦艾酒被禁之后应运而生的新酒。

却没有汽油。似乎生活觉得，光是孤独还不够，还要多点挫折。所以，我一天到晚跟在唯一接纳我的朋友皮埃尔·若利韦的后头。也许他是觉得欠了我父亲一份人情，希望有所补偿吧。

这段时期，我感觉自己既坚强，又脆弱。我有冲破一切的怒火，而信心又时刻在动摇，像一棵被放在沙子中的大树，毫无根基，再小的风都能将我掀倒在地。皮埃尔会牵着我的手，可我更需要有人抱紧我。

我在一家面包店认识了一位漂亮的克罗地亚姑娘。她有一双蓝色的大眼睛，就是妆容有些浓，她说起法语结结巴巴，但是口音很可爱。我提出帮忙翻译，她答应了，然后我帮她买了可颂。我只记得几句克罗地亚语，还是在波雷奇的时候学到的。我费劲卖弄自己的样子成功地将她逗乐，破冰完成。我知道了她叫拉德瓦。

摆在我面前的依然有两个难题：找工作，找地方过夜。皮埃尔的兄弟马克·若利韦在乐蓬马歇百货店前面有一间大公寓。客房已经被一位手臂骨折的年轻演员占了，他叫里夏尔·安科尼纳，才二十岁。马克提出让我睡沙发，我高兴疯了。我将行李放在里夏尔的房间，牙刷放在入口处的卫生间，睡袋放在客厅的壁橱。这里可以俯瞰哈斯拜耶大道全景，我感觉自己来到了一座宫殿。

晚上，马克家总是有很多朋友，而且是来自世界各地的。皮埃尔和马克总能发明各式各样的游戏，让大家一起参与。有两个游戏我特别喜欢。其中一个是在电视上播放一部电影，将声音关掉，即兴给人物配对白。我还记得有一段很搞笑的是他们表演劳伦·白考尔①和亨弗莱·鲍嘉②,结果配成了男主角抱怨女主角的内裤有怪味。

还有一个很受欢迎的游戏。从字典中挑选一个所有人都不知道的复杂单词,每个人写出对这个词的定义。随后马克将所有定义,包括正确的那个都念出来,让大家从中选择。笑声经常持续不断,我们也永远猜不到正确的定义。如今看来,所有游戏对我来说都是一种训练,让我有所进步。

因为找不到工作,我的白天都用来写作。几周前,我遇到一件有意思的事。

在巴黎大堂看完电影出来,我坐地铁回马克家。月台上有一道半开的门,上面挂着一块牌子:"禁止进入"。当然,我将门推开了。面前是一条长长的走廊,夜深人静,空无一人。我很快来到电扶梯下方,往前走,一条过道通往隧道的正中央,那里有列车高速行进的轨道。再走远一些,我看到一个巨型排气扇,把空气传输给整个网状系统。其他隧道和巴黎大堂交接在一起。一道梯子将我带往上方,这里是个通风井。我顺着梯子爬到露天的最高处,发现这里竟然能俯瞰整个巴黎。

我原路返回,来到下水道。我发现了一个世界,这个禁止进入的宇宙,比外面公众能看到的大了三倍不止。在一个幽深的角落,我发现了沿着管道摆放的十来根燃烧过的蜡烛,远处还有一堆衣服。毫无疑问,这里是有人居住的。

从地铁出来已经是早上6点了,我还处在震撼当中。我发

---

① Lauren Bacall(1924—2014),美国电影演员,代表作《苦雨恋春风》等。
② Humphrey Bogart(1899—1957),美国电影演员,代表作《卡萨布兰卡》等。

现了一个宇宙,剩下的,便是创造一个故事了。

每周一次,我将自己关进地铁站里寻找灵感,目前只想到十几个场景和一些人物,这些东西放在一起还不具备任何意义。

拉德瓦给我留了电话号码,我们再次见面。她的日程很满,白天要在索邦大学上课,晚上还有额外的课程。她穿得像我母亲,对所有事情都有强烈的个人看法。我很乐意听她说话。只要有人跟我说话,说什么我都愿意听。那时候我们只是逛街,聊天,互相微笑。不可能更进一步了。直到有一天,她吻了我。天哪,亲吻太棒了,尤其是隔了很久之后。我还来不及感谢她,她就立即表明态度:

"我不是随便的女孩子,我有原则,不会接受婚前性行为。"她斩钉截铁地说道。

我的确有些意外。不急,有这一吻,我能坚持半年。再说,婚姻不在我的安排当中,哪怕只是为了能有"放荡"的选择。拉德瓦放下心来,随后我们握手告别。我感觉自己遇到的女孩不太简单,但我太孤独了,无法挑剔。

我们一帮人在巴黎大堂外碰上头,一起去了圣婴喷泉餐厅。同桌的有皮埃尔和马克、里夏尔·安科尼纳、弗朗索瓦·克鲁塞、克里斯托弗·马拉沃伊、迪亚娜·库里、让-皮埃尔·巴克里[1]、热拉尔·达尔蒙[2],还有理查德·波林热[3]。他们都三十来岁,才华横溢,风华正茂。波林热抓住我的手臂,整晚没松开过。他一

---

[1] Jean-Pierre Bacri(1951—2021),法国电影演员、编剧,代表作《无巧不成婚》等。
[2] Gérard Darmon(1948—),法国歌手、演员,代表作《巴黎野玫瑰》等。
[3] Richard Bohringer(1942—),法国电影演员、导演,代表作《大道》等。

身酒气，可是没人说他醉了，只说他状态来了。波林热贴得越来越近，甚至就在我耳边说话。整整三个小时，他将我带进他的想象世界，纯粹的诗意的世界。我不全都明白，但这是第一次我可以触碰并贴近观察一位演员。这好比，看钻石是一回事，把它拿在手中又是另一回事。波林热是个疯子，可这种疯癫有其魅力。

大家都领教过波林热的癫狂，所以这回他选中了我这个新人。所有人都为此高兴。

"怎么样？"马克问我。

"很好，可我很多听不懂。"我不得不承认。

"正常，他喝醉的时候，有一半话都是西班牙语。"马克的回答逗笑了所有人，除了已经趴在桌上睡着了的波林热。

深夜 2 点，我们离开餐厅。马克还不困，执意要再去一家刚开的店，从美国来的，叫窥视秀。安科尼纳和其他几位都答应了。我快要困趴下了，可我没有选择，家里的钥匙在他们手上。

我们进了这家俱乐部。四处都是霓虹灯，有点像王冠游乐园[①]。中央是一个圆屋子，有十扇门。

经理解释说：

"进入小房间后，投两枚 10 法郎的硬币，灯就会熄灭，然后就可以透过玻璃看到秀了。"

我从入口的照片看出这个秀是十八岁以上才能看的。大家都很兴奋，跃跃欲试，可羞耻感让我有些抗拒，我借口说自己

[①] Foire du Trône，法国规模最大的集会嘉年华。

没有钱,到外面等他们。所有人都笑起来,马克给了我两枚硬币,让我也试一下。

我走进小房间,里面有些阴暗,镜子前有一把椅子。我坐下来,将硬币塞进投币的缝中。灯光立刻暗下来,镜子变成一面透明的玻璃。从这里可以看到玻璃那边是一个被镜子围绕的旋转舞台,而那边是看不到玻璃外面的观看者的。一个赤裸的年轻女子趴在地上,两条腿向我张开。我一下子吓得跳了起来。我从未这样直截了当地看一个性器,这种视觉冲击太猛烈了。面前的女子还在缓慢旋转的小舞台上扭动,我用手捂住嘴,贴在墙上,打算出去。而舞台还在旋转,很快,表演的人露出了面容,是拉德瓦。

我的大脑瞬间不听使唤了。不可能。不可能是她。她晚上在索邦大学有课。我贴近玻璃,等着舞台再转一圈,好弄个明白。这次秀的是臀部,我在等她的脸。的确是拉德瓦,那个有着良好家教的克罗地亚小姑娘。毫无疑问。我要吐了。我离开小屋,来到街上喘气。朋友们终于也都出来了,他们看了三次,还觉得意犹未尽。我的脸像床单一样煞白,说不出话。

"行了,没那么糟糕吧!以后会习惯的!"马克开玩笑说道。

我深吸了几口气,将事情和盘托出。

他们爆发出一阵大笑。

"她可真不错!"一个说。

"给我们介绍一下吧?"第二个接话道。

我耸耸肩,走到前面,不想再听到他们的嘲笑。

回到住处的沙发上,我将写了拉德瓦电话号码的小纸条撕了个粉碎。

皮埃尔·若利韦有一个短片构想，用一个固定镜头从天花板上拍一群蠢货入室抢劫的故事。安科尼纳的胳膊上还留着石膏，他可以演一个角色。我正式成为一名助理，甚至有了200法郎的报酬，用于前期拍摄准备和后期制作。我太骄傲了，可也羞于拿这么多钱。我完全可以不要酬劳，毕竟他们的善意是无价的。皮埃尔让我全程参与，包括构思对白。我有了信心，开始一点点表达自己。皮埃尔很热情，认真地听我念对白，然后从中挑出他感兴趣的，像所有的好导演一样。

成片十分逗笑，我们说好再一起写东西。

安科尼纳终于将石膏拿下来了，像一只鸟儿找回了翅膀。他搬出马克的房间，空出一间客房。走之前，我们一起在沙发上过夜，想象我们的未来。他当演员，我当导演。我给他说了围绕地铁这个场景构思的剧本《地下铁》的最初想法，他十分中意。我们说好今后再见，一起拍这部电影。他将出演"轮滑小子"这个角色。

我们拥抱、落泪、分离。里夏尔出发去寻找他的生活，而我搬进了他的房间。

我听说帕德里克现在是一部电影的制片人，于是不断去打扰他。可是因为没有手机，事情也变得难办起来。我只有在他家等到很晚或者来得很早，才有可能偶遇他。他让我周一给他打电话，然后说周三再说，然后又说下周再说。他告诉我这次的拍摄很复杂,是一部要跑遍法国的公路电影。他就这么让我干等着,我担心自己到项目结束都未必能参与其中,于是主动降低了工资要求,几乎到无偿的地步,甚至提出独立解决自己的食宿问题。即便如此,帕德里克始终没有答应我任何事情。直到一天晚上,他在电话里说:

"明天上午你打电话到阿勒加找我。"

阿勒加是一家相机租借公司。我的脑袋飞速转动起来。他明天上午在租借公司,也就意味着他们要装箱出发去拍摄地了。我辗转得知,这部电影前几周会在布列塔尼拍。第二天上午,我依照约定,8点钟给他打了个电话。他说拍摄明天开始,现在就要去布列塔尼了,并且含糊地承诺回到巴黎后会考虑我。我哀求他将我带上,保证永远不会给他添麻烦。帕德里克犹豫了一下,然后说道:

"听着,我们五分钟后就要出发了。我等不了了。"

"我就在阿勒加对面的咖啡馆,行李也在,随时可以走。"

帕德里克哑口无言。他还在找理由。

"吕克,这次的预算很紧张,我没钱给你在布列塔尼准备房间。"

"我有睡袋,可以在装器材的货车里睡,还能顺便看管器材。"

这一次,帕德里克再无推托的理由。我对电影的欲望太强烈了。他是第一个给我传播这种病毒的人,就该担起责任。

"好吧,行……过来吧。"他终于松口了。

我跑到街对面,跟谁都没打招呼,直接跳进货车。

开车的机械师是个老手,我让他给我讲他第一次参与拍摄的经历。那是弗莱德金①的《法国贩毒网》，当时的片场一共有二十多位机械师。

这次到布列塔尼的机械师只有三个人，我立即提出自己可以帮忙。既然我的职责没有那么清晰，我会乐于在他旁边学东西的。机械师笑了，说他见过一些像我这样的年轻疯子，但他们通常有些自命不凡，不跟工人们说话。

"机械师一直在摄影机的旁边，可以看，可以听。这是学习的最佳位置。"他坦诚道。

这一点我从第一天踏入片场时就知道了，但还是感谢了他的建议。

帕德里克给我来了一记措手不及。他让我将所有器材卸下，然后交给我第一个任务：将空车开回巴黎。我被恶心到了。

"明天你去办公室，开始做实习生。"

我感觉自己就像赢了一个安慰奖。

第二天上午，我坐上货车。透过车窗，我看到技术员们在忙着准备第一场戏。我憋了一肚子气，想要留在这里，泪水开始在眼眶里打转。后视镜中，第一台10公斤重的聚光灯已经亮起，将我身后的地方照得通明。

回到巴黎的第二天上午，我来到办公室。帕德里克含糊地知会过制片部门的负责人——一个脾气火暴的家伙，上午10点他就已经开始抽当天的第二包烟了。

"坐那儿，需要的时候会叫你。"他连看都不看我一眼。

---

① 威廉·弗莱德金（William Friedkin，1935—2023），美国导演，代表作《驱魔人》等。1971年上映的《法国贩毒网》获奥斯卡奖最佳影片奖和最佳导演奖。

我立即在指定的位置坐下来，像等着医生叫号一样。

晚上7点，我还在原位，那人过来让我下班。

"明天，一样的时间。"说完，他砰的一声关上了门。

第二天，我来得更早了。毕竟，你永远不知道新的一天是不是万一会发生点什么。他将近中午才到，带着他四岁的女儿。今天是周三，女儿归他一整天。明显是离婚的账。母亲每十分钟来一次电话，然后他们就当着无聊透顶的女儿在电话里大吵一通。小女孩大喊大叫着不让她父亲工作，这家伙快要崩溃了。

"哎，你！去给她买点东西！"他在衣兜中找了一些纸币交给我。

我拿上钱，牵起女孩的手，问她的名字。

"玛蒂尔德。"她用稚嫩的声音回答道。

我们一起下楼，先是买了些糖果，然后是一些涂色的材料。回到办公室后，我们在一间空房中和小仙女、独角兽、飞驴度过了一整个白天。晚上7点，她父亲打开门，满脸焦急。

"啊！原来你们在这里，我到处找你们来着！"

玛蒂尔德和我吻面道别，问我下周三还在不在。

"也许吧。"我尴尬地笑了笑。

我只希望自己明天还在。

父亲将女儿带走，关门的时候，他突然问道：

"你叫什么来着？"

"吕克。"我礼貌回复。

"今天谢谢你，吕克。明天见。"他的态度终于和善起来了。

第二天，另一个制片人从布列塔尼的拍摄地回来，给我们

225

作了通报：多亏了他，一切顺利。这人名叫伊夫·杜泰尔，跟那位歌手[①]无关，是个大嘴巴，爱显摆，拜高踩低。他绕着我转了一圈，想知道是谁给了我这个职位。

"帕德里克·格兰佩雷。"我告诉他。

我有种感觉，伊夫打算把自己的某个侄子安排来接替我的位置。我最好埋头苦干，避免犯错，不给他任何机会。

第二天，伊夫冲进办公室。

"布列塔尼那边没有胶片了！他们拍得太多了。你快去柯达，我订了十盒胶片。他们6点就要关门了！"

他指的是我。我看看手表：现在已经5点55分了。6点是下班高峰，我有五分钟的时间从巴黎大堂的圣马丁街赶到巴黎北部内环路上的奈伊大道。

这种时候，如果你是实习生，拿到任务就要立刻向前冲，根本不要问可不可能完成之类的话。这就是熊蜂理论。从科学的角度说，熊蜂是飞不起来的，因为它的体重太大，肌肉和翅膀面积又太小，可熊蜂就是飞起来了。理由很简单：它不知道自己不能飞。

我冲下楼，钻进制作公司的车，全速起步，四个轮胎几乎就没有同时落地的时候。

我无视所有信号灯，左穿右插，一只手打方向盘，一只手按喇叭。我会因此进监狱，可也会拿到胶片。我不给自己别的选择。每天这个时间，内环路都会拥挤起来，于是我冲上人行道，一路鸣喇叭，在树木和垃圾桶间绕来绕去，最后停在了柯达仓

[①] Yves Duteil（1949— ），法国创作歌手。

库门口。6点04分。我冲向柜台，看到售货员正在落铁栅。我气喘吁吁，趴在柜台上，透过铁栅对他喊。有人已经在电话中订购了胶片，我来拿了。我甚至看到了他身后两个装着胶片的箱子。那人看了看自己的手表。

"我们6点关门，现在已经6点05分了。"他说话的口气像个瑞士人。

我连连道歉，说是交通原因，但无济于事。于是我换上哭丧脸，说我要失业了，他这么做会毁了我刚刚起步的事业。可这人完全不在乎，继续收拾自己的东西。典型的"关我屁事"的法国人。我开始发疯了，像个猴子一样抓住铁栅，使尽全力地摇，骂尽所有的脏话，甚至还自创了一些。我大喊大叫，吐唾沫，发脾气，这家伙还是装聋作哑，沾沾自喜于玩弄这么一个处境比他还艰难的小孩子。法兰西共和国的自由和平等倒是有了，博爱去哪儿了？我的目光一下子狠了起来。

"你个臭虫，今天别想走出这个仓库！我就在这儿转一晚上，你一出来我就让你明白厉害！"

从他的眼睛里，我看到他开始害怕了。而我始终趴在铁栅上，脸上沾满了自己刚才吐上来的口水。

这家伙关了电闸，整个仓库陷入一片漆黑。我立即出门去，像只饥饿的熊，绕着仓库打转。他宁愿躲在角落里也不出来。一个小时后，我的血压回落下来，情绪恢复了平静。他不会是最后一个我需要对付的人，我必须做出决定了。我慢慢回到办公室，两手空空。

伊夫·杜泰尔等的就是这个时刻，他乐得把错赖在我身上。

"你明白吗?就因为你,明天他们开不了工了。你知道一个团队一天要花多少钱吗?你可以退出电影圈去单价超市卖炸薯条了!"他像机关枪一样说个不停。

我保持沉默,忍住泪水。我想告诉他,单价超市不卖炸薯条,也许他从未去过单价超市,只去弗洛①。转念又想到,他们怎么这么快就消耗完胶片?是谁预订的胶片数量不足?是他。

制片部的那位负责人帮着我说话,我根本不可能在柯达关门之前到那儿,伊夫自己很清楚。

"失败就是失败。他们明天在布列塔尼拿什么拍?拿借口拍吗?"他坚决地回道。

晚上8点,帕德里克打电话到办公室。伊夫接了电话,解释了一通,也对我提出了死亡指控。离我被辞退只剩几分钟了。然后,伊夫突然不说话了。帕德里克似乎让他安静了下来。他挂上电话,延长了一会儿悬念,终于说道:

"货车上还有两盒胶片,放在最里头了,助手没看到。"

我的身体一点点放松下来。今晚不用死了。

半个月后,摄制组回到巴黎,我尽全力服侍我的上帝。我吃得很少,而且只吃制作组的自助餐,每晚只睡四个小时。我始终参加不了大型会议,但总是坐在不远处,耳听八方。制作组要找一家银行作为拍摄场景,导演说他想要简单的,有点乡土气息的那种银行。我恰好知道有一家银行符合条件。周六上午,我回了一趟库洛米耶,拍了几张宝丽来相片。周一的会议上,

---

① Flo,1968年成立的法国餐饮集团,在多个国家拥有餐厅。

我大胆地将相片塞给场务，然后他给了导演。

"啊！这正是我想要的！"导演惊叹道。

导演是克洛德·法拉尔多①。他的面孔有种刀琢般的硬朗，眼神明亮敏锐，看上去像是暴徒一样，但又有着独特的优雅风度与温和的笑容。他和两个女人一起生活，一位年轻的，一位年长的。

"这个场地是谁找的？"他问道。

场务是个好人，他指向了我。我立即脸红起来。克洛德提了一些关于场地的问题，然后了解了一下我的生活，不是什么特殊问题，他只是想多了解点为他工作的人。

银行接受了我们的请求。我们要去库洛米耶拍摄了。我要在家门口拍戏了。

人群在摄制组的封闭区域外围观。我所有的高中同学，在我离开这座城市时嘲笑我的同学，都在这堵围栏外面，而我在围栏里面，胸前骄傲地挂着正式的工作证。这不是报复的乐趣，我只是庆幸自己走出来了，他们大部分人也替我感到骄傲。除了一个混蛋。

"哎，有阿兰·德龙吗？"他问道。

"没有，不过有让-弗朗索瓦·斯特弗南②，还有让-皮埃尔·桑捷③。"

我话还未说完，那家伙已经走远了。

---

① Claude Faraldo（1936—2008），法国电影导演、演员，代表作《哲姆洛克》等。
② Jean-François Stévenin（1944—2021），法国电影演员、导演，代表作《冷月亮》等。
③ Jean-Pierre Sentier（1940—1995），法国电影演员、导演，代表作《至高无上》等。

在片场，我时刻警觉着，观察所有人的行动，并预设任何可能发生的事情。我发现摄影师卡尔洛·瓦利尼正在犯困，就想到他很快就会叫我的。

"吕克，可以给我一杯咖啡吗？"

咖啡立刻到了他手中。

"两颗糖，对吧？"

卡尔洛点了点头，惊讶于我的速度。

我知道每一位技术员的口味，爱喝的饮料以及爱吃的食物。虽然我只是第三助手，但我知道，提供好的咖啡和三明治，技术员们的心情就会好，工作就会好，电影效果就会更好。所以我的三明治也可能影响着电影的质量。

只有导演是我无法满足的。他虽然和善,可大家都倍感压力。和他一起工作，所有创作的大门都要随时打开，不能局限于现有的可能性。他不愿意止步于自己已经知道和能预想到的。风向、潮水、情绪，都会被他临时拿来利用。他喜欢将技术员放在不确定的情况下。因为他知道，习惯和创造是互相排斥的。这种工作风格挺像莫里斯·皮亚拉，不过更加友好。

在巴黎拍摄的三周里，我像一头驴一样工作，因为我知道摄制组很快要南下完成这部名为《太阳下的双狮》的电影的大部分镜头了。

一天早上，帕德里克告诉我，南下不需要我了。拍摄超了预算，他给不了钱。但我不要钱，不要酒店，也不要吃的，我用可卡犬的眼神看着他。帕德里克还是毫不退让，他心意已决。我依旧在片场尽力工作，可状态不在了。卡尔洛有些担忧，我便向他坦言了实情。他轻轻拍了拍我的肩膀,让我不要担心。

午休时,大家通常聚集在摄影棚外的一个移动饭堂旁边。厨师在车上做好吃的,送到临时撑起的大帐篷下。我坐在角落,用叉子扒拉着自己的饭菜,已经食不知味。帕德里克走了过来。

"行了,你赢了。你也跟去南部。"他笑着说道。

我不明白。

"技术员们都凑钱让你来。"

我转过身,大家都在看着我偷笑。我观察了他们好几周,现在才明白他们也在观察我。卡尔洛·瓦利尼对我眨眨眼,我的眼泪夺眶而出。

拍摄地是罗克韦尔的腹地。太阳毒烈,蝉鸣四起。我看不到大海,可能感觉到。空气中有海洋的气息。

我们在罗克韦尔有十几处拍摄地。不幸的是,他们把我留在大本营打下手,除非拍摄场景太过复杂,需要人手增援。

一天上午,为了控制住假期的交通和游客,不让拍摄被打扰,我被征用到拍摄的港口去。我终于又见到了亲爱的地中海,始终年轻,始终美丽。

让-弗朗索瓦·斯特弗南在水里,脚下踩着滑水板。他明显玩不来,可演员的骄傲让他羞于承认自己对此一无所知。导演不耐烦了,场务正试着在十秒钟内找到一位滑水高手。所有人看着港口里的水,像看着熔岩一样。

"我可以帮忙,我父亲是滑水教练。"我大胆地对导演说道。

我看得出来,他很疑惑为什么一个滑水教练的儿子混来拍电影了，但他也没时间听我的人生故事了。

"行，你去吧。"他有些怀疑地说道。

我马上下了水，一直游到让-弗朗索瓦旁边，先让他放松下来，教他弯曲膝盖，伸直手臂。然后，我将脚滑到他的胳膊下帮着他平衡站立起来，他一下子就冲出了水面。岸上的帕德里克笑了，为自己培养起来的新人感到骄傲。

几周后，拍摄场地又转移到罗克韦尔的酒店里。导演克洛德从一开始就在找合适的房间布景，最后来到酒店的阁楼。老板将所有旧家具都堆在这里，大部分是坏的。阁楼很宽敞，朝向不错，早上有一道尤其漂亮的光线。

"这里做布景就很好。"克洛德说道。

"给你们二十四小时。"帕德里克补充道。

这个任务被分配给了场务多米尼克和我，因为布景组正在忙别的场地。

然后，摄制组的货车就出发去了20公里外的一处城堡拍摄另一组镜头。

这阁楼根本不像个房间。一切都要在二十四小时内完成。任务来得也真是时候，我们都已经累瘫了，一个半月没有睡过好觉了。

我们先从清空阁楼开始。这里大概积攒了第一次世界大战以来的各种杂物，以至于三个小时后，我们仍然无法摸到最近的窗户。照这个节奏，任务是不可能完成了。

我听说酒店老板这个周末出海钓鱼去了，于是有了一个想法，有点极端，可多米尼克还是答应了。非常时期，非常办法。

从阁楼的一扇大窗户望出去是一片田地，堆满了废弃的农具。我们直接将家具从这扇窗户往下面扔了出去。幸好有高高的野草缓冲了家具从三楼落下的力度，没有人注意到我们的举动。阁楼在一个小时内就被清空得差不多了，只剩下一些好家具来做装饰。

地板上覆盖了厚厚的一层污垢，甚至看不出下面是什么。我往地上泼了一桶水，才发现原来地上铺的是红色的六角形釉面陶土砖，法国南部的典型装修。我冲出去买来水桶和刷子，把 150 平方米的地砖刷出来，最后，我们给地砖打上蜡，直到闪闪发亮。

到了夜里 2 点，我饿得可以吃下一头驴，多米尼克将他车上剩下的马德莱娜蛋糕给了我。那还不是拿起手机就能叫来炸鸡和比萨的年代。

之后，我们在酒店大堂见面，准备去把窗帘裁好缝好挂上去。

凌晨 4 点，我还在摄制组 20 公里以外的地方缝窗帘，不断地扎到鼻子和手指，整个人又饿又困。我不是为这些而来的。一道反抗的怒火蹿上来，我将窗帘扔在地上。多米尼克不为所动，继续缝着他的那一部分，就好像他这辈子都在做这件事一样。

"你是对的。如果你还没完全准备好做这份工作，最好现在就停下。"多米尼克用一种平静到失真的语气说道。

接着，他补充道：

"这份工作很艰难，不是所有人都能承受。不过，你也别为这部电影担心，还有上千个实习生在等着。哪怕明天就有人替换掉你,也没人会留意到你走了。然后,等到电影拍好……你就去电影院看吧。"

我无话可说。我感觉自己就是个傻子,挣扎了几周,怎么也弄不好手里的魔方,而多米尼克十五秒钟就毫不费劲地将它恢复了原状。多米尼克三十五岁了,我才二十。这条路还长。我将窗帘捡起来,继续缝。

凌晨5点,我们放上挂钩,挂好窗帘,然后,我去技术员的房间借来普罗旺斯特色的绗缝床罩。在房间的一角,我们还设法安装了一个洗手池、一面镜子、一个旧浴缸和一道碎花浴帘。我最后拖了一次地,确保地面干净光亮之后,就冲去面包房,买了新鲜出炉的第一块可颂。

多米尼克和我坐在露台上,一边看着太阳升起,一边享受丰盛的早餐。我为昨夜的事情向他道谢,可他装作没这回事一样。他一贯低调谦虚,对他来说,能从事自己喜欢的工作,就是一种殊遇。

导演在上午7点准时抵达,迫不及待地要看布景。我们和他一起走上阁楼,看着他推开门。太阳已经照亮整个房间,红彤彤的地砖在闪光,轻纱窗帘在微风下来回飘动。这也许是方圆10公里内最漂亮的酒店房间了。克洛德打量了一圈,一言不发。他的眼睛在发亮,看起来很感动。最后,他走过来对多米尼克和我说道:

"我会尽力不辜负这个布景的。"

克洛德这一句话驱散了我所有的疲惫。哪怕他现在让我一直缝窗帘,缝到拍摄结束,我也愿意。

几个月后，电影制作完成，我混入第一场媒体放映，地点在蓬蒂厄街一家记者常去的私人影院。克洛德很高兴见到我，尽管现场有许多宾客，他还是和我聊了几句。电影开始后，我始终进入不了情节，拍摄的日子历历在目，我感觉自己在翻阅一本家庭相册。旁边一位上年纪的女记者打起了呼噜，这简直是对我们数千个小时辛勤劳动的侮辱。到了酒店房间的戏份时，我给了她一肘子，让她醒过来，至少欣赏一下我缝的窗帘。老太太咕哝了一声，又睡着了。

电影结束，全场掌声雷动。我站在克洛德旁边，看着他在影院的台子上接受每一个人的赞扬。这是我第一次看到这种仪式，却感觉有点像葬礼，只不过大家表达的是欣赏而非悼念。我的心里不是滋味。我们像蚂蚁一样服务于电影这个上帝，尽全力创造出一件艺术作品，而这些人说出来的话千篇一律，套到任何一部电影上都适用。我们掏出真心，他们却只反馈了假意。我感觉像是收到了假币。那位上年纪的女记者也来了，依旧是甜甜的吹捧：

"克洛德，这是一部杰作，激动人心，非常有力量。"她的声音都在颤抖，眼里也噙满了泪水。

克洛德抓住她的双手。

"真的吗？你喜欢？你不知道听到这番话我有多高兴。"他激动地回答。

我看呆了。这个老太婆一整晚都在打鼾，她怎么敢？我真想给她一拳，将她送上断头台。但我害怕这么做会冲撞导演，在他看起来最需要肯定的时候让他动摇信心。我忍了五分钟，还是受不了这种虚伪,终于失控。

"你知道吗?那个记者,我刚才一直在她旁边,她整部电影都在睡。"

我试着尽可能地委婉,并且在说完这令人痛心的事实后立即为自己的失礼道歉。克洛德笑笑,搂着我的肩膀。

"我知道,我看到了。"他又露出坏笑。

这一天,我明白了一件重要的事情。如果电影是上帝,记者就好比教会。上帝从不伤害任何人,教会却以其名义犯下许多恶行。

凯茜又怀孕了,尽管她还未完全康复。木已成舟。这一次也不是男孩,我迎来了第三个妹妹芬妮。也许正因如此,父亲和我多了接触,但他的情感还被堵在一条隧道中,在心和脑之间的某处,无法释放。

我在他们罗马的大公寓中过了几天,给他们讲述了只属于我自己的生活。好消息是,我现在已经不像以前那样心存芥蒂。我长大了。

回到巴黎,我又遇到皮埃尔·若利韦。皮埃尔和马克彻底停掉了他们著名的二人组"雷丘和弗里戈"。他们已经过了演小丑的年纪。皮埃尔在筹备一张唱片,我给他当助手。当然了,不收钱的助手。可我不在乎。他教我的,给我的,都是无价的。那时候,钱还不是那么重要。我们总是先喂饱头脑和心灵,然后顺带着,填饱肚子。钱不在考量的范围内,钱就相当于轿车的汽油;既然我们还在光脚走路,这自然就不算一个问题了。

几周后,我们到录音棚录歌。录音师是个自闭症患者,有点佛陀的气质,像是从《指环王》中走出来的人物。他叫迪迪埃·洛扎伊克,别名迪迪瓦。皮埃尔负责作曲,并和一位名叫范登布希的贝斯手合作。贝斯手自然有其才华,可他演奏的时候总是放屁。他的眼神呆滞无光,里面就好像一座教堂。鼓手是雅基·布拉杜,他愤怒的时候很正常,不然就总是一副瞌睡模样,像待在老年交谊舞现场。要完成这张唱片,皮埃尔还需要一段吉他独奏。洛扎伊克恰好认识一个年轻人,有才而且不贵,集合了当时找工作的两个关键品质。

年轻的吉他手到了。他才刚刚十九岁,极度腼腆,斜挎着吉他包,有着摇滚青年的气质和温顺的可卡犬的脸。他一身皮衣,脚踏牛仔靴,造型叛逆,人却礼貌得像一个僧侣。

皮埃尔给他说了半分钟自己想要的风格,然后让他听了一遍歌曲,告诉他吉他进入和结束的时机,他立刻就明白了。因为在赶进度,皮埃尔建议现在就试试。

"录下来吧,说不准能用。"小伙子礼貌地建议道。

洛扎伊克打开录音机,开始录音。吉他手戴上耳机,等待进入的时刻。然后,他给出了一段让人跪地惊叹的演奏,简直是吉米·亨德里克斯再现。独奏结束,大家还处在震撼当中。

"是这个风格吗?"这个小天才谦虚地问道。

皮埃尔点了点头,一言不发。估计他还没缓过来。

"其实这段就行了,我们就要这一段。"皮埃尔被这才气惊得有些混乱了。

这个天才几乎每首曲子都只来一次。休息的时候，我将他拉到一旁。我们年龄相仿，很快聊了起来。

"你叫什么？"

"艾瑞克·塞拉[①]，你呢？"

"吕克·贝松。"

"你玩什么乐器？"

"什么都不玩，我手指粗。我拍电影的。"

"酷。"

"你弹得特别好。大家都被你吓到了。"

"我刚才紧张了。其实我主攻的乐器不是吉他，是贝斯。"

"你现在在干什么？"

"和一些朋友组乐队。"

"你在里面弹的是吉他还是贝斯？"

"鼓手，因为朋友们在这个上面都不太行。"

我已经可以确认，我遇见了一个天才。

"你也作曲吗？"

"会一点吧。"

"有兴趣给电影配乐吗？"

"还没试过，不过，也行啊。应该挺酷的吧。"

我还不知道自己的下一个短片拍什么，可我已经找到了配乐的人。

[①] Éric Serra（1959—　），法国作曲家，曾为《007之黄金眼》配乐，与吕克·贝松多次合作。

几周后,唱片上市了,制作得很好,可惜不如预期的成功。皮埃尔相当帅气,而且各个方面的才华都很突出,这反而成了他的障碍。他的形象并不清晰,大家还不能将他归到某个类型中。更糟糕的是,唱片公司的后期宣传不到位,拒绝批预算给拍MV这种当时最新的宣传方式。

皮埃尔有些失望,可自尊不允许他抱怨。

一天晚上,我在床上翻来覆去睡不着。这件事让我烦躁。我想帮皮埃尔,他值得。突然,我脑子里的齿轮转动起来。为什么不自己拍MV呢?这能费多少钱?能用几台摄影机?我有摄制组的朋友,可以在周日借用他的机器。胶片?可以用一些边角料解决。服装?皮埃尔的太太就是服装师。布景?丁香镇的废弃泳池就可以,我在一次拍摄中踩过点。想到这里,我半夜起来给皮埃尔打了个电话,将这些想法都告诉他。

他被我的关心感动了,可还是有些犹豫。

"我们不能凭空拍出一部电影来,没有任何办法。这不可能。"

"完全有可能!"我坚定地回答道。

我知道,一部电影总是无中生有的,总是来自不可能。我是一只熊蜂。

接下来的一周,我在一片混乱的丁香镇泳池完成了人生中的第一条MV。皮埃尔和他的音乐家们在泳池前演唱,尤其突出的一段是艾瑞克·塞拉坐在移动音箱上表演吉他独奏。

MV很成功,唱片公司甚至支付了一部分后期制作的费用。于是,唱片的销售量小幅上升,可还称不上热门歌曲。在那个时期,皮埃尔遇上的是一位碾压级别的对手:丹尼尔·巴拉万[1]。好笑的是,他也是皮埃尔的朋友。

我的第一部短片太烂,衬托得这部MV堪称杰作。我不用烧掉胶片了。这一次,我专注于内容、歌词和节奏,所有的想法都为主题服务。与此同时,MV的形式给我更大的自由度,包容了我的很多幻想。

我收到的全是赞扬,可都听不进去。我不习惯这些。第一部短片留下的创伤太重了。

其实,在这两部片子之间,我已经不知不觉地学习了许多。我开始明白一部电影的成功就是一个奇迹。拍一部电影需要两年时间,要搞砸一部电影却只需要两分钟。两分钟关键镜头的走神,两分钟多余的剪辑,两分钟不切题的对白,两分钟过暗的灯光,两分钟太冗余的音乐……要一百次重新回到工作台上,一千次问自己正确的问题,要倾听所有人的声音,最终却又只听从自己的内心,还要像躲瘟疫一样躲开过于膨胀的自我。

一如既往,皮埃尔很快从唱片的失意中振作起来。他开始写一部话剧,让我当助手。他是执笔者,但也愿意让我参与。皮埃尔经验丰富,进展迅速,我从他身上学到了许多,每一次想法被他认可都骄傲得像只孔雀一样。

这部戏将在维耶特门剧场上演。皮埃尔的母亲阿莱特·托马是剧场经理,也因为给动画角色卡利麦罗做过法语配音而成为知名演员。我和她处不来。她认定我就是她的两个儿子分道扬镳的罪魁祸首。当然,这里头没我半点事情,可责怪我总比责

---

[1] Daniel Balavoine (1952—1986),法国歌手,20世纪80年代在法语世界中备受欢迎。

怪她的儿子容易。我不在乎。我喜欢皮埃尔，愿意为他的事业出力。

圣诞节将近，巴黎张灯结彩。母亲在法国南部，父亲在意大利，我在巴黎向一位度假村经理暂借的一个小单间里。皮埃尔打电话邀请我去他家参加晚宴，他不想我一个人过圣诞节。我拒绝了，害怕打扰到他们，但他再三让我放心。于是，我将自己唯一的衬衫熨烫一遍，确保不失礼。

一小时后，计划有变。他将邀请告知了他母亲，而他母亲只希望一家人团聚，我又不是他们家庭的一分子。皮埃尔十分抱歉，可我装作无事，甚至编造了一个绝佳的临时安排。皮埃尔放心了，我们约定26日工作时再见。然后我挂断电话，哭了一个小时。

我无法承受这种如影随形的孤独了，就像永不停歇的偏头痛。我感觉自己就像一块炭，正在不可逆转地燃烧。可我不想最后成为一团灰烬。

— 13 —

对抗孤独的唯一方法是上街。街上有人,即便你谁都不认识,也会有一种被人群包围的幻觉。

我去了香榭丽舍大道。电影院正在放《霉运侦探》[1],导演是弗朗西斯·韦贝尔[2],主演热拉尔·德帕迪约和皮埃尔·里夏尔[3]。这部电影大卖特卖,但圣诞夜的影厅几乎是空的。我坐到第七排。爆米花就免了,我宁愿把最后的一点钱留给圣诞晚餐。

电影刚开始,一群小孩在我前排坐下。他们不是来看电影的,是来耍闹的。他们从森提尔过来,简直是我在圣丹尼斯街的伙伴的翻版,只是脸上长满了青春痘。这帮小孩什么都要评论一番,手舞足蹈,就像在坐过山车一样。大猩猩的情节出现时,他们狂笑不止。这种情况下看电影是不可能的了,一群小孩搅黄了

---

[1] *La Chèvre*,1981 年上映的喜剧片。
[2] Francis Veber (1937—),法国电影编剧、导演,代表作《晚餐游戏》等。
[3] Pierre Richard (1934—),法国电影演员,代表作《千差万错不是错》等。

我的圣诞节目，只能在晚餐上找补回来了。

我走进麦当劳，算着口袋里的钱和菜单上的价格，盘算我的晚宴。这些混蛋居然在圣诞节前夕调整了价格。这下子真是走上绝路了，我的钱根本不够要一个"大皇堡"，甚至连芝士汉堡配薯条都要不起。我朝戴着漂亮圣诞帽的收银员走过去，微笑着对她解释说，我想要一个芝士汉堡，就是还差20生丁。今天是圣诞夜，应该能开个例外吧。

"你可以点一个素汉堡，还能省下60生丁！"她冷酷地说道。

我没有力气争辩，也没有力气发怒。她将素汉堡给了我，连一句"圣诞快乐"都没说。

我慢悠悠地吃着汉堡，这是我唯一能享有的东西了。吃完后，我走路回家，因为没钱买地铁票。我也可以逃票，不过，就我今天这个运气，还是不要冒险在车站过夜的好。

帕德里克·格兰佩雷终于决定导演自己的第一部电影，我被正式聘用为助理导演。预算有限，场面调度、场务，还有摄影，我都管一管。

我再次遇到多米尼克，克洛德·法拉尔多《太阳下的双狮》的场务。

剧本只有几页纸，剩下的都在帕德里克的脑子里。他和他的老师莫里斯·皮亚拉一样，也在追寻日常里的真实、独特和意外。唯一的区别是，帕德里克用自己的笑容和魅力来获取，而莫里斯则是摧毁一切再重建一切。

帕德里克是先建再拆。要了解他的工作方式，看一个普通的拍摄日是怎样的就行了。

从前一天说起。下午6点，一天的拍摄结束，帕德里克给自己卷一根很粗的烟，和我们去酒吧商量第二天的安排。帕德里克一边吞云吐雾，一边开始想象。

"明天要拍结婚的那场戏。有新郎新娘，他们的家人，还有撒米的小孩。要有一辆白色的劳斯莱斯。这个场景不在剧本上，就是个背景，主角走出教堂时会用到。"

"你想在哪里拍？"多米尼克礼貌地问道。

"你记得那天拍完戏从郊区回来的路上，我们看到的右手边那个教堂吗？"帕德里克眼睛看着远方说道。

"记得。"多米尼克完全不知道他在说什么。

这时候，他总会叫我去查一下明天的天气，我就立即冲进公共电话亭，假装拨号。

"大雾，要到中午才放晴！"每一次我都这么回复。

"又是雾？"帕德里克疑惑道。

多米尼克立即提出在中午12点到下午7点半之间拍摄。帕德里克抽了一口烟，接受了这个提议，然后走了。我们这样演戏是为了多争取几个小时做准备，不然，疯狂的帕德里克会在第二天上午8点就开拍。

晚上7点，准备工作就在咖啡馆开始。这场戏的预算为零，负责推进的就四个人，我们的通讯录都要被翻烂了。

我有一个军队的朋友，上个月才结婚，他的妻子还留着婚纱，可是她明天没空。多米尼克有一个朋友可以演新娘，但她穿的是40码的衣服，36码的裙子穿不下。一个助理找到一位女裁缝，明天上午可以解决这个问题。

我们找到一辆白色的劳斯莱斯,不过不能行驶。灯光师找了一位亲戚,他愿意借出他的拖车。至于小孩,我们征用了所有技术员的孩子,还让他们带上自己的小伙伴。另一位助理找到了教堂,牧师对这突如其来的要求有些犹豫,助理提醒他,上帝的大门应该永远对世人开放。牧师最终答应了。

晚上10点,进展不错。还剩下一个最大的难题,帕德里克要的广场上的两百位群演。我揽下了这个任务。

母亲有一位朋友在巴黎东站附近经营着一家旅馆,我找不到地方过夜的时候在那里歇过几次。这家旅馆住满了在附近大学上课的外国留学生。我晚上11点赶到那里,去敲每一道房门,用蹩脚的英语邀请他们明天上午参加一部有阿兰·德龙的电影的拍摄。能近距离看到明星本身就是一个珍贵的回报了,所以他们的参与是不计酬的。我成功说服了五十多个比利时人,几个荷兰人,还有一些斯洛伐克人。现在这里有八十人,再加上一些朋友,差不多一百个了,取景巧妙的话,估计就有两百人的效果,可以向帕德里克交差了。

夜里2点,我到贡比涅的朋友家拿婚纱,在他家的沙发上睡了几个小时。早上6点,我来到教堂的广场前,多米尼克已经到了。劳斯莱斯在9点抵达。帕德里克肯定会让我们把劳斯莱斯开起来,而这辆车根本动不了。于是,多米尼克将车停在斜坡上,这样起码能有一个下坡的镜头。

留学生陆续来了,我将他们安排在教堂前,但连一瓶水都给不了。咖啡馆里,裁缝正在剪开婚纱,好让演员套进去。

帕德里克中午时出现了。

结婚的新人,两百名宾客都已经就位。孩子们也准备好撒米了,劳斯莱斯在广场脚下闪闪发亮。

帕德里克很满意,让演员就位,开始拍摄。我则安抚那些跟我要阿兰·德龙的群演。

"他在化装,下一场戏就出现。"我对每一个打听的人都这么说。

但不满的情绪在滋长,我怕他们会闹场。

帕德里克拍了所有的角度,正如我们所料,他想让劳斯莱斯动起来。

"没问题。"多米尼克回答道。

司机心领神会,他只要松开手刹即可。

"开始!"

帕德里克扛起机器。孩子们撒起米,新人们微笑着,留学生高呼着,劳斯莱斯慢慢滑出镜头。

"停!"

镜头里场面很宏大,帕德里克很满意。

"要再来一次吗?"多米尼克问道。

我的心悬了起来,头上也开始冒汗。他这是在玩火。

"不用,可以了。这个就完美了。"帕德里克回答。

多米尼克对我眨了下眼。

拍摄结束。我赶紧逃走,以免面对群情激愤要求见阿兰·德龙的留学生。我来到稍远的一家酒吧和多米尼克会合,帕德里克随后也到了,手里依旧点着卷烟。他要了一杯咖啡,开始给我们说明天的任务清单。

"我想拍犯罪现场逮捕的镜头。大概二十多个便衣警察,汽车没有标志和车牌,场面要大。"

预算还是零。明天的天气也一如既往,上午大雾,所以,中午开拍。

离正午还有十五分钟,我还在一家超市中找群演。一对夫妇在购物,丈夫很有警察的感觉,我便上前去交谈。我告诉他阿兰·德龙也会来,他还有十分钟做决定。听完这话,丈夫立即丢下妻子,跟我去了摄制组。我们给他穿上从机械师那里借来的皮衣,戴上警察袖章,表演就可以开始了。

他对拍摄一无所知,我得一直引导他。在导演的调教下,他演得还不错。但帕德里克有些烦躁,一位专业演员演不出他想要的警长效果,两人争执起来,帕德里克将他踢出了片场,转头在现场的演员中挑选可以替代的人。怕什么来什么。我找的那个人被选中了,分配到一个角色,三句台词。我像他中了彩票一样祝贺他,带着他背台词,可他是个五金工人,不习惯做这个。我只能在准备拍摄的这点时间里,尽全力帮助他。最后,我将他带到帕德里克面前,努力让帕德里克相信他已经有真正的演员的水准了。

开始的几个镜头很糟糕,帕德里克开始生气了。他不应该逼迫太甚的,我感觉我的五金匠就快回到他的购物车旁了。帕德里克冷静下来,耐心解释他想要的效果。这家伙开了窍,放松心态开始表演。拍摄顺利。导演对他表示夸赞。我的演员的名字会出现在片尾字幕里。

拍摄持续了八周。每一个镜头都是无中生有。我们每个人都老了十岁，瘦了五公斤。不过，电影很好，我们都很骄傲。

1981年

多米尼克给我打电话说有个不知名的导演写了一个剧本，希望找人拍摄他的第一部电影。这个导演说自己有预算。多米尼克派我去打探一下。

见面约在中午，蒙马特高地下一栋破旧建筑的五楼。我穿上正装衬衫来到这里，一位只穿着内裤的女孩给我开了门。显然，我打扰了她的午觉。

"我和菲利普约好了。"我礼貌地说道。

女孩过去将他叫醒，而我坐在客厅等待，客厅里有十来个睡觉的人。

菲利普头发乱糟糟地过来了，一脸粉刺，眼睛都睁不开。他也一样，连裤子都没穿。看来我是遇到"内裤帮"了。

我们跨过地上的睡袋来到厨房，菲利普将堆叠的碗碟推到一旁，清出一小块地方来。

"喝点什么？"他用一种无赖的少年人声音对我说道。

我看了看厨房里四散的酒瓶。

"茶，如果有的话。"

菲利普从水龙头装了一杯热水，将茶包扔进杯中。我拿出自己的笔记本，表现出专业的样子，等待着接下来的闹剧。

菲利普将剧本递给我：《自由人，你将钟爱大海》。看来，这位朋友是个诗人,虽然他的体格像是牧羊人。剧本只有三十五页，不过，一个将大海写进题目的人应该不会差。

菲利普住在杜省的贝桑松市，家中有一处从18世纪继承至今的农场。他的祖母才过世，留下了70万法郎的遗产。他想拍一部电影纪念她。

"客厅的人是技术组的吗？"我担心地问道。

"不不，那些都是朋友，来给我过生日的。"

菲利普坦言自己对拍电影一无所知，想找一支团队来帮助自己完成心愿。他希望在祖产上进行拍摄。找几个演员就成，其他的将由他自己的家庭成员出演。我告诉他我会好好研究一下这个项目，然后蹑手蹑脚地离开了公寓，尽量不吵醒任何人。

我给多米尼克简述了情况，跟他一起读起了剧本。

剧本的远景中只有对波德莱尔的诗歌的引用，大海也只出现过一次，为的是展现日出。剩下的，有点像莫里斯·皮亚拉的风格。但这里没有皮亚拉。作品很难得，也很感人。我们花了几天时间做完预算，然后适当调整了一下数字，好让菲利普能从祖母留下的遗产里多掏出来一点。

我们在一家酒吧约见了菲利普。这一次，他穿上了长裤，也甩掉了他的伙伴们。我们给他一条条说清楚条件。四周的拍摄，十二名技术员的现场吃住，以及两周的预付款。菲利普高兴疯了。他身上有种让人感动甚至同情的天真和友善，简直就像条小丑鱼。幸亏他遇见的是我们，这个行业中的一些鲨鱼是不会满足于只吃这么一小口的。

我们在巴黎东站会合，一起去贝桑松。菲利普用支票付了火车票的钱，掏出来的身份证已经烂成一团。在他意识到这张身份证在牛仔裤的口袋中之前,洗衣机已经转过三圈了。

因为这张破烂的身份证,一位也许有些无聊的便衣警员将我们带去检查了。我们来到车站警局一间狭小的等候室。菲利普十分紧张,我却毫不在意。我们什么都没做,自然不需要紧张。就在这时,菲利普小心翼翼地将一个铝箔球扔到长凳下。我一下子血压上升起来。我遇到了一个瘾君子,或许更糟糕,一个毒贩子。

"那是什么东西?"我脸色铁青地问道。

"没什么。就是派对上剩下的一点大麻。"他的紧张又升了一级。

我慌了。我不喝酒,不抽烟,不沾毒,职业生涯才刚刚起步,现在却要因为贩毒获刑十年。所有黑色电影在我脑中一一闪过。我确定这个刚认识的家伙在撒谎,肯定还有可卡因或者海洛因藏在他身上的什么鬼地方。

我扫视房间,寻找隐藏的摄像头。在我们之前,有多少蠢货把毒品扔在这里?这摆明了是一个陷阱,可我没有发现任何摄像头。警察回来了,归还了我们的证件,并建议菲利普重新申请一张身份证。

从巴黎到贝桑松的路上,我一直警惕着身后是否有人在跟踪。但我可能是看了太多的电影,3克大麻不会引起任何人的兴趣的。

农场的面积惊人,旁边挨着一座教堂——这也是遗产的一部分,豪华的翼楼是专供本家人居住的。附近的农民摘下贝雷帽向菲利普打招呼,他们的牛仔裤上到处都是洞,远在时尚潮流之前。

这里仿佛还在旧制度之下,仆人们都不知道法国大革命已经发生了一样。菲利普的母亲是半个疯子,妹妹是个自闭症患者,祖父是一位隐士。要是社会服务部门来这里检查,他们一家都得进精神病院。

菲利普带我参观他的房间。海报贴满一墙,脏衣服成堆,两个音响跟天花板齐高。他放了佩·班娜塔的音乐,并将音量调到最大。我们瞬间什么都听不见了,除了他妹妹尖叫着让他将音量调小。其他人完全不在乎,仿佛都是聋子。

几周后,两辆货车驶入农场,一辆是"摄影组"的,一辆是"灯光组"的。剩下的器材,我们放在两辆小汽车里。皮埃尔·若利韦的太太玛加莉负责服装、化装、发型以及一些细活,另外还有一位机械师、一位灯光师和一位摄影指导。这是最精简的队伍了,全都是到了月底缺钱的人。菲利普没有经验,但很热情,盲目地信任我们。这很让人感动,也正因如此,我们不想骗他。他对自己的电影有真诚的热爱,即使我们所有人都知道自己不是在为一部杰作工作,也依然尊重这份热爱。不是只有漂亮才会被爱,真诚即可。

不到一个月,拍摄完成,菲利普拍到了所有他想要的镜头。我继续跟进三个月的后期制作。

电影制作完成后,菲利普邀请他的朋友和家人,在巴黎做了一场放映会。现场很感人,他的妹妹甚至落了泪。我们后来成了好朋友,不过,这部电影永远不会公映。

这部电影才结束,就有一位制片人联系了我。他的办公室在第八区的拉特穆勒街。这次是正经的生意。他在准备一部电影，第一助理临时不干了，急需一个人救场。正好，我刚刚在贝桑松那边训练了一个月。

制片人问我的助理经验。

"莫里斯·皮亚拉，克洛德·法拉尔多，帕德里克·格兰佩雷，还有菲利普·德·肖安，一个很有前途的年轻电影人，他早晚会拿到戛纳提名。"我面不改色地说道。

我是撒了点小谎，不过，这个制片人是从色情片领域转过来的，他也不太可能和皮亚拉有交集。

我立即被聘用了，第二天就上任。

这部电影叫《小战士，大军演》[1]，导演是拉斐尔·德尔帕[2]，从林荫道戏剧起家的。主演是米歇尔·加拉布吕[3]，他不会因为这个角色拿到恺撒奖，可始终能贡献出恺撒奖级别的演技。制片人找了一个有大片庄园的城堡作为场地。哪怕你是高度近视，也能看得出这座城堡和军营相去甚远。选择这里只是因为制片人熟悉这个地方，他在这里拍过很多色情片。再说，城堡主人已经答应了这桩生意。即便他对军营主题有些失望，更希望拍女护士们。

当务之急是选角。这部电影虽然有预算，但不足以负担一位选角导演，于是这个工作就落到了我头上。我要找六个年轻男孩和六个年轻女孩。每个性别我都看了六百个人，每个人两

---

[1] Les Bidasses aux grandes manœuvres，1981 年上映，尚无通行中译名。
[2] Raphaël Delpard（1942—　），法国电影制片人、小说家。
[3] Michel Galabru（1922—2016），法国电影演员，代表作《欢迎来北方》等。

分钟，可以说看尽了巴黎的美少年美少女，佛罗朗戏剧学院的落榜学生，连续剧里的小配角，甚至地中海俱乐部的活动主持人，收获依旧惨淡。他们都是些住在纳伊市的富家子，或者穿着粉色马海毛毛衫、有点小烦恼的女孩子。所有人都对我抱怨自己乏味的生活。直到有一天，一个古怪的家伙走了进来。他身高一米九三，有着搬运工的骨架、鹰钩鼻和石斑鱼的眼睛。

他叫让·雷诺。

这家伙从身形上就让人印象深刻，我们遇到的终于不再是小虾米了。而且，让沉默得简直就像个哑巴。我问他是否有照片，他从包里拿出一张拼贴。毫无疑问，他很上镜。

"除此之外呢？你有表演经验吗？电影？或者戏剧？"我对面前这个不寻常的人实在感兴趣。

雷诺还是一言不发，将我手上的照片翻过来。照片背面是他拍戏的经历。

"啊！这倒是……很方便。"我被眼前这个人的气场吓了一跳，不由得结巴起来。

我答应会再联系他，然后和他握手道别。这家伙从头至尾也没说一句话，没有你好，没有再见。我被征服了。

我跑到拉斐尔的办公室，告诉他我发现了一颗宝石。拉斐尔看着照片说，这个人不像能当男一号的样子。我同意，可还是坚持让他留在演员表中，演刚直不阿的中士一角。拉斐尔还在犹豫，但答应让我安排一次见面。

几天后，让·雷诺来到制片公司。他和拉斐尔谈了五分钟后，到我的办公室来找我。他的神色不一样了。原来巨人也有脆弱的地方，也有感情外露的时候。

"我想为前几天的表现道歉，我知道自己很讨人厌，不过，这行业确实很艰苦，我只是想尽可能地保护自己。"他真诚得让人有些手足无措。

就这一句话，他走进了我的生活。我还不知道他的生活是怎样的，可我已经能确定，我们都来自同一个星球，在孤独的海洋中拖拽着躯体前进。

"如果你需要钱，我有一个不怎么样的角色给你……"我坦诚道。

"可以。"他毫不犹豫地答应了。

他已经有两个小孩了。

"我永远不会忘记你今天的帮助。"让的双眼泛起泪光。

我还真的希望他能帮我，因为我已经写了一个短片，当中有一个角色非他不可，而且我也没太多钱负担得起其他人。

作为第一助理，我要求自己每天都要第一个到达城堡。但每一次，让·雷诺都穿着中士的军服，双手交叉放在背后，在台阶上站着。

"早上好，贝松二等兵。"他说道。

"向您致敬，雷诺中士。"我也习惯了这样回复。

我们越来越默契，开玩笑，使眼色，友谊一点点地牢靠起来。导演就很吃力了，他对镜头和轴线一无所知，只了解剧院的舞台。

每天他都要问二十遍能不能将摄影机放在某个地方，每天我都要告诉他二十遍这么做会越轴，不行。

"又是这个轴?! 什么狗屁玩意!! 那我要站哪里？"他整天

都在嚷嚷。

我耐心地教他何为轴线、站位、取景框，甚至把他的工作都做了，但我并不介意，因为这样既可以锻炼自己，又不用承担责任。一周后，拉斐尔彻底习惯了，每场戏开拍前都让我去做好下一场戏的安排。等他到现场，我会提供准备好的分镜头，而他通常也都会高兴地批准通过。

米歇尔·加拉布吕不喜欢这次的拍摄，拍摄时不怎么积极。半小时不见他，导演就会派我去找他。我来到他的化妆间，米歇尔正耷拉着脑袋，像一个等着挨骂的小孩。

"你还记得台词吗？"我轻声问道。

"当然！"他总是面无表情地回答，我看着就笑得要死。

每次，我都会花五分钟听他重复一遍台词。看这些愚蠢的对白也能明白，为什么米歇尔根本懒得记。

"越快拍完，就越快回家。"我补充道。

听到这个，米歇尔就一下子跳起来，迈着小丑一样的步子走向镜头前，像上战场一般。

有一件事我尤其印象深刻。那是一场办公室的戏，人物除了米歇尔，还有许多军人和贵族。我们马上要开机了，米歇尔还在低声给身边的演员说笑话，将大家逗得笑出眼泪。突然，导演喊"开机"，米歇尔立即恢复状态，而其他的演员还迷糊着，还在擦眼泪。就通过这一个细节，他将所有人都比下去了。

拉斐尔什么也没看到，继续拍他的下一个镜头。

而我备感震惊，记下了这一课。演员都是复杂的生物，聪明、易共情，可怕又强大。必须警惕他们，了解他们，才能指导他们。

1982 年

让-雅克·贝奈克斯拿到多项恺撒奖提名[1]。此前他默默无名,作品《歌剧红伶》上映后成绩也不佳。他是我们这一代梦想拍电影的人心目中的英雄,也是我们的楷模,成功的例证。

我很想看颁奖典礼,可惜工作室里没有电视。香榭丽舍大道的洛卡泰尔商店有一台整晚播放的展示电视。

于是,我在天寒地冻的夜里来到橱窗前,看恺撒奖的颁奖典礼。

让-雅克·贝奈克斯上台了,我心中立刻生起快乐。遗憾的是,电视前是厚厚的橱窗玻璃,我一点也听不见他的致辞,但从他的眼睛里看到了我需要的全部希望。是时候再拍一部短片了。

在拍出第一部灾难性的短片之后,给皮埃尔拍的 MV 又让我对自己的导演能力有了一点信心。几周前我在第十八区晃悠的时候,意外发现了一处让人惊喜的场地。一家电影院正被拆除,其中一面墙已经被推倒,影厅在二楼,从街上还能看到银幕前的红色座椅。这个画面有种冒犯的感觉,似乎观众的隐私被公开了一样。从那以后,我一直着手寻找所有正在拆除的建筑,那些毫无生气、破败不堪的房子。要想搭建这种世界末日般的布景,得花一大笔钱。

我构思了一个发生在世界末日之后的故事。两个男人互相争斗,都想成为最后的幸存者。其中一位赢了战斗,但这时突

---

[1] 指 1981 年上映的《歌剧红伶》获恺撒奖五项提名。

然出现第三个人将他杀了。片名就叫《倒数第二》。这个剧本不至于掀起一场电影革命，我对自己的水平也有清晰的认知，谦虚点总归不错。先做些简单好看又有品质的，就是一个不小的目标了。

我给让·雷诺打电话，约他到一家酒吧见面。

"事先说明，我不免费干活。"他开门见山地说道。

我的确有点惊讶，不过还是尴尬地试着对他解释，我的电影没有预算，只能给他100法郎（15欧元）。

"行，就这样。那这事就定了。"

成交。让看重的不是金额，而是原则。当演员就要有报酬。他高大的身躯掩盖了自身的不安全感，这是我一点点才发觉的。一个泥足巨人。我真的很喜欢他。

至于第二个角色，我约了弗朗索瓦·克鲁塞。他刚刚崭露头角，城里的人都在谈论他。弗朗索瓦脑子很活跃，向我提了十万个为什么，关于故事、人物的走向、身份的设定、情感的变化等等。我提醒他，这只是一部两个男人打架的八分钟短片，虽然它是黑白片，但也不一定要成为下一部《公民凯恩》。但弗朗索瓦对表演全力以赴，他的每一次呼吸都是为了工作，就像一个站在珠穆朗玛峰脚下的登山运动员。他可以上午演莫里哀，下午演莎士比亚。我根本没到那个水平，我的提议自然也就毫无诱惑。弗朗索瓦友好地离开了。

我将这些事情告诉皮埃尔·若利韦，他显然不太高兴。为什么老朋友就在身边，我反倒去找弗朗索瓦·克鲁塞呢？正因为他是我的老朋友。我现在处于深深的自我怀疑之中，不想要友情帮忙的演员，只希望通过作品获得认可。但在当时，我根本不知道如何推销自己，作品也吸引不了任何人。只有我的朋友们还在相信我。皮埃尔、让、艾瑞克，他们是对我最重要的三个人。

于是最终，皮埃尔和让担任主角，艾瑞克负责音乐。

我联系了瓦卢瓦尔的蓝发朋克少女玛蒂娜·拉班，请她负责服装，贝桑松的年轻导演菲利普·德·肖安担任助理，《太阳下的双狮》的摄影师卡尔洛·瓦利尼升职为摄影指导。拍摄安排在一个周末，场地不作任何布置，我们自然也不用申请任何许可。摄影器材是从一个周末休息的摄制组借来的。

我在继父的头盔工厂中发现了一大堆工业废料，和玛蒂娜一起花了几个晚上用可回收的材料来制作服装。

我们没有条件租吊臂拍高空的镜头。但没关系，我们有梯子。将摄影机固定在一头，重物挂在另一头，人在梯子中间当转轴。只要多练几次就会发现，这和所有的吊臂一样好用。

电影的准备工作则全部在咖啡馆里进行，我们租不起办公室。所有的钱都要为画面服务。

我还记得，让·雷诺在咖啡馆里展开巨人般的双臂，玛蒂娜·拉班给他量尺寸的场景。我们的办公室每天只要花三杯咖啡的钱，但每天都得换一间，以免咖啡馆老板失去耐心。

周六上午6点，拍摄开始，我们像游击队作战一样行动起来。

我发现如果不想被四处巡逻的保安抓到的话，每个镜头都要在五分钟之内完成。那时候还没有什么安保系统，工地的保安周末就在自己的小哨所中过夜。

每一处布景都是被拆成废墟的建筑。我们有种在世界末日过周末的感觉。

我拍的是宽银幕电影，每一个镜头的结构都要深思熟虑。皮埃尔和让都很好说话，拍摄进展很顺利。我对主题越来越有把握。

很快，电影后期制作完成，我们组织了一场内部放映。在放映厅前等候时，我们看到在我们前面，贝特朗·塔维涅[1]正在看自己新拍的电影的毛片，于是换场时皮埃尔邀请他留下看我们的短片。贝特朗可是电影界备受尊敬的重量级人物，我的心都要跳出胸腔了。

放映结束。贝特朗嘴边挂着微笑。他先是赞扬了我，然后依然表现出专业的素养，提了一些意见。我的喜悦到了顶点。除了让自我膨胀之外，赞扬一无是处。而贝特朗对我提出批评却意味着我被这个行业接纳了，没有什么能比这个感觉更好的了。

我们用这部电影参加了一些电影节，最后入围了阿沃利亚兹电影节[2]的短片单元。

目的地是阿尔卑斯山。这个迷人的滑雪胜地，看起来就像是雪堆上的一艘巨型太空船。

一共有十部短片入围。放映的过程让人失望。观众根本不在乎电影，不停地说笑，把这儿当成度假沙滩一样。电影确实没那么好，可我们所有人都是经过艰苦的努力才到了这里，应

---

[1] Bertrand Tavernier（1941—2021），法国电影导演、演员，代表作《圣保罗的钟表匠》等，多次获得恺撒奖。
[2] Avoriaz，1973—1993年间在法国阿沃利亚兹举办的电影节，被誉为奇幻电影盛会，热拉梅电影节的前身。

该得到最低限度的尊重。

我的电影是倒数第二部放映的。当片名《倒数第二》出现在屏幕上时，大厅里迸发出一阵掌声和爆笑。

"名次宣布得太早了！"一个记者嚷道，大家笑得更厉害了。

这种情况下根本没法看电影，我宁愿出去。

短片大奖颁给了一个叫德·拉罗什富科的家伙。他一头长发，披一件宽披肩，从纳伊赶来，拍的电影神秘兮兮，戈达尔在他面前都像个喜剧人了。他将2万法郎收入囊中，同时收获明年直接入围评审的资格。我的电影毫无反响，只能两手空空地走了。

回到巴黎，我决定完成那个关于地铁的剧本。皮埃尔也来帮忙，故事逐渐走上正轨。我开始去敲制片人的门。

真正的变化在于，我现在有两部作品可以展示了：给皮埃尔拍的MV以及短片《倒数第二》，一部彩色音乐片和一部黑白科幻片。作品类型是丰富了，但我还缺一个至关紧要的东西：名气。我默默无闻，也不属于任何圈子，大部分制片人连见都不愿意见我一下。唯一做出尝试的，是高蒙电影的玛丽-克里斯蒂娜·德·蒙比利亚。她三十多岁，从说话声音到高跟鞋都是资产阶级的完美演绎，却有着母亲一般的笑容。她不确定我是否有才华，但感动于我对电影的坚持和热爱，建议我先找演员，这样更有利于找到投资。

我再次求助于弗朗索瓦·克鲁塞。如今，我有了电影作品，这确实打消了他的一些顾虑。不过，弗朗索瓦十分抢手，他很难轻易做出承诺。我设法从他嘴里听到一个"也许"，随后在玛丽-克里斯蒂娜面前将他的"也许"变成了"行"。

但高蒙电影是个不认识年轻演员的老太太,《地下铁》这个项目要搁置了。玛丽-克里斯蒂娜打电话告诉我这个消息,我在别人好心借住两个月的小单间中,一下子瘫坐到扶手椅上。我没有力气了,生活正在离我而去。我什么也不是,没有才华,没有家庭,没有爱情。现在,连未来都没有了。

碰上这种情况,我总要哭上一两个小时,像暴风雨必须要将能量释放出来一样,然后便静静等待,等待一阵风将一切吹走。到了第二天早上,我把能哭的都哭完了,天空就重新放晴。

下楼去吃东西的时候,我经过一栋正在拆除的建筑。类似这种世界末日的布景依旧遍布巴黎。随时可用,而且廉价。我觉得这是一个信号。刮刮乐没有中奖,双色球或许还有一点机会。

我想起了和《倒数第二》的音响师安德烈·诺丹之间的一次对话。他很喜欢这部短片,对我和皮埃尔说:

"你们为什么不拍长片呢?这个故事很好,所有场景都是免费的,也不需要多大的团队。既然你们能拍短片,就能拍长片。"

当时我觉得他比我们还疯,现在回想起来,他的分析是有道理的。长片就是时间更长的短片而已。

我给皮埃尔打了一通电话分享我的激动,他答应了。让·雷诺和艾瑞克·塞拉也一样。皮埃尔和我用一周完成了十二页的剧本,片名叫《最后决战》。

皮埃尔拿出自己的通讯簿,一个接一个地联系上面的人。两位女性愿意提供资助:歌手玛丽-保罗·贝勒和制片人米歇尔·德·布罗卡。皮埃尔成功说服她们每人投资3万法郎(5000欧元)。我永远感谢她们。她们是整个演艺圈中唯二对这个项目有信心的。真是不得不问问我们的系统更新换代的能力。

为什么这个行业中竟然无一人意识到,这个拍了两部短片的小伙子有无穷的能力,日后会写出六十部剧本,执导十八部电影,制作一百五十部电影呢?赛车圈所有见过十二岁的刘易斯·汉密尔顿[①]的人,都知道他将来会是一员大将了。

但艺术不比运动,只有艺术家自己知道自己才华几何。其他人只是站在岸上,看着千帆经过。

巴黎所有制片人和发行商都拒绝了这部电影,正如所有美国电影公司都拒绝《星球大战》一样,而后《星球大战》成了有史以来最成功的电影。有乔治·卢卡斯的例子激励在前,我们不停地寻找赞助,甚至找到了电影界之外。

四个人伸出了援手。

第一位是康斯坦丁·亚历山大罗夫,来自苏联,掌管一家旅行社。他给了我们30万法郎(5万欧元)。

第二位是菲利普·德·肖安。这位年轻导演还未将祖母的遗产花光,把剩下的都给了我。

第三位是皮埃尔夫妇的朋友,一家鞋店的老板。这家伙像赌博一样下注了2万法郎(3000欧元),风范十足。

最后一位是偶然遇见的年轻人,因车祸失去了一条腿。他愿意将赔偿的保险金给我,条件是给他安排一个小角色。我答应了,但到最后都没给过他任何角色。不过,他每天都在片场就是了。

这便是我第一部长片的四位制片人了。四位真正让这部电

[①] Lewis Hamilton(1985—),世界一级方程式锦标赛车手冠军。

影从无到有的人，完美诠释了制片人这个职位何以尊贵的全部含义。他们不是冲着挣钱而来，只是为了支持一位创作者，冒一次险，做一次梦。他们让人相信，梦想是无价的。

皮埃尔·若利韦和让·雷诺是两位主角，我还需要第三个人。让·布伊兹[①]是首选，他是我很喜欢的演员，可是，我们被他的经纪人拒之门外。

当时，Artmédia是最大的演员经纪公司，我们根本没法绕过它行动，连演员的面都见不到。幸好，我们的朋友中有人认识让·布伊兹的妻子伊莎贝尔·萨多扬，我们由此联系上了他。

见面地点约在一家咖啡馆。让·布伊兹和萨多扬一起出现，两人站在一起实在是郎才女貌。他们都看过剧本和短片，很喜欢。让·布伊兹答应出演。我高兴疯了，但是立即表达了对他的经纪人的担忧，他的经纪人还不知道这桩事情，该不会不接受吧？让·布伊兹表示无须担心，他对片酬和工作时长都很满意。至于经纪人，他自己会做工作。

艺术家还要背着自己的代理人才能创作？世界真是颠倒了。我感觉这就像是说，信仰要藏在地窖而不是教堂里一样。

[①] Jean Bouise（1929—1989），法国电影演员，代表作《老枪》等，曾获恺撒奖最佳男配角奖。

— 14 —

团队一点点壮大，准备工作也不断推进。我的第一助理是在一家酒吧认识的朋友，比我年长一些，也在写自己的第一个长片剧本。他比我聪明，比我有条理，总是像看乐子一样看我蛮牛般横冲直撞，但我的坚决也让他着迷。直到某一天，在看到我无数次撞上越来越厚的高墙之后，他总结道，终有一天我会毁掉自己的，他要提早下船了，虽然还未找到报酬更好的工作。他只是觉得，我完全不知道自己在做什么，对现实一无所知。

"吕克，你永远也完成不了这部电影。你不认识人，也没有一分钱，只是在做梦。"他的口气中全是怜悯。

我当然不乐意听到这样的话，但他的举止没有丝毫傲慢，我甚至骂不出口，只能默默消化这次冲击，看着自己的信念产生裂缝。可现在怀疑也晚了，船在大海中央是很难掉头的。

"有野心是好事，但你越来越固执，这就是愚蠢了。"他补充道，仿佛又在我这头蛮牛的背上加了一支投枪。

但相对于临阵脱逃的羞耻，我还是更喜欢愚蠢。

"有野心，就得比其他人更敢做梦。"我抬起头对他说道。

他露出微笑，并祝我好运，随后便走远了。

既然没钱，我只能选择心甘情愿拍好电影而不求大回报的人，而非那些能力上最适合的人。

我找到一位新的第一助理，一个口吃的家伙。他人很好，但沟通起来十分费时。为了节省时间，我尝试替他把话说完。说不到点的时候，沟通的时间就更长了。于是，我将问题换了一种表达方式，他只需回答是或否。

他招来了许多自己的朋友，都是些心甘情愿当失业者的人。他们不希望签合同交税。目前来说，这个问题不大，反正我暂时也没钱给他们。

另一个解决技术员缺口的方法是给他们升职。我将克洛德·法拉尔多的摄影师卡尔洛·瓦利尼升为摄影指导。他在我之前的短片中主要负责灯光，这将是他指导的第一部长片。

拍摄准备就这么东拼西凑地进行着。

还有三周就要开机的时候，口吃的助理花了一个小时告诉我，他要辞职了。他在一个电视电影团队找到一份报酬不错的工作。这不怨他，他已经免费工作三周了。问题是，这家伙将团队的一半成员都带走了。没有了助理，没有了场务，没有了布景，只剩下负责服装的玛蒂娜和负责摄影兼灯光的卡尔洛。摄影实习生留了下来，我提出让他当第一助理。他礼貌地拒绝了，因为他觉得自己明显水平不足。

"要么当第一助理，要么走人。"我干脆地说道。

我已经没有时间挑挑拣拣了。两周后，电影开机，我们既没有钱，也没有许可。实习生答应了，有工作总比失业好。

他叫帕德里克·亚力桑德罗[①]，刚满二十岁。第二助理迪迪埃·格鲁塞特[②]是一位朋友的朋友，刚从法国西南来到巴黎，口音还很浓重。几年后，我为他们各自的第一部电影担任了制片人。

当时，我们用我女朋友索菲·施密特的家做办公地点。她瘦得像只小鸟，体重才40公斤，一天抽一包烟。我们是在剪辑《倒数第二》时认识的，她是助理剪辑师。

索菲的公寓在民族广场附近的一栋建筑的顶层，走廊一端是客厅、厨房和浴室，另一端是卧室。这里总让我想起阿涅尔。

索菲相信我，我也一样信任她。她是我的爱人，也是我真正的朋友。她不会故意讨好你，对任何事情都直陈想法，即使没有被问到，但她的支持也弥足珍贵，我感觉到了真正的依靠。

预算方面一塌糊涂。前期我们一直靠菲利普·德·肖安预付的钱运作，大头本该来自那位苏联的旅行社老板康斯坦丁·亚历山大罗夫，但他借口行政手续太烦琐，迟迟不付款。

剧本中，有一个场景安排在达蒂电器。因为是世界末日，这家商店将淹没在水下一米的位置。这家公司倒是愿意小小赞助一笔——10000法郎，不过要在看过电影，确保品牌出现在画面中后再支付。

拍摄第一天，我们的账上一共有1800法郎（300欧元），仅

---

① Patrick Alessandrin (1961—)，法国电影导演，代表作2009年上映的动作片《暴力街区13：终极》等。
② Didier Grousset，法国电影导演，代表作1986年上映的科幻电影《神风》等。

够支付头两天的餐费而已。于是，我们决定中午开拍，而且在通告上明明白白写上，"午饭后"到场。更何况，我们是在一片废墟中拍摄，这种地方也不可能搭起一个餐厅。

拍摄第一天，我6点就起床了。饱餐一顿后，将剧本重读了一遍，检查这一天的分镜头，准备好后就坐地铁到加里波第站。

我们在一栋完全被拆毁的建筑里拍摄，成吨的混凝土块散落在地上，如同噩梦纠结。出了地铁站，我往片场走去，团队就在远处。突然，一种近乎原始的恐惧涌上胃部，我吐出了全部的早餐，两腿也开始发抖。我想到了之前的第一助理说过的话："你在骗自己。你永远拍不成这部电影。"

潜水学习的第一件事就是不要恐慌。恐慌，等于死亡。你必须深呼吸，冷静下来，让心跳平复。我站在人行道上，感觉自己像在水下40米的深处被渔网缠身。我闭起眼，平静地呼吸。

你今天的任务是什么？拍八个镜头。

你会拍一个镜头吗？会。

你能拍八次吗？能。

无须在一天之内拍好整部电影，你有一整年的时间。今天只需要拍八个镜头。就像造房子，一块砖垒起一块砖，再垒起一块砖，直到垒起一面墙，然后垒起四面墙。

电影也一样。一个镜头接一个镜头。

恐慌消散。我感觉自己像被蒙上眼的马，再也不害怕踩空了。

一个镜头接一个镜头。仅此而已。

我来到拍摄地点，仿佛什么都没有发生过一样，将第一个镜头的安排吩咐下去。十五分钟之内，第一个镜头完成。剩下七个。

第一天就这样轻松地结束了。我感觉自己好像做了一辈子这个工作。

随后三天要拍的是皮埃尔和让·雷诺的一场打斗。二十五个分镜头。在此之前,我们拼命彩排,因为胶片奇缺,每个镜头只能拍两次。

第四天,第一批毛片出来了。我们一起观看了这些镜头,完美的黑白画面。整个团队都为之倾倒。每个人都来祝贺我,夸我技术了得。他们的赞美之词让我高兴得快要起飞,骄傲得像气球一样膨胀起来。

看完毛片后的第二天,我戴着雷朋墨镜来到片场,仿佛已经走在戛纳红毯上了。

片场有一位四十多岁的临时演员,行业里勉强生存的那种。他在这个艰难的行当里已经做了二十多年,看过太多像我这样的傻小子。

"这就完事儿啦?你拍了三天戏,就开始戴着雷朋四处招摇啦?"他对我说道。

他不是真想攻击我,只是递给我一面镜子。为了顾全面子,我嘟囔了一个自以为是的答复后走开了,但他的话始终在我脑中回荡。我是完成了三十多个镜头,可是,电影还早着呢。我只是在中场休息时领先了一球而已。那一天,我意识到自大永远是创作的头号敌人,谦逊才是最好的盟友。后来的拍摄日子中,我再也不戴雷朋。

周五上午,皮埃尔和我将工作人员召集起来,向他们坦白,今晚没法支付这周的薪水。苏联人拖拖拉拉,下个月才答应给钱,他想多看一些毛片再做决定。团队对此前的毛片很满意,但出于原则,还是抱怨了几句才接受了拖延。我对他们的信任表达了万分感谢。拍摄继续。

我们成功说服了克洛德·勒卢什[①]的剪辑师加入。对我们而言,这是一次真正的胜利,因为他是唯一有业界经验的人。说起这部电影,我们都不提导演或者演员,只说"我们有勒卢什的剪辑师",就足以让大家折服。

他有一张真正的剪辑工作台,一台双屏施滕贝克剪辑机。而且同意了延迟支付工资,甚至还答应让索菲当助手。

周日,我去他家看他剪辑的第一场戏:皮埃尔和让·雷诺的打斗。

在此之前,我已经精确地做了二十五个分镜头,想到马上能看到这些镜头连接起来,兴奋不已。但剪辑师没有遵照镜头顺序,而是按自己的想法剪。第一遍看完剪辑成果,我一时哑口无言。要么他不理解我的拍摄,要么我不理解他深奥的看法。不过,既然面对的是尊贵的勒卢什的剪辑师殿下,我还是放尊重些,礼貌地要求他再过一遍画面,好让我将自己的想法解释得更清楚。

这一遍更糟糕。这家伙心不在焉。我客气地让他明白,我希望在其他剪辑样式之前,先看一次按顺序来的剪辑。他笑了笑,停下机器,往后一靠,换上一张不可一世的脸。看来,奥逊·威

[①] Claude Lelouch(1937—),法国电影导演、摄影师、演员,代表作《一个男人和一个女人》,获金棕榈奖和奥斯卡奖最佳原创剧本、最佳外语片奖。

尔斯要给我上电影课了。

"小伙子,听我说,拍戏是这样的。你提取原材料,而我剪辑的时候会对它进行二次加工,赋予它生命。拍摄和剪辑不是一回事。我的任务就是强奸导演的意愿,把他自己看不见的东西从胶片中剪出来。如果在这一点上不能达成一致,那我们最好立即停止合作。"

我真不敢相信,这家伙居然敢这么威胁我。这才是剪辑的第一天。他清楚,这是我的第一部电影的第一周,知道我缺钱,想乘人之危,把不敢对大名鼎鼎的勒卢什提的要求强加到我身上来。这家伙也要存在感,和我们所有人一样。只是,他忘了一件事:我才二十岁,一无所有,他敢继续这么跟我说话,小心挨揍。

"听着,我的镜头顺序很明确,希望按照这个顺序剪辑,我不想被任何人强奸。所以,再见!"我咬牙说道。

这家伙惊了。施压失败。他立即软下来,开始说好话,提出和解。可我已经拿着毛片,走出了他的工作室。

索菲成了首席剪辑师。

第二周,我们在维维安街一处拆迁的过道拍摄。这里将成为法国国家图书馆的一部分。我们已经在这个场地拍过短片,很清楚怎么和周末的工地保安们周旋。这周的重头戏是天降鱼雨。一场飓风席卷海洋,将1000多公里以外的鱼都携卷到内陆来。总之,剧本是这么写的。

主角站在中庭里,四面是破败的墙。一条鱼从天而降,然后两条、四条,逐渐下起鱼雨。任何一家视觉特效公司都能在一周内完成这样的镜头,但我们没有这个预算。于是,周日上午,我们叫来了所有朋友,每个人领一箱喂猫的鳕鱼,然后爬到破落的楼上,占据不同的窗口。除了朋友,还有化妆师、服装师,以及所有能抽身的工作人员。

我给皮埃尔鼓劲儿。这个镜头必须一次成功,因为这些鱼可能活不了太久。

至于降水,我的助理到巴诗威百货偷了两根水管,将它们接到隔壁楼房的门房处。

开机。一条鱼,两条鱼,三条鱼。

皮埃尔投入表演中。我对着楼上大喊,指挥鱼雨,助理则在摄影机前挥舞着水管。

从旁观者的角度来看,这不过是个小把戏,但到了画面上,就成了绝佳的视觉效果。ILM[①]特效都不一定能做得更好。

我们用还活着的鱼拍了第二遍,效果不如第一遍。拍摄结束。

之后,我们一起将这些鱼收集起来,搬上一辆小货车。货车是我们借口搬家,向一位朋友借的。

货一装好,道具师立即驶往猫粮生产商喵趣的工厂,将这些鱼卖了3000法郎。这些鱼是他昨天在多维尔的港口以5000法郎买来的。所以,这部电影最重要的一场戏花了2000法郎,也就是300多欧元。今天要拍一部美国电影,光是每天上午在明星的化妆间换上的鲜花就有300多欧元了。

接下来的几周,我们转到安德烈·雪铁龙港口附近。这里是

[①] 即 Industrial Light & Magic(工业光魔),美国导演乔治·卢卡斯为拍摄《星球大战》于1975年专门成立的视觉特效公司。——原注

一片巨大的废墟，即将建成 Canal+ 电视台的总部。我们的动作要快，因为这项工程进展得也很快。

场地在巴拉尔车场旁边，一个停放了上千辆汽车的大型废旧金属大厅。

今天的镜头是拍沙尘暴。"狂风骤起，主角艰难地走在回家的路上。"剧本上写道。为了做出沙尘暴的效果，我们租了一台巨型风扇，转动起来近乎一个飞机引擎。

拍摄的时候，所有能空出手来的人都拿起铁铲，往风扇上撒沙子。

我们一连拍了几次，直到把从附近工地借来的 3 吨沙子都耗尽。

画面极佳，而我们头上的沙子一周都没彻底洗掉。

车场的安保负责人过来拍了拍我的肩膀，我将自己的防风沙眼镜拿下来，和他打招呼。

他一句话没说，只是抬起拇指——不是恭喜我，而是指了指车场上积起来的 2 厘米厚的沙尘。

吹出去的沙子狠狠地砸向尽头的墙面，越过我们，落在了车场的车上。

我连连道歉。这一天剩下的时间，我们都在清洗整个车场。

达蒂电器的镜头在几日之后开拍。

我们在安德烈·雪铁龙港口附近一栋建筑的二楼找到一个巨大的空间，用小砖墙封住出口，将地面和墙面都铺上农民在树林中聚水使用的塑料篷布。

布景师从开拍起就在犯难。他已经厌倦了四处奔波，东拼西凑，还有迟迟不兑现的工资承诺，于是毫无预兆地离开了剧组，去了一个有工资、有预算、有暖气的工作室。

这是一次沉重的打击，因为布景工作还未完成。他破坏了最基本的规矩：不要在大海中央下船。他选择了自己的舒适，也选择了在未来的职业生涯里做一个平庸的布景师。

我们尽力将布景完成，然后将两辆油罐车装来的 10 摄氏度的盐水倾倒在场地中央。这个布景正像是马德莱娜地铁站的达蒂电器商店的翻版。

皮埃尔饰演的角色正从一台洗衣机跳到另一台洗衣机上，试图找到一个煤气灶。与此同时，水下隐形的怪物开始移动，危险逐渐靠近。

我找不到愿意演怪物的人。他们可以答应一天只有一顿工作餐，工资少得可怜，但谁也不想跳进冰冷浑浊的水中，演一个连妈都认不出来的角色。

我只好重新拿出自己的潜水服，将摄影全权交给卡尔洛·瓦利尼。玛蒂娜在我身上挂了一堆乱七八糟的垃圾，我不得不在阴暗的池底憋气。这不是我最爱的潜水。拍了几次之后，助理建议到此为止，因为我的脸色已经接近于死人。而且场地四处漏水，水池中的水不足以支持继续拍摄了。

我在小煤气炉旁取暖的时候，车场的安保负责人再次走了过来。继人造沙滩之后，是人造海洋——他的车场被淹了。二楼的水都漏到下面去了。于是，整个摄制组那天剩下的时间都在为车场扫水。

我给最后的战斗这场重头戏找到了绝佳的场地，是普雷耶十字路口法国电力集团的一幢建筑。这里有一间控制室，里面全是控制面板，天花板正好是玻璃天窗。太妙了。但助理告诉我一条重要信息：推土机周一到场，这个场地上午就会被夷为平地。

这场戏按计划是两天内拍完，现在，只有周日一天的时间了。

周日早上天刚亮，我们就开拍追逐戏。快到正午的时候，我们前往那间房间。去房间的唯一方法是从墙上的一个洞爬过去，墙的那边就是世界的尽头。让·雷诺和皮埃尔都非常投入，皮埃尔甚至不小心在表演中用行李架打到了让的脸，让的眉毛上都是血，化妆师的两片止血贴根本不起作用，助理只好叫了急救医生。可怜的家伙，他要穿过重重乱石，爬过墙洞，才能来到我们身处的"地狱"，最终见到让——他正坐在一张折叠椅上休息，宽大的骨架被史前的盔甲包裹着，手里始终拿着他的剑。我们所有人看起来都像是僵尸一样，待在世界末日的废墟中。医生本可以叫来警察，将我们抓去精神病院，但大概感受到了我们的激情，什么也没说，只是给让缝了四针就走了。卡尔洛借了钱给我，因为我连给医生的钱都没有。

"怎么样？可以继续吗，让？"我焦急地问道。

让点点头。他正在角色状态，什么也拦不住。他要和敌人最后一战，他只知道自己今晚必死。因为这事情我们耽误了两个小时，来到最后一个场地时，已经是下午4点。再过一小时十五分钟，太阳就不能从天窗照进来，光线就不足以拍摄了。

卡尔洛认为已经不可行了，但我们还有选择吗？场地明天上午就会消失。我们只能更改场面调度，换作肩扛拍摄。也没时间排练打斗了，不过，我头脑中已经有了两三个动作。就这么开始吧。

所有人都出去，剩下让、皮埃尔、卡尔洛、调焦师和我。

第一个动作。我拍了一个镜头，卡尔洛拍了一个反打镜头。第二个动作。利用现场的家具、墙壁，一切零碎的物件，我们的创造激情超出了想象。

没有什么被过分突出，也没有什么被刻意忽略，镜头一个接一个，就像一个单一、流畅、迅速的动作。我们像在海上冲浪一样，海浪一波接着一波，永不停歇。

我们汗流浃背，只能用T恤来擦，每五分钟就要换一次胶片。其他的一切都不重要，现在，我们只在乎这场动作戏——一个接近沸腾的、令人难忘的创造性时刻。我们只为敬奉我们的上帝——电影而活，哪怕为之死去也无妨，就像这个明天就将从世间消失的场地一样。

最后一个镜头，摄影机在我肩上。皮埃尔用铁棍杀死了让，随后瘫倒在地。他一出画，我近乎本能地仰起摄影机。太阳出现在天幕的一角，逐渐消失在画面中。镜头完成，这一场戏结束。我们将这个场地用到了极致，直到最后一线阳光。

皮埃尔和让像两个武士一样握了握手。

我则坐到地上，腿再也撑不住了。

其他人走入场地，我们都快把他们忘了。

第二天上午，场地被拆除。这座旧工厂距离六十年前废弃的另一座法国电力集团工厂只有100米远，几年后，那里建成了电影城邦[1]。

这周,我们将在一处白茫茫的采石场拍摄。采石场就在距离小皇宫几公里的地方,离母亲家不远。好处是,她可以为整个团队做饭送过来。省一点是一点。

采石场已经完全废弃。放眼望去,尽是剥落的白色岩壁,被掏空的山丘。一处真正的世界末日布景。

这里是剧本中"汽车帮"生活的地方,一群幸存者躲在废弃的汽车中。

几公里外有一个修车厂,老板还留了一些破铜烂铁,答应借给我们一些,只要我们支付拖车往返修车厂和采石场的油费。大约十五辆的废旧汽车到位后,技术员们再将这些车摆放成适合上镜的效果。

这次的拍摄将持续五天。每天中午,母亲给我们送来午餐。我叮嘱她要做些大菜,既然暂时没钱支付技术员的工资,那就只能让他们吃好一些。母亲做到了,像养鹅一样给他们准备饭菜。

弗朗索瓦也来现场看了一眼,为堆叠成山的破车心痛不已,五分钟后就走了。

拍摄进展顺利,我充分利用了我们将将买得起的三条轨道。

整部电影拍摄过程中,我只有两个镜头。一个32mm,一个50mm。我们租不起一整个系列的镜头,要是需要拍特写,就从阿勒加那儿订一个100mm的镜头。每次,摄影助理都借口要到街上做实地测试,将镜头交给在车上待命的场务,场务再飞

---

[1] Cité du Cinéma,法国巴黎的电影制片厂,2000年由吕克·贝松支持创建。

速送到拍摄地。等我用完,再将镜头送回在阿勒加旁边等候的助理手上。然后,助理会说镜头有瑕疵,取消这次预订。不过,我们的伎俩很快被人识破。所以,整部电影只有三个特写镜头。

上周的毛片效果极好,我逐渐有了信心。

唯一的缺点是,每个镜头我们通常会拍两次,其中总有一次的画面是模糊的。调焦师向我保证他工作没有失职,所以我们检查了摄影机的对焦情况。结果什么问题都没发现,模糊画面始终存在。幸好,每次都能有一个好镜头,但这就给剪辑减少了可操作的空间。不过这周暂时不会有这个缺点了,因为我们拍的是外景,蓝天白云,会关闭光圈,景深也会更好。

我正准备上摄影车,这时却闻到了一股大麻卷烟的气味。我不抽烟,可父亲是老烟民,我认得出来这股味道。他还好几次让我尝试,可是看到他抽得憔悴发青的眼睛,我一直没有接受诱惑。

我像一只猎狐犬一样寻找着气味的来源。

结果是来自调焦师,他正坐在轨道上吞云吐雾。

没有调好的不是摄影机,而是他。这个家伙给我拍了十天的模糊镜头,只因为他这十天都像个耗子一样鬼鬼祟祟地从早抽到晚。所有人从第一天起就知道他抽烟了,只有我还是个傻子。

互相漫骂很残忍。我只让他从摄影车上下来,然后陪他走到了他的车上。他的助手,一个剃光头的女孩,不入流的反叛者,也跟着走了。他们的冒险到此为止。

第二天,两位新助手到场:文森特·让诺,弗朗索瓦·根蒂特。他们当晚看过初剪后,便高兴地加入了。我后来的五部电影都有和他们一起合作。

今天，我们趁着天空明朗，拍一些广角镜头。

摄影机已经在轨道上就位。

开始。幸存者们在汽车残骸之间行进。画面很美，可是背景里好像出现了什么干扰的东西。一个男人在画面中间，径直地朝着摄影机走来。

"停！"

我们没有场务管理现场，但即便是这样，怎么会有人跑到废弃的采石场上？我们等了一分钟他才走到面前来。

这家伙二十来岁，农民的身材，20世纪70年代的打扮。他指着那一堆破铜烂铁中一辆缺了轮子的车骨架说道：

"那辆车，是我的！"他威胁性的语气，就好像我们偷了他的老婆。

他的烂车已经放在修车厂两年了，可是，在上班路上突然见不到自己的车，他又不习惯了。

"我现在就想要回我的车。"他像个被宠坏的孩子。

"拿去吧。"我也玩笑着说道。

这家伙立即明白，他不可能就这么把车抱走，于是气疯了。生气和羞辱混合在一起，他很快失去了理智，干脆堵在我们的镜头前。我的情绪也快进入世界末日模式，马上他就要见识到了。

助理将我拉走，和这个人商量起来。他最终同意将车按天租给我们：20法郎一天；现在预付10法郎，另外10法郎当天结束时付清。我连一法郎都没有。技术员们凑钱给了这个混蛋，拍摄得以继续。

也多亏了他们愿意迁就发薪,这部电影从来不曾中断过。不过,预算早就见底了。

毛片一如既往地好,可是我们在一些镜头上发现了白色的痕迹,像电晕一样。冲洗的人信誓旦旦,说绝对不是他们的过失,而是胶片的问题。我们打电话将胶片商爱克发的老板叫来片场。他也慌了,立即开始调查。与此同时,他打开装满样品的后备厢,送了我们一盒120米长的胶片。对我们来说,这简直就是一笔横财。

自此之后,每周我们都会打电话向他投诉。他一到摄制组,就会有一位助手帮他把车停到镜头外,然后从后备厢中"借"出两盒胶片样品。这部电影有十分之一的胶片都来自爱克发的慷慨赠送。

至于胶片的白色电晕问题,的确来自他家。有一批胶片曾在德国中转,和核废料同在一列货运专列上。胶片便是这么被污染的。鉴于电影世界末日的主题,这倒是再合适不过了。

接下来的一周,我们重回巴黎拍摄。拍摄通常在中午开始,因为皮埃尔需要在这之前跑遍整个巴黎寻找资助。高蒙电影公司一直在关注这个项目,可就是不想参与其中。其他的电影公司连见一面都不愿意。

一天,我们在维维安街上的证券交易所附近拍戏。地中海俱乐部的总部就在那里,父亲在三楼工作。那时,他还没有被调往突尼斯。

午餐时,摄制组在餐厅吃饭,而我付不起餐费。十五个人,大概要吃600多法郎(100欧元)。我上楼去见父亲,请他和我们一起吃饭，然后在用餐结束时告诉他，希望他能帮我结账。父亲二话不说把账结了，可是，我能从他的目光中看到，他为我担心。在他看来，这是一艘既没有风帆也没有罗盘的船，摇摇晃晃地盲目行驶着，而我正是那位船长。但事实并不尽然。我知道该往哪里去，唯一不确定的是，我能否抵达。每一个完成拍摄的日子都是奇迹，意味着我们明天可以继续，但并不能保证一定有一个漂亮的收尾。

康斯坦丁·亚历山大罗夫已经看了足够多的毛片，开始精打细算地给我们拨预算。

皮埃尔找到一位发行人，不是什么大牌，但在波尔多区域挺有实力。他承诺给我们6万法郎（1万欧元）的发行费用，也就是说，这是一张事后兑现的合同——好比弗朗索瓦应承人的"OK"。

因此，我们必须找一家愿意提前预付款项的银行。有一些专门的组织为了帮助行业内的一些公司会提前放款，可我们根本不在行业之内，我的制作公司甚至连制作长片的正式许可都没有，只能拍短片。

皮埃尔每天上午为这些问题奔波，中午到片场穿上世界末日的英雄服装。有趣的是，现在看来，这部电影的背景是末世之后一切都不存在的世界，而那个世界给我们的敌意，远比现实世界少得多。来到片场，我就活了过来。其余的时候，生活就像是一个巨大的泥潭，只会让人在虚情假意中迷失。

我们在毁灭的梦境中活着，在不可控的现实中死去。因为有梦可做，我们得以远离现实的伤害。

— 15 —

拍摄结束。无尽艰难的十一周。从无到有,从不可能到完成。一旦超越了那个极限,人就会明白,根本不存在什么限制。

道具师在他父亲的比萨店准备了庆祝拍摄结束的晚餐。我们都很高兴。尽管还没有人知道这部电影是否会公映,因为要做的事还很多,但是,我们已经留下了自己的印记,在一个拒绝我们的系统上找到了裂缝。创作的世界本该是开放的,如今却成了最封闭的之一。只有精英在里面自娱自乐。不过,既然木马已经被运进了特洛伊,我们这帮战士就将为最后的梦想而战。

我们还有一组皮埃尔在沙丘中独自跋涉的镜头要拍,团队人员已经减少,我们只有几个人出发前往突尼斯拍摄,去我父亲那里。

抵达后,我立即跑到文化部申请拍摄许可。傻等四个小时后,我终于忍不住爆发了。

"我是法国文化部派来为突尼斯做宣传的,你们就是这么对我的吗?"我在走廊中嚷道。

几分钟后,文化部部长亲自接见了我。

他的办公桌上有两盒《电影先生》[①]的卡片,看来我遇到内行了。于是,我跟他大谈特谈阿兰·德龙、莫里斯·皮亚拉、让-路易·特兰蒂尼昂以及电影界里所有帮助过我的朋友。

部长的眼睛都亮了,听得津津有味。我解释道,我们这次是来试拍几天,如果满意,还会回来在撒哈拉沙漠里拍上几周。至于这部电影到底是怎样令人惊叹的制作,目前还不能说,因为是最高机密。部长全都答应了,并在我的申请上盖了章。

父亲的一位朋友是欧洛普卡租车公司的老板,给我们提供了一辆周末可以使用的雷诺9。

跑了500公里,就为了到达真正的沙漠区。我们带着器材,一行总共四人,皮埃尔、卡尔洛、摄影助理文森特·让诺,还有开车的我。

往返的路上,我们被截停检查了十来次。宪兵们总是要求查看许可证明,不过很明显,他们看不懂,通常看一眼公文抬头和部长的盖章就放行了。

我们只拍了几个小时,六个镜头。

我太贴近沙丘,以至于最后快要被沙子埋了!结果用手清理了两个小时才出来,我们根本想不到要带上铲子。

晚上,我们在美妙的星空下开启回程。抵达时,已是早餐时间。父亲像对待英雄一样,包了我们一周的餐食。

[①] Monsieur Cinéma,1967年首播的法国电视节目。两名候选者回答关于电影的不同问题,优胜者成为"电影先生"。

回到巴黎，拍摄彻底完成，我身上连一克能量都没有了，在床上整整躺了八天。

索菲的剪辑进展顺利，不过，电影还没有声音，你只能想象。钱成了越来越紧迫的难题。

我们连做一份拷贝给艾瑞克·塞拉做配乐的钱都没有。

所以，我们必须先完成剪辑，然后做一场无声放映，期待电影足够好，能说服投资者帮助完成后期。

与此同时，还要走一些行政上的手续。这部电影是地下制作，目前没有任何官方记录存在。去国家电影中心的时候，那里的女士问我要拍摄结束的证明文件，而我连拍摄开始的证明文件都没有。我甚至不知道拍电影需要这些。

我是一个黑户，来自一个不需要这些文件的世界。

最终，我找到了一位制片人。

路易·迪歇纳，六十多岁，老手中的老手。他熟悉规则，通常只为独立电影工作。

我给了他一个大信封，里面装着电影拍摄以来所有的花销记录和发票。这是我唯一能做的事情。路易简直不敢相信自己的眼睛，觉得我像个刚从丛林出来的土著人。他用了六个月才将所有事情捋顺，帮助我们拿到正式的电影发行许可证。

几周后，我们在香榭丽舍大街的一家影院里，给那位始终未掏一分钱的波尔多发行人安排了一场放映。这是我第一次在大屏上完整地看完整部电影，虽说它因为没有声音而显得有些粗糙，我还是十分感动。它完全立住了，而且自成风格。镜头很漂亮，演员无可挑剔，主题就在那里，确实做到了有话要说。

帕德里克·格兰佩雷会为我骄傲的。至于我父母,就之后再说吧。

放映可以说很顺利,可是,这个蠢货发行人不这么认为。他认为电影表现力太弱,太难理解,毫无趣味,向其他合伙人展示会让他觉得"羞耻"。对,他的原话就是"羞耻"。

这简直是一记重击,但我还保持着乐观,等他的建议。

"首先,人物要说话!"他埋怨道。

我尝试给他解释这部电影的构想,这些人不说话是因为某种有毒气体将所有人的声带都破坏了。剧本就是这么设定的。再说,哪怕他不喜欢这个设定,电影也已经拍完了,演员的嘴唇都是不动的,怎么能让演员再说话呢?这时候,这家伙给出了电影史上最伟大的建议:

"那就等他们背对镜头的时候配音啊。"他完全不像在开玩笑。

我愣住了。我开始想象演员背对着镜头说话。不可能。如果非要这样,那为什么不干脆叫让·雷诺穿上芭蕾舞裙呢?我感觉自己正处在一道将资本家和创作者分隔开的鸿沟边缘。也许,查理·卓别林也曾被某位制片人这么说过?不是没可能。

不过,这位波尔多人不打算就此打住。

"还要有颜色!"他补充道。

我反驳道,这是最初就定下的事情,电影也是用黑白胶片拍摄的。我还强调,黑白画面会有一种经典的、超越时间的感觉,这部电影会因此经受住时间的考验。可是,这家伙才不管这些。对他来说,这部电影的未来今天就结束了。他提出给电影上色。即使我们没有这样的条件,他也依旧坚持。

"有一种技术可以逐帧上色,不太贵。演员的眼睛可以画成蓝色，至少增加一点突出的色彩。我知道一家波兰公司，不费几个钱就可以完成。"他用傻瓜般的自信说道。

我已经被惊得不知道该如何回复了。

"我想想。"我只好用这句话打破僵局。

这家伙感觉到了我的混乱，趁机发难，说出了他的终极建议。

"还有，一定要重拍最后一幕，拍那位女演员，一定要拍她的胸！"他像一位对食谱了然于心的大厨一样总结道。

总而言之，我们的电影缺少对话、色彩，还有皮肉。

我还保持着礼貌，皮埃尔已经忍不住大骂起来——女演员正是他的女朋友。

皮埃尔越说越火大，甚至开始威胁了。他在即兴表演方面确实无敌。那家伙很快说不出话。索菲早就怒了，也骂了起来。波尔多人立即被接连不断的辱骂包围，灰溜溜地退却了。

其实，他在放映前就打算放弃这单生意。只差做个姿态，用贬低和羞辱我们的方式，让我们自己背上过失。

皮埃尔埋怨我安排了这次放映，有些生气地走了。

索菲说我扛不住事情，也走了。我一个人站在香榭丽舍大街上，面对一片灰暗的未来。

消沉了几个小时后，天放晴了。至少，我手上有一部好电影，我试着这么说服自己。

我去找了音响师安德烈·诺丹，正是他，在看了短片之后建议我们拍长片。

他答应在工作之余为这部电影做配音。我见证了每一次录音，也发现了他的世界。

安德烈是一位艺术家。他赋予人物生命,为画面丰富声音。画面中,让·雷诺推着手推车,安德烈就用一个旧厨具造出车轮吱嘎的响声,场面虽然有点好笑,方法也有点古老,但立即把让这个人物变得更细腻了——有点笨拙,甚至有点滑稽。嗜血的战士有了人性。

安德烈花了许多个夜晚用他自己独特的方式重写这部电影,就像相纸上的显影剂。

皮埃尔成功说服一位朋友——RCA 音乐公司的一位负责人来投资,他打算出钱资助这部电影的音乐制作。可以让艾瑞克开始录音了,我终于见到隧道尽头的一点微光。

艾瑞克作曲,并负责几乎所有乐器的演奏。音乐上的继承风格很明显,贝斯像杰可·帕斯透瑞斯[1],键盘像赫比·汉考克。只有萨克斯,艾瑞克不太擅长,就叫来了一位才华超乎年龄许可的年轻的艺术家。

那位 RCA 的负责人来听了配乐很满意,赞许了艾瑞克,并给了两三个建议。这人是个十足的内行,和这样的专业人士打交道很舒服。波尔多人可以滚远一些了。

负责人离开时顺道载上了皮埃尔和我。在经过马德莱娜时,我们看到了香妲儿·戈雅[2]的巨型演出海报。

"这是我们制作的,卖得特别好!"负责人微笑着对我们说。

那时我二十出头的年纪,很容易对一切都愤愤不平。他这么懂音乐,热爱爵士乐,熟悉从迈尔斯·戴维斯到气象报告乐团的

---

[1] Jaco Pastorius (1951—1987),美国贝斯手,为贝斯在乐团中开创了新地位。
[2] Chantal Goya (1942—),法国流行歌手、电影演员。

每一首曲子的人，为什么会甘心给这么一个差劲的歌手工作呢？

这人依然微笑着，对我说道：

"吕克，你要知道，多亏了香妲儿·戈雅的成功，我才能给你的电影出钱。"

他的话像一记重锤砸在我的脑袋上。

我又被上了一课。我感觉自己刚才的反应就像是个愚蠢的巴黎宗派主义者，只能容忍自己肚脐周围一亩三分地的爱抱怨的波波族①。消极情绪无法创造出任何东西，只有积极才能通向所有可能性。

积极面对等于开辟道路，开辟可能性。它不绝对保证行动的结果或者可行性，但能扩大行动的领域。而消极面对则否决了所有。

我后来遇到的所有伟大的艺术家都有这种开放的态度：卡尔·拉格斐②、墨比斯③、让-保罗·高缇耶④、赫比·汉考克……不一而足。

这句话让我明白，一个人的成功也是其他人成功的保证。自那天起，我对香妲儿·戈雅有了许多尊重，感谢她让我得以完成我的电影。

电影还剩下混音部分。这是最后一步，也是最贵的一步。

---

① Bobo，即 bourgeois-bohemian 的缩写，意为中产阶级式的波西米亚人，一只脚踏入波西米亚式的创造力世界，另一只脚踏入中产阶级式的世俗成功领域。
② Karl Lagerfeld（1933—2019），德国服装设计师，曾任香奈儿艺术总监。
③ Mœbius（1938—2012），法国漫画家。曾参与电影《异形》系列概念设计，后为吕克·贝松《第五元素》设计场景、服装等。
④ Jean-Paul Gaultier（1952— ），法国服装设计师。

SIS是一家位于拉加雷讷科隆布的声音制作公司,也是安德烈·诺丹为这部电影配音的地方。老板人挺热情,不过也明说了自己不能免费提供支持。解决办法是,他们很快要在一个新的控制台上测试一套新系统。当然,没有人想做试验品,他们找不到任何愿意冒险的电影。老板提出可以用这种新格式混音,时间是工作日的夜里。我立即答应,当晚10点我们就在新系统上开始了工作。机器每五分钟出一次故障,有时候要等好几个小时才能重新工作。没什么大不了的。我们直接在工作室里放了一张乒乓球桌,用打乒乓球打发时间。

几天后,第一批胶片混音完成。声音质量很好,电影也上了一个档次。我们禁不住骄傲起来。

几周后,《最后决战》成为法国第一部杜比立体声混音的电影。

1983年

在此期间,《最后决战》成功入围阿沃利亚兹电影节的长片竞赛单元。距我的短片面世不到一年的时间,我们再次往雪山进发。

因为电影还在冲洗室,我们要求在电影节接近尾声时放映,于是《最后决战》被安排到最后一天。

我提早去了阿沃利亚兹,因为我们必须找一位发行人,将电影卖到国外去。单从表面看,这部电影不占任何优势:一部法国科幻片,黑白画面,导演是个无名小辈,主演以前是个喜剧演员。没有买家会对这些心动的。高蒙电影公司礼貌地表示了自己的兴趣，可我找遍了雪地也不见玛丽-克里斯蒂娜·德·蒙比利亚。

电影八天后上映，我们有八天时间宣传自己，避免破产。不然八天之后，真的要去单价超市卖炸薯条了。

我们的电影无人问津，连电影节的目录上也难寻踪迹。必须主动出击。我敲遍了媒体、电台的门，都被拒之门外。

"巴黎那边才能决定，我们什么也做不了。"他们不断地告诉我这句话。

无论我怎么争辩，强调他们应该关注所有进入竞赛单元的电影，都无济于事。没有人表示出兴趣。

我太失望了。这些人对电影毫无好奇心，就像缠在大树上的藤蔓植物，甘愿困在自己的舒适中。人与人的差异总是让我觉得窒息。

电影由一群梦想家拍成，喂养一群多愁善感的人，并让一小撮毫无野心的有钱人致富。

八天里，我没有接到任何采访，也没有见上一个发行人。等终于在雪堆之间找到玛丽-克里斯蒂娜·德·蒙比利亚时，她解释说高蒙现在忙翻了，他们会在巴黎看这部电影。又是这套笑着踢皮球的惯用伎俩。

巴黎的冲洗室还未制作完成拷贝，这让我焦急如焚。因为马上会有一场暴风雪，上山的路很快就要封锁。周四一整天，我都在风雪中奔走，运动鞋都冻得开裂了。发行商们还是躲在自己的套房中，我依旧没有任何采访。我真的有点泄气了。我感觉自己已经爬过了许多座山，可现实这堵摸不着也猜不透的墙，怎么也跨不过去。我试着敲门，爬窗，钻烟囱，结果都是死路一条。现在只剩下用身体去硬撞了。

于是我冲进广播七台所在的地方陈述自己的请求，甚至答应给记者买可颂，只要她答应让我上晨间节目。这个女孩笑了起来。不得不说，这是有原因的。我就像个长着金丝雀脑袋的伐木工，穿着运动鞋，还拖着一个贴着可口可乐图案的铁皮箱在雪地里奔走。女孩稍稍推迟了一下原有的节目安排，给我在晨间谈话节目中匀了一点时间。这是我的第一个采访。

拷贝出了冲洗室，助理也在赶来的路上，但天色越来越阴沉，对面的山上已经开始下雪。

周五上午，助理在山谷下给我打电话说他上不来，交通全停了。更何况，雪下得很大，警察很快就会封路。电影安排在周六上午放映，我们只剩下几个小时了。

我给弗朗索瓦打电话。母亲总是说，这只大灰熊是爱我的，他只是不知道怎么表达。现在，表现的机会来了。

他有两小时的时间找到我的助理，拿到拷贝，带到山上来。弗朗索瓦不太情愿，但我母亲将他从扶手椅上拽起来，推进驾驶座。现在不是假装自闭的时候了，她的儿子需要她，而她需要她的丈夫。这是他欠她的，毕竟她一天到晚都在为他牺牲自己的时间。

弗朗索瓦终于接受。他们从瓦尔省的拉加尔德弗雷内出发，赶往我的助理所在的莫尔济讷。拿了胶片后，又往阿沃利亚兹赶，可是路已经被封了。我在度假村的入口处，等待那辆迟迟没有出现的奔驰。母亲慌了起来。如果电影不能在电影节放映，她的余生都会背负一座愧疚的大山了。弗朗索瓦现在有足够的理由掉转车头回家去。毕竟他试过了，是警察将他拦下的。就像这下的雪一样清白无辜。

母亲说得不错。在弗朗索瓦的外壳下，在他满身的油污下，是一个经历过不幸的小孩子：缺少关注，缺少爱护，就像我一样。为了不再受伤害，他把痛楚埋在最深处，直到彻底遗忘。只是忘却自己的痛处的时候，也顺便将别人的忽视了。

这种情境唤醒了他的旧伤疤。父母希望他当工程师，而他的梦想是成为赛车手。他明白了，救我这一次，自己也多少会释怀一些。弗朗索瓦开始跟警察扯谎，说他的朋友就在前方500米的地方，警察最终让他通过了。

雪还在下，弗朗索瓦的奔驰车上没有防滑链。现在，他可以证明自己是个好车手了。

三十分钟后，我看见了漆黑中的车灯。我知道是他。因为我等了三个小时都不见有一辆车，只有他这种疯子才敢在这种情况下上路。奔驰停在我面前的时候，我已经要哭了。

我终于明白，母亲和继父是爱我的，哪怕只有一点点，哪怕是以错误的方式，也聊胜于无。

"你这电影烦死人了！"弗朗索瓦说完这话，母亲用胳膊肘顶了下他。

我破涕为笑，拥抱了他们。几分钟后，我来到放映厅测试效果。放映员将胶片装好，完整地播放了电影。冲洗室的工作很棒，拷贝质量绝佳。

放映结束，我们一起去喝酒。酒吧里，每个人都在预测获奖名单。当然,我们不在其中,因为还没有人看过我们的电影。首映是明天上午10点。不过,我已经听到一些人在唱衰了。

"有个新人拍了一部黑白科幻片,主角是个喜剧演员?算了吧。我明天上午就回巴黎!"

我仿佛闻到了棺材味,焦虑开始升腾。

周六,上午10点。大厅坐满了人,观众情绪高涨,我看着评审陆续走入影厅:热拉尔·乌里,米歇尔·摩根[①]、克洛德·里什[②],还有乔治·米勒[③]、让-雅克·阿诺、玛尔特·克勒尔[④],艾伦·杰伊·帕库拉[⑤],以及评审团主席罗伯特·德尼罗[⑥]。

我看到《虎口脱险》《火之战》《总统班底》《疯狂的麦克斯》和《出租车司机》扑面而来。还未走进影厅坐下,我的胃就开始紧张了。

电影开始了,但是声音太小。满员的大厅将声音减弱了许多,昨天调好的音量已经不管用了。我立即跑进放映室,将声音调大三个分贝。

回到影厅,我还是站在后面,因为太过紧张根本坐不下来。电影放到五分钟的时候,一些人出去了。他们从我面前走过时,

[①] Michèle Morgan(1920—2016),法国电影演员,代表作《田园交响乐》等,戛纳电影节最佳女演员奖的首位获奖者。
[②] Claude Rich(1929—2017),法国电影演员,代表作《晚餐》等,曾获恺撒奖最佳男演员奖。
[③] George Miller(1945—),澳大利亚电影导演、编剧,代表作《疯狂的麦克斯》系列电影,获奥斯卡奖最佳导演提名。
[④] Marthe Keller(1945—),瑞士电影演员,代表作《丽人劫》等,曾获金球奖提名。
[⑤] Alan J. Pakula(1928—1998),美国电影导演,代表作《总统班底》获四项奥斯卡奖。
[⑥] 此处或有记忆错误。1983年阿沃利亚兹电影节的评审团主席是乔治·米勒。

我狠狠地瞪了他们。接着,又有人起身走了,然后又是一批人。十五分钟之内,四十多人离开了大厅,而且还在继续。这谁能受得了?我的胃开始抽筋,只好跑出去到雪地上吐了一番。

我找到皮埃尔,他也因为过于紧张而不愿意看放映。我们来到酒店的吧台,两个人都神色迷茫,心如死灰。皮埃尔的承受能力比我好,沮丧了半小时后就重新鼓起勇气了。我们拍成了一部电影,我们就可以为之骄傲,这才是重点。这一次搞砸了,下一次就做得更好些。The show must go on.①

我有气无力地拿出一张纸,开始计算我们的欠款。冲洗室,Transpalux,社会保险和家庭补助金征收联合机构,各种增值税,还有别人的好心借款。账单总额将近400万法郎——70万欧元。皮埃尔和我都没有这笔钱,开始考虑申请破产,哪怕我们连如何申请都一无所知。

在一个小时的沮丧、思考和计算之后,我们决定还是回去看看电影的结尾。但等我们来到电影院,放映已经结束,观众正走出影厅。有一群人围在一起讨论,我走过去听他们的评价。反正没有人认识我。一个身材类似搬运工的大高个正在雪地中高喊:

"这电影太绝了!"

我走过去,问他是哪个电影。

"《最后决战》,一部杰作!"

"可是……那是我的电影啊!"我有些糊涂了。

这家伙愣了一下,问我的名字,我都准备给他看我的护照了。

他又喊了一句:

---

① "演出必须继续",西方演艺界流传甚广的俗语。

"电影太棒了,你也太棒了!"

让-米歇尔·格拉维埃,广播七台的记者,正式成为我的第一位粉丝。

让·布伊兹从大厅中走出来。他第一次看到全片,脸上挂着大大的微笑,祝贺了我。

"跟我来,有个人想认识你一下。"他说道。

他将我带到了玛尔特·克勒尔面前,她和阿尔·帕西诺在西德尼·波拉克①导演的《夕阳之恋》中的表演给我留下了深刻印象。玛尔特美如阳光,笑起来像一位天使。

"我是评审团的一员,不该和您说话的,可我认为这部作品很棒,非常精彩。您应该为自己感到骄傲。"她用优美的奥地利口音说道。

我像个木偶一样点了点头,忍住了向她索要签名的想法。随后,玛尔特跟着评审团走了。皮埃尔也一样,收到了许多赞扬。我们的目光交接,他笑着将我拥入怀中。我们差点就死了,可今天还不是死期。

欣喜让希望重生;不过,唯一可以摆脱经济困境的方式,是成为赢家名单上的一员。

度假村外面漆黑一片,现在是零下15摄氏度。在烘热的酒店吧台,我们到处打听,却始终没听到什么消息。大媒体的记者昨天都已离开,觉得获奖名单不会有什么意外了。《布偶秀》②

---

① Sydney Pollack(1934—2008),美国电影导演、制片人,代表作《走出非洲》等。《夕阳之恋》,1977年上映的爱情电影。
② *Muppet Show*,美国知名电视节目,1976—1981年播出,创造出科米蛙这一家喻户晓的形象。后被迪士尼收购。

的两位制作人弗兰克·奥兹和吉姆·亨森执导的《黑水晶》是大热门。

我们保守地盼望拿一些小奖：电影工业技术奖，GAN 品牌支持奖①，或者 TF1 电视台选择奖，都很好。但一切都还悬而未决。

我们来到人头攒动的燥热大厅里。气氛十分紧张，评审团一点风声都没透露。让-米歇尔·格拉维埃比所有人都高出一个头，他一如既往地兴奋，从早上起就一直情绪激昂，向所有愿意听他说话的人大喊天才。皮埃尔在大厅另一头，人群将我们分开了。

颁奖开始了，我的心渐渐沉到谷底。小奖颁完，我们全部落选。

我耷拉着肩膀，瘫坐在椅子上。希望只持续了短短几个小时，我还以为自己走出低谷了，但命运再次把我踢了回去。没有表演奖，也没有摄影奖，更不要提导演奖了。我埋头坐着，连颁奖台都不想看，哪怕主持人说道：

"现在，是重头戏了！最后四个奖项！"

虽然我对获奖者毫无怨言，他们肯定和我一样努力工作了，但我还是提不起劲祝贺他们。我只会将自己封闭起来，将外界音量调小，躲进自己的想象世界，像一个不愿意听到指责的小孩。

"观众票选奖：《最后决战》！"主持人喊道。

索菲用手肘顶了我一下，对我热烈地笑着。

我没回过神来，以为是在开玩笑，因为我根本不知道还有

---

① 即 prix des assurances GAN。该品牌后于 1987 年创立电影基金会，为相关创作提供资金支持。

这么一个奖。可是所有人都在鼓掌,大家都在盯着我看。

我像个僵尸一样走上台,含糊不清地说了一句"谢谢"就跑回了座位,还没反应过来到底发生了什么事情。

"评审团特别奖:《最后决战》!"主持人又喊道。

大厅的人都疯了。索菲再次将我推出去,德尼罗要在台上给我颁奖。我恍惚感觉一切都是假的,像在演电影一样。德尼罗的表演尤其好,群演们也都全力以赴。我等着艾伦·杰伊·帕库拉大喊一声"停",然后要求重拍,因为我完全不在状态。德尼罗将麦克风给了我。我当然毫无准备,结结巴巴、语无伦次地说了十几个字。

我听到让-米歇尔·格拉维埃用两倍于平常的音量喊着"天才",整个大厅的人都跟着他喊。场面太疯狂了。就像一只刚出壳的小鸡,赢得整个鸡窝的喝彩。

我回到原位坐下,听到电影节大奖的获奖者,毫无疑问,是《黑水晶》。两位美国导演未到场,一位发行代表上台领的奖。大奖已经颁出,但颁奖仪式还在继续,《首映》的记者亨利·贝哈尔跳上台,拿过麦克风:

"现在宣布本次的影评人奖,由评论家一致选出的是……《最后决战》!"

大厅再次沸腾,像是法国队踢进了进入决赛的制胜一球。

我已经不知道如何应对了。我的心跳得像柴油机一样,太多的肾上腺素,太多的快乐让我完全不习惯,激动到头晕。有人给了我一颗糖,我终于走上台,接过麦克风,几乎是将之前的十几个字用不同语序重复了一遍。掌声雷动,人群渐渐往外走。

我抱着满怀的奖杯,穿着衬衫来到零下20摄氏度的雪地上——毛衣落在大厅了。一群记者立即将我包围起来。眼前一大堆的麦克风,我认出了Europe 1、RTL、RMC、France Inter的图标,全是过去八天里我苦苦哀求过,却从没接纳我的媒体。不过,我太高兴了,根本想不到报复,只是尽可能地回答了上百个混乱无序的蠢问题:

"获奖有什么感觉呢?"

"对获奖感到意外吗?"

"您早餐吃了什么?"

"您喜欢这个地方吗?"

他们对我的电影一无所知,所以没人跟我谈论电影本身。记者再次走远,像要去觅食的麻雀。我的衬衫被扯坏了,少了两颗纽扣。

有人给我披上一件大衣——波尔多的发行人,他不知从哪里冒了出来,一脸凯旋的表情,以及照旧的收尸人的微笑。

"这电影太棒了!"他的甜蜜语气让人反胃。

"对啊,可惜是黑白的,还没有对白!"我将他的大衣留在了雪地里。

大厅前热闹非凡,数百人在雪夜里聊着天。我一番寻找才看见了母亲。她已经哭了一个小时,满脸都是泪水,扑到我怀里不停地说道:

"对不起!对不起!"

她说不出别的话,只反复说着这个词,像个小孩一样抽泣。我只好抱紧她,她始终平静不下来。

"对不起什么?"我终于问道。

"我……我……没有……相信你。"她结结巴巴地说。

她的话因为混着抽泣变得支离破碎,我听不清楚。她继续对我说到自己的恐惧、焦虑、怀疑,但现在不是总结这些的时刻。欢庆也许只有短短几小时,还是好好享受吧。弗朗索瓦看着我,像我刚中了彩票。他不太明白这一切,不过还是为我感到高兴。我再次感谢他将拷贝送到,拯救了我。他耸耸肩,将母亲推进奔驰,在零下20摄氏度的午夜,迎着两米厚的积雪开车回家。

我回到酒店,参加终场晚宴。才进门,大堂经理便将我领到为我保留的座位上。一路上,所有人都对我微笑,向我道喜。我惊讶于有那么多人认识我。就在两个小时前,酒店的保安甚至都不让我进门。待遇颠倒得如此突然,我只觉得可疑。两个小时里,我什么也没改变,而其他人已经不是他们自己了。我只是比两小时前更高兴,可我还是我自己。早上,人人当我是乞丐;夜里,乞丐就被请上了国王的餐桌。

社会对身份标签的敏感程度太过疯狂。如果我有才能,就不会只有两小时。但在社会眼里,奖项就是一切。

一个男人过来搂住我的肩膀,满脸笑容,嘴上叼着一根雪茄。他是知名主持人帕德里克·萨巴蒂埃。这是我第一次在电视机外看到他。

"吕克,好样的!太棒了!告诉我,你会说英语吗?"

我上次做英语测评的时候,满分二十分,老师给了我两分,评语写着:"有待提高。"

"当然。"我答道,萨巴蒂埃也毫不怀疑。

像我这样有知名度的导演,英语肯定不成问题。我感觉自己瞬间有了无尽的赌注和信用,可以随意挥霍。哪怕我今夜宣布自己的下一部电影是一个花椰菜爱上一把螺丝刀的故事,大家都会拍掌叫好。

萨巴蒂埃将我拉到楼下,给我介绍了 20 世纪福克斯电影公司的老板。这个美国人的雪茄比萨巴蒂埃的更粗。他递给我一根,我礼貌地拒绝了。他用英语和我对话,十个词里我能听懂一个,不过,这不妨碍我装出聪明人的模样,不时地轻轻点头以表认同,就像汽车里的人偶摆件。总之,他的大概意思就是我到了洛杉矶就联系他,说得好像我每个周末都去一趟似的。我感谢了他,并接下了名片。等他走远,我笑了起来。真是不敢相信。我感觉自己这个难民在海上漂流了十年,突然被一艘亿万富翁的狂欢邮轮捞上了岸。但我现在不想在快乐中生闷气,只想好好享受这个派对,因为所有的乐子都是免费的。

在总统规格的晚宴的大桌上,皮埃尔嘴上也叼上了雪茄,气派十足,把我给逗笑了。他有权利享受这一切,这是他像个疯子一样忙活才换来的。少了他,这部电影永远做不成。看到他高兴,我也高兴。再说了,要享受就趁现在,毕竟明天会怎样还不得而知。

让-雅克·阿诺抓着我的手臂,他有话要对我讲。我不敢告诉他,我曾经连续三晚看他的《火之战》[①]。他是让-雅克·贝奈克斯之外唯一启发了我的法国导演。他跟我谈了电影宣传的问

[①] *La Guerre du feu*,1981 年上映的无对白的法国电影,获恺撒奖最佳电影、最佳导演奖。

题，并告诉我应该关注电影，不要放手，最好是在外省的大城市做个巡回，然后跟着电影宣传到外国去。我虽然很认真地在听他的建议，但根本理解不了他的意思。我做的最疯狂的梦就是看到自己的电影在香榭丽舍大街上的影院放映，从未想过去法国的其他地方，更别提外国了。

让-雅克将我的思路彻底打开。我不能只做巴黎人，而应该做世界公民。

"你的电影是无声的，所以没有任何语言障碍，电影语言是全球通行的。只要你争取，就能去任何地方。"他越说越激动，仿佛是这部电影的制片人一样。

此前所有我们迫于经济无奈做出的艺术选择，如今都成了商业上的优势。在让-雅克·阿诺之前，我从未意识到这一事实。

但目前，我在任何一个国家都没有发行商。别说外国了，哪怕香榭丽舍大街上的一个影厅，我都要好好争取。

回到巴黎。周一上午，几乎所有日报都登了关于我们的文章。索菲和我在民族广场的小公寓中，将所有文章都细读了一遍，高兴之余，也有些难以相信。故事都说得很漂亮，就是没提我们所处的窘境。公司债务压顶，我们连一个正经的发行商都没有。所有的文章都像软膏一样，只减缓伤痛，无法根治病症。

朋友都到公寓来祝贺我们。但很快，我能感觉到我们之间有了距离，他们不像之前那样对我说话了。我获得了一种疏远的尊重，似乎在媒体上露脸之后，我的形象就不一样了。至少，他们眼中的我变了。他们拘谨地不再把脚放在桌子上，不再边打嗝边看球赛，不再没跟我打过招呼就清空冰箱。

过去的亲密消失了,因为我的名字出现在了报纸上。我感觉自己只是在球场上赢了一局,现在回到更衣室,队友们就把我排除在外了。我成了名人,第一次听到朋友们对我说:

"我们不想打扰你。"

从什么时候开始这是个问题了?以前他们来的时候从不问时间,困了就在我的沙发上睡,饿了就把我的剩菜吃完。

这个处境让我不知所措,我感觉他们在将我生活中最基础的东西抽走。于是,我反其道而行,提出大家一起来玩一些事情。结果依旧是徒劳,羞怯和畏缩像一种传染病一样占据了上风。几个月后,几乎所有的朋友都远离了我们,孤立了我们。他们主动走出了镜头,觉得这样就不会破坏画面了。

我讨厌这样被人遗弃,却又无可奈何,只能咒骂这种纸上的名声。它们除了给我五分钟的自我膨胀,什么也没带来。

玛丽-克里斯蒂娜·德·蒙比利亚留了十二条留言。我真高兴,她终于翻出了我的号码。连她也不一样了,不再把我当个小孩子了。

事实上,她挺喜欢我,也支持我。但在一家大公司中,她孤掌难鸣。现在,命运给了她更大的自由度。她希望在高蒙安排一次放映。

"当然,什么时候?"我高兴地问道,毕竟我已经为此争取了好几周。

"可以的话,明天中午?"她比我更着急。

这是我第一次看到她的日程如此松动。

第二天,我将拷贝带到高蒙,和早已相熟的放映员聊了起来。

他也许是我在高蒙大厦七层楼中最熟悉的人了，因为以前他经常在夜里偷偷地为我播放这部电影的毛片。

我能感到他由衷的高兴，甚至有一点骄傲。因为他也凭自己的一点力量，参与了这场冒险。

如果没有这些热爱电影、捍卫创作自由的人，一切都不可能实现。这部电影的成功是每一个人的成功，也是对将个人局限为消费者的社会的小小报复。通过这部电影，我们每个人都有所创造，每个人都逃脱了一定程度的掌控，法律的甚至是地心引力的限制。

因为不想在放映的九十分钟内焦躁不安，我调试好声音和画面后就出去喝酒去了。

放映快结束时我回来，惊讶地发现放映厅中坐满了人。玛丽-克里斯蒂娜邀请了所有的新朋友。等大厅重新亮起灯，我看到了高蒙电影公司的整个组织。

制作、发行、影院、后期、营销、国际合作，所有部门都在，包括总经理托斯坎·杜普兰蒂尔，之前我只见过他的照片。

漂亮的小胡子，过于雕琢的措辞，都让他有种来自另一个时代的感觉。他非常喜欢我的电影，说了很多看法，我都有些不敢和它相认了。听他的话，我感觉自己拍了一部极其高深的、远远超乎我自己想象的电影。

我第一次上了七楼，管理层的办公室。这一层只有两间办公室。托斯坎·杜普兰蒂尔的，以及高蒙电影的总裁尼古拉·赛杜的。总裁是一位神秘的人物，大家都会谈论，又都不曾见过。所以托斯坎占据了这一层所有的空间。

一条路是灯光下的闪耀,一条路是在阴影里生活。不做蚂蚁,就要做蝉。[1]托斯坎邀我进入游戏,我只能铆足了劲跟着走。这人相当有吸引力。当时,高蒙每年制作三十多部电影,从莫里斯·皮亚拉的到费里尼的,到热拉尔·乌里的。它是欧洲最大的制片公司,能加入其中会是一种荣幸。

他问我是否构思了下一部电影。过去两年,我一直催促轰炸玛丽-克里斯蒂娜推进《地下铁》这个项目,不过,显然剧本从没来过七楼。

我给他简单说了说故事,他打断我:

"太棒了!巴黎的地下,舞台的幕后。有野心,有现代感。这就是高蒙要的!"

他友好地陪我走到门口,让我找玛丽-克里斯蒂娜解决剩下的流程。

这次见面持续了七分钟,连同乘电梯的时间。

高蒙电影公司将在影院正式发行《最后决战》,只要我解决掉一个问题:波尔多人。

我们和他签过一份合同,现在电影在阿沃利亚兹电影节获奖了,这家伙就换了一副面孔,开始承诺会有大规模的发行,顶级的推广待遇。与此同时,他却连拍摄期间就该给的预付款都迟迟不兑现,只给了我一张可笑的支票,上面的数字只能买点晚宴前的花生米。我当着他的面将支票撕碎,他装作愤愤不平的样子离开。

---

[1] 出自法国作家拉封丹的寓言故事《蚂蚁和蝉》,蝉在夏天不做准备,到了冬天只能去找蚂蚁借粮。

幸好，高蒙的一些新朋友告诉我，这个波尔多人的确有发行资格，不过仅限于波尔多地区，不能在法国其他地区发行。但他的合同却保证可以在全国范围内发行。这家伙不仅是坏，还是个骗子。

我们再次约见，地点在第八区的芳堤娜酒店大堂。这次一定要让他解除合同。我和皮埃尔商量了一个小对策。皮埃尔过去坐在他旁边，而我在大堂中央，远远看着他们。

皮埃尔开门见山，戳穿他的骗局，将合同解除协议放在他面前。这家伙倒来了火气，又开始表演。可惜，他面前的演员比他出色太多。皮埃尔换上严肃脸：

"我现在还试着心平气和地解决问题，你看到那边的吕克了吗？我没让他过来，因为他要是过来，就直接搞死你了。"

我站在远处，表演一头被激怒的公牛，来回踱步，怒火中烧。

"他已经气疯了，我费了好大劲才拖住他。这家伙 100 多公斤，什么都不怕！撕了你都是轻的！"皮埃尔一脸担忧地继续补充道。

我像一头饿坏了的狮子一样瞪着他，嘴边都快挂上口水了。他最好签字，因为笼子就要挡不住我了。

波尔多人的额头开始冒汗，皮埃尔将签字笔推给他，减轻他的痛苦。这骗子终于签了。

"如果我是你，我会回波尔多避一避。"皮埃尔临走前最后说道。

走出酒店，我们哄然大笑，然后到附近的咖啡馆庆祝我们的胜利。

— 16 —

高蒙正式成为《最后决战》的发行商,发出了十一份拷贝。七份在巴黎,其余的在外省。

广告预算不多,阿沃利亚兹电影节的影响已经消散。首映不容乐观,多亏皮埃尔和TF1电台《13点新闻》的明星主持人伊夫·穆鲁西是好朋友,我们第一次有了机会上电视宣传。

每天中午有超过一千万人看这档新闻节目,所以这次机会对我们来说至关重要。伊夫没看过电影,但被我们四处兜售的努力感动了。

我们上午10点半就到了电视台,为节目做准备,剪好播映的电影片段。伊夫11点50分才到——比任何时候都放松,而我已经紧张得手指打了两个小时的结了。因为当天有一个突发状况。一个苏联代表团躲在其驻巴黎大使馆,警察正准备疏散。现场画面显示,数百名警察包围了大使馆。电视台编辑部濒临崩溃,而伊夫已经在来的路上通过广播追踪事件了。

"你记得伊戈尔吗,那天那个疯子?他是在大使馆工作吧?"他问自己的助手。

助手给出肯定答复,伊夫要求他找出那人的电话号码。

"怎么样,说说你这部电影吧。"然后他转向我。

现场一片慌乱,我根本无法集中精神,只结结巴巴说了几句话。

"一号线,伊戈尔。"他的助理说道。

伊夫拿起电话。

"怎么样了,亲爱的?这到底是什么事啊?"伊夫笑着说道。

这个"亲爱的"跟他解释了一通我在电视上看到的警察包围大使馆的情况。

他们的对话很快结束。

"周六见。"伊夫随即挂断电话。

我焦急地问他,电影访谈是否会被取消,伊夫安抚我道:

"不会,没事的,这是什么傻话。那些人会回家的,一切都会结束的。"

几分钟后,我来到《13点新闻》的录影棚,整个法国都在看的节目开始了。

我整个人僵硬得像根柱子。

伊夫开始了访问,他气定神闲,亲切友好,对电影给出了十分积极的评价,但我的回答不断被直播打断。

画面上,一列苏联人拎着塔蒂①包走上警车。

在这种情况下,很难用一部黑白科幻电影去吸引人的注意。

---

① Tati,法国品牌,以出售廉价纺织品闻名。

这次访谈彻头彻尾失败了。

伊戈尔和塔蒂包，毁了我的宣传。

节目结束。伊夫表示抱歉，可这就是直播的法则。他祝我好运，随即将自己关进了新闻编辑室。

几天后，电影上映。

第一场在香榭丽舍大街的高蒙竞技场电影院（今天已经不在了）中的一个小厅，我特意赶来。

大概有十五个人在排队。我一个个地打量他们，好奇都会是什么人对我的电影感兴趣。多数人年纪较大，感觉受过良好教育，巴黎感十足。还有几位大学生，可似乎并不太兴奋，只是路过看看的样子。我真想拥抱每一个人，告诉他们我有多感谢他们的到场，以及他们的到场给了我多大的自信和快乐。他们在不认识我的情况下就愿意相信我，就像我第一天进入片场时欢迎我的那个年轻技术员一样。

这一天我明白了，观众也是电影这个家庭的一部分。拍电影的人，看电影的人，都有着同样的信仰，共享着同一位上帝。如今，这个家庭齐整了，电影可以放映了。

我还在售票处打转，想等电影开始之后再溜进影厅，感受里面的氛围。这时，两个迟到的观众来到售票处。

这对夫妇看上去六十来岁，直接从乡下过来的。太太头发上围着漂亮的丝巾，先生也穿得非常隆重。

"两张《最后决战》，谢谢！"先生小心翼翼地打开钱包。

不得不说，这两位观众让我非常惊讶，他们完全不是这部电影的典型受众。好奇心促使我礼貌地上前搭话，问他们为什么选择了这部电影。

"因为我知道他父亲，年轻的时候经常在电视上看他的比赛！"

我明白了，他混淆了《最后决战》和《莫忘今生》——克洛德·勒卢什导演的拳击手马塞尔·瑟尔当的传记电影，这两部电影在同一天上映。

"观影愉快，先生！"我露出灿烂的微笑。

我不想失去两位观众。

我和等在对面咖啡馆的朋友们碰了头，然后一起统计了巴黎其他影院的入场人次。不足千人。我对票房概念一无所知，可也知道这很少。

一位高蒙电影的年轻职员让我放心，给我列了一堆类似的电影例子。可他说的这些我都没听过，安慰不成，反而让我更焦虑了。

与此同时，我也明白了，大部分法国人都不一定想在周三下午2点看一部世界末日主题的黑白电影，大家都想晚上有个好心情。

我回到竞技场电影院的影厅感受现场。电影正播放到皮埃尔和让·布伊兹准备吃晚餐的地方，一个画面极简的长镜头。不幸的是，隔壁影厅里，兰博[①]正在大闹城市，搞坏了我的电影氛围。我真想夺走兰博手里的刀，将电影拷贝砍碎。但是当我看到角落里有一对摩洛哥夫妇正看得入迷，史泰龙野性的吼叫似

[①] Rambo，动作片《第一滴血》的主角名，由西尔维斯特·史泰龙饰演。

乎并没有影响到他们时，多少有了些安慰。

第二天上午，算账的时候到了。

首映日，这部电影在整个法国吸引了四千两百位观众，其中两千八百八十一人在巴黎。

而《第一滴血》和《莫忘今生》都过了十万人次。

一败涂地。

我们的电影根本找不到宣传。媒体的反响不错，但都只是一两句话带过，而勒卢什的《莫忘今生》的篇幅有好几页。再比如，新创办的电影杂志 Starfix[1] 用了十句话盛赞我的电影，而将封面给了《第一滴血》。

看过电影的人都挺满意，但还不足以达到"口口相传"的效果。

我们需要更多的口碑。

我打电话到高蒙电影，问他们广告预算是否出了错，少了一个零；得到的回复是，他们都开会去了。我问这个突如其来的会议是不是在卢尔德举行，可惜这玩笑没得到任何回应。[2]

问题在于，我们有可能第二周就没有排片了。当时的发行规则很简单：假如到了周日晚上（也就是《最后决战》上映五天后），影院入座人次还不超过一千，电影就可以下架了。我们的电影在巴黎的七家影院上映，还远远达不到目标，不能失去任何一家。

周五，我们决定印制一些宣传单，把电影收到的代表性好

---

[1] 1983 年开始发行，主要关注类型电影，尤其是科幻和恐怖电影。
[2] 卢尔德是法国疗养胜地，此处应是暗讽电影发行相关负责人不作为之意。

评登在上面。

我和以往打印剧本的老板商量,最终说服他以最低的价钱,延期付款的方式,给我们做了一批单色的宣传单。

周六下午2点,我们叫上了所有朋友,在巴黎的七家影院派发传单。我们不只限于派传单,还会一对一地向排队买票的人介绍,直到他们改变心意,买我们的电影票。我们诋毁兰博和他的安非他命、伊迪丝[①]和她上世纪的香颂,我们逗笑观众,软化观众,引诱观众,总之,用尽手段让他们去看我们的电影。周日依然如此。

周一上午,高蒙电影做了新一周的排片,保留巴黎的七份拷贝,外省的拷贝就近转移。

我想起了让-雅克·阿诺的建议。

"你要跟着电影走。"在阿沃利亚兹,他反复说过。

我们使了一些方法,拿到了高蒙电影所有影院经理的名单,一个一个地给他们打电话。

我们提出到他们的影院去,做些小型的映后交流。经理们都喜欢这个想法。当时的电影团队根本不去外省,除了让-雅克·阿诺。

行程便这么定了下来。接下来的一个月里,我们跟着电影的排片,一个城市接一个城市地走。皮埃尔尽其所能地出现,让·雷诺和艾瑞克·塞拉则每场都在。我们一辈子的友谊就是这样巩固下来的。

[①] 即法国歌手伊迪丝·琵雅芙(Édith Piaf,1915—1963),电影《莫忘今生》讲述了她的一段爱情故事。

因为这个想法还算新颖,影院的经理都全力支持,每场交流会都是人潮汹涌。

交流会经常持续到凌晨两三点。大学城是最狂热的,普罗旺斯地区的艾克斯、蒙彼利埃、波尔多、图卢兹,也都非常欢迎我们。我们的出场见效了,观众被我们稳住了。

那些日子很美妙,到今天还让人难以忘怀。

和观众的交流是如此的热情而真实。我们还是无名小辈,毫无畏惧。

我感觉自己就像个农民,和一位刚吃过沙拉的人随意地聊了起来。这种联系直接、真实而又丰富。我从这些交流中学到的东西,远多于从媒体的文章中学到的。我还记得,有一位评论家写文章列举了三部明显"启发"了我的电影。文章的语句非常深奥,通篇带着一种巴黎式的嘲讽,甚至暗示我"抄袭"了这三部电影。问题是,我从未看过它们。我当时的电影文化积累几近于零。

我被这篇文章激起了好奇心,于是借了一位朋友的录像机,租了这三部我"抄袭"的对象。三部电影都很好,尤其是塔可夫斯基的那一部,而我居然从来没看过他的作品。看完后,我依旧不明白,这三部电影明明和我的电影毫无共同之处,直到皮埃尔给了我答案。

"本来就没有共同之处。那家伙胡说八道,扔出一些知名导演的名字,只想证明自己有文化而已。"

我从这个角度再读了一遍文章,果然,一切都明朗了。这位评论家只是在显摆自己。不过,我还是谢谢他让我发现了塔可夫斯基。

我们做了许多努力,但电影还是达不到十万观影人次。唯一的好消息是,整个电影界的人都看过这部电影了。影片评分逐渐上升,入围了十几个电影节。

世界巡回开始了。

第一个电影节是西班牙的锡切斯影展,入围的电影和阿沃利亚兹电影节的相差不大。每一个电影节,我们都能拿下一个重要奖项,同时获得公众的口碑。

等来到意大利的陶尔米纳时,我们已经有五个奖了。

陶尔米纳是一座美丽的城市,坐落在西西里山脉的一侧。永恒的地中海就在面前,从我的酒店房间的窗口便可以饱览其风采。

酒店有一台电梯可以直达海平面,再穿过一条隧道,就是泳池和海滩餐厅。这是一个神奇而充满电影感的地方,完全可以当作完美的电影布景。我记下一些信息。假如哪天要拍一部关于蔚蓝大海的电影,这里就是我的选择。

这座城市也一样让人叫绝。狭小的街道和两侧的石屋交织错节,从古至今坐落在这里。公元前700年左右,纳克索斯岛的希腊人就在这里建造起了这座城市,而纳克索斯岛就在我童年生活过的伊奥斯岛的旁边。六百多年后,罗马人在这里建造了可以容纳三千位观众的圆形剧场。电影节的巨型银幕就露天设置在那里,面朝大海,头顶星空。

对于热爱电影的人来说,这里有如天堂。唯一有损感官体验的缺憾是音响效果，城市的嘈杂声音传了过来，干扰了电影的声音。尤其对一部死寂的世界末日主题电影而言，这不是什么好事。

不过也总比旁边有一个兰博大喊大叫的好。在这样的地方看电影，我心情大好。

一位年轻女孩热情地跟我搭话。她是《首映》杂志的记者。我给她讲述了我离开库洛米耶时，宁愿买她家的杂志也没买火车票的趣事，女孩放松下来，我们开始谈论电影，这是我们共同的热爱。我们一起看放映，一起匆匆在两个场次的间隙吃意大利面。我为电影终于完成并且成功上映而感到幸福，也为自己成为电影这个大家庭的一员、满世界地跑电影节而感到幸福。

我知道暴风雨很快会来，我欠了太多债。不过在此之前，我还是要享受这来之不易的阳光和宁静。

三天后，女记者有些不自在了，她艰难地承认自己就是《首映》杂志中给我写了评论的作者。

"是吗？那太好了！"我挤出一个笑容，不敢承认自己对此毫无印象。

"不，不好。写得一点也不好。"她终于脱口而出。

我努力回忆，终于想起了一篇有点烂的评论。

"这我就不明白了。我们刚认识那会儿，你说你特别喜欢这部电影，不是吗？"我被她的前后反应搞得有些困惑。

"我的确很喜欢，可是主编认为我的评论太正面了，让我重写了三遍！"她急着证明自己的称赞并不是违心的。

主编名叫马尔克斯·波西托[①]。至少大家是这么称呼他的。有些人叫他"药剂师",因为他乐于给巴黎的知识分子开出各式各样的抗抑郁药。这家伙终日往返于电影院和时兴的莱班杜诗俱乐部[②],并在路上写文章。

"既然你不同意他的看法,为什么要重写呢?"我问道。

她用一种近乎讽刺的微笑回应了我。天真撞上世俗,立刻碎裂成块。我们生活在同一个星球上,却是两个不同的世界。

一个是金钱的世界,强者的世界,唯一的法则是吃或被吃。一个是艺术的世界,一切皆有可能,可被包容。要么接受,要么给予。这就是选择。

我已经做了自己的选择:宁愿天真而不世俗。即使这意味着痛苦。

陶尔米纳的天空瞬间阴沉,暴风雨要来了。

在酒店房间,我终于打开了制片人路易·迪歇纳给我的装着坏消息的信封。灾难般的账目。电影的票房根本不足以偿还债务,加上出售给Canal+的钱,也解决不了这个问题。

连达蒂电器的那些混蛋都没有付钱。他们的品牌标志明明出现在画面中,但合同上写的是"在画面中出现三十秒",我们还差五秒。他们很清楚,我们没钱打官司。这笔钱也就10000法郎,对他们而言不过是一滴水,对我来说却是一片海洋。

[①] 原文写作"Márquez Posito",实际应为马克·艾斯波西托(Marc Esposito,1952—),法国知名电影人。
[②] Les Bains Douches,前身为巴黎公共浴室,1978年被改建为俱乐部,并很快成为巴黎知名的夜间文化场所,汇聚社交名流、知识分子、演艺界人士等。

我不得不承认，经济因素是电影不可忽略的组成部分。一部赚钱的（或者至少回本的）电影，是"对下一部电影的承诺"。

这就是规则，是世界的运行方式。现在，是时候融入世俗了。

不过，我们也可以换一种思路。一位舞者可以尽情地舞蹈，却逃不出一个限制：自己的身体。如果舞者对身体要求过多，身体自己就先放弃了。

有限制，也就有了活动的框架。

连画家都只能画在画框里。

我的限制是说服力。只有当我写出让所有人都心潮澎湃的故事，钱才不会成为问题。这也可以是规则，是限制，好在这个限制不算太难。

你不能强迫投资人参与一个自己不喜欢的项目，正如不能强迫观众看自己不想看的电影。我每天就看着蓝色大海，被这些问题困扰着。

皮埃尔没有沉没在这种状态中。他和未婚妻一起在陶尔米纳游玩，还买了保时捷墨镜，每天都在享受生活。当然，这是他应得的，看到他享受其中，我也很高兴。不过，我还是对未来感到焦虑，我们一起吃午饭的时候就开始讨论这个问题。

我告知他公司的情况，电影的收益，以及尽管有这么多奖项和荣誉我们依然债务缠身的事实。

我也不想变得世俗，但既然我们确定了敌人，就该学会与之战斗。皮埃尔以一个笑容回应了我，热恋中的他现在信心十足。他将手写的六十多页剧本扔到桌上，作为对我的所有疑问的回答。这是他的下一部电影。

"这个剧本可以解决我们所有的问题！"他平静地说道。

这是我们的约定。皮埃尔帮我拍我的第一部电影，然后我帮他拍他的第一部电影。

皮埃尔比我年长，我始终带着敬佩和爱意跟随他。这六十多页的剧本回应了我的焦虑。他早已洞悉一切，在我还焦虑的时候，就已经下场工作了。他总是走在前面。太厉害了。

我很高兴自己能有这样的朋友，也很骄傲他愿意给我这六十多页的剧本。

焦虑逐渐退去，我的脸上有了往日的笑容。

晚上，我没有参加放映，将自己锁在房间好好品读新剧本。

几个月前，皮埃尔就已经说过一次电影的构想："一个被迫调查自己家人的警察。"我当时就特别喜欢。

我一口气读完这六十多页，又重读了一遍。然后冲了杯茶，读了第三遍。

我不敢相信自己对这个剧本如此失望。我看了三遍，一直在想是不是自己的问题：理解错了，不够聪明或是见识太少。但我还是要承认，这个剧本写得不好。太过自信，太过肯定，下的功夫远远不够。

它倒不是差，而是写得太放肆了。皮埃尔完全可以做到比现在的好十倍。第二天早上，我们在餐桌上碰面，皮埃尔如获大胜，等着接收桂冠。

结果等待他的只有一盆凉水。我坦白地告诉了他我对剧本的看法，还特意说重了一点，看是否能让他清醒一些。不过，皮埃尔太自信了，完全看不清目前的状况，还玩笑着说我小题大做。我只能继续敲打他。

"如果我们再不作应对,不拿出一部能够说服所有人的电影的话,会死得很惨!"

皮埃尔渐渐明白过来,好心情也跟着消失了。他陷入震惊,一言不发。

我已经被这些坏想法折磨了好多天。电影是造梦的工具,可我们不能在梦里拍电影。

这是我第一次这样和他说话。我不是他的助理了,而是他的合作伙伴,他的平级。

他还没有完全接受这突如其来的变化,也没看到更坏的情况正在到来。而我只想着战斗,不想一个人上战场。我需要我的朋友。皮埃尔沉默了很久,临走前说他会好好想想。这正是我想听到的。我向他保证会一如既往地支持他,给他我的友谊,全情投入他的电影工作。

我甚至还建议明天上午就开始工作,但皮埃尔心不在焉。他被这次对话动摇了,需要一点时间。

第二天,我们在早餐时见面。皮埃尔恢复了精神,戴上了保时捷墨镜。我感受到了他的斗志,期待着和他一起继续战斗。没想到,这次轮到我被泼冷水了。

皮埃尔和他的未婚妻聊了很久,未婚妻安慰了他,让他放心,并告诉皮埃尔,他才是天才,我不过是个嫉妒他才华的助手。

我大吃一惊。我对他从来只有感激和欣赏,哪儿来的嫉妒?

如果非要说的话,或许我有一点点嫉妒他帅气的长相,而自己不怎么好看。但除此之外,皮埃尔在我这儿几乎是一个半神,善良地对我伸出援手。我努力地为自己辩护,可皮埃尔像一只牡蛎一样,死死封闭内心。他已经确定了我嫉妒、自大,要在没有我的情况下拍成电影,给我一个教训。

我感觉自己的世界再次崩塌。我用了二十年才建起的世界,皮埃尔一口气就让它像个纸牌屋一样坍塌了。我被彻底摧毁了。

他在让我为昨天给他的伤害付出代价,这远比听我的意见然后质疑自己要容易得多。这个反应是正常的,或者说,很有"男子气"的。

为了打破僵局,我想尽一切办法,告诉他自己昨晚重读了剧本,我错了,剧本很棒。

我承认自己长期以来被家庭问题搅得心神不宁,太容易小题大做,也承认自己的一点儿浅薄才华是多亏了他才有了用武之地。为了不失去皮埃尔,我把什么话都说了,可是全部无济于事。皮埃尔无动于衷,死守着自己确信的东西。我们的友谊在短短几个小时内分崩离析,就好像两个小孩扯着一根线的两端,各有各的方向。

我无法相信,在一起经历过那么多之后,故事会以这样的方式结束。

但你就是无能为力。只能寄期望于时间,期待它能修复这段关系。

与此同时,《最后决战》赢得了十三个国际奖项,累积了420万法郎(70万欧元)的债务。

回到巴黎,我着手解决债务问题。Transpalux 的迪迪埃·迪亚兹很慷慨,他喜欢我的电影,答应我可以延迟支付欠款,条件是我的下一部电影还要找他。他是唯一确信我还会再拍电影的人。埃克莱尔冲洗室[①]的老板贝特朗·多莫伊也持相似的态度。高蒙付了他拷贝的钱,已经不错了。

多亏了苏联人的钱,我给技术员们支付了微薄的薪水。这边的问题不大。他们都很骄傲自己参与了这部电影,所有人也都找到了新工作。

剩下的是一些政府组织的钱,其中就有社会保险和家庭补助金征收联合机构。

一位年轻女孩接待了我,对我递上的材料万分惊讶。所有材料都乱七八糟,就像是四岁小孩管理的东西。我们总共约见了四次,她才厘清了我欠这个机构的债务总额:将近180万法郎(30万欧元)。这还不包括增值税、其他杂费、节假日工资等等。

她很同情我,将我的还款分了四年期。现在,是时候干活了。

我很高兴自己拍了这部电影,让我受到了四面八方的认可,经历了许多美妙的奇遇。但快乐过后,就该偿还代价了,尤其是这笔将近600万法郎(100万欧元)的债务,在我二十一岁的年纪。

整个过程中,唯一不用动一根手指头还能挣一大笔钱的,是政府。

好在,虽然电影的票房很少,但整个电影界都看过,而且相当赞赏。

[①] Laboratoires Éclair,1907 年创立的电影制作公司。

亚历山大·阿卡迪联系了我。他是最欣赏这部电影的人之一。电话里提到，他正在突尼斯筹备一部大制作，需要一位导演执导第二摄制组。我对这份好意既高兴又感动。去制片人阿里埃尔·泽图恩的办公室商量合同的时候，我假装讨价还价了一番，因为他们给出的报酬已经是很大一个数目了。我还不习惯拿钱拍电影，哪怕给我一半的报酬我也会乐意的。

几周后，我来到突尼斯，加入《盛大嘉年华》的庞大摄制。我前脚刚到，亚历山大·阿卡迪就给我派了工作。上周的一场戏还缺几个镜头，他希望我来补上。他花半分钟给我解释了一通，就消失了。胶片已经发到法国去冲洗，我没办法看到他拍了什么，只能依靠脚本拍摄报告。我看了他使用的焦距、拍摄的时间和当天的天气，又去现场找线索。地上还有滑石粉残留，可以据此确定轨道的位置。最后，我去找了演员，要他们回忆当时的情绪和节奏。

让-皮埃尔·巴克里和热拉尔·达尔蒙都不是特别乐意被我这个第二摄制组的小孩指导，这让他们有种自己成了二流演员的感觉。但在我的细心关照下，他们最终接受了这一安排。胶片在拍摄结束当天便送往巴黎，我根本不知道自己拍的是否符合要求。

接下来的日子里，亚历山大将所有他不想拍或者没时间拍的烂镜头都交给了我：汽车启动，坦克停靠，甚至驴子走路。

我一点也不介意，我从来没有过这么多器材可以支配，每一次拍摄都令人兴奋。

摄制组住在一个度假村，有点像是穷人版的地中海俱乐部。

塔拉克·阿玛尔是突尼斯的制片人，人长得帅气，做事面面俱到，就好像我们在他家的花园里拍摄一般。乔治·卢卡斯来突尼斯拍摄《星球大战》就是由他接待的，从那之后，他便爱上了电影。

所有演员都住在这个村子。努瓦雷、哈宁[①]、巴克里、达尔蒙、布鲁尔[②]、本奎[③]，还有菲奥娜·热朗[④]。为了表现美国军队，片方从美国招了两百名群众演员，剩下的由突尼斯人扮演。晚上，这些纽约客会在篝火旁弹奏吉他。我便是这样认识了亚瑟·西姆斯和他的兄弟，两位绝对不能错过的卓越歌手。

连年轻的布鲁尔都备感震动，我经常见到他抱着吉他，写一些歌词草稿。的确，他在这么多知名演员中间实在难以突出。希望他在音乐上多一些机会。

导演亚历山大则有些迷糊。电影的规模很大，再加上他有些爱上了女演员，这两件事足以让人飘飘然。有时候，他在自己的大篷车里一待就是几个小时，让大家等他。或者，六百个群演等着庆典的戏，而他还在给秋千上的三岁儿子拍照。努瓦雷有些不耐烦了，他可不是群演。

至于我，和摄影指导杠上了。每一次亚历山大放好他的摄影机，我都试着将我的摄影机放在一个可以互补的角度上，然后再到他的镜头前检查，确保机器没有入画。等我回过头来，

[①] 罗杰·哈宁（Roger Hanin, 1925—2015），法国电影演员，代表作《精疲力尽》等。
[②] 帕特里克·布鲁尔（Patrick Bruel, 1959— ），法国电影演员、歌手，代表作《起名风波》等。
[③] 让·本奎（Jean Benguigui, 1944— ），法国电影演员，代表作《难兄难弟》等。
[④] Fiona Gélin（1962— ），法国电影演员，代表作《警官的诺言》等。

我的摄影机就消失了，取而代之的是一台聚光灯。

每次我放好摄影机，摄影指导都将它拿走，这让我很是不快。我礼貌地问他，该怎么放才不影响他的打光，可是这家伙仗着自己拿过几个恺撒奖，连回都不回应。

羞辱持续了数小时，最终我将自己的摄影机挪到两张布景台之间，藏在桌布的边缘，不让任何人看到。这个地方总不能放聚光灯了，毕竟是镜头正中央。

我再次到主镜头里检查自己的摄影机，确保不超出台面。等我回来，摄影机又消失了。

现在是夜里2点，我刚吃完半个烤肉串，血气正在上涌。我找到首席摄影指导殿下，贴着他的脸说：

"你要再敢碰我的摄影机一次，我就真的揍你一顿！"这是我从父亲那里学到的克制。

他听明白了，我的摄影机再没有人动过。

我终于可以继续给导演补镜头了，十来个中总会有几个对正片剪辑有帮助。

第二天，摄影指导邀请我一起吃午饭，我愉快地答应。吃饭时，他友好地解释说自己其实是反对有两个摄制组的，因为他不能同时控制两条轴线上的两组灯，而他又是个完美主义者，把这当作名誉攸关的事。不过，既然导演将我请来了，他不会再阻拦我干活了。这也不公平。

他对我微笑，一杯薄荷茶过后，我们就和好了。

接下来的一周拍的是登陆的大场面。凌晨3点，我们出发前往上周发现的海滩。三千个突尼斯人装扮成美国大兵，在夜色中从靠岸的驳船上下来。亚历山大在一座沙丘上安好吊机,准备拍摄一个广角镜头。

这可就不好藏身了。于是,我和摄影助理冲到服装部门,也换上美军的衣服。现在,我们可以像战地记者一样在海滩上扛着镜头跟着跑了。

突尼斯海军的三艘船在海平面上出现,在黑夜里露出轮廓。一切都已经就位,天一点点发亮。现在,庞大的美国军队在突尼斯海军的支持下,准备登陆。

可这时,我们发现晚上搁浅在海滩上的货船也清晰可见。阿卡迪惊慌失措。

他的镜头中,那艘大船就在海滩中央,无法绕开。在他们寻找应对方法的时候,助理开始进行排练。而我已经解决了我镜头中的这个问题:在海滩上放一个有美军标志的大油桶,正好将货船挡住。

同时,我将所有的排练过程都拍了下来,为剪辑准备更多的素材。

沙丘上的人也找到了解决方法,他们打算将吊机往右挪一百米。不过与此同时,这三艘突尼斯军舰也要从海湾的左边移动到右边了。

一位穿着洁白军服的突尼斯军官听完亚历山大的解释后,走到一旁,对着硕大的对讲机下达命令。

"喂?哈西德?是,你们往左边去一点,你告诉艾哈迈德和尤索夫,让他们也一样做,跟在你后头一起走。"

我尽量忍住不笑。这人站在那里,好像站在万神殿一样,但说起话来却像在露天集市里。希望他们军人之间互相明白。

中午,三艘军舰从四面八方来到海湾中央。

亚历山大着急了,军官也是。

"尤索夫,你是傻子还是怎么着?!我说的是你的左手边,不是后边!你要沿着海滩走,就跟返回时一样,然后你停在正前头!其他人都跟在尤索夫后面!"他冲着对讲机破口大骂。

下午3点,三艘船的位置比之前更加可笑,也更无法入镜。

亚历山大投降了,只好收工。

三千人的军队坐上货车,和坦克一起返回比塞大。

我突然有了一个想法。回程中有一段笔直的滨海路,运气好的话或许可以拍到整个军团和他们身后的落日。

我跳上一辆吉普车,飞驰到军团的前方,并架好摄影机。路面有些弯曲,军队一点一点排列开来。先是坦克,然后是十几辆货车,以及走在路边的美军。太阳落得更低了,染红了整个画面。现在,整个军队都进入镜头,我开始用长焦拍摄。场面太过壮观,海洋也被收入画面的左侧。而且出乎意料的是,远处的海角后,三艘军船整齐排列,正往比塞大的海港驶去。

这从未想过的画面,其实是我们更想要的效果。

几周后,亚历山大从剪辑室给我打电话。他才发现我给他拍的所有这些镜头。

"你救了我的命!"他热情地说道。

但我更感谢他的信任。我太需要这种东西了。

— 17 —

1984 年

回到巴黎,我又接到了几个邀请。真不敢相信。这些年我每天四处碰壁,现在只要待在家里听留言即可。《最后决战》真的起了作用。

这次的工作是拍一则惦美(DIM)丝袜的黑白广告。黑白片——这就是他们找我的理由,好像这是我的专长似的。广告商的想法也很简单:一位年轻的新锐导演用黑白两色重塑了世界末日,这个概念用来拍丝袜最适合不过了。

广告业是一个十分特殊的领域,我不太理解。太多的伪装,太多的自我,太多的权力争斗。这不是我的世界,但我依然很高兴能有这次经历。首先,我能给技术员提供足够高的薪酬了,此前他们一直只能拿到很低的薪水;其次,我能用上只在商品目录上见过的花样繁多的器材了。

再者,这是我第一次拍摄女性,学习如何打光让她的面部轮廓更美，如何找角度让她的腿显得更长。拍摄女性是一种荣幸，一种我还不懂的乐趣，一种发现女性美的方式。我的摄影机绕着她转，像一阵轻风，逗她开心。

面对镜头，男演员通常会展示他的力量，而女演员则会给出她的灵魂。这大概是两者之间的不同。女演员身上总是有种瞬间的释放感、脆弱感，这些在男演员身上需要激发才能出来。除了热拉尔·德帕迪约，他什么感觉都能给。他既是美的，又是野性的。

我和皮埃尔·若利韦之间的关系有所改善。他疏远了我好几个月，但在我的坚持下再次接受了我。他将剧本重写了一遍，并最终答应让我读。这次看完，我立即说了一通好话。我不想重复在陶尔米纳犯的错误。当时，我将自己的想法全盘托出，像一位朋友该做的那样。可这一次，我演过头了，皮埃尔没有被糊弄住。我真的是个拙劣的演员，演什么毁什么。剧本的缺点还在，皮埃尔始终看不出来。但我的做法还是让他感动，我们似乎重修旧好。他甚至提出让我在即将成立的制片公司中占一些股份，我既高兴又惊讶，约定几周后一起和律师见面。

回到家里，我的留言中又有了新工作。伊莎贝尔·阿佳妮出了一张新唱片，制作人（也在高蒙电影工作）提出让我当主打歌的MV导演。这次是认真的。阿佳妮看过《最后决战》，给了肯定的答复。当时，阿佳妮是绝对的巨星，只要她对哪个角色点头，这部电影当天就能拿到投资。

我们顺理成章地安排了第一次约见。阿佳妮迟到了一个小时，全身裹得像要登山一样。她要防的事情太多：灯光、注视、镜子、气流、细菌……

她一坐下便夸奖我，但夸得恰如其分。她很聪明，也很真诚地告诉我，自己能识别出好导演。这种认可让我异常感动。我以为明星都是居高临下的，我永远没有发言权，只有服务好女神的份儿……

事实往往相反。演员需要有人能掌控他，安抚他，这样他才能放心地把自己交出去。导演是接住空中飞人的网。只有这张网搭起来了，演员才敢冒着生命危险去表演。

阿佳妮几乎立即对我表示了信任。

我真的受宠若惊，马上意识到自己要拼尽全力，绝不让她失望。

这首由塞吉·甘斯布写的歌叫《海军蓝毛衣》[①]。阿佳妮对自己缺乏信心，因为唱歌不是她的专长。虽然她很享受做专辑，但现在作品要发布了，不免有些犹豫不决：害怕被人嘲笑，害怕毁了自己的事业。的确，取悦公众很难的。我们属于他们，他们却不属于我们。他们今天可以喜欢我们，明天也可以讨厌我们。

不过，阿佳妮的担心是多余的。这些歌都很真诚，没有自命不凡的东西。大家也都明白，这是她在两部电影工作空档的放松。来之前，我已经思考过了，于是把自己为这首歌设计的一些场景告诉了她。她立即被吸引，激动地答应了。制作顺势而下，上帝保佑，第二天就开始准备拍摄了。

---

① *Pull Marine*，1983 年发行的同名专辑中的歌曲。

拍摄时间相当长，因为阿佳妮需要许多时间化妆和换装。我还不太习惯这一点，我只拍过末日的幸存者，他们从头到脚都是脏的。

一旦她来到镜头前，奇迹就会发生。阿佳妮是为光影而生的。只要她在画面中，便将一切都吸引过去，她的眼睛让人迷失。也没必要摆弄复杂的布景和道具了，反正它们都会黯然失色。阿佳妮自成一个世界。她对所有人都很有礼貌，认真听导演的讲解。太幸福了。我不觉得自己在工作，我只是一个幸运儿。

这部短片有一位联合制片人，一个想要参政的生意人，贝尔纳·塔皮耶。他的助理向人打听是否能将直升机停在摄影棚旁边。

"他从哪里来？"我的助手问。

"巴黎。"

"但摄影棚就在斯坦，离巴黎3公里。"

"没错，但有人说这个地方不安全！"

我还不认识这个人，可我知道自己不会投票给他了，希望他永远当不上巴黎郊区的部长。

最后，他还是和所有人一样坐车来了。这是他游览斯坦这座花园城市，看看这里热情的居民的好机会。

阿佳妮和男朋友沃伦·比蒂[1]一起来的，他整天都待在化妆间里。沃伦是一位美国明星，光芒四射，他高大、帅气又健壮，总是面带微笑，看起来很聪明。他就像活在电影中，仿佛周围永远有摄影机在围拍一样，是典型的美国的化身，强大而迷人。

---

[1] Warren Beatty（1937— ），美国电影演员、导演，代表作《雌雄大盗》等。

有那么一瞬间，我感觉自己像个腋下夹着法棍的乡巴佬。

沃伦在阿佳妮的化妆间里为加里·哈特写演讲稿，后者正在竞选美国总统，所以走廊四处都是美国中央情报局的特工，耳朵上挂着意大利面一样的线，走来走去。

这小小的摄影棚突然间有些像戛纳电影节了。

塔皮耶迟到了四个小时，先是在摄影棚走了一圈，跟一些人握了手，然后向阿佳妮致意，向沃伦·比蒂问好，尽管他根本不知道这个人是谁。他的助理在前面引领着，他像个孩子在传送带上一样永不停歇。他没有时间驻留、欣赏，更别说理解了。一张照片未完，下一张已经开始拍了。不过，他表现得很自然、友善，甚至有点让人感动。政治会毁了他的。

拍摄到了最后一天。明天，阿佳妮就要和沃伦·比蒂飞去纽约，我们今晚必须将一切完成。加班的钟点不断延长，场务不断送来比萨。凌晨5点，一切终于结束，所有人都疲惫不堪，又都很高兴。

这一切让我把和皮埃尔在律师事务所的约会忘得一干二净。昨天下午6点，我就该去签署合同成为他公司的一员。因为疯狂的拍摄，我完全错过了约定，更何况当时还没有手机可以相互联系。

第二天，皮埃尔大发雷霆，指责我太过分，现在给明星拍片，不在乎朋友了，忘了他们曾经为我做过的事情。但事实不是这样的，即使到了今天，我还时常想到他，想到他为我做过的一切。我对他的感激和崇拜是永恒的。

但在当时，我还很年轻，这种热闹非凡的生活让我飘然。

我感觉自己像个在外面寻欢作乐的年轻人，忘记了时间，忘记了对家人的承诺。

皮埃尔骄傲而固执地拒绝了我的解释和道歉。他是直率的人，但也许有些太直了，像个大人一样惩罚我，而我根本不知道这意味着什么。我们的故事就此结束，这让我心痛不已。他最终独立完成了自己第一部电影，而我却不能提供任何帮助。电影在数月后上映，反响不大。我在陶尔米纳提出的缺点都还在。一个人是拍不出好电影的。也是多亏了他，我才知道了这一点。

在阿卡迪团队的介绍下，我认识了一位编剧，阿兰·勒亨利，他答应参与《地下铁》的剧本创作。我已经改到第五个版本了。皮埃尔以前也帮我改过，可剧本始终没能完成。我只想到了一群角色，却无法让他们彼此产生联系。阿兰·勒亨利是一个非常严谨的人，从不迟到，经手的文件全都被安排得井井有条，个人公寓一尘不染，置身其中就像进了一家博物馆。正是在这种严谨的要求下，剧本一点点完善起来。他像个严肃的公证人，而我像只放飞的恶犬，但这种组合很快产生了良好反应。主角的面貌都日渐清晰，并最终交织在蜿蜒的地下铁里。

我当时就已经预想到，轮滑小子会是个经典角色。这还是有次我不小心误了点将自己锁在地铁里，遇见一位踩着轮滑的扒手设想出来的。

我联系了里夏尔·安科尼纳，想要兑现当年的承诺。如今他是成名演员了，凭借在《告别往昔》里的出色表演，为自己赢得了一座恺撒奖。我们见面喝了一杯，我开心地将剧本给他看，也为我们不同的人生际遇感到骄傲。

就在三年前，我们还挤在朋友闲置的房间，分享彼此的食物。现在，我们可以抢着买单了。我们拥抱道别，里夏尔用胳膊夹着剧本，微笑着离开。

关于女主角的人选，我的想法有点疯狂：夏洛特·兰普林①。这位演员是个魅力十足的明星。我们和她的经纪人取得联系，奇迹般地，她答应了见面。

约见地点在一家高档酒店的酒吧。夏洛特的声音和眼睛让人着迷。我感觉自己像是面对巨蟒卡奥的森林之子毛克利。她身上的小资情调让我着迷，和她一起来的还有她的男朋友让-米歇尔·雅尔②，他的话比夏洛特多得多，因为他想为这部电影配乐。我礼貌地听了，但我不可能让艾瑞克·塞拉失望。夏洛特像翻 *Vogue* 一样细细翻阅了剧本。没必要再看其他女演员了。她是这个角色的完美人选。

当时，高蒙电影正经历一场危机。他们在意大利做了大笔投资，可是罗马人似乎将大部分钱都花在了建造威尼斯的宫殿上，而非电影本身。因为这件事情，托斯坎似乎有些力不从心。三十部正在筹备的电影的清单每周都在缩水。

不过，《地下铁》始终在列，我继续准备。

里夏尔给我回了电话，说他不能出演。我立即想到档期的问题，但结果却是台词的问题！他数过了他要演的角色在剧本中的台词，比《告别往昔》要少，所以他不能拍这部电影。我

---

① Charlotte Rampling（1946— ），英国电影演员，代表作《45周年》等。
② Jean-Michel Jarre（1948— ），法国电子音乐艺术家。

大吃一惊。曾经咬住命运喉咙的恶犬，现在成了按时定点进餐、乖乖待在客厅里的腊肠犬。我对这一套如此反感，以至于都懒得说服他了。

他已经转到黑暗的一面。可惜了，希望他的侍应生涯越走越顺。

我和夏洛特第一次就工作约见。她喜欢这个剧本，并提了一些自己的看法。当然，她的经历比我丰富，声音也很迷人，我愉快地听了一堂课。不过，她总是摇摆不定，剧本的方向总要随着她的情绪走。今天，她可以热情高涨地准备答应下来，明天工作的时间长了点，她就可以推迟之前的承诺。

和高蒙电影的合同也正在推进，但没有什么是完全确定的。

到处都是"万一"的设想，到处又让我给出确定的回答。我在筹备一部真正的电影，有专业的制片人，演员是大明星，一切手续合乎国家电影中心的规范，但一切都无法真正落实。

我开始怀念过去的日子，那些我们不遵从任何规定，像海盗一样野蛮地将电影从空无中拉扯出来的日子。

我在这个体系内束手束脚。我不需要身处一座金殿才能向上帝表示虔诚，甚至连地毯都不需要。在逐渐灰心的等待中，我感觉自己就像一只等待起风的海鸥。一天，我收到了一条意料之外的好消息。《最后决战》入围了恺撒奖的最佳首作奖。难以置信的是，在收获十四个国际奖项之后，我的国家也认可了我。为此，我给自己买了一件西装外套，穿着它，拿着小小的邀请卡，来到典礼上。我屏住呼吸，走入辉煌的大厅。整个法国电影界都在。长裙、钻石、礼服……一切都让我大开眼界，也很快让我不自在。所有人好像都互相认识，他们微笑、拥抱、亲吻，而我一个熟识的人都没有，像个服务员一样走过整个大厅。

我唯一认识的是夏洛特，她对我露出短暂而尴尬的微笑。昨天，我们还在她家花了三个小时一起修改剧本；今晚，我只是年轻的导演，不是个站到一起的好选择。于是，她继续在大导演身边散播魅力，而我则走到属于自己的角落里的座位上，这明显不是赢家的座位。我就这样度过了一个冗长、无聊、浮夸的晚上，然后两手空空地坐地铁回了家。

这个晚会给我注入了愤怒。我看着奥贝尔站，决心一定要带着自己的第二部电影回到这里，给所有人一个耳光。

我还没选定男主角，这个角色的灵感来自警察乐队[①]的主唱斯汀。

"为什么你不问问他本人呢？"一个朋友说道。

此前我从未有过这个想法。斯汀是国际巨星，常年生活在空中和充满尖叫声的体育馆中。他的歌曲《罗克珊》占据了世界各地电台的榜单首位。

不过，只有连试都不试的人才会失望。

我们联系了他在伦敦的律师，奇迹发生了。斯汀想看看《最后决战》，然后和我见见。我高兴得都快出幻觉了。事实上，斯汀有意做一些电影相关的工作，他不介意从一位年轻导演开始。这一点上，他不像里夏尔。

[①] Police，1977年成立、1984年解散的英国摇滚乐队，曾六次获得格莱美奖。Sting（1951— ），英国歌手，其知名作品《心的形状》(*Shape of My Heart*)，也是吕克·贝松执导的电影《这个杀手不太冷》的主题曲。后文提到的《罗克珊》(*Roxanne*)是警察乐队发行于1978年的首张专辑中的主打单曲。

我拿上胶片，一路赶往伦敦，直奔一家我们租来的放映厅调试。斯汀一个人来的，看起来有点内向。他礼貌地对我打了个招呼，然后就开始观影。我站在放映室后面，手放在音量的键上，以防附近又有类似兰博这样的人来干扰。电影放映到一半，斯汀对我竖起两个大拇指。他沉浸其中，似乎挺享受。放映结束，斯汀露出灿烂的笑容，并热情地称赞了我，仿佛我就是他的生活、他的乐队的一部分了。

他邀请我到对面的酒吧喝一杯。五分钟之内，酒吧窗前就聚集起了数百名粉丝。他全部视而不见，或者说，他活在其中，早已习惯如此。斯汀最初是个小城市的英语教师，也并非生而富贵。他也只侍奉一个上帝——音乐，血管中流淌的也只有音乐。我感觉自己找到了一个同类。

我用法国腔的英语给他讲述了《地下铁》的情节，一小时后，他告诉我：

"我觉得可以，一起做吧。"

最后，他给了我一个拥抱，戴上墨镜，穿过粉丝聚集起的人群，回到自己的车里。

他的律师，一位红头发的女士，欢呼雀跃地对我说道：

"太棒了！恭喜你！"

我还是不敢相信。

"他说一起做的意思就是他愿意拍这部电影了？"我有些迷糊。

律师已经高兴疯了。她认识斯汀这么久，从没见他和人会面超过十分钟，而我们刚才谈了两个小时。我打破了纪录。

"斯汀想拍这部电影。"她一字一顿地说道,好像我是聋子一样。

我终于明白了,可又立即紧张起来,不确定自己是否负担得起像他这样的国际巨星。

"他已经是亿万富翁了,才不在乎钱,只要和夏洛特·兰普林一样的报酬就可以了。"

我感觉自己在做梦。

我好想立即跟人分享这份快乐,可惜那时没有手机。我在回巴黎的火车上强忍着尖叫的冲动,到了巴黎立即冲到高蒙电影,闯入托斯坎·杜普兰蒂尔的办公室。我高兴得快要炸了。托斯坎将日程挪了挪,在两场会议之间见了我。

"斯汀答应做这部戏的男主角!"我尽量忍住不让自己叫出来。

"谁?"托斯坎的胡须都一动不动。

狂欢结束,音响停止,有人将插头拔了。这世上居然有人不认识斯汀?好巧不巧,这个人就是托斯坎·杜普兰蒂尔,决定我电影生死的人。

他听的是法国联合电台,看的是贝尔纳·皮沃[①]的文化评论,去的是歌剧院和卢浮宫,生活在自己织就的信息网中。我只有十秒钟来补足他的教育。

"您知道披头士吧?"

"嗯。"他有些犹豫地答道。

[①] Bernard Pivot(1935—),法国记者、文化电视节目主持人,曾任龚古尔学院主席。

"斯汀自己就是一个披头士乐队。"

托斯坎不为所动。我感觉自己在跟他聊足球，而他只能联想到比才的歌剧《卡门》。

我需要托斯坎的信任。斯汀是年轻人的偶像，而且还接受了对他来说微不足道的报酬。我们现在就该飞到伦敦，趁他回过神来改变主意之前赶紧将合同签好。托斯坎说他会考虑。我未能说动他。

夏洛特·兰普林也说她要考虑。

"挺有意思的，可他不是演员。"她反驳道。

但我觉得，这个人每天晚上在十万名观众和十二台摄影机面前唱歌，绝对能胜任我的小角色。

夏洛特要求见斯汀，好将事情确定下来，斯汀答应了。我们出发去伦敦，斯汀的妻子特鲁迪在他们的家中安排了一场晚宴。

夏洛特很友好，可一直都不够真诚。她总保持着一种非常英式的距离感，对所有事情都有些冷淡。她的风格是冷静的，有条不紊的。我试着在旅途中戳破这层铠甲，了解她的想法，但无济于事。夏洛特在自己的塔楼中，被自己的阶级和高傲保护得严严实实。来到斯汀家门前，她突然对我说：

"吕克，斯汀和我都是英国人。我希望在所有人见面之前，和他单独谈谈。给我十分钟，谢谢。"

我不知道该如何答复，因为看起来她很坚定。她走入斯汀家中，留下我一个人在街上傻等。我不明白这是什么招数，可我能感觉这不是好事。

外面又冷又黑。有两个十几岁的女孩等在周围。她们是斯汀歌迷俱乐部的人，两个小时轮换一次，一天二十四小时，一周七天都是这样，以备斯汀需要些什么帮助。我有点同情她们。她们的奉献是绝对的，斯汀是她们的上帝，就像电影是我的上帝。

十五分钟过后，我敲响了斯汀的家门。

特鲁迪友善而热情地将我迎入，但气氛已经不对了。

斯汀似乎有些尴尬。至于夏洛特，我已经认不出这个人了。她好像站在舞台上一样，讲述着自己的生活和奇遇，经历和才华，倾尽所有获取斯汀的钦佩，在一切开始之前确立她的影响和权力。我们在台下，听着夏洛特尽情挥洒。然后，她终于对我说道：

"斯汀和我商量过了，我们都认为剧本尚未完成，还有许多工作要做。"

我惊呆了。彻头彻尾的背叛，听起来如此迷人而仁慈。果然是英式风格。

斯汀低下了头，特鲁迪露出僵硬的微笑。我则像一个闭口的牡蛎，一个沉默的小孩。晚宴继续，我的心思早已不在。

夏洛特向众人道别，匆匆离开舞台，一副赶场的样子。斯汀留我在他家中过夜，门一关上，我就爆发了。夏洛特的背叛让我愤懑不平，我甚至不想让她出演了。我只要斯汀，其他人都不重要。斯汀笑着让我放心。他明白夏洛特的心思，刚才是由着她演。斯汀向我保证了他的友谊以及支持，我这才平静了一些。

然后，他准备了一些三明治，我陪着他一起走到屋外。他径直走到在外面痴等的粉丝面前，将三明治给了她们，接着双方平静而礼貌地聊了几句。没有任何歇斯底里的画面。他们互相认识，互相尊重，就像是同一幅拼图的组成部分。斯汀通过歌曲传达给她们的，她们通过自己的出现和存在来回报。这幅场景很简单，但足够动人。跟夏洛特和她的舞台天差地别。

第二天早上，音乐将我唤醒。我下楼走到客厅。斯汀在弹钢琴，哼着一首新歌。我坐在角落，享受着这场小小的私人音乐会。

"I hope the Russians love their children too."[①]他用自己独特的沙哑嗓音唱道。

这首歌将火遍全球。就早餐前这么一会儿，他已经赚了数百万美元，只是任由灵感抒发，然后交出一点点自己的灵魂而已。他只是给予，而不是一开始就冲着贩售去。这是艺术的原则，也是我喜欢艺术的原因。创作，正如捐血。

回到巴黎，我给夏洛特打了电话。既然她迟疑不决，我就替她做了决定，把她辞退了。当然了，用的是法式风格。夏洛特冷淡地接受了，倒像是我给她帮了忙一样。随后，在一堆人名中，我拨打了伊莎贝尔·阿佳妮的电话。

"这个角色不是为你而写的，但如果你喜欢这个故事，我可以重写。"我坦白说道。

阿佳妮笑了。

"第一次有人这么跟我推销一个剧本。"她幽默地回道。

不得不说，我有点傻。阿佳妮手上有全巴黎的剧本，所有制片人都会跪着把剧本在她面前摊开，好让她赏脸读一读。

[①] 1985 年发行的单曲 *Russians* 中的歌词。

我去见了阿佳妮，在她刚录完一档广播节目的时候，将剧本交到了她手上。现在，就剩耐心等待了。

晚上，我和索菲在皮加勒区的新公寓接待了一位从外省来的朋友，留她在沙发上过夜。

第二天吃早餐的时候，这位朋友似乎有些困惑。

"你们……你们认识伊莎贝尔·阿佳妮？"

"是，我们合作了一部MV。"我答道。

"所以，大半夜给你们打电话的，真有可能是她？"

客厅的电话在夜里两点响起，某个自称阿佳妮的人给我留了言。

"说的什么？"我的心像一张弓一样被拉紧了。

"她说剧本很棒，她愿意接这个角色。"

我高兴得上蹿下跳，大嚷大叫。阿佳妮就是最棒的。才几个小时，她就已经读完剧本，给出答复，而夏洛特将我拖了数月之久。

我通知了高蒙电影。昨天，他们告知我剧本还需要加工。一夜之间，我的剧本成了年度最佳。一切问题都不是问题了。

斯汀和阿佳妮——梦幻组合。剩下的就是档期的问题了。

阿佳妮还在安德烈·祖拉斯基[①]的片场，斯汀要准备他的世界巡回演唱会，两个人的日程不配合。

我们在蓬蒂厄街上着手准备，好巧不巧，祖拉斯基也在同一栋办公楼。从院子的另一边就可以看到他们的办公室，两个

[①] Andrzej Zulawski（1940—2016），波兰电影导演，代表作《着魔》，即后文所说的和阿佳妮合作过的电影，入围第34届戛纳电影节主竞赛单元。

摄制组的第一助理也互相认识。据了解,阿佳妮已经和祖拉斯基合作过,但他们之间的关系并不太轻松,不过,他们现在拍的电影仍是第一位的,我对此并无意见。我们只需要他们的日程安排,好组织我们的工作。祖拉斯基拒绝合作。我想联系上他,给他解释一下,可惜始终不成功。

一天,我的助理看见祖拉斯基就在对街的咖啡馆。我立即下楼。

"你好,我叫吕克。伊莎贝尔的下一部电影是我执导。"我脸上挂着热诚的微笑,心里怀着对大导演的全部尊敬说道。

"哦?所以就是你在我背后捅刀子咯?"他说得好像自己已经流血不止了。

可惜,我已经见识过皮亚拉了。我明白有些人就是以别人的负罪感、慌张和恐惧为食。

"您搞错了。我从来都是从正面捅刀子的。"

我的态度已经给出。现在,我们可以喝一杯了。

"伊莎贝尔喜欢你的电影。她的意思很明确,以你为主,我也很高兴能排在你后面。我们只想协调一下日程安排。"我坦白道。

祖拉斯基放下警惕,我趁机表达了自己对他的敬佩——适度地,不然就有些可疑了。

他转而大骂电影、制片人、身边的其他人,还有生活的所有。然而,在这些负面情绪背后,可以看到他的伤口,他对爱的渴望。艺术家总有这么个共同点。最后,我们热烈地握手道别。

后来,他找了一个理由,不再拍这部电影。

斯汀很好说话，可是我们的日期迟迟定不下来，托斯坎在合同问题上磨磨蹭蹭。我害怕的事情终于发生了。斯汀直接给我打电话说他不能再推迟世界巡回演唱会了。他提出下次再合作，祝我好运。

我很伤心，可他太有风度了，我找不到任何反对的理由。托斯坎还在拖延，搞得我们像一群骗子。

鉴于我还是弗朗索瓦·克鲁塞的粉丝，我将他推荐给了阿佳妮。这个角色不是为他量身定做的，但我知道他可以演任何角色。阿佳妮也很喜欢他，只是他们在不久前的《杀人的夏天》①一片中刚刚演过情侣，最好不要重复了。

"这部电影的一切都是新的，干脆做到底，直接找一个新人。"她说。

这个级别的明星都在保护自己，而阿佳妮还在继续冒险。她希望自己的住处无门无窗，什么风都能进来。

一位年轻的经纪人离开大型的时尚经纪公司，开了自己的小作坊。阿佳妮就跟着去了，她喜欢变动。这位经纪人叫玛约莉，是法裔美国人，看上去像个纯正的纽约客。目前，她只负责三个人：伊莎贝尔·阿佳妮、让-雨果·安格拉德，和一位年轻的喜剧演员克里斯托弗·兰伯特。克里斯托弗刚拍完自己的第一部英文电影《泰山王子》，在里面饰演泰山，导演是休·赫德森。

第一次见面，我们就来电了。克里斯托弗是那种早熟的少年，一颗足够强大包容的心上面满是伤痕，浑身上下散发出一种不知从何而来的奇特魅力，让人疑心是来自另一个星球的人。这

---

① *L'Été meurtrier*，1983 年上映，让·贝克执导。

是他和斯汀的共同点。他的浅褐色头发是个难题，不过这都好说。在我眼中难得的是，他有一种尤其珍贵的品质：不隐藏。他就是自己表现出来的样子，善良、温柔、天真，身上有着《地下铁》的主角弗莱德的全部个性。我们击掌成交。克里斯托弗和阿佳妮共用一个经纪人，合同十分钟之内就签好了。

剩下的选角也在推进。让·布伊兹，毫无疑问少不了，他是给我们定心的人物。我还顺道给他的妻子伊莎贝尔·萨多扬安排了一个小角色。理查德·波林热还记得那个在酒吧角落听他发牢骚的小吕克，答应出演卖花人。让-皮埃尔·巴克里也还记得我，我们在《盛大嘉年华》中合作过。他将出演"蝙蝠侠"，一个治安警察。米歇尔·加拉布吕知道我不会让他失望的，我给他安排了吉伯特警长这个角色。

至于原定里夏尔出演的角色，我想到那位年轻演员让-雨果·安格拉德，他在帕特里斯·夏侯的一部电影[1]中的表演让我震撼至今。正好，他的经纪人也是玛约莉。这个男孩羞涩内向，话极少，身上却有种无法忽视的魅力以及为电影而生的嗓音。让-雨果一点也不似我想象的角色。轮滑小子是个硬骨头，是从底层打滚起来的人。不过，假如他更敏感一些，迷茫一些，从来不敢放松，总是过度受伤的样子呢？给这个人物加上让-雨果的个性？看起来更有意思了。与其强迫让-雨果进入轮滑小子的角色设定，不如将角色修改得更贴合演员。

我将鼓手的角色给了让·雷诺，一个在地铁中晃悠的失业者。让接下来好几个月都要练习打鼓了。

---

[1] 指1983年上映的《受伤的男人》。

还有一个贝斯手的角色。自然,我的第一选择就是艾瑞克·塞拉。他不是演员,可至少他不用假装弹贝斯。我在拍摄《盛大嘉年华》时结识的西姆斯兄弟也加入了乐队。现在,乐队圆满了。

最后一个小角色:阿佳妮的丈夫。一个漠视一切、冷酷威严的人。我已经有了完美的人选:康斯坦丁·亚历山大罗夫,《最后决战》的苏联制片人。他人还不错,可不笑的时候,连阿佳妮都怕他。

我经常去阿佳妮家,一间漂亮的一楼大公寓。一般是和她讨论她的角色,练习台词。我很喜欢那些时光。阿佳妮优雅而温柔,我们读台词时,桌上总有一壶茶和一些蛋糕。我们都是贪吃的人。

一天,我在往常的工作时间来到她家,发现百叶窗都关了起来,按门铃也无人回应。过了一会儿,门开了一条缝,我勉强挤了进去。看起来阿佳妮是在有意躲人。

"发生什么了?"我有些焦急地问道。

"有人发布了我的死讯。"阿佳妮说道。

外面已经有人在传,阿佳妮死于艾滋。消息沸沸扬扬,所有人都在找她,以确认真假。于是,阿佳妮躲了起来,看是否有记者胆敢登出这种未经证实的新闻。

在昏暗中低声完成排练后,我从后门离开,因为外面已经蹲了十来个狗仔。一位记者终于没忍住,将她的死讯以虚拟语气发布了。

伊莎贝尔·阿佳妮被迫到 TF1 晚上 8 点的新闻节目上露面,证明自己既没有死也没有得病。令人痛心的是,那时候甚至还没有互联网……

高蒙电影这边的情况也不太妙。公司摊上了两桩大事，一件在巴西，一件在意大利。有一群人利用总裁尼古拉·赛杜的信任，转移了一笔巨款。托斯坎虽然不在这群人之间，但他毕竟是管理层，必须为此负责，他的位置不安稳了。于是，三十部电影的清单像太阳下的积雪一样开始渐渐融化。每周都有一两部电影被叫停。每周，《地下铁》都逃过一劫。离拍摄只有几周的时候，清单上只剩三部电影了。一部南美电影、一部皮亚拉的、一部我的。没有任何事情是完全确定的，我头上悬着达摩克利斯之剑，继续准备。

技术方面，我几乎将《最后决战》摄制组都招了回来。我终于可以给他们体面的薪水了。当然，我也兑现了自己对Transpalux的迪迪埃·迪亚兹和埃克莱尔冲洗室的贝特朗·多莫伊的承诺。

伊迪丝·科勒奈尔在高蒙做主题短片的时候接待过我，如今是自由职业者了。我让她来当制作总监，负责监管和控制预算。这项工作很棘手，因为高蒙电影每天都在减少投资。

电影最初的预算是2200万法郎，如今缩水到1400万法郎。除此之外，我还要签下兜底协议。也就是说，电影超出预算的部分，都将算到我的头上。我接受了。我不觉得有多大问题，反正我没有一分钱。

我也趁机提出了一个条件。既然我要对预算和超支负责，那么就该拥有其他一切决定权。我要求拥有最终剪辑权，也就是说，只有我才能决定电影最终的样子。成交。开机前数周，高蒙电影终于敲定了这个项目。后来我才知道，其实我的担心都是多余的。

"我们不会放弃任何一部阿佳妮的电影。"托斯坎狡黠地说道。

感谢阿佳妮。永远感激。

只剩下一件事情让我为难:还缺一位美术指导,而我们后天就要开拍了。玛丽-克里斯蒂娜·德·蒙比利亚给我推荐了一位。

"他有些上年纪了,可很有魅力,才华横溢。"我终于习惯甚至喜欢上了她中产阶级的口吻。

我们立即将剧本送了过去。他只有一上午的时间来读,因为我跟他约在了下午 2 点见面。

我骑上摩托,来到这位先生第六区的精美公寓。房子很大,他人很小,简直就是尤达[1]。我太过紧张匆忙,以至于显得有些粗鲁。

"怎么样,剧本你看过吗?喜欢吗?"我单刀直入。

他微笑着给我上了杯茶。茶桌很矮,还不到我的膝盖。

"看了,挺有意思,让我想到了《扎齐坐地铁》[2]。"他用浓重的东欧口音说道。

我还不知道他提到的这部电影。

"好的,这是你的预算和报酬。很抱歉,你可以接受,也可以不接受,因为我要控制预算,已经没有回旋空间了。"

他给出了更灿烂的笑容。

---

[1]《星球大战》里的角色。
[2] *Zazie dans le métro*,1960 年上映的法国喜剧片。

"钱不重要,我们会解决的。还是聊聊这个精彩的剧本吧。"他还是那副禅定般的语气。

我也放松下来,对话开始转到创作上。玛丽-克里斯蒂娜说得对,这个人很有魅力。他的客厅墙面上到处挂着大师的画作,还有科克托[①]和夏加尔[②]的原作。我心里有些打鼓了,觉得再怎么着也该先打听一下他的履历。休息的间隙,他给我指了卫生间的方向。从走廊上经过的时候,我看到了一些搁板,其中有一片已经坏了,上面堆满了恺撒奖和奥斯卡奖奖杯,全都落了灰。

在用我的预算挑衅他之前,我真应该先了解一下这个人的。回到客厅,我立即切换到尊敬模式,关闭疯狗模式。

我们握手道别,约定第二天在奥贝尔地铁站见面,看一下场地。

一到家,我就打开了电影词典,翻到字母T,找到特劳纳这个姓,然后是亚历山大这个名。[③]

这人居然给上百部电影做过美术指导,其中有《天堂的孩子》《日落大道》,还有两三部奥逊·威尔斯的电影。

我觉得自己傻到了人类极限。怎么可以那么蠢,那么傲慢?第二天一早,我向他道歉,告诉他真实情况。特劳纳听完只是大笑,一秒钟都没觉得被冒犯。我有创作者的能量和冲动,在他五十年的职业生涯中早已见怪不怪了。

[①] 让·科克托(Jean Cocteau,1889—1963),法国诗人、剧作家、小说家、电影制作人、画家,20世纪早期艺术领域最有影响力的人物之一。
[②] 马克·夏加尔(Marc Chagall,1887—1985),俄国犹太裔超现实主义画家。
[③] Alexandre Trauner(1906—1993),匈牙利裔法国美术指导。后文提到的《天堂的孩子》和《日落大道》均为影史经典作品。

几周后，他给我展示了他用油彩画在木板上的布景设想。看到这些真正的艺术创作，我都要哭了。我知道自己还有很多东西要学，也很庆幸能被这么多慷慨的艺术家包围着。

两三天后，我们到布洛涅制片厂工作。跟着特劳纳走入摄影棚，就像跟着教皇走入教堂。见到他，大家都直接脱帽，叫他"大师"。不过，这个小个子的匈牙利人像没听到一样，已经开始在头脑中搭建布景了。

我在入口看到几年前将我赶出去的那个保安，笑着向他打了个招呼，他却没认出我。无所谓，我又不是来报复的，是来拍自己的第二部电影的。

我们要在摄影棚搭建起所有地铁中写着"禁止进入"的场景。

几天前，我们和巴黎大众运输公司中负责对接此次拍摄的人见了面。举步维艰。她一整天都在重复一句我从踏足电影行业以来就反复听到的话：

"这不可能。"

她拒绝了剧本中过半的镜头。我只好在两天之内拿出一个更柔和的新版本，将所有人都写得更和善，一切事物都写得很美好。她终于接受，给了许可。被否定的镜头将在摄影棚内或者巴黎大堂旁边完成（这就由不得她了）。是她逼我们撒谎的。但还有两个镜头无法在摄影棚里进行：地铁站的抢劫袭击，以及轮滑小子跳过铁轨。只能先开机了，边拍边看。

克里斯托弗·兰伯特从理发师那儿回来了。现在，他有了一头蓬乱的金发——斯汀的发型，很适合他。《地下铁》的男主角弗莱德诞生了。

— 18 —

拍摄的第一天。

第一个镜头拍的是飞车,不需要正式演员。一辆奔驰追逐一辆标致 205 GTI,两辆车要在路的尽头飞过一条楼梯。

特技演员正在调整飞车落地的下垫物。他戴着雷朋墨镜,一副克林特·伊斯特伍德的硬汉样子。

奔驰公司不想参与这部电影的拍摄,所以我们从赫兹租车公司租了一辆。如果一切准备得当,飞车就应该不会有问题。

文化部部长杰克·朗来到拍摄现场见证第一个镜头的拍摄。我挺高兴见到他的,可不明白他为什么要来。我还没意识到,《地下铁》已经成了当下最热门的电影项目,能来拍几张照片就很幸运。我完全没注意到这些,只关注眼前这场不容失误的飞车了。

标致加速,从镜头前飞过,勉强落到下垫物上,前轮碰到了路面。太危险了。特技演员必须放缓一些,不然就会飞过下垫物。

他始终戴着雷朋,假装正在重新计算,扮出一副受过良好教育的模样。而大家都知道他初中毕业就辍学去偷摩托车了。

奔驰加速,飞起,落在下垫物15米外。镜头完美,汽车底盘断成两截。

"这是正常的吗?"杰克·朗问道。

我来不及回答,冲到特技演员面前,破口大骂。

"我也不明白,我都计算好了!"他用卡利麦罗的眼神看着我。

"你算了个鬼!你连数到2都不会!"

我的怒火根本平息不下来。他只好坐地铁回家去了。

幸好,镜头绝佳,无人受伤。夜里1点,场务将奔驰拉回到赫兹租车,留下了道歉的字条。

第二天,演员们都到场了,拍摄强度也没有前一天猛烈,日程一天天平稳推进。

地铁内的拍摄都在晚上10点到第二天凌晨5点间进行。我们给团队发了胡萝卜汁,因为霓虹灯的长久照射对眼睛不好。

这次拍摄用的是新胶片,富士250。电工制作了一些圣诞老人头罩,里面装满霓虹灯管,以此将地铁走道中的灯光协调得更柔和一些。

他们甚至在收音杆末端安装了一个迷你灯,以便给阿佳妮脸上多打一些光。我们还租了一套刚从美国来的全新摄影机稳定器——斯坦尼康,效果绝佳,让我们可以更灵活地移动设备。

我研究了走道里的人群。乘客都是一拨一拨地出现,像海浪一样。所以,我们要把握好两拨人群出现的节奏和方向。因为这个运行系统，我们解决了群众演员这个大麻烦。

至于地铁中"蝙蝠侠"和"罗宾"追逐弗莱德的镜头，我们将摄影机固定在一辆卡丁车上，驾驶员只要跟随着克里斯托弗即可。

《首映》联系了我们，想为这部电影做一个专题报道。于是，我见到了那位著名的主编，就是认为《最后决战》的影评写得太积极而要求女记者重写三次的人。但我没提这回事，翻篇前进比较重要。他们想拍一些照片，我答应了，条件是一切都要经过我们的同意。这些记者也答应了。

克里斯托弗·兰伯特非常适应角色，大家也都相处融洽。不过，所有都在一夜间换了样。《泰山王子》上映后，地铁里开始有人认出克里斯托弗，几周之内他就成了明星。

他自己并无什么变化，只是他周围的人都不一样了：四面八方的邀请和赞美，各式各样的商业合作和电影拍摄一下子全都涌了过来。

他必须努力抗争才能保持专注，我帮助他不被这一切带跑。

伊迪丝·科勒奈尔通知我超预算了。100万法郎，或许更多。我听到后没有做出任何调整。只能之后再看了，现在不可能在电影的质量上做任何妥协。而且话说回来，也不是所有事情都在于钱。我还记得玛蒂娜·拉班从跳蚤市场淘来一件小毛衣给克里斯托弗做戏服。我太爱这件毛衣了，但玛蒂娜只有一件，我们只好小心翼翼地使用这件衣服。等克里斯托弗结束一天的拍摄，玛蒂娜就立即将毛衣收起来放进自己包里，甚至将毛衣放在枕头下睡觉，以防弄丢。这件毛衣比一串钻石还要珍贵，整部电影拍摄了十六周,她也为此焦虑了十六周。

阿佳妮是个天使。她准时、投入,且开放,美好得就像一个梦。拍她的时候,我感觉自己像在享用蛋糕。

毛片效果极佳,阿佳妮光彩照人。每天清晨6点我们收工,然后一些人会聚在一起吃顿丰盛的早餐。

玛蒂娜·拉班、卡尔洛·瓦利尼、让·雷诺……全都是老朋友了。虽然这只是我的第二部电影,我却感觉我们已经走了很长的路!我的命都硬朗起来了。

一天早上,我们看到新一期的《首映》杂志上市了。他们给《地下铁》做了一个十二页的专题,却没有通知我们,连照片也未经我们同意和选择就登出了。我气疯了,主编结结巴巴说的几句虚伪的借口也没办法让我平静下来。

这都是些什么小丑?放在自然界,也不会有这么恶毒的动物吧?这和鬣狗有什么两样?

更何况,文章虽然看似恳切,却没反映出任何真实的拍摄情况。他们跟着看了几天的拍摄,对片场还是一窍不通。这些人根本不懂电影,文章通篇只有冷嘲,谈不上丁点真诚,还说自己是"潜水员",也就勉强沾湿了脚踝而已。

我只能希望这些记者是例外,往后能遇上一些专业人士。

前六周的工作都已经收尾。高蒙和TF1都很满意,技术员们也很高兴,毛片质量极好。于是,所有人都开始有些松懈,有些得意忘形。我却想起了《最后决战》的时候,我们是如何挣扎着还债,又是如何在电影院前说服观众看我们的电影的。

在摄制组,大家都有说有笑,可没有人知道如何定位这部电影。半场领先并不意味着最终的胜利。你只能逼迫自己再上一层楼,对自己再狠一些,收起自满和庆幸,换上汗水和敬畏,直到筋疲力尽。

第二天,拍站台上跳舞的戏。先是克里斯托弗和阿佳妮跳舞,然后让-雨果·安格拉德替换他的位置,总共拍了五十二次。我的要求一下子上了五层楼。所有人都疯了,除了阿佳妮。完美是她最爱的游戏。

第三天,我还拍这个镜头。十六次。技术员都迷糊了,但很快就明白过来。所有人都投入的时候,电影才会有魔力。

只是,魔力是有代价的,伊迪丝告诉我,制作费用还在继续超支。我们已经超过了此前定下的200万法郎的门槛。现在,该用巧劲了。保证质量的同时,降低成本。

我真希望学校能有人教这些,而不是滑铁卢战役的时间。

拍摄接近尾声。我们始终遵照巴黎大众运输公司那位女士的要求,她终于允许拍摄跃过铁轨的镜头。我们在两侧站台间放上了一块薄而宽的木板,向她保证这个镜头不会有任何危险。镜头放在与木板齐高的水平位置上,所以木板是看不出来的。这一跳看上去十分真实,可从另一个角度看,是绝对安全的。

至于地铁上的抢劫镜头,这就复杂多了。我甚至不敢告诉她我们要拍这个。她肯定会拒绝。于是,最后一天,我们借口说要在奥贝尔站补拍一些镜头。我发现每十分钟就有一辆空车停在站台上。一番周详细致的准备后,抢劫表演开始。

两位演员朋友打扮成运钞员,在站台的尽头等着我的信号。卡尔洛将摄影机扛在肩上。我们已经在停车场排练过整个行动轨迹了。我假装和运输公司那位女士谈论假期，她说起了自己的非洲之旅。陷阱已经布下，我对第一助理使了个眼色，他立即溜走。

一分钟后，车站广播响起，这位女士被叫回了指挥室。她表示抱歉，然后离开。就在她从自动扶梯上消失的那一刻，两位运钞员冲了过来，卖花的波林热和主角克里斯托弗也已就位。

道具师从口袋里拿出两支手枪，交给演员。我从塑料袋中拿出一件巴黎大众运输公司的工作制服穿上，然后戴上制服帽，用在勘查现场时偷的一把三角钥匙打开了列车的驾驶室，扮演驾驶员。一切就绪。"开始。"

两位运钞员被克里斯托弗压制住，而我则被卖花人从背后用枪顶着。根据我们的安排，这个镜头一共四十秒，而走到控制室再回来的时间是四分三十秒。

于是，我们连续拍了三次，摄影机一直没停。镜头越来越好，越来越流畅迅速。我确定下一次还会更好，可惜没时间。那位女士随时会回来。我们必须考虑到这个风险。紧张感不断加剧，现在真的像是一场抢劫了。最后一镜，完美。我脱下制服和帽子，那位女士随即出现在了站台上。玛蒂娜将制服塞进自己的毛衣，转身走开。

"不好意思，是总台在叫我。"她走到我们面前说道。

"不急吧？"

"我不知道，那人挂了。"

在她身后，两位运钞员溜走了，波林热的手枪藏在了花下。镜头入盒，抢劫成功。

拍电影最大的乐趣，就在于演员们都有丰富的个性。理查德·波林热这位诗人，会用他的魅力嗓音让摄制组如痴如醉；让-皮埃尔·巴克里的放飞表演会让大家哄然大笑，米歇尔·加拉布吕和他伪装的马基雅维利式善良，像蜂蜜流入面包孔一样融入整部戏；克里斯托弗·兰伯特，一只漂泊不定的掉羽毛的鸟，被车灯照得盲目的猫科动物；让·雷诺，末日的幸存者，碰到什么就用鼓槌敲什么，总是一言不发，阿佳妮，走到哪里，便是哪里的主人，电影界的埃及艳后；让-雨果·安格拉德，一只迷路的、焦虑的、内向的、受伤的小动物，但是非常上镜，光靠声音就能感染人，里夏尔根本没法和他比。

最后，让·布伊兹，稳定全局的人物、片场行动的节拍器、平和的裁判。他能让你在每天早晨都想起自己热爱这个职业的原因。

我从这些演员身上学到了很多。他们给我的调色板提供了如此斑斓的色彩，让我都有些迷失，不知道该从何下笔了。无限的可能性都在我的手中。我是最幸福的导演。

衷心感谢他们。

拍摄结束，我们办了一场盛大的欢庆派对。这是传统。收尾工作顺利进行，这一次，我不需要再为钱四处奔波了。我们有时间剪辑，还有一间漂亮的录音棚来做杜比混音，艾瑞克·塞拉也可以在巴黎会议中心配乐。

我们不再总是偷偷摸摸地工作，躲在大人物的阴影之中。我们有自己的位置，哪怕这位置随时可能被占用。

在 SIS 录音棚，资深剪辑师会派他们的实习生在上午 11 点时预订好位置，去附近的干洗店帮他们取白手套。

白手套是剪辑师的象征，因为他们要触碰胶片。资深剪辑师更是只戴左手那只，这样才显得更有范。

第一天，我们在树荫下围着一张桌子吃午饭，观察那些文雅人大聊特聊电影，就好像主教们谈论上帝，却忘了自己从未见过上帝。

我一点点发现了这个围绕着电影存在的陌生世界：一个摆姿态、讲教条的自命不凡的世界。

这个世界认为：只有严肃电影才有价值，只有穷人才是艺术家，只有精英阶层才有话语权。

鉴于我是那种"和阿佳妮拍戏的幸运的混蛋"，聊起电影来又像个厨子，便立即失去一切可信度，成为一个被名声和金钱吸引的伪教徒。

要证明你的真诚和才华，你应该拍一部厨房里的社会剧，而不是一部光彩四溢、音乐不断的喜剧，一看就是年度热门的那种。

他们不能忍受这种对成功的渴望。其他法国电影团队在我经过时都将头转过去，尽管他们连我的电影的一个画面都没看过。我很伤心，可我还有一部电影要完成。所以，往后的中午，我都在自己的剪辑室里吃三明治，每天在那里待十八个小时。

阿佳妮邀请我吃晚饭。她想知道电影的进展。

我让她放心，但其实她也不是真的担心这个。

"你下一部电影打算拍什么？"她对一切都很好奇。

我承认自己还没开始考虑，只是有一个想法。

一部关于大海的电影。阿佳妮很感兴趣,不断提问。她犯了一个严重错误,不该提起这个话题的,因为我根本停不下来。我可以说上几天几夜,讲出成百上千个故事,让你从头到脚都浸在海里。

阿佳妮贪婪地听着,蓝色的大眼睛放出光彩。在晚饭的两小时内,我已经带领她看遍了整个海洋。

这天晚上,阿佳妮成了《碧海蓝天》的第一个粉丝。

第一次剪辑完成了。电影不错,可惜太长——两小时二十分钟。

拍摄的乐趣让我忘记了一条重要的原则:故事内容和长度之间的平衡。只要天平往任何一边倾斜,电影就会失衡。

太快,电影就失去了要点、视角、细节和内涵。

太慢,电影又会掉入无聊、冗余和自命不凡。

我将每个镜头都当作最重要的镜头来拍摄:典型的新手的错误,太迷恋,太渴望。

我为高蒙电影和联合制片的TF1做了第一场放映。当时,TF1还是一家国营电视台。老板从捷豹车中出来,握手之前先喷了我一脸雪茄烟。他是那种优雅的老式绅士,一身美黑灯照出来的古铜肤色,裹着红色的羊绒围巾和蓝色的缎面西服,看起来就像一个来自蓝色海岸的广告人。他像在十字大道上遛贵宾犬一样带着他的太太。我可真"爱"这一切啊。

这家伙真够自负的,举手投足间好像他就是电影的代言人。他瘫倒在扶手椅中,来一趟拉加雷讷科隆布就已经把他累垮了。

我有种很糟糕的感觉：像是回到学校，在课堂上面对老师们的裁决。

我还是很脆弱。这些年我长了不少肌肉，也练就了一层盔甲，可是要把一只乌龟翻转过来，还是很容易的。

我深吸一口气，说了放映前通常会说的话。

"这部电影还未完工，缺了混音，也没校准，而且长了十分钟，我们还在解决。"

"行了，这种话我们听多了。"TF1的家伙笑着说道。

电影开始了。两小时的折磨。

这次放映是一场灾难。我犯了一个致命的错误：在这个房间里，没有一个五十岁以下的人，也没有一个人在青春期后踏进过地铁。

我感觉自己在让银行家们听说唱音乐。

TF1的老板告诉我，要剪的不止十分钟，而是至少半小时。他还提前预测了这部电影会失败，就像对我的朋友贝奈克斯和他的电影《明月照沟渠》[①]所说的一样。

在他身旁，被他像一个配件一样对待的妻子想要表达一点小意见。她喜欢这部电影，想说一说自己的想法。结果这位丈夫完全忽视，觉得她对电影一无所知，不属于这个殿堂。不过，她还是背着丈夫给了我一个笑容，并竖起了大拇指。

走的时候，她将我拉到一旁，在我耳边低声说道：

"我会带我的孩子去看，他们肯定会喜欢。"

与男人不同，女人总是有这种感知他人痛苦的能力，却从

[①] *La Lune dans le caniveau*，1983年上映，入围第36届戛纳电影节主竞赛单元。

来不利用这能力拿捏他人。

她们知道，安慰能够治疗伤痛，让人重新振作。

她们还知道，一个成年人的身体里也可能藏着一个脆弱的孩子，也需要帮助。

这场放映让我慌乱。我不能简单地将他们的评论归为愚蠢。我需要接受、整理、分析，回收一些有用的让电影更好的信息。

我们开始小心翼翼地重新投入剪辑，尽量不伤及主干。

我有一个想法，能一次性省下六分钟，但这段戏中有阿佳妮，我一下子不知该如何处理。最后，我给她打了电话，她来到拉加雷讷科隆布的剪辑室，坐在剪辑台前，像外科医生看X光片一样看我们的剪辑。

"当然，这样更好，剪掉吧。"她的话像手术刀一样直截了当。

她甚至还建议我将这之前的一段也剪掉。我们现场尝试了一番，效果的确好了很多。电影一下子少了十二分钟。

阿佳妮将影像当作原材料，哪怕她自己就在其中；而我还太留恋自己拍出来的影像，无法从中解脱。

她就像是一位医生，直接给电影做了截肢，但处理得很好。我的剪辑也多亏了她才有所长进，以后再也不会用从前的方式去剪辑了，而是从导演的眼光转换成了修理师的眼光。

伊迪丝·科勒奈尔算好了账。我知道我们至少超支200万，已经做好了心理准备。

但她突然对我说，我们超支了700万法郎。我一下子没坐稳。

"什么意思?! 拍摄结束的时候你不是告诉我，我们大概超支200万?!"

"是的，不过……我当时算的还不是总账。"她有些笨笨地说道。我这才明白，她根本不会管账。

我冲她破口大骂。她当制作总监，就好比我当发型设计师。

《最后决战》的噩梦卷土重来，但还债是之后的事。与此同时，我们必须确保电影制作完成，并祈祷电影大卖。

电影最终时长不到两小时。我对我们的工作有信心。艾瑞克的音乐绝妙无比，配上电蓝色的画面，传递出一种无法抗拒的现代感。

我让阿佳妮来看放映，她问我能否让沃伦·比蒂参加。她的美国男友打算在下一部电影中给她安排一个角色，十分希望看看她在《地下铁》中的表现。

我当然欢迎。

沃伦坐上协和式飞机，当晚就抵达了巴黎。

我们在一家高级餐厅一起吃了晚饭，他们让我尝了黑色的小鱼卵。"这是鱼子酱。"阿佳妮介绍道。我更喜欢旁边配的小煎饼。

阿佳妮让我说说海洋和《碧海蓝天》，可沃伦让我有点局促，就没说太久，只是浅浅地谈了一下，然后就转移到其他话题上去了。

第二天，我给这对恋人放映了《地下铁》。

沃伦向我表示赞赏，并坦白说他想看的不是阿佳妮。他对阿佳妮的才华深信不疑，只是想看下我的水平。他很满意，希望能制作我的下一部电影，就是那部关于大海的电影。阿佳妮给了我一个会心的微笑。

当一个法国制片人告诉你,他将投资你的下一部电影,你就知道有一半机会他会退缩。

沃伦·比蒂则完全是美国做派。他立即亲手递给我一张25000美元的支票作为预付款,好让我能心无旁骛地工作。合同之后再说。

我不知道该说什么。我以为这种事情只有在电影中才会发生。

向他道谢时,我还沉浸在对这种做派的惊讶中。

我没有立即兑现这张支票,而是在所有朋友面前炫耀了一周。他们看到明星的签名,也都欣喜若狂。

不过,我还有一部电影要上映,不可以分心。

这次的发行规模很大,不再像《最后决战》那样只有七个影院。高蒙电影拿出了顶级资源,将制作两百五十份拷贝。我头都晕了。

巴黎大众运输公司的那位女士已经连续好几周要求观看影片了,而我总是拿各种借口来拖延。理论上来说,她有权力阻止电影发行。

我们必须再次谋划。

我们先给伊夫·穆鲁西看了电影,他很兴奋,并希望能在奥贝尔车站做《13点新闻》的直播,就像电影中的轮滑小子一样,在两道自动扶梯间滑行。

于是,我们为穆鲁西和巴黎大众运输公司的老板安排了一场约见。结果那位女士拼命抗议,还是希望在这之前看一下这部电影。没问题。我们在见面的两小时前答应了她。她看完脸都白了。抢劫运钞员,卖花的强盗,危险的飞车,住在地铁里的非法移民,四处流动的枪支。

"你骗我?!"她的声音在颤抖。

"是,要是您好说话些,我也不需要这么做。"

"但你打破了所有的界限!"她说话的语气好像她都快要窒息了。

"电影是没有界限的。"我耸耸肩,表示歉意。

穆鲁西和巴黎大众运输公司的老板握了手。老板见到电视明星十分兴奋,而他的身后就是那位女士。

穆鲁西了解我的困境,所以全力为我解决。他承诺这一期的新闻会让巴黎大众运输公司大放异彩,会有一千万法国人看到他们。老板的眼睛都发光了,那位女士还在扯他的袖子,试图插话。约定已经谈妥,两人握手成交,而女士还在坚持,直到老板发怒。

"到底怎么回事?"

"电影可能有些问题。我不确定我们的形象会不会……"她结结巴巴地说道。

"难不成是列车驾驶员被强奸了?"

穆鲁西大笑,老板更觉得自己的幽默被鼓舞了。

"呃……没有。"她吓到说不出话。

"那不就行了!"他一边说一边陪穆鲁西走到门口。

几天后,TF1的明星主持人在奥贝尔车站做了直播。当他从两道扶手电梯中间滑过的时候,节目破了收视纪录。

首映当天，我像对待公主一般迎接了巴黎大众运输公司的女士，给她安排了伊莎贝尔·阿佳妮后面的座位。

几天后，电影正式上映。

香榭丽舍大街上的高蒙大使影院前，排起了长长的队伍，尽是坐地铁来的年轻人。

第一天，巴黎二十八个影院共售出两万八千四百零四张票。

成绩是票房第一名。

当然，记者们对我强烈抨击，因为我已经不再属于他们。他们发现了我，把我推到台前，现在我背叛了他们，投入所有人的阵营。我为电影的成功感到高兴，也知道很多恶意在累积。成功会让一些人不快，让他们难受。我还不完全明白这其中的意味。对我来说，成功是我希望所有人都能获得的幸福。

— 19 —

电影上映数周后,我收到了戛纳电影节的邀请。

这次我不用睡在海滩上了,主办方给我订了一间雄伟酒店的房间。我也终于可以借着躲太阳,光明正大地戴上雷朋墨镜了。

我在咖啡厅的露台上坐下来喝茶。《地下铁》还是票房冠军,我感觉自己就像中了彩票。

但我这桌只有我一个人,始终没人来搭话。在这几个小时里,我意识到自己和这个行业有多格格不入。我生错了地方。我没有接受过正经的教育,也没有良好的家世。

我是在沙子和石头之间疯长的野草。大家不喜欢我的名字,把我的电影叫作给幼稚青少年看的短片。我开始被人讨厌,而我拍电影是为了被人喜爱。

在此期间,巴黎大众运输公司的女士辞了职,到非洲定居了。

克里斯托弗·兰伯特成了炙手可热的明星。在《泰山王子》

和《地下铁》之后,他又要准备拍《高地人》①。每周都能看到他在杂志封面上出现。

我和他一起去纽约参加电影在美国的宣传。这里只有少数影院有排片,顶多能到一百零一家。这就是法语片的命运。与之相对的是美国大片能有三千多家影院。无所谓了,NTM②的歌词不无道理:"最难的是走上地面。"

我们被安排在曼哈顿中心的一家奢华酒店,每人一间套房。克里斯托弗已经提前到这里住了好几周。我去敲他的门,一位身材极佳的黑人模特将门打开。她没穿衣服,只用床单的一角勉强地在面前挡一挡。欢迎来到纽约。

我以为自己走错了房间,不过,这位年轻女子说克里斯托弗马上回来。她甚至邀请我进去等他。我还是去酒吧等好了。

克里斯托弗在排练,一小时后才来到酒吧。我们打算去一家意大利餐厅吃晚饭。

"德尼罗也来,你介意吗?"他的语气就像在说他的表哥一样。

"当然不。"我愣愣地答道。

德尼罗。明星中的明星,教皇级别的电影界人物,纽约的"出租车司机",我在阿沃利亚兹电影节的台上和他有过几秒的照面。他不声不响地来到酒店大堂,低调得像一位寻常的记账员。但当你和他握手的时候,就能感觉到他充满了力量。他的目光穿

---

① *Highlander*,1986 年上映的奇幻电影,后不断开发续集和衍生品。
② NTM,1989 年成立的法国说唱组合,以具有能量和社会意识的歌词闻名。后文所引歌词出自单曲《我们还在这里》(*On est encore là*)。

透一切，他的笑容让你迷失。这个人能成为明星绝不是偶然。

他和克里斯托弗·沃肯[1]一起来的，后者凑巧也在附近，自从合作了《猎鹿人》之后，他俩成了朋友。

"你不介意阿尔·帕西诺也一起来吧？"德尼罗友好地问道。

我还以为这是玩笑话。但几分钟后，阿尔·帕西诺出现了，身旁还站着哈利·戴恩·斯坦通[2]，《异形》中神话般的演员。

帕西诺的头发很长，和德尼罗一样。

他正在拍休·赫德森的《革命》[3]，德尼罗在拍罗兰·约菲的《教会》[4]。一群电影人像沙丁鱼一样挤进一辆越野车，然后往这个餐厅驶来。

特瑞·吉列姆[5]随后加入。哪怕在戛纳，我也没见过这么一桌人。我被夹在阿尔·帕西诺和克里斯托弗·沃肯中间。德尼罗在我对面，他旁边是克里斯托弗·兰伯特。我全程挣扎着用自己的蹩脚英语应对，尽力让自己不要出太多汗，紧张得只好埋头吃自己的西红柿马苏里拉奶酪，像一只鸵鸟将头埋进沙子中。不过，整桌的气氛都很紧张，近乎沉闷。

这伙人在聚光灯下光彩照人，离开聚光灯后便将自己封闭起来。好一群内向的家伙。

一位英国选角导演过来和克里斯托弗打招呼，称赞他成就

---

[1] Christopher Walken（1943— ），美国电影演员，凭借《猎鹿人》获奥斯卡奖最佳男配角奖。
[2] Harry Dean Stanton（1926—2017），美国电影演员，代表作《德州巴黎》等。
[3] *Revolution*，1985 年上映的战争题材电影。
[4] *The Mission*，1986 年上映的宗教题材电影，后获第 39 届戛纳电影节金棕榈奖。
[5] Terry Gilliam（1940— ），英国电影编剧、导演，代表作《妙想天开》，获奥斯卡奖最佳原创剧本提名。

惊人,能坐在这一张桌上。但事实是这桌上还有一个暗影,顶着金色的小毛头,一副伐木工的身材,一言不发。克里斯托弗介绍了我,女孩在餐厅尖叫起来:

"我的天呐!你是《地下铁》的导演?"

所有的目光都转过来,我立即满脸通红。这是我一生中最尴尬的时刻。

帕西诺露出微笑,德尼罗也笑了,大家都笑了。

女孩在众人面前说了一分钟我的杰作,而我只想给钱让她停下来。

这一下,桌上的人都放松了,气氛热络起来。阿尔·帕西诺开始给我说他在筹备的短片。他将我当作法国的知识分子了。我只能礼貌地点头,因为他说的东西我都不太懂。

晚上10点,所有人各自回家,明天都要工作。除了克里斯托弗,他接上女友去了俱乐部。女友穿上了衣服,比之前更漂亮。时差让我昏昏欲睡,我回去就躺下了。今晚不需要做梦,只需要回放一遍今晚的经历就够了。

即使是我少年时最大胆的梦中,也没有这么一场晚宴。

最让我怀念的,是他们接纳我时的慷慨和简单。这真的让人心暖。

回到巴黎,等待我的是债务。托斯坎被辞退了,《地下铁》的成功未能拯救他。太多管理不善,太多亏损。帕特里斯·勒杜接替了他的位置。高蒙用一位会计换下了一位王子。这家伙看起来就像个银行家。而既然高蒙电影在这部电影上赚到了钱,我想和他商量减少我的债务。

"你想要多少?"他突然问道。

我没考虑过这个问题,还在想着自己的一套思路。

"呃……100万?"我结巴道。

这数字在我看来已经是巨额了。

"好,100万。现在我们说说你的下一部电影吧。"

这家伙算计得比幽灵还快。我一回家,才觉得有些不对,明白自己被耍了。他满足了我的要求,可是,我还有600万的欠款,而这笔钱本该是高蒙电影承担。我真的不适合这种生意。

我去找了电影的合作制片方TF1,请求他们的援助。结果是零。什么也没有。什么也不给。[①] 自己搞定。二十岁的时候,我有300万的债务。现在二十五,我有700万了。我的长进真不小。

为了偿还法国社会保险和家庭补助金征收联合机构和其他提供好意的公司的欠款,我只剩下一个解决方法了:再拍一部电影,然后大卖。

我对《碧海蓝天》的第一版剧本挺满意,请人翻译出来寄给了沃伦·比蒂。他告诉我剧本还不够好,并建议我到他洛杉矶的家中,和一位美国编剧合作。

他的房子在穆赫兰道上,这条著名的山脊路可以俯瞰好莱坞。左边住着杰克·尼科尔森,右边住着马龙·白兰度。有这样的邻居,估计每五分钟就想去打扰一下。他的房子宽敞奢华,

---

① 原文为三个表示零的词:Rien. Zéro. Nada.

山谷的景色尽收眼底。

沃伦在跑步机上跑步,面前是一块巨大的屏幕,正在播放CNN的新闻。阿佳妮从厨房走到泳池,似乎有些无聊。我猜让我来也是为了陪一陪阿佳妮。对此我求之不得。

编剧叫玛丽莲,四十来岁,声音柔和悦耳。她对大海一无所知,但懂得如何挖掘人物的内心。美国人写剧本的方式大有不同。他们更精准,更有技法,更严谨,往往会花很长时间打造车的底盘。换作法国人,这个时间已经在选座椅颜色了。

我从她身上学到了许多,她的甜言蜜语不会让人讨厌。此前我写剧本的习惯是把所有素材都堆出来,是她教会我如何挑选它们。

一天上午,我被车子的声音吵醒,看到十辆警车停在院子中。一个中情局的人没敲门就直接闯进我的房间,检查我的衣柜中有没有藏人。他最起码可以说声你好。

屋子里站满了穿便衣的特工。加里·哈特来拿沃伦给他写的演讲稿。他穿着泳衣在泳池边上和阿佳妮有说有笑,而沃伦在厨房修改稿子。

这时,杰克·尼科尔森穿着浴袍走了进来。

欢迎来到好莱坞。

尼科尔森没有咖啡了,来沃伦家要一杯。这很常见。接下来就等马龙·白兰度过来做面包片了。

这种好莱坞生活真是不可思议,我从中享受颇多,怎么感谢沃伦都不为过。但我的心思不在这里。

它已经在蓝色大海中了。我宁愿在一张小桌子旁讨论几个小时，也不愿被沃伦的司机拉着在城里四处晃悠。沃伦没时间应付我，或者说，应付任何人。

我带着打磨后的第二版剧本回到巴黎，已经知道如何开始第三稿了。与此同时，我去蓝色海岸见了克里斯蒂安·贝特朗，一个水下拍摄专家。他给我展示了自己的工作室制作的水下摄影机。这人是个行家，不过，我想拍的是宽银幕电影，适合的摄影机还不存在。一切都要从零开始，还要造出两台来。制作摄影机对克里斯蒂安很容易，问题在于镜头。必须要考虑到水的衍射、色度、甚至盐度。总之，这次的镜头必须定做。克里斯蒂安认识一位瑞士的工程师，他可以实现这些要求。

过了几周，克里斯蒂安给我报了价，需要 30 万法郎（5 万欧元），制作过程八个月。如果我们想在明年的夏天开始拍摄，现在就要启动。

我乘飞机去了纽约。沃伦正和阿佳妮、达斯汀·霍夫曼拍摄《飞越迷城》[①]，邀请我到摄制组。我站在一个角落，观察他们的工作。

导演被这些大魔王摆弄得有些迷糊。沃伦把自己的节奏强加于人，一种地狱般的缓慢节奏。

其实，他只是将所有的可能性都放开，等所有人都在崩溃边缘，才最后决断。

达斯汀·霍夫曼才不让自己被人摆弄，他不断拿沃伦开玩笑。一只目光如炬的老狐狸。他在片场如鱼得水，让人印象非常深刻。

---

① *Ishtar*，1987 年上映的美国冒险片，耗资巨大，票房惨败。

他能吸收一切，表演一切，连脚都能入戏，即使它们并不在画面中。

这是我第一次看到一个如此专业的美国演员工作。

于是，我干脆一整天都只盯着他看。

我多想有朝一日能和他合作，即使现在我的能力还远远不足。

晚上，我和沃伦、阿佳妮一起用餐。始终不见合同，不见对新剧本的评价，不见有制作摄影机的钱。剧本完成之前，他不会给钱，而要将剧本完成，我就要等他给出评价。我感觉自己就像只滚轮上的仓鼠。

回到巴黎，我见了帕特里斯·勒杜。他虽然像个严肃的省级公证人，不过至少有一说一，做事迅速，言出必行。

和沃伦·比蒂正相反。

帕特里斯·勒杜一直做我的工作，想要推进《碧海蓝天》。我对他坦白了一些事情，和他谈起与沃伦·比蒂合作的难处。帕特里斯体谅我的无力，建议我去见见尼古拉·赛杜，高蒙电影的大老板，那个"隐形人"。此前，尼古拉一直躲在托斯坎身后。而帕特里斯是个聪明人，知道把尼古拉一点点往光下面推。他希望尼古拉到台前来，说出自己的想法，参与电影的讨论。帕特里斯清楚，将权力交还给尼古拉，万一电影失败，他也不用一人担责。

于是，我第一次走进大老板的办公室，七楼，第七天堂[①]。

尼古拉显然和我不是一类人。他出生在一个富裕而高贵的

[①] *Le septième ciel*，法国导演伯努瓦·雅克（1947— ）于1997年上映的电影。

家庭，已经延续了好几代，接受的是完美的教育，说起话来堪比部长。

这次见面完全是超现实的，像一只高贵的长颈鹿和一只走上陆地的水獭对话。拉封丹看了估计都会被逗笑。

不过，第一天见面，我就注意到了尼古拉眼神中小小的光芒。一种我熟悉的光芒，只有在处处受挫或者极度缺爱，或者直接被遗弃的孩子的眼神里，才能看见的光芒。尼古拉小时候也受过苦。当然，不是经济上的苦，而是情感上的苦。他把情绪都藏在精心组织的言辞背后，但痛苦就在那里，在那些言辞背后。

我们开始谈论大海。尼古拉听得眼神越来越亮。毫无疑问，这个人也喜欢大海。他承认，自己在船上的时候是最舒心的时候。我则告诉他，我在船下的时候最快乐。尴尬消除后，出乎所有意料，长颈鹿和水獭决定一起去海滩。

沃伦·比蒂的确很棒，可他的节奏也的确不适合我。我不想再等两年，于是给他写了一封客气的信，感谢他所做的一切，然后重归自由，同时将那张 25000 美元的支票一起塞进信封，避免任何纠纷。

接下来的一周，他的律师将支票寄回给我。肯定是我的英语太烂了，他读不懂。我又将支票寄回去，结果几天后再次收到。

这里面一定有问题。帕特里斯·勒杜给律师打了个电话，好让事情明了。

沃伦·比蒂说他和我签了合同，希望我能依合同办事。我惊呆了：我从未和任何人签过任何东西。帕特里斯·勒杜调查了一番，发现了其中的曲折。

阿佳妮的经纪人玛约莉声称是我的代表，为了在《飞越迷城》中谈到更好的价钱，几乎将《碧海蓝天》送了出去。她只用一封简短的电报，就将《碧海蓝天》的版权以 25000 美元的价格卖给了沃伦。她当然没有理由也没有权利这么做，但滥用白色粉末的人可不管这些细节。

版权到手，沃伦就跑去找他的朋友，福克斯的老板，从他那儿获得了 50 万美元的预付款。

如果他拿回了我的 25000 美元，就意味着他要把 50 万美元退回给福克斯。而沃伦根本没有这样的打算，更何况他已经花出去了很大一部分。真是一团糟。

阿佳妮对这一切毫不知情，得知后备感痛苦。

我的剧本还未完成就已经不属于我了。要想拿回版权，我必须将玛约莉、沃伦和 20 世纪福克斯都告上法庭。帕特里斯·勒杜咨询了律师，这么做起码要耗上十年。

我真不敢相信，我生命中最重要的电影，记录我部分生命印记，甚至是我存在的理由的电影，已经不属于我了。我的名字，我的身份，还有我的生命，都被偷走了。

帕特里斯认为只有一种解决方法：从福克斯手上将版权买回来。这真是一个颠倒的世界。我要从小偷的手上将我被偷的物品买回来。更糟糕的是，沃伦生气了，他要我为自己的冒犯道歉！因为我戳穿了他的小把戏，让他和自己福克斯的朋友产生了矛盾。

见面约在好莱坞大道的一家酒吧。帕特里斯给我上了一堂速成课：如何面带微笑，卑躬屈膝。而我已经别无选择了，有任何闪失，我都会失去自己的版权。帕特里斯强迫我进入一个我全身都在抗拒的状态里。

沃伦迟到了。我趁机到酒吧后面呼吸点空气，体内的怒火像风暴一样随时都会爆发。我感觉自己快要忍不住了，这样会永远失去版权的。所以，我突然间用拳头连续不停地砸垃圾桶，边砸边喊，直到双手溅血。回到酒吧，我用毛巾缠住拳头。风暴过去，现在，我可以冷静等待。沃伦已经迟到了两个小时。

这家伙还在演受伤的艺术家，等人给他道歉。我弯下腰，咬紧牙关，说出了他想听的话。我说自己年轻不懂事，没有意识到和他共事是多么荣幸，请求他高抬贵手，让我回去拍我的法国小电影。我这辈子都不曾感到那样耻辱。

这是滥用权力的最华丽的展示。没有灵魂，没有顾忌，只有一个人对另一个人的异化。

我是他掌心的蚂蚁，只要一句不中听的话，他便可以将我捏死。这是我第一次体会到权力的毒害。权力如果被错用，便只有毁灭，而非创造。

说出他想听的好话时，我在心里许下了两个承诺：永远不让自己再陷入这种处境，永远不将权力当作大规模杀伤性武器。权力应该用于创造和爱，而非毁灭。

— 20 —

几周后，我签订了和高蒙电影的第三部电影合同。

在开始新一轮的剧本修改之前，我一定要见一个人：雅克·马约尔。

我们通过一位只有在周三才能联系上的意大利律师知道了雅克的踪迹。出于某个原因，雅克此时正在厄尔巴岛，谁也不能打扰他的训练。

我们只能等待他回到马赛见他的家人。一天，律师打来电话，我们终于约到一次会面。明天正午，马赛，圣夏尔火车站。

因为不想有任何闪失，我提早一个小时抵达。

终于要见到我的偶像了。我的心跳得飞快，既有见面的兴奋，也有担心他不喜欢我的电影项目的焦虑。我希望从他的经历中获取灵感，但只能在他允许和支持的情况下。

12点05分。即使混在人群中，雅克·马约尔也是一眼就能找到的。他是唯一一个用鼻子闻周围的空气，按自己的节奏移动的人。

他完全无视周围匆忙的人群，像是在探索一处原始森林。

雅克笑起来就像海豚，脸上还留着克拉克·盖博的同款小胡须，笔直帅气地站着，直视你的眼睛。似乎没有什么能影响他，他也不焦虑任何事情。他只是路过这个陆地上的世界，并不打算久留。因为这里喧嚣太多，空气不足。

"走，我们去看看大海。"刚做完自我介绍后他就说道。

我们走到港口的尽头，眼前是闪光的水面。他变得异常平静。我们开始聊天，无所不谈。

我们的对话支离破碎，毫无意义。

他心不在焉地听我说话，不停地打断，回答总不在点上。然后突然间，他饿了，像个荷尔蒙过剩的青少年。的确，他就是条挣扎着跳出鱼缸的鱼。一天便这样度过了，我们在马赛四处闲逛，边走边聊，仿佛回到了十四岁。

突然，他要走了，因为空气不足，头疼。我来不及将我想说的话说完，也害怕他对我的计划有所顾虑。最后一刻，他拥抱了我，然后说道：

"拍一部关于海洋的电影很好，人们应该了解那里。拍吧，我相信你。再见。"

然后，他连红绿灯也不等就过了马路，差点被车撞到四次。一位马赛司机用他生动的当地口音大骂，可是，雅克完全听不到。他的脑袋已经回到水下了。

帕特里斯问我见面如何，我撒了一个小小的谎：

"很顺利。他很喜欢这个想法，同意参加！"

雅克没这么说过，可我知道，如果我尊重他，拍出一部好电影，他就会高兴。剩下的他不感兴趣。

夏天到了，帕特里斯·勒杜预付了一些钱用于制作摄影机，也好让我去选拍摄地点。我们租了一艘14米长的船，从昂蒂布出发，预备往南走，到科西嘉，沿着意大利航行，从科林斯海峡横穿希腊，然后将多德卡尼斯群岛的每座岛都走一遍。我只知道伊奥斯岛。我想确定自己童年时生活过的那座小岛就是最美的。这次旅程将耗时八十天，和儒勒·凡尔纳写的一样。让·雷诺和艾瑞克·塞拉也一起来。这是我们三人经历过的最美妙的旅程。

每天早上，我都面朝着最爱的地中海，在甲板上修改剧本。偶尔，我们会钓鱼来饱腹。之后，我们一个一个地，有条不紊地访问这些岛屿。

几周前，我带让去了他在圣日耳曼昂莱的家附近的一个游泳池。他是恩佐[①]的完美人选，但我得先测试他的水下能力。第一次尝试堪称灾难，他游起泳来就像一块铁砧。我们有一年时间将他训练成潜水员。在海上，让每天都下海潜水，渐渐有了海员的气质。不过，一只安达卢西亚公牛还是很难如鱼得水。

艾瑞克·塞拉适应得比让快。大海让他愉悦，给他灵感。到希腊时，我们将每一个岛、每一个港湾、每一处海滩都走了个遍。每到一处，我都拍下照片，在笔记本上写满记录。

[①]《碧海蓝天》的主角之一。原型为意大利潜水员恩佐·马奥卡，见下文。

尽管如此，我童年生活过的伊奥斯岛，始终是最美的那个。

我找到了父母工作过的曼加纳里度假村。它还在原来的地方。沿着海岸线，我甚至找到了小时候藏脚蹼的那块岩石。

我想在这里拍摄，让电影中的雅克·马约尔从这块岩石下取出自己的脚蹼。我逐渐将我们两人的故事编织在一起。既然我不了解雅克的生活，那就将我的借给他。

他当时的最大对手是恩佐·马奥卡，一个西西里人。

我尝试联系他，可他的律师告诉我们，恩佐·马奥卡无意加入。

因为找不到任何关于马奥卡的书，我对他一无所知，除了雅克跟我说过的一两件事情。我本想借这部电影向这位伟大的意大利潜水员致敬，可惜不能这么做，于是将他的名字改成了恩佐·莫利纳里，还让他有了两个兄弟，一个妹妹，一个母亲。我将定制一个与雅克完全相反的角色，与雅克这个人物发生反应，推动他的发展。

两位亦敌亦友的兄弟，大海的两副面孔，莫扎特和萨列里。角色设置完成，剩下的便是创作一首交响乐了。不过，说起来容易，做起来很难。我在剧本上苦苦挣扎。我无法理解雅克，无法写出人物弧光，无法定义他是如何从 A 到 Z 变化的。

我有感觉和判断，可是经验尚不足以胜任这项工作，哪怕我一天花十八个小时。

罗贝尔·加兰是一位美国编剧。我们在一起工作了几周。他相处起来令人很舒适，工作也很专业，不过，他还是喜欢美国西部的大平原多过蓝色海湾。尽管如此，剧本的框架越来越完整，我的思路也更清楚了。现在是第七版了。

我在一本电影杂志上看到一位女演员的照片,十分中意。她叫罗姗娜·阿奎特,和麦当娜合作主演的《神秘约会》即将在法国上映。她的经纪人在洛杉矶安排了一次见面。

罗姗娜漂亮,幽默,嗓音独特,魅力也很独特。她讲话很快,我的英语太蹩脚,根本听不懂。不过,不管听不听得懂,她讲的每一个笑话我都会笑。一小时后,她终于让我说话了,我饱含爱和激情地对她讲了《碧海蓝天》。罗姗娜听得眼里全是泪。我能感觉到,眼前的美人即将成为我们中的一员。她在好莱坞喘不过气,想要精神安慰,想要冒险和偏轨。我们是这方面的冠军,她不会失望的。

几周后,我们签订了合同,罗姗娜也潜进了这场冒险。她真的很爽快,还不知道主角和制片人是谁就来了。这对她来说是很大的风险。她的职业生涯正要起飞,大牌公司纷纷递出橄榄枝,而她却决定到希腊的无名小岛上,和一个完全陌生的人拍半年的戏。唯一的解释就是,她已经爱上了蓝色海洋,和我们的疯狂。

感谢罗姗娜,我永远铭记她的勇气、才华和友情。不过,尽管如此,经纪人知道她要消失六个月还是大发雷霆,用尽一切方法来打消她的念头,甚至编造希腊的热带流行病。结果都无济于事,罗姗娜还是排除万难,和我们站到了一艘船上。选角进展顺利,剩下一件关键的事情:男主角。

我找到拍《地下铁》时的老朋友克里斯托弗·兰伯特。他的体格其实不适合这个角色,可我知道怎么让他发挥作用。克里斯托弗在我们乘船勘景期间来过,在船上待了几天。我向他展示了潜水,但克里斯托弗有太多的能量,太多的欲望,太多的激情,没有时间慢慢学。他以一种参观博物馆的少年的心态领略着潜水。

我将剧本给了他,不过,他始终无法进入,感觉不到那种氛围,不知道要演什么。的确,他才拍完《高地人》,在每一个镜头里都手持佩剑,而我现在却让他演一个连路都走不好的企鹅。

我不太高兴,但也不再坚持。因为我心底知道,他不适合这个角色。

我跑遍所有选角场次都找不到合适的演员,只有一个演员的体形适合:热拉尔·朗万[①]。高蒙电影会高兴的,可是演员的形象不太对应这个角色。总之,热拉尔答应了见面,我们决定见过面后再作结论。

他人很热情,纯真,开朗,对这个项目也很感兴趣,就是觉得自己是个旱鸭子,需要时间考虑下。

我也开始考虑,如何让他文图拉[②]式的大骨架现出海豚的身影。这肯定不容易,不过,我看过他所有的电影,他是有天赋的人。我们应该能做到。

热拉尔给我回复了。他去了一趟比亚里茨,在一块礁石上面对着大海坐了好几个小时。

[①] Gérard Lanvin (1950—),法国电影演员,代表作《里昂黑帮》等。
[②] 疑指利诺·文图拉 (Lino Ventura, 1919—1987),意大利裔法国演员,以硬汉形象著称。

"吕克，行不通。我感受不了海洋的氛围，我是个十足的陆地人。这样行不通的。"他已经有些悲伤了。

热拉尔试过了，我也不认为自己能说服他。他比我更了解自己的感觉。

回到原点。男主角还未到位，我焦虑了。我们在美国的东西海岸都安排了选角，还有一场在伦敦。

剧本已经改到第八版，比之前的都好，可是，没人敢出头。电影临近制作的时候，往往也是它最脆弱的时候。该兑现承诺了，就有人后撤了。

高蒙电影遇到了制作困难。TF1拖拖拉拉，Canal+也是。这是部英语片，他们不喜欢这个想法。

"法国电影就应该说法语！"一个电视台的老板说道。

"关于大海的电影永远行不通！"另外一位电视行业的天才说道。

法国的保守派都让这部电影碰上了。

我又要和这些电影殿堂的守卫者打交道了。不过，经济账很好算：一部法语电影可以在十个国家上映，而一部英语电影可以在九十个国家上映。电影院不是为了捍卫法语而存在的，这不是电影的职责。《碧海蓝天》说的是英语，但它还是一部法国电影，因为导演、制片人、主角、故事核心、音乐、整个技术团队，都是法国的。凡·高是荷兰人，但他的《鸢尾花》是在法国画的，这幅画最终去了纽约。艺术没有国界，也没有固定的语言，我始终坚持艺术是唯一不需要护照的国度。需要捍卫法语的是法国的文化部长，而不是电影院。再者说了，为什么不要求摄影家和雕塑家也来捍卫法语？日本人读的是日语版的维克多·雨果，可也还是雨果。

尼古拉·赛杜出场了。他十分喜欢这个剧本，给出了支持。他是第一个真正参与进来的人，其他人的意见都见鬼去吧。高蒙会制作这部电影，电视台爱来不来。这种坚决的表态让所有摇摆不定的人都放了心，电视台换上友善的态度，一个个地加入了。

在剧本最后完善的阶段，帕特里斯·勒杜提出一个想法：去找弗朗西斯·韦贝尔，那个创造过百万票房的人。起初我的确有些怀疑。弗朗西斯是喜剧之王，也许他和山羊①在一起，比跟一只海豚在一起更舒服。

不过，弗朗西斯作为优秀的编剧已经写过上百个剧本，名声在外了。

"让他提点意见吧，如果不合适，你不听就是了。"帕特里斯理智地建议道。

我答应了，去弗朗西斯家见他。这次之后，我们又见了十来次。

弗朗西斯热情地接待了我。我们很快开始工作。

第一遍通读剧本时，他先要求我口述一遍故事，并不停地打断我，反复问一句话：

"为什么？"

我尽可能地回答，可是每次他都再问一句：为什么？

我开始冒汗。他把我逼到了极限，哪里疼就戳哪里。我能

---

① 弗朗西斯·韦贝尔执导的《霉运侦探》法语名为 *La Chèvre*，Chèvre 为山羊之意。

感受到电影、大海和蓝色，但剧本的结构并不牢固。必须将木头拿下，换上钢铁。

弗朗西斯从来不攻击我的剧本，只是让剧本的所有缺点都暴露出来。他真的是在帮我，也知道如何帮我。

接下来的几周，我们的合作都很顺畅。像两位朋友，在为同一个项目出力。

很快，故事结构更稳定，场景也生动起来，雅克和恩佐的竞争也更清晰了。

每一次来到水下的戏，弗朗西斯都直接跳过，像是不愿意碰一样。

"一到水下的戏，你就知道自己要做什么，我没什么要说的。"他温和地解释道。

他知道，这些场景的重点是视觉和音乐，而他没什么要添进去的了。弗朗西斯在专业上一贯地精准、高效，并且对创作足够尊重。

这十天，我从弗朗西斯身上学到的，比之前合作过的所有剧作者都要多。多亏了他，剧本现在可以开拍了，只剩为雅克找个演员了。

罗姗娜来到巴黎，为拍摄定妆。

我有些不自在，因为我还没办法把男主角介绍给她。

"你为什么不自己演呢？"她用理所当然的语气问道。

"嗯……因为我不是演员！"我只能想到这样的答案。

罗姗娜坚持她的建议。

"这个角色的一半时间都在水下，不会有人比你演得更好了。

至于表演，你帮大家排练的时候就挺好的，我也可以帮你，没那么复杂！你再减掉十公斤就行了！"

这么说是有点道理。可是导演工作已经够复杂了，我不能再给自己添一份工作。再说，如果我演，谁来指导我呢？罗姗娜的想法并没有让我轻松起来，但眼下别无选择，她的热情也感染了我。

罗姗娜是一位特别棒的演员，如果她认为我可以，如果她都能冒这样的风险，那她一定是有信心的。于是，我定下了三件事情：让自己当候选，同时进行一些演员考核，并开始节食。

我们在接下来的一周组织了一场考核。我需要一个足够严厉的人来指导，如果我做得很差劲，他不会害怕说出来。我给让·贝克打了电话，他是我在一次电影节上认识的导演。他听完我的想法哈哈大笑，答应周一过来。因为周末我还要到伦敦看最后一次选角。

一共有五位演员，四个英国人，一个美国人。第一个走进酒店房间的是美国人让-马克·巴尔。

他的英俊让我眼前一亮。他的脸庞有种天使的感觉，声音柔柔的，整个人看上去若有所失，就像我在圣夏尔车站见到的雅克。

事实是，他的车刚被偷了，他的未婚妻连同他的公寓也一起没了，他还找不到工作。而他只觉得这些事情很好笑。

我问他有没有潜过水，他说自己十几岁时在圣迭戈沙滩当过救生员。而且他的英语和法语都很流利。我感觉，上天赐给了我一个稀世珍宝。

我感谢了让·贝克的帮忙，不过这次要考核的不是我而是让-马克·巴尔了。我将他介绍给罗姗娜，他们一拍即合。罗姗娜随时就位。我如释重负地放下了自己为角色做的准备。让-马克将是雅克·马约尔。电影终于能落地了。

1987年

电影再过几周就要开拍。

我现在住的公寓比之前的明亮了一些，在特罗卡迪罗广场旁边，和一个女演员在一起。我已经和索菲——也是我前两部电影的剪辑师——分手了。从无人关注转换到聚光灯下，两个世界的过渡对我们的改变是致命的。我们的友情挺过来了，可爱情却遭了难。

后来，我和另一个年轻女孩玛加莉在一起了两年，这段爱情也结束了。我不断处在情感建设当中，却又总是投向情感处境和我一样的年轻女孩。

我始终不太明白爱情是如何运作的，没有人教过我。我父母的婚姻是一场灾难，而地中海俱乐部里又到处是坏榜样。所以，我形成了一种爱情观，却没有真正的体会和理解。我唯一相信的，就是迪士尼这些年来灌输的："他们相爱，从此幸福地生活在一起，生了很多小孩。"

和玛加莉分手后，我交往了一个女人，而不再是年轻女孩。但我根本没有准备好进入一段关系。我的天真和情感体验的匮乏都太明显了，也不知道如何进行自我防御。这个女人不一样。她是一位演员，非常了解人情世故和社会运作规则，像黄油一样融入我的内心，粉碎我脆弱的爱情想象。她的观念和我不同，弱肉或强食，全身武装或手无寸铁，一只真正的无畏的螳螂。

很快，她怀孕了。我既高兴又慌张。我毫无准备，但与此同时又极度渴望建立家庭，渴望将这个孩子抱在怀中。

头脑变得迷糊，心也迷失了。我不想再多说这个女人，除了这个即将降生的小孩，我和她没有任何共同之处。我会爱这个小孩，即使她的母亲一直在骗我，甚至在怀孕的时候都是。

遭遇背叛真的成了我的命运。肯定是有人在我出生时就设置好了。我太渴望家庭了，哪怕被人利用。这确实很糟糕，但我不想因此惩罚这个还没降生的孩子。与此同时，我将全副身心投入我的电影中，《碧海蓝天》将是我生命的一部分。

离拍摄还剩五周，水下摄影机依然没有到位。技术员们已经开始在泳池锻炼起来了。

我之前在地中海俱乐部的潜水领班马库斯，负责组织和监测深水拍摄。让-马克训练得很艰苦，但总体状态还不错。至于让·雷诺……他消失了。他的教练已经两天不见他了。

我给他家里打电话，可他的妻子也两天不见他了。我们又联系了他的朋友，依然毫无音讯。我有些担心，于是给巴黎所有的医院和警局都打了电话，还是没有让的踪迹。我骑上摩托，挨个儿去找他的朋友。让·雷诺常去的一家餐厅的老板是一对同性恋人，他们和让是很久的朋友了，可就连他们也没有任何消息。

我开始慌张，坐在桌子前闭上眼，在记忆中苦苦搜寻任何可能的线索和蛛丝马迹。没有。让的消失，是彻底的谜。突然，我想到一处小细节：餐厅的其中一位老板在听到让失踪时反应有点奇怪，要么是真的发生了什么不好的事情，要么是他在拙劣地表演。这是我唯一能够深挖的地方，于是，我返回餐厅。

我一到那里，就看到餐厅老板一脸惊慌。看来我猜对了，他们知道。这个时候餐厅无人，我请两人坐下来，好好说说。我沉默了一会儿，然后冷静沉着地说道：

"听着……我的电影四周后就开拍了。这是法国电影历史上最贵的电影，但现在主演让·雷诺消失了。这部电影是我的命。如果让我知道，不论以任何方式，你们藏着什么没告诉我，我会回来打断你们的手脚。现在问你们最后一次：让在哪里？"

两人立即点头，脸上已经冒汗了。

我长叹一声。

"他在哪里？"

"在索洛涅，我们乡下的房子里。"

"房子里有电话吗？"

"有。"

"可以给我电话号码吗？"

其中一人颤抖着在餐巾纸上写下号码。

"谢谢。"我松了一口气。

我拿起柜台上的听筒，拨了号码。让接了电话。

"喂？"

"是我，吕克。"

"啊……你找到我了？"

"可不是！你干什么去了，让？"

让坦白了，像个兄弟一样跟我说话。

"吕克，我又看了一遍剧本。你疯了！这电影我们拍不了。简直就是水下《宾虚》！工程量太大了，我做不到啊！"

让崩溃了，害怕得要死。必须让他跨过这道心理障碍，让他认识到，这部电影已经不是一个晚餐桌上的幻想故事，而是一种现实。就像有些人说要去月球，而有些人真的去了。

"吕克，我们该怎么办？！我们该怎么办！"让已经有些泄气了。

他在恐慌，我知道自己只有一分钟的时间来找到合适的词去说服他。他觉得这个人物是超人，也许只有神才能完成。我必须将他带回到地面上来，让他做一件无论是谁都能做到的事情。

"让，你知道怎么拍一个镜头吧？"

"什么意思？"

"一个镜头，就是有人喊开始，你演，然后有人喊停，一个镜头就完成了。你知道吧？"

"嗯，我知道，我知道怎么拍一个镜头。"

"所以，我们就一个镜头一个镜头地拍。你问我该怎么办，很简单，拍好一个镜头，然后换下一个！"

让沉默了，他在思考。我给一匹害怕踏空的马蒙上了眼罩。

"好吧……既然这样……我们应该能完成。"他最终说道。

第二天，让回来训练了。

当晚，我将让和让-马克带到蓝色海岸，希望他们一整天都能见到大海，多和大海交流，让大海安慰他们，驯服他们。

我们每天都在水里待六个多小时，三周的训练后，让已经能够自由下潜到40米的深度，闭气超过三分钟。

"你永远知道大海什么时候需要你，什么时候不想要你。"恩佐在电影中说道。

让·雷诺成了恩佐·莫利纳里，大海成了他一辈子的朋友。

拍摄在5月11日开始，戛纳电影节也在当天开幕。两台水下摄影机只有一台就位，监测器还看不了，我们只能靠塑料瞄准器上的箭头来盲目取景了。

拍摄的第一天，海面有些不稳。摄制组一半的人都晕船了，而另一半在尝试水下固定，简直乱成一锅粥。技术员们将器材放在甲板上，结果由于颠簸，器材很快沉到水底。

我们就此打住，马库斯和我下潜到50米的深处，将所有散落的器材拾回水面。

我们在海上适应了三天，才最终拍了第一个镜头。

不幸的是，胶片要送到巴黎才能冲洗，三天后我才看到了画面。画面中，让-马克的头都看不见了，只有脚蹼在蓝水中扑腾。

镜头太低了，而我们已经这样拍了三天。于是，我将取景调高。三天后，结果并不比之前好：头顶上一片蓝水，脚蹼又不在画面中！我用了十二天才将镜头调好。

拍了十二天，一个镜头都用不上。帕特里斯·勒杜开始紧张了。海洋电影出了名的难，我一定要拿出几个可行的镜头，不然他就要叫停拍摄了。

这天，风平浪静，大家在船上都不怎么说话。我下潜到40

米的深处。让-马克跟着锚绳下潜到尽头，然后是让。壮丽的蓝色无边无际。希望这个镜头能用。

我上升到3米的深度，开始四十分钟的减压停留，并吃了几块奶酪补充体力。一块用电线吊着的小石板慢慢落到我面前，上面写着一条信息："去医院。紧急。"

我明白朱丽叶要出生了，于是在石板上写道："给我氧气。"

氧气能将停留的时间减半。唯一的缺陷是，它会让你极度兴奋，不太方便开车。

我从勒拉旺杜一路开到尼斯的医院，比预计的时间快了许多，还报废了一套轮胎。

— 21 —

1987年5月22日,一个天气晴好的下午,朱丽叶·贝松出生了。

我很害怕抱她,可接生员不由分说地将她塞到我怀里。

哪怕我都快被恐惧压倒了,也不得不承认,手捧新生儿的感觉是世上最美好的。我热泪盈眶,甚至不敢呼吸。幸好,我有练过,可以憋气四分钟。

我的朱丽叶美丽、脆弱、平静。她是我存在的证明,是我永恒的爱。

当晚,毛片从巴黎送返,里面有三个绝佳的镜头。这部电影的生命终于开启,几乎和朱丽叶同时。但人生不会让你一直赢,幸福总比不幸短。海面上起了风浪,医生们检查到朱丽叶有心脏问题,氧气流通不畅。

"她是个蓝色的孩子。"[①] 医生说道。

[①] 患有先天性心脏病的儿童通常因为血液无法得到足够的氧气,皮肤呈蓝色。

真是讽刺。为了让我们放心，医生们出了一个治疗方案，并让我们在9月份检查跟进。

尽管遇到种种不顺，拍摄依旧继续。为了避免遇到灰蒙蒙的天气，我们都是在夜晚拍摄。80米以下，海里就没有任何光了。因此，所有设置在这个深度或超过这个深度的场景，我们都是在夜晚30米深的水下拍摄。

夜晚的海况与白天大不相同，减压的时间无穷无尽，不过我们还是一个接着一个地收获了许多镜头。

八周的水下拍摄之后，我们已经有了上百个镜头。罗姗娜开始加入，进行地面拍摄。

在蓝色海岸完成一些镜头后，我们来到西西里的陶尔米纳。我终于可以在我数年前参加电影节时就选好的绝妙场地拍摄了。

在这里要拍的，是电影的核心情节：故事里的主人公相知相识以及如何找到自己。罗姗娜和让-马克已经在互相磨合，即将开始一段小小的恋情，而我并没有因此感到不快，恰恰相反。

我甚至为他们在一家美轮美奂的古代剧院预订了一场歌剧的位置，再在演出当天借口头疼发作，让他们两人单独相处。

电影里，雅克和乔安娜情意绵绵；现实中，让-马克和罗姗娜也一样。另一边，马克·迪莱特（《地下铁》中里克的扮演者）也和他的哥哥恩佐形影不离。

陶尔米纳在西西里岛，要在那里拍戏，就要寻求当地保护。场务打听一番后，和一位老大达成了交易。于是，我的摄制组中多了三位黑手党。他们总是站在一旁，话不多说，上衣口袋都被藏在里面的家伙压得有些变形了。三人的头头对我非常友善,也许,他看着我为了这样徒劳的事情四处奔波,只觉得好笑。

一天,他看到我因为总是拍不到想要的海滨大道的镜头动怒了。大道上有数以千计的游客,附近的警察就斜靠在墙上旁观。

他问我怎么回事,我说了自己的难题。只见他吹了一个响亮的口哨,便立即吸引了警长的目光。然后,他用手势指示警长将这条路清空。两分钟不到,海边就见不到人了。这些帮派的影响力真不是传说。

自此之后,我就和他熟络起来,甚至壮起胆问了他一些问题。其中有一个是我迫切想要知道的。

"为什么你们中午去餐厅从来都不看菜单,而是老板直接给你们上菜呢?"

大佬笑了笑,像是被我的观察逗乐了。

"如果老板知道我们是谁,就会给我们上他那里最好的,哪怕不太好吃也无所谓。如果他不知道……上给我们的就是菜单了。"大佬笑着回答道。

我感觉自己生活在《教父》的世界中。

整个拍摄期间,他都在摄影机几米远的地方看着我。多亏了他,人群会自动散开,我们的卡车始终敞开着,器材从来不会丢,连火车都准点到。

工作很难,但日子很快乐。我甚至渐渐对每天生起期待。因为我知道,这种日子不会持续太久。

帕特里斯·勒杜邀请我一起吃早餐。这不是好兆头。早上6点半,我们在他的套房阳台上见面,眼前是广袤无边的大海。

吃可颂的间隙,他将十二页的剧本扔给我。

"我们已经晚了十二天。一页剧本对应一天的拍摄,我昨晚又读了一遍剧本,去掉了这些无用的场景。这样,我们就能赶上进度了。"他的高傲让人反胃。

他对我们每天晚上在毛片上看到的绝美镜头只字不提,对三位主演的出众表现只字不提,更别说第一轮剪辑后的壮观场面了。一个字都没有,只有生意。我又回到了犬儒主义的现实中,要么吃,要么被吃。

但他今天的运气不好。毛片给了我底气,我现在能把一头驴给吞了。我拿起那十二页纸,从阳台上扔了出去。帕特里斯呛了一口面包。

"你在干什么?你有什么权力……你太不负责了!我是你的制片人!"他一副被冒犯的样子。

"对!你是制片人,不是编剧!"

"不是……可是……"

"所以,你又有什么权力?你花一大笔钱请了弗朗西斯·韦贝尔,让他给我改剧本。现在,你就这么看了一晚上,就把他做的所有工作都给清算了,把场景给删了,只是因为你觉得没用?你才是那个不负责任的人!"我喊道。

"电影预算已经要爆了,我的任务就是要找一个解决方法!!"

"解决方法是我来找的,既然你想要删戏,就把韦贝尔叫来。如果确实有必要,我们可以熬夜改出来。他是唯一一个可以决定要不要改以及怎么改的人,其他人都不行!在这之前,我就按剧本拍!"

我鼓起胸膛，大获全胜一般离开了，即使心底并没有那么坚定。但成败只在一线之间。

帕特里斯连续三天没有出现在片场。

我知道他在背后拉拢盟友，可是制作总监让他放心，我在拍摄时很节省。脚本拍摄报告也会证实，我没有浪费一秒。

事实是，我给整个摄制组都施加了莫大的压力，不可能更快了，除非折损影片的质量。

帕特里斯没给弗朗西斯·韦贝尔打电话，他最终选择了相信我能减少预算。

回到巴黎，接下来是四周的棚内拍摄。我比预期拍摄时间晚了十天，得争分夺秒地追回来。但就在这时，又生剧变。

朱丽叶按计划在巴黎做了检查，结果是尼斯的医生诊断错误。朱丽叶被留在医院，第二天就要接受紧急手术。

我的世界都崩塌了。我不明白自己做错了什么，要用这种方式来弥补偿还。上天给了我一个孩子，现在又要收回？给了我一部电影，却不让我完成？我必须在两者之间选择吗？这是什么变态游戏？

我整个人都快站不住了，胃又开始疼起来，头都快炸了，不吃阿司匹林就说不了话。我停止了拍摄。朱丽叶被送上手术台，她还不到五个月大。

医生将她的身体打开，给她的心脏做了四个小时的手术。在这四个小时中，生命不再有意义，我不过是一只在洞中等死的动物，而她经历的比我更糟糕。

手术后,朱丽叶被送到重症监护室,躺在一张比她大了十倍的病床上,身上插了十几根管子。

医生将其中一根通往心脏的动脉换成了8号的牛动脉,因为有一部分已经萎缩。

听起来简直像水管工。现在要等二十四小时,才能知道移植手术是否成功。这段时间里,我就只能看着我的孩子持续昏迷,只能哭泣和祈祷。

手术并不成功。换上的动脉太小了。朱丽叶重回手术台,再次接受四个小时的折磨。医生将8号动脉取出,换上一根10号的动脉。我没有力量,也没有勇气了,看到朱丽叶的瞬间就要瘫倒。幸好,手术进展顺利,朱丽叶回到重症监护室。

现在,她身上大概插了十五根管子。必须再等二十四小时。我感觉自己度秒如年。

我吃不下任何东西,听不见任何声音,分不清白天和黑夜。只有眼泪止不住地流,直到哭干,直到身体再产生水分,再继续哭。

手术是成功了,可现在有太多血往心脏去了。朱丽叶在一周之内第三次被抬入手术室。医生在动脉上放了一个小夹子,减小流速。

朱丽叶回到重症监护室。

她要在这里待十七天,才能等医生下最后论断。每天早上,我们都数着她身上的管子。护士每拿掉一根,都是希望的信号。她身上管子的数目,现在就是我生命中唯一在意的数字。数字每天渐渐减少。十二根,十一根,十根,九根……回到十根,然后十一根……九根……八根。还在人工昏迷中的朱丽叶,生命特征就被简化为这个数字。

这天,她身上还有七根管子时,医生告诉我们,他们会将她唤醒。朱丽叶睁开了眼,迷茫而无力。她好一会儿才完全醒过来,看到自己所处的地方。又过了一阵,她终于看到我了。那完全是深邃的、成年人的眼神。

"你对我做了什么?"她似乎在说。

这个眼神让我永世难忘,自此,我头顶就像有了一座内疚的大山。医生看到后让我放心,不要过于责怪自己。这是命运的恶果,不是父母的罪过。

朱丽叶要留院三周,好在已经脱离危险了。不过,一年后,她还要再上一次手术台,因为她会长大,动脉也是。

我渐渐恢复了听觉,尤其是这十天来反复问我能否继续工作的帕特里斯·勒杜的声音。这部电影已经严重落后于计划。

我和医生聊了这件事。

"朱丽叶暂时不需要你。等她重新下地的时候,你就要保持好状态了。"医生的善意和理解让我感动。

回去工作是我最好的选择。

于是,我决意恢复拍摄,这一次要去纽约。帕特里斯·勒杜在机场等我,带我上了协和式飞机。可我开心不起来,既不能笑,也说不出话。

胃痛始终在。每五分钟我就会崩溃落泪一次,像不受控制地打嗝一样。

帕特里斯想让我换换思路。

"对了,有个消息你会高兴的。你猜,如果你不能拍这部电影,谁答应来替换你了?"

帕特里斯对他语言中的暴力一无所知。换作平时,我估计已经给他一拳头了,但现在没力气做出反应。

"不知道。"我毫无感情地回答道。

"让-雅克·贝奈克斯!"他脸上浮现出大大的满意的笑容。

"啊……"我终于吐出一个字,然后就躲到厕所里,开始我规律的崩溃。

后来,我从贝奈克斯口中听到,帕特里斯对他说他是我唯一答应接手这部电影的人时,他惊呆了!这个人把两边都耍了。

纽约的拍摄中我依旧很痛苦,但我尽量不影响到演员和技术员们,毕竟他们在这次困境中给了我莫大的支持。

我装作重振心气、能量满满的样子,可其实我每小时都给巴黎打一次电话,问朱丽叶身上还剩几根管子。

在纽约拍了五天后,朱丽叶身上只有一根喂食的管子了。

现在,我必须将自己的能量恢复到正常水平。

只剩下十二周的拍摄,六个月的剪辑时间,目前一共超出了十五天。

我决定潜心投入电影中。这是不去想朱丽叶下一次手术的最有效的方法。

摄制组来到希腊。我们要在我童年居住的伊奥斯岛以及阿莫尔戈斯群岛上拍六周。

我始终找不到饰演小雅克·马约尔的儿童演员,于是启动了备选方案:我的弟弟布鲁斯。他现在十岁了,像海豚一样俊美。

也不需要人教他怎么表演一个有点奇怪的小孩了，他和任何人都不说话，一天到晚都泡在水里。一个真正的小雅克。

至于雅克的父亲，我首先想的是恩佐·马奥卡本人。两人系出同源这种象征会很棒。但这位西西里的潜水员拒绝任何沟通，我也只能转向我的第二选择了：我父亲。他有角色的骨架，还是潜水高手，而且他作为让·雷诺的教练，本人一直在拍摄现场。

布鲁斯自然是和他的父母——也就是我母亲以及我继父弗朗索瓦——一起来的。事情到这里才有些复杂。我无意中将我父母都叫到他们有过幸福时光的岛上，就在伊奥斯岛上曼加纳里这个小度假村里。

父亲是和他妻子凯茜一起来的，和其他人在一个地方吃住。拍摄当天，有一场戏是我弟弟演的小雅克因为父亲的死亡哭泣。他戏里的父亲是我真正的父亲，而他戏外的父亲就在现场看着。我母亲和我继母也都在。

你好，弗洛伊德。我怎么就让自己置身于这么一场家庭大戏中了？

我选择忘记每个人现实中的身份，将他们当作陌生人一样指导和鼓励，把心思放在戏中的人物上。过了一阵，小雅克开始用撕心裂肺的哭声哀悼他父亲的意外。

弗朗索瓦痛苦地看着这个场面。他的儿子在为另一个人哭，而这个人曾经想在雪地里取他性命。我母亲也不知道该如何自处。只有凯茜在偷偷抹泪，她是唯一将这场戏当作电影看的人。

自拍摄开始以来，让·雷诺就一直在担心一场戏：恩佐之死。他找我商量过好几次，说自己不知道如何准备。我能感到他的焦虑，只能安慰他说这场戏不是立即就要拍，他有时间来了解角色，到时会知道如何表演的。我只说了这些，因为我了解他。如果现在就给他讲解，接下来的时间他会反复咀嚼，到表演时拿出一些过于熟练、毫无感觉的反应。我希望他在这场戏中是真实的表演，这才是关键。他必须要对自己有信心。而这对于这个大块头来说，一直不是件容易的事情。

拍这场戏的一周前，我们在伊奥斯岛曼加纳里度假村的港口。让抓住我，信心满满地对我说：

"恩佐死的那场戏，可以了，我搞定了。"

翻译出来就是：

"我知道怎么表演不让自己难受，也能把你震惊在摄影机前。"

我在扑克脸上挤出一个微笑。

"很好。"我就这么回答了一句，没有任何多余的评论。

第二周，大戏终于到了。

我们在伊奥斯附近海域的潜水平台开始。让-马克坐在平台边上，脚放在水中。

让·雷诺躺在他的膝盖上，被他用手托着。恩佐即将说出他最后的台词，然后永远沉入无边的蓝色海洋中。

摄影机正好固定在两个演员的上方。这么一来，让·雷诺就不能有大动作了。

让·雷诺拍了第一次，算作热身，随后又来了三次，都算不错。但这正是我担心的。他躲进了自己这几个月来一点点建起来的堡垒。

他想"演"而不是"经历"恩佐之死。可能是太害怕唤醒一些童年深处的痛苦了，所以他不想让自己心痛。我也干脆不做评价，只是一遍遍地拍。到第八遍的时候，他的盔甲有了裂缝，表情也纠结了起来。

"重来！"我对着摄影助理喊，语气中尽是无聊。

让·雷诺已经到了崩溃的边缘。因为他不能动，就让我靠近过去。

"怎么回事，吕克？"他像一个迷路的孩子一样问道。

我盯着他的眼睛。

"你就这么点水平吗，让？我给你写了这个角色，我这么相信你，而你就给我这些？一团屎？亏我还当你是朋友。你这辈子不能勇敢一次吗？已经浪费很多胶片了，我再给你一次机会，最后一次机会。"

我回到摄影机后面，不再看他。

也许我太过分了，但没关系的。总得逼出点更好的东西出来，也没有其他方法了。必须给他出其不意的打击。

开拍。让一动不动，也不说话，清空了自己。然后，一点点地，他进入了恩佐这个角色，一点点地死去。这个镜头里的让·雷诺很神奇，给出了纯粹、真诚、令人难以相信的简单的东西。

"停！"

我带着大大的微笑看向他。

"你看，如果你想，就能做到。"我狡猾地说道。

"你真是个混蛋！"他抹着泪说道。

我大笑起来，扑到他身上紧紧地拥抱他，然后和他一起滚进水里。

让·雷诺是我一生的朋友。现在，恩佐也因为他成了永恒。

这一晚，我们要拍浮桥上的戏：雅克即将永远留在水底，乔安娜和他告别。

我们已经连续三晚推迟这场戏了，不幸的是，今晚的风浪比之前更大。我受够了这种如影随形的霉运，决定无论如何今晚都要拍这场戏。乔安娜的愤怒，导演的愤怒，这些能量累积起来，也许会拍到意料之外的东西。我们整晚都在坚持。乔安娜对着雅克吼，导演对着技术员吼，狂风对着希腊吼。

我的选择是对的。这一切催生了此前从未想过的能量，像狮子夺食一样激情澎湃。罗姗娜完全交出自己，整个团队都起了鸡皮疙瘩。让-马克也濒临崩溃，放开了一切。不会再有比这更激烈的画面了。

在我的坚持和施压下，我们成功弥补了五天的延误。但我还想再拍两天水下的镜头，在我童年栖身过的这片蓝色海洋里。这里的水比其他任何地方的都更澄澈，更有力量，晶莹剔透，深不可测。我在每个镜头上都死抠出几分钟时间，为的就是能腾出这两天。

这晚的拍摄结束后，我完成了此地所有的计划，然后就回到度假村，为明天可以潜水而高兴。

来到港口，我看到装器材的船正在离港。原来是场记阑尾炎发作，而这又是唯一能够送她到圣托里尼岛上的医院的船。圣托里尼就在海对面，两小时就能到达。

"你们把水下摄影机拿下来了吗？"我立即焦虑起来。

"没有，不过别担心。船将她送过去，今晚还会回来。"场务说道。

但偏偏怕什么来什么。

起风了。一小时后，风力到了七级。所有港口的船都不许出海。

接下来的两天，我只能眼睁睁看着对面的圣托里尼岛。摄影机在对面，我什么也拍不了。我怨天怨地，对着眼前的每一块岩石撒气。

更讽刺的是，那不是阑尾炎，只是肚子疼，在这里就能治。又是一个庸医。

摄影机终于回来了。尽管现在是周日，技术员们还是配合我去拍一些水下镜头。效果够好的话，能直接用在电影里。

灯光越往下越暗，录音师想要一段清晰的从缆绳上滑下去的声音。

为了达到完美，水下不能有安全员，只能有沿着缆绳下降的自由潜的人。

但我又不可能让让-马克和让·雷诺在这种情况下潜水，所以就自己上了。缆绳的末端确定在50米的深度，脚蹼也浸入水中后，我做好了准备。里奇（《007之太空城》道具师的儿子）拉动缆绳，我抓着生铁块沉了下去。

我沿着缆绳下降，进入无尽的蓝色深水中，只听得见下降时与缆绳摩擦的声音。一分钟后，我来到50米的深度。缆绳被松开后就变得松软起来，同时发出吱吱的特别的响动。我喜欢这几秒之中的广袤、平静和绝对。

但我不敢太放肆，因为四周只有我一个人。我抓住手柄，转动杠杆，等待气球充气。哇哦——气瓶是空的。

恐惧立即席卷全身，我像被马蜂蜇了一样。我抓紧缆绳，迅速用脚蹼上升。我感觉到体内的氧气正在快速消耗，照这种节奏是上不到水面去的，我很清楚。于是，我冷静下来，将全身肌肉放松，让潜水服将我缓慢地带上去，同时像海豚一样微微地摆动身体，助力自己上升。现在，我能看到水面了。保持冷静，就不会有事的。

我破出水面，吸入一大口空气。因为缺氧而头昏目眩，过了一会儿才恢复。

"三分十秒！"里奇高兴地叫道。

"里奇……气瓶是空的。"我气喘吁吁地说道。

里奇脸色煞白。这下是他要晕厥了。

录音师听了我刚才录的声音很高兴。声音质量很好，这段录音将贯穿整个影片中的浮潜镜头。

回到巴黎，短暂休整。

朱丽叶已经出院，脸上多了一些红润，是我之前未见过的颜色。

接下来我们要在蓝色海岸拍摄三周的水下镜头。

不幸的是，夏末的浮游生物出现，让水变得异常浑浊。我们试了几天，画面根本不能看，于是转到科西嘉岛，那里的浮游生物至少一周内不会出现。

但海况很差，我们只有干等。即使在夜晚拍摄也是一场灾难。

无论如何，我们还是成功地收获了三十多个镜头。可拍摄还没有完结，浮游生物就已经抵达。

再次收队。我们出发去加勒比地区的维尔京群岛，拍摄海豚的镜头。

曼迪是这方面的专家，在佛罗里达海域的一个岛上经营着一家海洋中心。他将三只海豚装进飞机的头等舱浴缸，然后将它们放生在一处海湾。我们在海湾齐水的地方拉起一道网，这样水面上就看不到网了。

海湾风景绝妙，海水澄澈见底。但海豚一到，这里就乱糟糟了。这里的鱼将海豚视为外来者。海豚是几百万年前才来到水中生活的陆地生物，的确可以说是外来者。

更何况，海豚是竖立着拍打尾巴，而所有的鱼都是水平拍打。它们还会吐出泡泡，发出古怪的声音，一会儿和鱼玩乐，一会儿又吃掉它们，实在是个危险的陌生来客，又野又疯。

于是，只要鱼见到海豚，便是一阵恐慌。海湾在几小时之内就会变得浑浊。三天之后，水质才适合拍摄。

每天早上 6 点钟开始，我就来海湾中和海豚游泳。它们都很好奇，一路陪着我。一天，我发现一只海豚从水底衔起一大丛褐色的草，它玩了一会儿就丢下了，接着，另一只海豚将这丛海草冲破。看起来它们像在玩什么游戏。我也潜到水底，拔出一丛海草放到水面上。马上，一只海豚就飞快地现身将海草冲破。这确实是一场游戏，而且它们接受了我的加入。每天早上，我都来和这三只海豚玩海草。

但和它们一起拍摄就不容易了。

海豚整天都在玩，吃，还有交配。

所以，它们可能拍了一个镜头，就消失半小时快活去了。过一阵子，又有一只跑到摄影机面前，露出滑头的微笑，同意拍第二个镜头。

鉴于这些海豚很难配合，我只能再想办法完成电影里的海豚场面了。

BUF特效公司（这家公司后来还做了《亚瑟和他的迷你王国》）正在做3D海豚。里奇和他父亲甚至用树脂制作了一只实体大小的海豚。但这些人造玩意的效果肯定是不够的，我能想象那个画面会有多可笑。

我找来了曼迪，也许这位专家会有新想法。

他的确有。巴哈马北部有一群野生海豚，它们肯定会让我们拍摄。

"你疯了吗？"帕特里斯·勒杜已经急红了脸，"就因为你朋友曼迪这么一说，你就要租船去公海拍海豚？"

我知道这样行事的确不太合理，但那是我唯一的希望了。

"给我一个理由，一个就行，只要你能说服我！"帕特里斯说道。

我试着想了想，还真没有，只能对他说：

"因为……我直觉能成。"

帕特里斯哑口无言，没有和我继续争论下去。

两天后的周末，我们搭乘一架破旧的DC3飞机来到巴哈马北部，然后登上一艘租来的船，由曼迪带领，行进到公海上。在几个小时的等待后，一群条纹原海豚不知从何而来，纷纷现身，大约有三十来只。

我们连忙将摄影机固定在加速器上,将整套装备扔进水中。我下潜到五米的深度,全速前进。

海豚都不见了。我试着减速,可是加速器卡死,要等三十分钟,电池耗尽才能停下来。突然,我清楚地听到它们的叫声。它们知道我在那里,从我下水的那一秒就知道了。

那就只需等待,等到它们想玩了就行。

前面有一个庞大的物体正在靠近,像是一群鱼。我犹豫不决,可还是将摄影机打开了。大约三十多只海豚正全速朝我冲来。我闭上眼睛,感觉水流在身边涌动,等睁开眼,发现它们已经掉转头,以和我同样的速度,将我从四面包围起来。

很快,它们都到我的镜头前来玩耍,就像它们经常跑到船头去一样。我真不敢相信自己的眼睛,幸福得只想叫喊出来。

我不停地拍,胶片很快就用完了。可我又停不下来,因为加速器还卡着。我只好左一下,右一下,不停打转,海豚也跟着来学。

二十五分钟后,我的胳膊都快废了。幸好,电池也快用完了,加速器慢慢停下来。

船上的人用绞盘将加速器吊上甲板。而我幸福到癫狂。我从来不敢想象可以遇到如此美妙的镜头,这比我梦想中的还要美上十倍。我感觉,有一些镜头会留在电影史上。

就在我像只袋鼠一样又唱又跳的时候,助手过来检查摄影机。摄影机没有开过,我一个画面都没拍到。克里斯蒂安·贝隆这个蠢货为了省电,习惯性地拿掉了电池。

我一下子怒火冲天，破口大骂，看见什么骂什么。我已经无法忍受这些蠢事了，既然不能用枪指着上帝的头，就只好掐死克里斯蒂安·贝隆了。

这家伙听见我的吼叫，拿出堪比热沃当怪兽①的智慧，立即跳进水中，躲到船底。灯光指导让－克洛德·鲁是个老手，让我冷静下来。

"看！看！我把摄影机固定在备用的加速器上了。海豚还在，你赶紧下水吧！"

我还像头准备战斗的公牛一样喘着气，这时才看到，海豚都在围着船打转。马库斯在我背上加了一个氧气瓶，将我推下了水。

第二次拍摄。

这个加速器不如之前的大，速度更慢，但幸好这次摄影机的电池指示灯的确是绿色的。加速器一转动，海豚就围了过来。开拍。

我们从刚才停下的地方重启。还是一样的优雅，有创意，欢乐。胶片一完，团队就用创纪录的速度补换上，让我回到海中。

我一共拍了四卷，和海豚一直玩到太阳落山，光线不足以拍摄为止。克里斯蒂安则拿起第二台摄影机，也满满当当拍了四卷胶片。

晚上，我们开了香槟庆祝。我们从未想过能有这样的画面：大海中央，一群野生海豚。感谢曼迪。感谢帕特里斯。

---

① Gévaudan，18世纪60年代出现在法国热沃当省的狼形食人野兽，当时为捕杀这一野兽耗费了大量人力和物力。

第二天，我拿上毛片，急忙赶往机场，希望尽快冲印这八卷胶片。与此同时，克里斯蒂安还在拍摄，以备万一。一路上，我都抱着胶片，害怕它们受损。在冲洗室，我一直待在机器前，直到胶片从显影水中出来，再赶去高蒙电影播放这些毛片。

放映厅被人占用了。法国总统弗朗索瓦·密特朗正在看片子。他经常这样，在周末给自己安排私人放映。我在门口等了半小时，总统终于出来。有人将我介绍给他。

"您在拍一部新电影？"他友善地问道。

"是的。我刚拍了一些海豚，场面超乎想象！您想看吗？"我兴奋得像只跳蚤。

"啊？为什么不呢！"他陪我回到放映厅。

第一卷胶片效果好极了。四分钟不带任何声音的完美画面。我的眼中满含泪水。所有毛片都是完美的，没有任何划痕。

三卷胶片播完后，我还是激动不已，可是密特朗开始有些厌倦了。

"您拍的东西很棒，但很抱歉，我要先走了，还有一些工作要处理！"他亲切地说道。

我被银幕上的画面完全震住，都不记得自己是否有跟他道别。

这是我这辈子拍过的最漂亮的毛片了。

在这之后，我们出发前往秘鲁，拍摄雅克和乔安娜的相识。为了减少预算，我将这场戏分作两部分。第一部分在秘鲁，第二部分在阿尔卑斯山的蒂涅高山。

我们租了一列火车，从库斯科开往海拔4320米的拉雅山口。

秘鲁总统慷慨地将他的私人车厢借给我们，上面有他的印记。火车将伴随着花样繁多的各式故障，花上六个小时走完这中间的 120 公里路程。

下午两点左右，火车再次停了下来，但这次不是故障。一个骑马的男人将火车拦了下来。窗外是一片一望无际的平原，我们身处的地方海拔有 3000 多米高，周围的山峰高度则有 7000 米。

在火车前方一百米的地方，一群骑马的男人一字排开，似乎在等待着什么。

向导兼翻译赶回车厢，满脸大汗地告诉我们，这群骑兵属于光辉道路，是反对当权政府的一个武装团体。他们拦下火车，是因为他们看到了总统的印记。而我们就在车上。

我们让向导解释这番误会，并告诉他们我们是来拍电影的，不是搞政治的。

"我跟他们说了！"

"……然后呢？"

"他们想知道这是什么电影！"向导告诉我。

帕特里斯·勒杜无奈地拍了拍我的肩膀。

"谁还能比你更胜任这个职责呢？"

我下车，走向骑兵队伍。草长得很高，氧气明显很稀薄。我用了十分钟才走到他们面前，看到了他们的手枪。可以拿去拍最好的西部片了。等到终于来到首领面前的时候，我已经气喘吁吁。

这人胸前斜挎几排弹夹，脸上留着浓密的胡须，头上戴着一顶草帽,简直就是《萨帕塔传》①中马龙·白兰度的样子。我微笑着做了自我介绍,没有得到任何回应。对他来说,我不过是个从他不喜欢的车厢中走下来的小孩。气氛越来越紧张。假如有人开枪,我估计来不及跑回车厢了。他们可以在马背上,像射杀一只断腿的兔子一样解决掉我。

"首领想要知道电影讲的是什么。"向导翻译道。

一阵孤独感立即侵袭了我。

我要在3000米海拔的高原上,对一位也许从未见过大海的光辉道路游击队员,讲述一个男人和一只海豚之间的友情。

深吸一口气,想想好的一面吧。

这段时间以来,我一直都在问自己,《碧海蓝天》是不是一个好故事。现在,我终于要有答案了。假如面前这个一脸凶狠的家伙能让我走,那就证明我的故事还不错。我开始了,手脚并用,声情并茂。向导边走来走去边翻译。我讲了雅克·马约尔,他的朋友恩佐,他对乔安娜的爱,还有他更强烈的对大海和海豚的爱。

十分钟后,我讲完了。疲惫不堪,一脸口水。

首领听着,不皱眉头,也不打断。

四周一片寂静,只有他的马在哼哧。他盯着我,似乎在我脸上寻找他未明白的语句的真相。

我的眼睛泛起泪雾。我已经将自己毫无保留地讲出了,再没有其他的真相了。

---

① *Viva Zapata!*,1952年上映的传记电影,讲述墨西哥革命领袖埃米利亚诺·萨帕塔的故事。马龙·白兰度凭借这一角色获得第5届戛纳电影节最佳男演员奖。

首领抬起头，对翻译说了两句话。

"可以了，我们走吧。"

他拉了一下马衔，骑兵们很快跟着离开。我永远不会知道他是否喜欢我的故事，但希望有一天，他可以看到这部电影，看看我有多喜欢拍他的国家。

拉雅山口被7000米高的山峰包围着。一所车站站长的小房子，一座教堂，便是这里的全部了。

我打算用一个吊臂镜头给这场戏来一个宏大的开场，但整个秘鲁都找不到电影升降机，除了博物馆。没问题，那就将它从博物馆拿出来，装进卡车，走600多公里运来拍摄地。我坐在平台上，几位秘鲁人则站在吊舱里以作配重。他们一共五个人，都戴着小毡帽，看起来像是在剧院的楼厅上看表演。这画面有些超现实的感觉。晚上，我们所有人在一顶为拍摄而搭建的大帐篷下共进晚餐。

一场暴风雪突然降临，规模堪称恐怖。在这个地方，除了当地人，就没有什么是小的。

闪电从天而降，在山顶破开，照亮了山谷。简直是世界末日。随后，接近一公斤的硕大冰雹落下来，有一些凿穿了帐篷。

"所有人躲到桌底下！"我急忙叫道。

技术员们纷纷聚集到饭桌下。外面的声音震天动地。我们甚至能感觉到冰雹砸在地面上传来的波动。罗姗娜正四肢着地，和我的眼神撞上。她真的很不"好莱坞"。这个情景如此滑稽，逗得她大笑起来。

在4000米海拔的高原，因为像滚球一样重的冰雹，我们所有人都被堵在桌底下，而我们拍的电影是大海和海豚。电影真的能制造所有奇遇。罗姗娜的笑感染了所有人，这下大家都哄笑起来。

暴风雪没有持续很久。外面的山谷四处都是冰雹，暴风雪走远了。

技术员们回到湿漉漉的帐篷，尝试在氧气稀薄的高原上入睡。

几天后，摄制组中的一部分人出发到马尔代夫，拍摄我们在科西嘉岛未完成的水下镜头。这里的气温高达40摄氏度，团队所有人都穿着泳衣。有些人还戴着秘鲁的小毡帽，逗得大家大笑不已。

水很清，质量很好。工作不再是工作，纯粹是享乐。不过，我们还是有两场戏要拍的：小雅克和海鳝一起玩的场景，以及小雅克的父亲采海绵的场景。为了效果更真实，里奇甚至带了希腊的海绵来。唯一不太协调的，是海里的热带鱼。

马库斯负责在镜头外打开食物袋子将它们引开。几秒钟内，他就消失在一团鱼的包围中。我看到他和上千条鱼斗争的画面，笑得快要喘不过气。与此同时，我的小弟弟布鲁斯潜到水下，和海鳝玩耍，给它喂食。

这些镜头两天内就全部完成，大家都一致认为可以多待一天再走。当然，我也趁机好好潜了番水。

下一个目的地：蒂涅高山。

前几天还热到休克，现在气温骤降到了零下10摄氏度，整个小镇都被埋在两米深的积雪下。

我们将船换成铲雪车，将器材运到了高山上的一处可以俯瞰小镇的小湖旁。

布景师在旁边安扎了一些营房，上面还放了一个秘鲁图腾。这里会是雅克·马约尔冰下潜水的地方——真正的雅克·马约尔的确在秘鲁的冰层下潜过水。当我们手忙脚乱去准备这些假潜水时，我才意识到雅克在真潜水时又该有多艰难。

为了拍摄水下的镜头，我们又转向蒂涅高山的一处大湖。那里更容易实现。我们用电锯在冰层上挖了两个洞。让－马克要从其中一个洞口进去，沿着冰层正下方游三十秒，然后从另一个洞口出来。

马库斯和马尔克带着氧气瓶站在镜头外，保证演员的安全。我们在让－马克身上涂上厚厚一层油，然后给他穿上潜水服。水温只有一摄氏度。让－马克专心凝神，我带着摄影机，先跳到水下做好准备。助理随后在洞口用一根木棍搅水，示意演员即将出现。

开始。让－马克扎入冰冷的水中。

我拿着摄影机跟着他走。他的动作简洁而优雅，像抚摸一面镜子一样触碰冰面。这个镜头很漂亮，可他走得太快了。我要求他再来一次。让－马克照做了，这次慢了一点。镜头比上次好，但我还是要求来了第三遍，更加缓慢，更加感性。我希望他能表现得像在温水中一样前进。

让－马克优雅而有风度地完成了第三次拍摄。我还想再来一遍，只是以防万一。但来到洞口时，我看到让－马克脚踩在冰上，打着寒战。他的脸已经蓝了，嘴唇是紫的，连眼球都开始发白了。

"这一条非常好！今天收工！"我冲他微笑。

我感觉到让-马克目光中巨大的如释重负，服装师立即用成吨的毛毯将他裹好。这是我唯一一次有所松懈的拍摄。

拍电影的时候，总有一场戏会让我们以各式各样的理由不停拖延。在《碧海蓝天》中，就是雅克和恩佐在泳池下喝香槟的戏。我们本该在陶尔米纳那家酒店的泳池中拍摄，可惜当时时间不足。随后又准备在巴黎拍，在秘鲁首都利马拍。

结果是，拍摄的最后一天，我们在瓦勒迪泽尔的一个泳池中完成了这场戏。当时，气温低至零下15摄氏度，里奇将泳池水加热，同时清理走了泳池旁成吨的雪。

让·雷诺和让-马克穿着晚礼服跳入水中。恩佐打开香槟瓶子，和他的朋友干杯。我也带着满满的情绪拍摄了这个长达两分钟的镜头。

他们在为友谊干杯，也为电影的结束干杯。这是最后一个要拍摄的镜头了。二十二周的陆地拍摄，二十四周的水下拍摄，九个月的奇幻之旅，生与死永远在碰撞。这是讲述我童年的电影，也是讲述我人生的电影。我还活着，还在拍这两个在水下喝香槟的怪人，我想和我的摄影机一起，永远地留在这里。

我还不知道自己究竟是谁，但已经知道自己做了什么。我将我的名字刻在了石头上，时间再也无法抹去它。我终于感觉到自己是存在的了。

— 22 —

1988 年

当时还不存在数字剪辑,胶片都是手工冲洗,要花上好些日子。作为忠实的客户,我们还是选择了 SIS。那些自大的家伙还是对我冷嘲热讽,实习生也还在为他们的大师争抢座位。

我将自己关在剪辑间,几乎一天二十四小时都在里面。《碧海蓝天》被选作戛纳电影节的开幕影片,人们到处都在谈论。只剩六个月了,我们必须加快进度。拍摄和剪辑是两种相去甚远的现实。所有镜头在我看来都精美绝伦,可被剪辑后立即失去了所有魅力。我有些迷茫了,感觉一切都不顺畅,需要尽快习惯这个过程。这就像第一次听到某张专辑,总觉得不够好。人需要时间去适应新的旋律,新的声音,新的语言。

适应电影的时间更长。头三个月里,我急得胃都要打结了。艾瑞克也为了配乐焦头烂额,等着迟迟没来的剪辑,直到我终于给他看了雅克的第一场潜水大戏,他才开始工作。电影是在大屏幕上放映的,艾瑞克看得双眼含泪,备受震撼,不知道自己能否做出与之相匹配的音乐。

这是我第一次发现电影的情绪。总有一些魔幻的时刻,一些东西离开胶片,触碰到观众的内心。有趣的是,尽管所有人都付出了努力,在工作中倾注了上千个小时,还是会有些东西逃脱我们的掌控。我们控制不了最终的情绪,一切都取决于观众。我们只能用力量、勇气和谦卑,尽量地接近真实。可是,真实永远不会被我们所拥有,它只属于观看的人。

我们始终是躲在炉子后面的厨师,你们才是品尝食物的人。这样就很好。

海豚的戏终于剪辑好了。我已经等了好几个月。为了庆祝这一突破,我们决定安排一场小型放映。我用了一首U2[①]的音乐作为临时配乐,然后舒适地安顿下来,正对大屏幕。很快,我泪流满面。

这是在屏幕上看到我最好的朋友的幸福。对拍摄的怀念已经远退,我现在想到的是我的童年。那里的一切都让我心碎。

放映结束,灯光亮起。我擦去脸上的泪,转过去看我的剪辑团队。

"怎么样?"我骄傲地问道,对他们的反应没有任何意料之外的怀疑。

可是,他们神情紧闭,近乎尴尬。

"这是怎么了?"我有些焦急了。

剪辑指导看着自己的脚,其他人看着天花板。

[①] 成立于1976年的爱尔兰知名摇滚乐队。

他们显然不太自在。剪辑助理终于说话了,她比其他人都年长些(三十岁!)。

"吕克,我们都喜欢海豚,可是,这一段太长了。"

"什么?!才没有!!这段从始至终都很有感情!让人看得根本注意不到时间好吗!而且总共才三分钟不到!!"我着急地说道。

我有种被背叛的窒息感,像一只狗要摆脱束缚一样挣扎着。

"这场戏前后加起来九分三十秒,真的太长了。"助理冷静得让我想要捅她一刀。

我立即切换成卡利麦罗模式。

"OK,电影太长了,你们想剪哪段就剪哪段。不过,这一场戏不行。这场戏是个奇迹,是我的命。求你们了,别这样对我。"

全场一片寂静,所有人再次沉浸到对自己的鞋子的欣赏中。

电影有两个敌人:自我和快感。要想电影有成功的可能,就永远不要忘记这些。

拍好一部电影要两年,搞砸却只要两分钟。海豚的戏最终被砍到一分四十秒。

戛纳电影节越来越近,电影还遥遥无期。

艾瑞克·塞拉开始交付第一批作品。片头字幕的一段十分美妙,感觉很好。现在我只需将这部快三个小时的电影再剪短一点。哪怕海豚的镜头已经被砍得够多了。

之前在阿沃利亚兹电影节唯一答应给我做访问的广播七台

的记者,现在已经是《首映》的主编,而大名鼎鼎的马克·艾斯波西托则离职创立了一家竞争对手杂志《摄影棚》[①]。

他们的口号已经说明了一切:"电影未及之地"。

不能更自大了。这跟那些热衷于教人如何与上帝对话的牧师有什么两样。

我不能将整部电影给《首映》的人看,因为全片还未完成,所以只给他们看了一卷。他们都备感兴奋。

《首映》将推出一期海豚特写的封面,并在上面附上漂亮又有吸引力的文案:"戛纳的明星——海豚"。

剪辑的节奏继续加快。我们一周工作七天,我每天只睡几个小时,有时就在剪辑室过夜。后来因为太过焦急和疲惫,最终晕倒在里面。

医生给我打了一针,并建议休息一个月。我问他有没有什么能让我不休息还挺得住接下来一个月的。我保证,在这之后就会好好休养。

他给了我通常只给马服用的药。

"比这更强的就只有可卡因了,不过,那种事情我不干。"他的幽默有些让人跟不上。

戛纳电影节开幕和电影上映让我很焦虑,但这些都比不上朱丽叶的新手术。距离上次手术已经十个月了。她要再上一次手术台。

医生看着他的日程,找一个合适的时间。我预感,上天还会再玩我一把。逃不掉的。医生的手指在日历上划来划去。

[①] Studio,由《首映》前编辑团队的部分人员于1987年创立,2009年停刊。

"看看……那个……10 号吧。"他满意地说道。

5 月 10 号。戛纳电影节开幕的日子。《碧海蓝天》上映的日子。我一脸煞白。

"10 号,你可以吗?"他问道。

我感觉上天正在拿我开玩笑,像玩一团毛线一样拉扯着我的神经,但我又不可能让我女儿和电影对立起来。

"10 号,很好。"我都快破音了。

医生很聪明地感觉到了我的不安。

"我选的是 10 号没错,但也可以选 11 号或者 12 号。这不会有太大影响。你 10 号有事吗?"

我不敢说。我害怕把事情搞砸,害怕我女儿有一天会生气,怨我将她排在电影后头。我坚持了自己的说法。医生又问了一遍,终于问出了我的难言之隐。

"只是……我的电影是戛纳电影节的开幕片。"我颤抖着低声说道。

"12 号也很好啊!"他欢快地说道。

我预感到,10 号到 12 号之间的四十八个小时,将会无比充实。

首席服装设计师玛嘉莉给我们准备了漂亮的蓝色西装。让-马克、让·雷诺,还有我,一人一身。罗姗娜穿一条格子裙。媒体要求点映,被我拒绝了,因为电影还未完成。媒体专员告知了我这个小圈子里的激烈反应。帕德里克·波佛·达尔弗[1] 坚持

---

[1] Patrick Poivre d'Arvor(1947—),法国知名电视节目主持人、作家,1987 至 2008 年间主持 TF1 的《20 点新闻》。

要求看电影,《解放报》①觉得受到侮辱,TF1 的贝维里尼②则扬言要搞坏这部电影。

为什么有这么多仇恨?一切都只是因为《首映》刚出的封面是一只海豚,上面还说它会是戛纳的明星。我们怎么敢的?殿堂的守护者们才有权说这样的话。媒体才能决定生死。你以为自己是谁?自我加冕的拿破仑吗?

外界压力如此之大,媒体专员都快要疯了。我依照自己一贯的天真,决定给记者写一封信。我为没有提前给他们放映表示抱歉,解释说电影还未完成,希望他们在戛纳的大银幕上而不是在媒体的小放映厅看到这部电影。

自然,他们更不乐意了,齐刷刷拒绝了我的真诚。我成了只想和他们对着干的营销高手,所有人都坚信《首映》的编辑已经看了整部电影,不然不会有这么一个封面。封面是事实没错,但这不是他们愤怒的真正原因。

我只希望电影放映后他们能冷静下来。

拷贝终于有了。夜里两点,我们立即在放映大厅调试。画面美妙绝伦,声音堪称完美。上午 9 点半,在宏伟的影节宫,第一场媒体观影开始。

我在雄伟酒店的酒吧角落里,咬自己的手指甲。影节宫就在对面,可我根本无法过去。我感觉自己正在重历阿沃利亚兹电影节时《最后决战》的放映会。当时,皮埃尔和我也是躲在

---

① *Libération*,法国左翼报纸,1973 年创立,让－保罗·萨特为创始人之一。
② 阿兰·贝维里尼(Alain Bévérini,1940—2022),法国记者、演员,为 TF1 报道戛纳电影节二十余年。

一家酒吧角落，内心千头万绪地计算我们的债务。

第一波评论来了。电影放映中，一片口哨声、嘘声。十字大道上尽是灾难性的传言，像是预告死亡的迷雾。我已经看到一些窃笑，一些躲闪的目光，还有一些人远远看到我就避开。

戛纳的失败，好比一场瘟疫。

我遇到了亨利·贝哈尔，《首映》的前记者，之前给我颁了阿沃利亚兹电影节的影评人奖。他肯定会跟我说真话。

"好吧，确实是搞砸了！不过所有人都会失败的。下一次你会更好的。"他有些不自在地说道。

多年的努力就这样了？几百个小时的水下工作就这样了？我的身体一下子失去力气，整个人都垮了。连我的好友们都渐行渐远了，好像我会传染恶病一样。难以置信的暴力。我永远不会忘记。我现在只想消失，穿过十字大道，跳进海中，跟着海豚一去不回。只有它们理解我。

但我的苦难还未结束。我还要等到12号，朱丽叶的手术完成。

我往脸上泼了点水，重新振作起来，出席了媒体发布会。

会场上气氛紧绷。没有人对失败者感兴趣。问题是已知的，答案也是。

他们完全误解了这部电影。你不能带着漂亮的短发演员、海豚和优美的音乐来戛纳，而应该带着卡拉什尼科夫自动步枪和墨镜，这样才能吸引他们的注意。不要呼唤什么爱，要谈论厮杀。

下午1点，我旁观了TF1电视台的记者阿兰·贝维里尼对罗姗娜堪称私刑的现场采访。

"这是一部没有剧本的电影，更别说导演能力了。"他对自己的这点小权力似乎十分得意，说话间口水飞扬。

可怜的罗姗娜过了好久，等耳机中的翻译传来，才明白他的意思。

电影节主席吉尔斯·雅各布站出来相当有范得体地替罗姗娜说话，也为电影辩护了几句，让阿兰·贝维里尼难堪了下。

权力会扭曲事情本身。将我的权力拿走，我还有一点才华和几部电影。阿兰·贝维里尼失去权力的那天，他就只剩下自己的平庸了。

晚上7点。我们悬着心，穿着漂亮的蓝色西服，走上红毯。

十年前，我将自己的军服留在戛纳车站的寄存处；现在，我成了戛纳电影节开幕影片的导演。十二年前，我夹着一本《首映》离开了库洛米耶；现在，我的电影登上了这本杂志的封面。

也是十年前，我第一次在银幕上看到雅克·马约尔；现在，我拍了一部电影向他致敬。二十年前，一只海豚救了我的命，给了我一点我渴望的关爱；现在，海豚成了戛纳电影节的明星。我当然觉得受伤，备受打击和羞辱，可我不想错过这个站在电影节红毯台阶高处的美妙时刻。

从上午开始，就流言四起，晚上的观众已经有些紧张了。我有两小时二十分钟的时间来让他们放松。放映开始。罗姗娜牵着我的一只手，让·雷诺牵着另一只。三千六百个观众将观看《碧海蓝天》这场冒险。艾瑞克·塞拉的音乐响起，黑白的画面，小雅克光脚跑在阿莫尔戈斯岛的悬崖上。直到这时，一切都好。观众们正在被引领进入一个未知世界。突然，我看到下个画面的边界出现在银幕下方,电影似乎在往天花板上走。起初只是一点点,然后渐渐升起,五分钟后,就看到下一个画面完整的顶部了。我的额头开始冒汗。

"有边框!!"观众席中喊道。

一个穿着西服的男人穿过重重座位,走到我面前。

"贝松先生,我们遇到一个小问题。一号放映机的侧面固定器坏了,画面总往上跑。"他在我耳边说道,"现在是一个同事手动按着固定器,但这撑不了多久。所以,要么我们停下来维修,要么就这样播放下去。"

我不知道自己犯了什么罪,才让老天这么折磨我。

我也不知道做什么才能偿还。我的脑袋都快爆炸了。但在回答这些大问题之前,先解决眼前的小问题吧。

"我派五个人给你,他们会轮流按着固定器,直到电影结束。"我斩钉截铁地说道。

"好。"他像个找到了长官的士兵一样高兴。

我离开座位,从大厅中找齐五个同事,由放映员领到放映室。

漫长的几分钟后,画面终于稳定。影片剩下的时间,我都在流汗。每五分钟,在他们轮换按压固定器的时刻,都忍不住心头一紧。这场放映简直让人如坠地狱。我感觉自己像是在牙医面前,张着嘴,等了两个小时。

影片结束了,我如释重负。出乎意料的是,我们居然获得了长时间的起立鼓掌。观众们看进去了电影,我的电影。在我只能看到固定器上的手指时,他们看到了雅克和恩佐,乔安娜和海豚的故事。我甚至看到一些感动落泪的观众。白天的情绪现在已经没了。上午的媒体放映是一场灾难,晚上的放映只有快乐。拍电影的人和看电影的人才真的在同一个阵营。

第二天,回到犬儒主义者的世界。

《法国电影》[①]登出了影评人评分。

二十位专家每天给出他们对电影的打分。打分从一星到四星,最高分就用金棕榈表示。

《碧海蓝天》在所有栏里都是零蛋。

这是戛纳电影节历史上第一次有电影拿到这样悲惨的打分。媒体枪口一致:《碧海蓝天》就是一坨屎。

我们在这样的"好"消息下,开始了二十五个媒体采访的一天。第一个采访,我和让·雷诺一起。我们的情绪还是有些低落,但都尽量谈论昨晚放映的快乐。记者迟到了,她表示抱歉。而我们过去这两年什么采访都没有,所以才会准时。

这个女孩脖子上挂了二十五张通行证。电影的,聚会的,各种都有。这很正常,她是《电视七天》[②]的文化版主编。

"我虽然没有看过你们的电影,可还是有一些问题。"

这个开场很糟糕。我们已经接受不了再被人羞辱,够了。

"第一个问题:让-吕克·布松,您的第一部电影作为戛纳电影节的开幕影片,对此您有什么感想呢?"

让和我一时都语塞了。这是在开玩笑吗?认真的吗?可我们面前的记者一副正襟危坐、等待答复的样子。我友好地纠正

---

① *Le Film français*,1944 年创刊的法国电影杂志,戛纳电影节期间会收集法国媒体评分,评审人员以法国主流媒体和电影专业媒体为主。
② *Télé 7 Jours*,1960 年创刊的法国电视新闻杂志。

了她在称呼上的错误,并告诉她《碧海蓝天》是我的第三部电影了。

"啊?!《地下铁》也是您的作品?"她一脸天真地笑着。

而且,她从未听说过《最后决战》。

这个记者肯定是两分钟前才被调到文化版的,不然我也想不出其他的解释了。

"那么你呢,让·雷诺?这是你第一次出演电影吧?之前是做什么的呢?"

这女孩的玩笑太绝了。让已经像张被拉紧的弓,下一秒就要爆发。他站起来,扩了扩胸,然后大吼一声,震耳欲聋。

女孩迎来了一阵狂风暴雨般的责骂。

这种情况下,让很难控制的。

女孩像在大象的嘶鸣下瑟瑟发抖的老鼠,收拾起自己的物品,含泪跑开了。

让则像个拳击场上胜利的拳手,在房间里走来走去。

"该死的,感觉真好!"他说道。

我们都爆笑起来。几周以来累积的压力,瞬间得到了一些释放。

剩下的采访也都乏善可陈。一半的记者没看过电影,剩下的一半只是幸灾乐祸。

首映的票房数字出来了,不太好,连《地下铁》的一半都不到。媒体的恶评让大家都止步了。我们不得不面对现实,这部电影是彻底的失败之作。高蒙电影深陷泥潭,我也可以去死了。

带着这些"好"消息,我回到巴黎,陪朱丽叶去内克尔儿童医院。上午 11 点,她被送进手术室。手术要持续两个小时。我在附近打转,装作要买东西,哪怕并不喜欢这个过程。我只是在脑子里一遍遍回放自己这些年的日子。

缺席的父母、平庸的学校教育,和对大海的爱,共同促使我拍了这部电影,却促成了我今日的失败。上天和我开玩笑,甚至威胁要把我女儿带走。

我不知道自己还要付出什么代价,不知道自己做错了什么。

我从未感到如此失败。上天不能总是这么残忍,这不合理。总要有个理由,总要给人一点希望。那些庸人不能将一切都拿走。我的思绪开始偏离,进入想象,去到唯一能保护我的地方。那是独属于我自己的世界,一个有逻辑的、做好事就有回报的世界,可以和上天对话请它高抬贵手,哪怕只是一次的世界。

我希望朱丽叶活下来。这是我对所有或许正在注视我的神灵的请求。

四小时后,朱丽叶还在手术中。我在走廊随便抓了一个医生才知道朱丽叶换了手术室。

"为什么要换?"我已经慌了。

"不清楚,不过这一般不是什么好兆头。"这个蠢货估计心理测试拿零分的。

我一下子火大了,也不在乎什么阻拦了,完全成了一头猛兽。

我用一只大猩猩的力气揪着这傻子的衣领,咬牙切齿地说道:

"我在等我女儿,你去给我好好问清楚,然后回来告诉我!"

我现在就是个神经质。没有人性,没有躯壳,没有灵魂。

我的命和朱丽叶的命连在一起。

五个小时的手术后,医生走出了手术室。他连外套都脱了,整个人大汗淋漓。

"对不起,手术有点久。目前一切都好。我穿一下衣服,五分钟后回来。"他戴着医用口罩说道。

过了一会儿,他坐在办公室,拿出纸画了一颗心脏,解释手术过程。

"好了,这就是朱丽叶的心脏了,你们还有印象吧?我呢,将这根一开始就困扰我们的动脉拿走,然后在这里放了一根9号的动脉,之后就不用再动手术了。我还将这里和这里挡着的东西打磨了一下。这么一来,就完事儿了!"

他像个骄傲的水管工一样交代着自己的工作。

我都不敢问那个自己唯一在乎的问题。

"那么……这就是说……她能活下来?"我的喉咙都在发紧。

"她也许参加不了奥运会的链球比赛,不过,活到八十岁绝对不成问题。"医生还不忘说个笑话。

我的心一下子空了。像一颗气球突然泄了气,像冰崖坠入大西洋。只有眼泪自顾自地流,我毫无办法。不过,不用做什么了,反正这些又不是悲伤的泪水。朱丽叶会活下来。其余一切都不重要了。往后的圣诞节,我都不需要许愿了。只要她能活着。我不知道上帝是否存在,如果在,我感谢他,这是他第一次听到我的祈求。

总有一天,朱丽叶会看到我献给她的《碧海蓝天》。

哪怕我债务缠身,电影一败涂地,心也化为齑粉,但朱丽叶还活着,这就够了。

晚上,我躺在床上,无法入眠。我试着将事情一一摊开,像是对过去三十年做个总结。这的确是场灾难,但我还活着,已经很不错了。

"如果可以重拍《碧海蓝天》,你还会这么做吗?"

我想了很久。我用自己的真心拍了这部电影,毫无伪饰,用上了当时所有的经验和智慧。我觉得自己已经尽了全力,所以:

"是的,我还是会拍出一样的电影。"

"既然你没有任何可后悔的,那就去睡吧。"一个声音对我说道。

我对电影负责,却无法对其成功或失败负责。你想拍电影?你已经做到了。那么,闭嘴吧,好好感恩,继续前进。这些充满魔力的话解开了我心中的万般纠结,五分钟后,我就像个新生儿一样睡了过去。

第二天,电影的票房上升了一些,年轻人纷纷走进大雷克斯电影院。

尽管媒体依旧放出恶评,电影院还是座无虚席。观众终于接纳了这部电影,为其正名。这部电影将在影院连映六十周,售出近一千万张票,并成为一种社会热潮,成为这个十年无法忽略的电影。

我二十九岁了。从现在起,一切都将不同。地位和财富对我来说是全新的,我不得不学着适应。世界越来越宽广,朋友越来越少,敌人越来越多。

但只要我还能在蓝色的海水中找到一只对我微笑的海豚,一切都会好起来的。

感谢我的妻子。
感谢我的孩子们。
感谢我的父母们。

图书在版编目（CIP）数据

宁愿天真 /（法）吕克·贝松著；潘文柱译. -- 海口：南海出版公司，2024.5
ISBN 978-7-5735-0621-4

Ⅰ. ①宁… Ⅱ. ①吕… ②潘… Ⅲ. ①传记文学－法国－现代 Ⅳ. ①I565.55

中国国家版本馆CIP数据核字(2023)第208330号

著作权合同登记号　图字：30-2023-081

Originally published in France as:
ENFANT TERRIBLE by LUC BESSON
©XO Editions 2019. All rights reserved.
Current Chinese translation rights arranged through Divas International, Paris
巴黎迪法国际版权代理(www.divas-books.com)

宁愿天真

〔法〕吕克·贝松 著
潘文柱 译

出　　版	南海出版公司　(0898)66568511
	海口市海秀中路51号星华大厦五楼　邮编 570206
发　　行	新经典发行有限公司
	电话(010)68423599　邮箱 editor@readinglife.com
经　　销	新华书店
责任编辑	侯明明
特邀编辑	黄渭然　罗雪澈
装帧设计	韩　笑
内文制作	张　典　贾一帆
印　　刷	北京盛通印刷股份有限公司
开　　本	850毫米×1092毫米　1/32
印　　张	13.5
字　　数	286千
版　　次	2024年5月第1版
印　　次	2024年5月第1次印刷
书　　号	ISBN 978-7-5735-0621-4
定　　价	69.00元

版权所有，侵权必究
如有印装质量问题，请发邮件至 zhiliang@readinglife.com